MAX SEECK

Feindesopfer

Weitere Titel des Autors:

Hexenjäger
Teufelsnetz
Waiseninsel

MAX SEECK

FEINDES OPFER

THRILLER

Übersetzung aus dem Finnischen von
Gabriele Schrey-Vasara

Lübbe

NACHHALTIG PRODUZIERT

Die Bastei Lübbe AG verfolgt eine nachhaltige Buchproduktion. Wir verwenden Papiere aus nachhaltiger Forstwirtschaft und verzichten darauf, Bücher einzeln in Folie zu verpacken. Wir stellen unsere Bücher in Deutschland und Europa (EU) her und arbeiten mit den Druckereien kontinuierlich an einer positiven Ökobilanz.

FSC
www.fsc.org
MIX
Papier | Fördert gute Waldnutzung
FSC® C014496

Vollständige Taschenbuchausgabe
der bei Bastei Lübbe erschienenen Paperbackausgabe

Titel der finnischen Originalausgabe:
»Kauna«
Originalverlag: Tammi publishers, 2020

German edition published by arrangement with Max Seeck and
Elina Ahlbäck Literary Agency, Helsinki, Finland

Textredaktion: Ingola Lammers, München
Umschlaggestaltung: Massimo Peter-Bille
Einband-/Umschlagmotiv: © shutterstock: Jozef Sowa | photosoft | Diego Grandi | KRIT GONNGON
Satz: hanseatenSatz-bremen, Bremen
Gesetzt aus der Adobe Caslon Pro
Druck und Verarbeitung: GGP Media GmbH, Pößneck

Printed in Germany
ISBN 978-3-404-19221-2

2 4 5 3 1

Sie finden uns im Internet unter:
luebbe.de
Bitte beachten Sie auch: lesejury.de

Für William und Lionel

Prolog

Januar 2020

L'Étranger öffnet die Tür, lässt den Blick durch den Raum wandern und lächelt zufrieden. Das Drei-Sterne-Hotel ist asketisch, aber für seine Zwecke ist das Zimmer perfekt. Ein fahles Licht geht an, als er die Schlüsselkarte in das Lesegerät steckt.

Er stellt die Louis-Vuitton-Sporttasche auf den Boden und spürt, wie sein Arm entlastet wird. Seit er das Schiff verlassen hat, hat er die Tasche nicht mehr losgelassen. Seine Finger haben den Ledergriff auf dem ganzen Weg von der Landebrücke im Hafen bis zum Taxi und ins Hotel umklammert.

Gemächlich tritt er an das große Fenster. Es geht auf einen Platz hinaus; die Menschen, die ihn bevölkern, gleichen von der obersten Etage des Hotels aus kleinen Zinnsoldaten. Das sind sie wohl auch, Soldaten ihres eigenen Lebens auf dem Weg zu den unbedeutenden Kämpfen ihres Lebens. *Lemminge.*

Am Rand des Platzes, vor einem Bürogebäude aus Granit, findet eine Art Demonstration statt: Dutzende Menschen in Steppjacken halten große Transparente hoch. Zwei Polizeifahrzeuge sind vor Ort. Die Gesetzeshüter sind ausgestiegen und beobachten die Situation scheinbar teilnahmslos.

L'Étranger lacht leise auf, er hat nie demonstriert. Warum auch? Er hat es immer vorgezogen, in der Menschenmenge zu verschwinden, statt Aufmerksamkeit zu erregen. Außerdem bewirkt man keine bleibende Veränderung, indem man sich mit ein paar Dutzend Leuten auf irgendeinem Scheißmarktplatz versammelt. Ein schöner Gedanke, vielleicht, aber mehr auch nicht.

Gerade wenn er eine Menschenmenge betrachtet, empfindet er sie mitunter, diese vollständige Isolation und Ausgeschlossenheit, die seit der Pubertät an ihm nagen. Aber dieses Gefühl hat ihn nie deprimiert. Im Gegenteil, es ist eine Art Erleuchtung, die ihm in seiner Jugend zuteilgeworden ist: Er versteht etwas, das die meisten normalen Sterblichen nicht sehen wollen. Nichts, was wir tun oder ungetan lassen, hat letztlich irgendeine Bedeutung.

Ein neuer Tag bricht an. Dann ein weiterer. Immer wieder, bis keiner mehr anbricht. Das gilt für ihn selbst, für den Nachbarn und für das ganze Universum.

L'Étranger zieht die Vorhänge zu und hebt die Sporttasche auf das Bett.

Er holt den Laptop heraus und öffnet ihn.

Das Gerät rattert eine Weile, dann erscheint das Konversationsfenster des TOR-Netzes.

Die Finger senken sich auf die Tasten und schreiben eine kurze Nachricht. *I'm in town. Waiting.*

Dann schließt er das Mail-Fenster und öffnet eine Textdatei.

Er starrt eine Weile auf die Seite, die auf dem Bildschirm erscheint: *Der existentialistische Nihilismus im Werk von Albert Camus.* Das Thema seiner Doktorarbeit ist kühn und wird in Wissenschaftskreisen mit Sicherheit auf Kritik stoßen. In der Regel wird der existentialistische Nihilismus eher mit Sartres Werken in Verbindung gebracht, wegen dessen atheistischer Weltanschauung, aber er glaubt, dass Camus – ungeachtet seines Agnostizismus – in seinen Werken exakt dieselben Themen behandelt, wenn auch aus einer menschlicheren Perspektive.

Ihr werdet schon sehen, ihr Schafsköpfe. Wenn jemand die Bedeutungslosigkeit der Existenz kennt, dann ich.

L'Étranger holt ein Taschentuch hervor und wischt einen

Fingerabdruck vom Monitor ab. Ein Kapitel seines Lebens nähert sich dem Ende. Diesen letzten Auftrag muss er noch erledigen, dann kann er sich auf seine akademische Laufbahn konzentrieren. Vielleicht bekommt er eine Stelle an der Universität. Vielleicht nicht. Auch das hat letztlich keine Bedeutung. Das heißt aber nicht, dass er irgendetwas ohne Gegenleistung tun würde. Wie Joker in *The Dark Night* sagt: *If you're good at something, never do it for free.*

Er holt eine Biografie von Søren Aabye Kierkegaard aus der Tasche. In dem Buch liegen zwei Fotos. Zwei Personen, die den Rest seines Studiums finanzieren werden. Durch ihren Tod.

1

Der Kasten des alten Aufzugs scheppert im Schacht. Unter der Decke surrt das Drahtseil.

Verdammter gieriger Scheißer.

Eliel Zetterborg riecht das aufdringliche Rasierwasser seines Leibwächters und rümpft die Nase. Er denkt an die Worte auf den Transparenten, die er vor einer Stunde durch die getönten Scheiben des Maybach betrachtet hat.

Seine Finger krümmen sich kurz wie zur Faust, die Hände fühlen sich schwach an. *Die undankbaren Idioten wissen nicht, wovon sie sprechen.*

Eliel verlässt den Aufzug und geht mit dem Schlüssel in der Hand die paar Schritte zu seiner Wohnungstür. Joonas schließt das Gitter des Aufzugs hinter sich. Das metallische Knacken weckt bei Eliel nostalgische Gefühle. Das Geräusch erinnert an die mechanischen Geräte früherer Zeiten, an Eisen- und Metallteile, die nach Schmieröl rochen, durch Federn, Dampf oder Schwerkraft bewegt wurden und den Menschen Arbeit abnahmen. Dagegen ist die moderne Technologie völlig geruch- und geschmacklos. Maschinen, die man mit den Händen bedienen konnte, haben sich in eine Serie ausgeklügelter Algorithmen und Mechanismen verwandelt, deren Funktionsweise so abstrakt ist, dass die Werbe- und Kommunikationsprofis sie in schöne Geschichten verpacken müssen, um ihnen wenigstens ein bisschen Leben einzuhauchen. Da können die Millennials sagen, was sie wollen, früher war alles besser.

Du hast diese Stadt getötet, Zetterborg.

Als Eliel Zetterborg auf den Tag genau vor fünfzig Jahren mit Eetu Montto die EZEM Rohrsystem AG gründete, konnte man aus dem Namen des Unternehmens noch auf seinen Geschäftsbereich schließen. In der Werkstatt im Industriegebiet Herttoniemi fummelte man damals nicht an Computern herum, sondern schmiedete und drehte Teile, aus denen etwas Reelles und Greifbares gebaut wurde. Keine Stromleitungen und Transistoren, sondern nach Blut und Schweiß riechender Stahl. Schwerindustrie im wahrsten Sinn des Wortes.

Eliel schließt die Augen und spürt den süßen Geruch des glühend heißen Metalls in der Nase, hört das Knistern, das entsteht, wenn die Schweißer sich hinten in der südlichen Fertigungshalle an der Puusepänkatu an die Arbeit machen.

»Alles in Ordnung?«, fragt Joonas und blickt sich verstohlen im Treppenhaus um. Joonas Lamberg, Eliels langjähriger Chauffeur und Leibwächter, begleitet ihn auch an diesem Abend und wird dann am Steuer des Maybach in der Muukalaiskatu warten, bis Eliel fertig ist. Danach wird Joonas ihn zum Festplatz bringen, der im benachbarten Viertel ist. Normalerweise würde Joonas jetzt schon Feierabend machen, aber die Lage ist im Moment nicht normal: Viele gewöhnliche Menschen hassen Eliel Zetterborg und den Vorstand der RealEst aus tiefstem Herzen, deshalb ist es besser, wenn Joonas den ganzen Abend in der Nähe bleibt.

»Danke, ja. Wir sehen uns bald unten wieder«, antwortet Eliel, schließt die Tür auf und gibt den Code in die Alarmanlage ein.

Joonas nickt knapp, späht nach oben und geht dann zu Fuß die Treppe hinunter. Das tut er jeden Abend, um sich zu vergewissern, das sich niemand ins Treppenhaus geschlichen hat, der dort nicht hingehört. Joonas ist loyal und gewissenhaft. Er war früher beim Einsatztrupp der Polizei und ist immer noch gefährlich, obwohl er schon fast fünfzig und unbewaffnet ist.

Eliel Zetterborg klopft die Schuhe auf der Fußmatte ab und zieht den Mantel aus, der auf dem Weg vom Auto zur Haustür an den Schultern nass geworden ist. Die Wohnung duftet nach dem neuen Putzmittel, das die Putzfrau auf seine Bitte hin gekauft hat. Es überdeckt den muffig-süßlichen Geruch der Antiquitäten und der aus der Kriegszeit stammenden Möbeltextilien, gegen den Eliel in letzter Zeit eine Antipathie entwickelt hat. Dieser Geruch erinnert ihn daran, dass er alt geworden und – wie alle anderen auf Erden – dazu verurteilt ist, früher oder später zu sterben. In seinem Fall zweifellos früher. Seit Anne-Maries Dahinscheiden erscheint ihm jeder Tag wie ein langsames Abgleiten zum Tod, es ist, als würde sein Herz von Tag zu Tag seltener schlagen, bis es eines Nachts plötzlich stehen bleibt und ihn von seiner Qual erlöst.

Eliels Blick fällt auf die gelbe Plastiktüte, die im Flur herumsteht. Die Putzfrau hatte die Bücher am Vormittag in die Stadtbibliothek in der Rikhardinkatu bringen und bei der Gelegenheit die Vorbestellungen abholen sollen. *Verflixt*. Die Frau wird offenbar nachlässig.

Eliel geht weiter, die Hände in den Hosentaschen, und seufzt tief. Das Firmenjubiläum stimmt ihn nostalgisch.

Ein halbes Jahrhundert. In dieser Zeit ist RealEst zu einem globalen Börsenunternehmen herangewachsen, und es wird immer schwieriger, Gemeinsamkeiten mit dem kleinen Metallbetrieb zu finden, den er vor fünfzig Jahren mit Eetu gegründet hat.

Das Jahr 1970 war wie eine andere Wirklichkeit: Das von Kekkonen geführte, finnlandisierte Land unterschied sich fundamental vom heutigen Finnland, im Guten wie im Schlechten. Aus der Sicht seiner Eltern zweifellos im Schlechten. Eliel Zetterborgs Vater war Politikredakteur bei der Zeitung *Helsingin Sanomat* und trat entschieden für die Pressefreiheit ein. Seine Mutter machte als Bühnenschriftstellerin Karriere. Die künstlerischen und liberalen Zetterborgs empfanden die Nachkriegsatmosphäre als bedrückend und einlullend; vielleicht war das einer der Gründe, weshalb ihr einziger Sohn Eliel ein aktiver Gegner der Selbstzensur wurde, die der finnische Staat gegenüber der Sowjetunion betrieb. Andererseits profitierte die EZEM Rohrsystem AG (die im Zusammenhang mit der Fusion und der Börsenlistung im Sommer 1990 den Namen RealEst AG annahm) besonders in den 1980er Jahren erheblich vom bilateralen Handel zwischen den beiden Ländern, was seine Auffassung von der Sowjetunion deutlich positiver färbte. Solange der Nachbar im Osten zufrieden war, lief das Geschäft.

Opportunistischer Wendehals.

Eliel weiß, dass er ein Paradebeispiel dafür ist, wie man in der Hoffnung auf die schnellen Gewinne, die der Kapitalismus bietet, seine Ideologie verrät. Im Lauf der Jahre wurde ihm immer wieder vorgeworfen, er habe seine Prinzipien verkauft, von so vielen verschiedenen Menschen, dass er sich gar nicht mehr darüber ärgern mag. Außerdem stimmt es ja, auch wenn das alles Jahrzehnte zurückliegt. Dennoch bereut er nichts, keine Sekunde. Die Entscheidungen haben ihm und Anne-Marie ein großartiges Leben ermöglicht. Ihnen und Axel, der im Gegensatz zu Eliel in Wohlstand und Überfluss aufwachsen durfte. Mitunter überlegt Eliel, ob sich sein Sohn bei kargerem Nährboden anders entwickelt hätte: Ist ihre Beziehung gerade deshalb so schwierig, weil ihre Ausgangspositionen so sehr verschieden waren?

Eliel stellt sich vor den großen Spiegel und betrachtet sein weißbärtiges, gefurchtes Gesicht. Das Display des Handys blinkt auf der Kommode, aber er will nicht drangehen. Das Telefon hat heute so oft geklingelt wie nie zuvor. Reporter,

Gratulanten, Berufs- und Hobbypolitiker, Beinahe-Freunde, Schulterklopfer. *Schmarotzer*. Heute ist ein großer Tag für die finnische Industrie und für RealEst. Die mittlere Führung des Unternehmens feiert gerade in einem riesigen Zelt auf dem Marktplatz Hietalahti, wo im Rahmen des Festprogramms verschiedene Künstler auftreten. Die Führungsgruppe und die Vorstandsmitglieder samt Ehepartnern versammeln sich im Salon des nahe gelegenen Restaurants Saslik zum Jubiläumsdinner.

Schlächter.

Eliel schließt die Augen und versucht zu vergessen.

Er sieht sie immer noch vor sich, die weißen Transparente, die den hellen Sonnenschein reflektieren. Es sind Dutzende, und sie werden von Hunderten Händen gehalten. Auf ihnen stehen in großen Buchstaben alle nur denkbaren Beschimpfungen. Tausende Menschen haben sich vor der Fabrik versammelt, und keiner von ihnen ist gekommen, um die fünfzigjährige Erfolgsgeschichte des Unternehmens zu feiern. Der Lärm, den die wütende Menschenmenge erzeugt, ist ohrenbetäubend, und als Dirigent wirkt ein Gewerkschafter, der mit seinem Megafon auf einem Podest steht.

Eliel öffnet die Augen und spürt, wie sein Herz hämmert. Diese undankbaren Knilche. Natürlich ist die Maßnahme radikal, aber sie wurde nicht leichtfertig beschlossen. Wenn die Fabrik zu retten wäre, würde sie gerettet. Bei dem Beschluss des Vorstandes, die Einheit in Kouvola zu schließen, geht es nicht darum, Produktionskosten zu senken, vielmehr soll die Rohrleitungstätigkeit heruntergefahren werden, weil sie einfach nicht mehr rentabel ist. Die Fabrik, die fast dreitausend Menschen beschäftigt, ist schon seit zehn Jahren ein Minusgeschäft im Unternehmen, und das Plus, das die anderen Bereiche der Geschäftstätigkeit erwirtschaften, ist kein hinreichender Grund, sie bis in alle Ewigkeit weiterzuführen. Noch problematischer als die Schließung der Fabrik ist wohl, dass es kaum möglich sein wird, die Menschen, die ihren Arbeitsplatz verlieren, in den anderen Bereichen des Unternehmens zu beschäftigen. Das Umfeld, in dem die RealEst AG tätig ist, hat sich in den letzten zehn Jahren wesentlich verändert. Selbst wenn die Firma die teure Umschulung bezahlt, wird ein fünfzigjähriger Metallarbeiter nie lernen, auch nur eine Zeile zu programmieren. Jedenfalls nicht schnell genug.

Zieh nach Schweden wie Nalle Wahlroos, du verdammtes Schwein.

Eliel seufzt. Er liest die Textnachricht, die schon vor fünfzehn Minuten gekommen ist. Axel hat sie geschickt.

Bin auf dem Weg zum Restaurant. Sei pünktlich.

Er denkt an seinen Sohn. An dessen fein geschnittenes Gesicht und seine überraschend hohe Stimme. In Axels Stimme schwingt eine Spur von jazzigem Whiskybass mit, wie bei seiner verstorbenen Mutter, von der der Sohn nicht nur das schöne Gesicht, sondern auch den grazilen Körperbau geerbt hat.

Das seltsame Sodbrennen, das ihn während der Fahrt gequält hat, ist zurückgekehrt. Der Besuch in Kouvola war wahrhaftig nicht erhebend. Eliel weiß, dass er den Vorstandsvorsitz in der RealEst AG in weniger als einem Jahr niederlegen wird, und gerade deshalb ist er bereit, die Kugel zu kassieren. Die Schelte der Nation auf sich zu nehmen. Dann kann sein Nachfolger einen neuen Anfang machen und vielleicht sogar die Unterstützung der Gewerkschaft gewinnen, sodass er das Unternehmen zu den nächsten großen Erfolgen lotsen könnte.

Eliel denkt kurz über seine Antwort nach und begnügt sich dann mit einem kurzen *Ok*.

Gleich darauf spürt er einen stechenden Schmerz in der

Brust. Einen Augenblick lang hat er das Gefühl, keine Luft zu bekommen. Er setzt sich auf den Hocker im Flur.

Verdammt.

Für einen 74-Jährigen ist sein körperlicher Zustand hervorragend – er hat kürzlich den Halbmarathon in der Seniorenklasse in zwei Stunden und vierzehn Minuten geschafft. Aber ausgedehnte Abende im Restaurant mit Zehn-Gänge-Menüs und den dazugehörigen Weinen machen ihn geistig und körperlich müde. Vermutlich wäre es gut, das Herz noch einmal untersuchen zu lassen, doch er scheut vor Arztbesuchen zurück und vermeidet sie so lange wie möglich. *Verdammt noch mal.* Wenn heute nicht das Firmenjubiläum wäre, würde er es sich mit einem Glas Whisky auf dem Sofa bequem machen und sich *Emmerdale* ansehen.

Eliel geht langsam durch den Flur zum Wohnzimmer. Die langen, bräunlich gebeizten Dielen knarren unter seinen Merinosocken. Die dekorative Deckenlampe im Wohnzimmer erwacht zum Leben, als er den Schalter berührt. Er knöpft die Manschettenknöpfe auf und lässt die Ärmel über die Hände fallen.

Die Nadel des Plattenspielers senkt sich langsam auf die schwarze Scheibe. Johann Sebastian Bach: Sicilienne, Konzert in d-Moll, Bach-Werke-Verzeichnis 596. Nach Eliels Meinung das schönste Werk, das jemals komponiert wurde. Es macht ihn so wehmütig und traurig, dass es an Masochismus grenzt, es sich anzuhören. Das Konzert erinnert ihn an Anne-Maries Beerdigung, daran, wie Axels Vetter es zu Beginn der Gedenkfeier auf dem Klavier gespielt hat, hier in diesem Zimmer vor ungefähr drei Jahren. Seither sind also schon mehr als tausend lange Tage und Nächte vergangen, aber die Wohnung riecht immer noch nach Anne-Marie. Letztlich ist es also ganz egal, welches Putzmittel die Putzfrau kauft.

Anne-Marie.

Heute sollte er etwas anziehen, das ihn an Anne-Marie erinnert.

Eliel geht am Flügel vorbei zur Sitzgruppe und bleibt vor dem Gemälde stehen, das darüber hängt. Das Ölgemälde, das einen Auerhahn zeigt, lässt sich an einem Scharnier zur Seite klappen, sodass der in die Wand integrierte Safe sichtbar wird. Als Eliel den Zifferncode eingibt, ertönt ein Signalton, und der Safe öffnet sich.

Aus dem obersten Fach nimmt er seinen vielleicht wertvollsten Schatz, eine Vacheron Constantin Genève mit einem Gehäuse aus achtzehnkarätigem Gold. Der finanzielle Wert der Uhr ist nicht umwerfend, aber der ideelle ist umso größer: Anne-Marie hat ihm die Uhr 1969 zur Hochzeit geschenkt.

Eliel spürt das Gewicht der Uhr am Handgelenk, es fühlt sich fremd, zugleich aber auch vertraut an. Er geht zum Flügel und betrachtet das geräumige Wohnzimmer, die Perserteppiche, die vor langer Zeit handgefertigten Kommoden und die großen Ölgemälde mit den dekorativen Goldrahmen.

Er will heute Abend nicht zu der Feier gehen. Nicht ohne seine Frau.

Und dann hört er etwas über die Musik hinweg.

Er ist an dem Barschrank neben dem Flügel stehen geblieben, doch der Fußboden knarrt immer noch. Als läge ein Abstand von einer Sekunde zwischen seinen Schritten und dem Geräusch, das sie verursachen.

Er hält den Atem an. Plötzlich ist er sicher, dass sich außer ihm noch jemand in der Wohnung aufhält. Er blickt hinter sich, aber die bogenförmige Türöffnung zur Küche ist leer. Die Küche liegt im Dunklen, nur durch die Fenster, die zur russischen Botschaft gehen, fällt ein wenig Licht. Eliel schüttelt den Kopf. Das alte Jugendstilhaus führt sein eigenes Leben.

Im Hintergrund ertönt immer noch J. S. Bach, so schön wie jeden Abend.

Deine Sinne spielen dir einen Streich. Es war ein anstrengender Tag.

Eliel öffnet den Schrank und wählt die männlich-breitschultrige Flasche Macallan Reflexion. Wenn das Gefühl, das ihm die Brust einschnürt, unerträglich wird, sagt er seine Teilnahme am Abendessen ab. Das Älterwerden hat immerhin eine gute Seite: Wenn man etwas nicht tun will, hat man immer einen Vorwand – das Alter selbst. Dagegen kann keiner etwas sagen.

Die braune Flüssigkeit plätschert in das Glas wie Wasser aus einem klaren Bergbach.

Doch die Dielen knarren erneut, diesmal lauter. Eliel leert sein Glas, der Whisky mit dem leichten Pflaumenaroma brennt im Hals.

»Hallo?«, ruft Eliel energisch, obwohl er weiß, dass niemand antworten wird. Das hat er zuletzt getan, als Anne-Marie noch lebte. Wenn er abends nach Hause kam und nicht wusste, ob seine Frau in der Wohnung war oder nicht.

Er stellt das Glas auf den Barschrank und hüstelt in die Faust.

Natürlich ist er allein in der Wohnung. Bei seiner Ankunft war die Alarmanlage ja eingeschaltet, und die Tür im Flur ist seitdem nicht gegangen.

»Hallo?«, hört er sich wiederholen. Er weiß, das würde er nicht tun, wenn er hundertprozentig sicher wäre, dass außer ihm niemand in der Wohnung ist. Der Zweifel ist wie ein Schwert in der Brust.

»Wer ist da?«

Das Knarren ertönt diesmal hinter der Zwischenwand in der Küche. Dann ein schleifendes Geräusch, das mit einem kurzen Schnalzer endet. *Die Küchenschublade.*

Eliel spürt, wie ihm die Kälte den Rücken hochkriecht, bis zum Nacken.

Er greift nach seinem Handy und sucht in der Kurzwahl nach Joonas' Nummer.

Nun sind die Schritte immer deutlicher zu hören.

Und dann sieht er sie, die dunkle Gestalt, die ruhig aus der finsteren Küche tritt. Das Handy entgleitet ihm und fällt zwischen seinen Füßen auf den Boden.

2

Joonas Lamberg öffnet die Tür und steigt aus. Der Nieselregen fällt auf seinen kahlgeschorenen Kopf, und der Baumwollblazer schützt kaum vor dem schneidenden Wind. Joonas will schon zum Mantel greifen, verwirft den Gedanken jedoch und schließt die Tür des frisch gewachsten Maybach. In seiner früheren Laufbahn beim Einsatztrupp der Polizei ist er in voller Sturmausrüstung in eiskaltem Wasser getaucht und hat bei klirrendem Frost acht Stunden lang reglos auf einem Blechdach gelegen und durch das Zielfernrohr seines Präzisionsgewehrs gestarrt. Er hat mehr als einmal geschossen, um zu töten, und ist ebenso oft selbst beschossen worden. Eine der Kugeln – die im November 1998 aus der Neunmillimeterwaffe eines finnlandschwedischen Bankräubers abgefeuert wurde – hat über seinem Knie eine ewige Narbe hinterlassen und das Ende seiner Karriere im Einsatztrupp eingeleitet. Joonas, den die Verhältnisse zum Wechsel in den Privatsektor gezwungen haben, ist auch mit Messern und Fahrradketten attackiert worden, aber in aller Regel als Sieger aus dem Kampf hervorgegangen. Seit seinem Ausscheiden aus dem Polizeidienst hat er keine Waffe mehr getragen, obwohl er zu Hause eine hat. Nein, er verlässt sich auf Krav Maga, das israelische Selbstverteidigungssystem, in dem er jahrzehntelange Erfahrung und den schwarzen Gürtel der zweiten Expertenebene besitzt.

Es ist also klar, dass er seine Zigarette ohne Mantel rauchen kann, auch wenn der Wind vom Meer an diesem Abend geradezu mörderisch ist. Obwohl die Temperatur ein paar Grad über dem Nullpunkt liegt, fühlt man sich wie in einer klimatisierten Gefriertruhe.

Joonas steckt sich die Zigarette zwischen die Lippen, zündet sie mit dem Gasfeuerzeug an und kratzt an der Narbe an seinem Hals, die bei Kälte juckt. An einem der Gebäude in der Nähe klingelt eine Windglocke.

Er macht einen Zug und wirft einen Blick auf die Fenster seines Chefs. Seines Chefs, der in den letzten drei Jahren um zehn Jahre gealtert zu sein scheint. Nach dem Tod seiner Frau sind Zetterborgs Schritte allmählich steif geworden, und es ist noch schwieriger als früher, irgendeine Verbindung zu ihm aufzubauen.

Joonas denkt an seine Mutter, die ein Jahr jünger ist als Zetterborg und in einem Seniorenheim wohnt. Die Alzheimer-Krankheit hat sich in den letzten Monaten verschlimmert, die jüngsten Erinnerungen sind in Vergessenheit geraten, und die Zukunft sieht nicht rosig aus. Mitunter überlegt er, ob er seine Mutter aus dem Heim holen und für ihre letzten Tage irgendwohin bringen sollte, wo kein eiskalter Nieselregen fällt, sondern ein lauer Mittelmeerwind weht.

Joonas bläst den Rauch aus, den ein Windstoß schnell davonträgt.

Er wirft einen Blick auf seine Uhr, als wolle er nachsehen, wie lange die Zigarette schon brennt. Nach ein paar schnellen Zügen wirft er die Kippe weg und sieht im selben Moment, dass sein Handy auf dem Vordersitz des Maybach klingelt.

Er steigt ein und greift nach dem Telefon. Auf dem Display blinkt der Name *Prinz Charles*. An sich ein ungehöriger Witz, den Zetterborg senior sicher missbilligen würde, wenn er wüsste, welchen Beinamen Joonas Axel verpasst hat. Im Umgang mit der Familie ist Joonas immer höflich, aber nie kriecherisch oder zu offiziell. So hat es sein Chef ausdrücklich gewünscht.

»Joonas.«

»Hallo, Joonas … Ich ruf nur an, weil …« Axel Zetterborgs Stimme klingt aufgeregt.

Joonas tut das, was er am besten kann: Er wartet geduldig.

»Ist mein Vater bei dir?«, bringt Axel schließlich heraus.

»Dein Vater ist zu Hause. Ich warte im Auto vor der Tür.«

»Solltet ihr nicht direkt zum Restaurant kommen?«

»Dein Vater wollte vorher nach Hause.«

»Okay … Vater wird im Restaurant erwartet, und das weiß er.«

Joonas Lamberg beugt sich vor, um die Fenster an der Hausecke zu sehen. Dort brennt ein schwaches Licht.

»Er geht nicht ans Telefon. Sonst meldet er sich immer«, sagt Axel und klingt nun besorgt. »Ich würde ja nicht anrufen, aber er hat früher am Tag geklagt, dass er sich nicht ganz wohlfühlt.«

»Bestimmt kommt er …«

»Geh nachsehen.«

»Aber …«

»Tu, was ich sage, Joonas.«

»In Ordnung. Ich geh rauf«, sagt Joonas, öffnet die Tür und stemmt sich aus dem Wagen. Wahrscheinlich geht es dem Chef gut, aber selbst bei dem kleinsten Verdacht muss sekundenschnell gehandelt werden. Alles andere wäre unprofessionell.

Joonas läuft zur Tür und zieht den Schlüssel aus der Tasche. Er hat Axel immer noch am Apparat, als er die Treppe hinaufstürmt. Sechs Etagen in weniger als einer halben Minute. Die Kniescheibe funktioniert gut, obwohl sie auf dem Röntgenbild geradezu schaurig aussieht und jederzeit streiken kann.

»Ich bin jetzt oben an der Tür. Draußen war alles friedlich …«, sagt Joonas leicht außer Atem und klingelt.

»Ich hab auch nichts anderes vermutet, aber …« Axel unterbricht sich mitten im Satz, wohl weil er hofft, die wütende Stimme seines Vaters zu hören. *Ich komm ja schon, verdammich.*

Sie ist jedoch nicht zu hören, und die Tür wird nicht geöffnet.

Eine Weile steht Joonas, das Handy am Ohr, vor der Tür und starrt auf das Namensschild, auf dem mit weißen Buchstaben auf schwarzem Grund *Zetterborg* steht. Dann klopft er ein paarmal laut an. Die Sekunden verstreichen, bis zweifellos mehr als eine Minute vergangen ist.

»Joonas?«, fragt Axel, und jetzt ist die Unruhe in seiner Stimme unüberhörbar.

Joonas öffnet die Tür mit seinem eigenen Schlüssel.

»Axel«, sagt er, nachdem er das Wohnzimmer erreicht hat. »Hier ist tatsächlich was passiert.«

3

Kriminalhauptmeisterin Jessica Niemi beobachtet ein Eichhörnchen, das in seinem grauen Winterfell über den Weg trippelt und dann verblüffend schnell an einem dicken Baumstamm hochklettert. Die kleinen Wunder der Natur, wie zum Beispiel die Gewandtheit des der Schwerkraft trotzenden Nagetiers, haben sie seit jeher fasziniert. Sie verspürt von Jahr zu Jahr mehr Sehnsucht nach der Natur, vielleicht um Distanz von den Tragödien und entsetzlichen Menschenschicksalen zu gewinnen, denen sie bei ihrer Arbeit begegnet.

Das ist jedoch nicht der Grund, weshalb sie an diesem dunklen Januarabend in den Zentralpark gegangen ist.

Das Eichhörnchen ist aus ihrem Blickfeld verschwunden, aber Jessica hört, wie seine kleinen Krallen an der Baumrinde schaben, und sieht die Zweige in einigen Metern Höhe schaukeln.

Die von dichtem Wald umgebene Joggingstrecke ist dunkel, und bei dem eisigen Nieselregen sind kaum Ausdauersportler unterwegs. Jessica hat eine Taschenlampe mitgenommen, doch bisher hat das Licht der wenigen Laternen am Weg gereicht.

Jessica zieht den Reißverschluss ihrer Windjacke mit den Fingern der linken Hand hoch. Ihre rechte Hand ruht immer noch in einer Armschlinge. Nicht, weil es für die Heilung weiterhin notwendig wäre, sondern deshalb, weil die Armmuskeln immer schmerzen, wenn das Mitte Dezember verletzte Handgelenk frei herunterhängt.

Damals hat der Vorschlaghammer, den eine junge Frau geschwenkt hat, nicht nur Jessicas Handgelenk, sondern auch ihre Daumenwurzel getroffen. Er hat das Große Vieleckbein zertrümmert, und der Chirurg musste eine Meisterleistung vollbringen, um wenigstens halbwegs gute Voraussetzungen dafür zu schaffen, dass der Daumen eines Tages wieder funktioniert. Trotz der gelungenen Operation hat Jessica eine langwierige Rehabilitation vor sich. Nach einer vorsichtigen Schätzung wird sie ihre Waffe auf dem Schießstand der Polizei in Pasila im Sommer zum ersten Mal wieder in die Hand nehmen können, vielleicht auch erst im Herbst. Falls sie überhaupt in ihren Beruf zurückkehren will. Im Moment steht das keineswegs fest.

Der Gedanke, sich beurlauben zu lassen, kam auch für Jessica überraschend. Sie hatte sich mit ihrer Chefin Hellu bereits darauf geeinigt, dass sie weiterhin normal in ihrer Einheit arbeiten konnte, wenn sie Einsätze, bei denen beide Hände gebraucht wurden, den anderen überließ. Und eine Zeitlang hatte Jessica auch das Gefühl, dass sie weiterarbeiten wollte. Hellu hatte ihr eine zweite Chance gegeben, trotz allem, was sie über Jessica und ihre Vergangenheit erfahren hatte. Hellu hatte ihr einen Rettungsring zugeworfen, und für kurze Zeit war Jessica bereit gewesen, sich daran zu klammern. Aber dann …

Jessica bleibt stehen und betrachtet die feuchte Joggingstrecke. Der Wind lässt das Wasser in den Pfützen tanzen, sie sind noch nicht zugefroren.

Genau hier ist es passiert. An dieser Stelle wurde Jessica im letzten November von einem betrunkenen Mann angegriffen. Er warf sie zu Boden und sagte immer wieder dasselbe Wort: *Heiligabend.*

Und nur fünfzig Meter von hier, mitten im Wald, wurde an Heiligabend die verkohlte Leiche eines Mannes gefunden.

Ein Windstoß lässt die kahlen Zweige der Bäume schaukeln. Jessica schreckt auf, als sie ein rasch näher kommendes Rauschen hört. Einige Sekunden später saust ein Radfahrer in engem Trikot vorbei und verschwindet so schnell, wie er aufgetaucht ist.

Jessica läuft es kalt den Rücken hinunter. Sie glaubt nicht an Zufälle. Sie weiß, dass etwas im Gang ist. Etwas, was sie allein herausfinden muss.

Sie erinnert sich, wie sie in der Weihnachtsnacht in ihrer Wohnung am Fenster stand.

Sie erinnert sich, was sie gesehen hat. Gehörnte Gestalten. Sie mussten zu der Hexenbande gehören, die vor einem Jahr viele Menschen ermordet und schließlich auch Jessicas Leben bedroht hat.

Aber trotzdem kann sie ihrer eigenen Wahrnehmung nicht restlos trauen. Es ist durchaus möglich, dass sich in ihrem Kopf zwei Welten vermischt haben, von denen nur eine real ist.

Und deshalb muss sie die Sache allein untersuchen, sich vergewissern, dass die Bedrohung echt ist. Andernfalls würde sie für alle Zeiten als verrückt abgestempelt.

Jessica aktiviert die Kamera an ihrem Handy, knipst die Taschenlampe an und geht vom Weg in den Wald, zu der Stelle, wo an Heiligabend die Leiche des Mannes gefunden wurde.

4

Kriminalmeister Jusuf Pepple, Ermittler bei der Einheit für schwere Verbrechen in Helsinki, parkt an der Kreuzung Vuorimiehenkatu und Muukalaiskatu, über die sich ein blauweißes Absperrband zieht. In der Stereoanlage seines Wagens dröhnt der Song *Karhukirje* von Fella Nalle, dessen Beat bestimmt bis zum nächsten Hauseingang dringt.

Finnischsprachiger Rap ist Jusufs Kraftquelle, er hat ihn seit den frühen Teenagerjahren aufgesogen, seit der Zeit, als bei den Partys in Söderkulla Punainen tiili, Renesanssi und Hampuusin päiväkirja aufgelegt wurden: alle Klassiker des einheimischen Hiphop.

Jusuf schaltet die Stereoanlage aus, greift nach seiner weißen Marlboroschachtel und schwingt sich aus dem Wagen. Die Temperatur liegt ein paar Grad über null, und das im Januar. Aber der kräftige Seewind, der aus dem Kaivopuisto-Park herüberweht, macht die Luft eisig. Die Schiebetür des Kleintransporters neben Jusufs Auto wird geöffnet, und eine blonde Frau mit einer Sporttasche steigt aus. Die beiden nicken sich fast unmerklich zu.

»Das Bügeleisenhaus«, sagt die Frau, während Jusuf eine Zigarette ansteckt.

»Hä?«

Die Frau zeigt auf das helle, dreieckige Gebäude vor ihnen.

»Das da. Eine Kopie aus Manhattan.«

Jusuf wirft der Frau einen gewollt überraschten Blick zu.

Die Frau heißt Tanja, sie ist Tatortermittlerin und richtig süß. Jusuf hat beim letzten Betriebsfest einmal mit ihr getanzt, und kurz darauf haben sie sich geküsst. Weiter sind sie jedoch nicht gegangen. Jusuf weiß nicht recht, warum nicht. Vielleicht war die Trennung von Anna damals noch zu frisch, vielleicht dachte Jusuf, wenn er mit Tanja knutschte, wäre die Möglichkeit, dass Anna zu ihm zurückkehrte, endgültig ausgeschlossen. Er hing wohl den ganzen Herbst über noch an seinem früheren Leben, auch wenn es ihm damals nicht ganz bewusst war. Jedenfalls sind sie beide nie auf ihren intimen Tanz beim Betriebsfest zurückgekommen, was auch ein wenig seltsam ist. Als wären sich zwei einander völlig unbekannte Menschen für die Zeit eines magischen Kusses begegnet und hätten sich dann aus den Augen verloren, bevor die Kutsche sich in einen Kürbis oder was auch immer verwandelte.

»Wovon sprichst du?«, fragt Jusuf. Tanja setzt eine übertrieben enttäuschte Miene auf.

»Der Architekt Max Frelander hat sich bei einem Besuch in New York für das Flatiron Building begeistert. Das ist ein Wolkenkratzer auf der Fifth Avenue in Manhattan, dessen Grundriss ungefähr die Form eines Dreiecks hat. Frelander wollte einen Abglanz der großen weiten Welt nach Helsinki bringen, und das hier ist das Ergebnis.«

»*Flatiron*? Der Architekt hat im Stadtteil Kaivopuisto seine Version eines Hauses bauen lassen, das wie ein Bügeleisen geformt ist?«

»Nicht ganz. Er hat das Gebäude, das auf dem Grundstück stand, umgebaut, einige Stockwerke hinzugefügt und die Giebelwand abgerundet. Das war 1930 oder so.«

Jusuf betrachtet das achtstöckige Haus im Stil des Funktionalismus und zieht an seiner Zigarette. Das Poltern der Straßenbahn auf der benachbarten Tehtaankatu klingt wie der Beginn eines Erdbebens.

»Ein Abglanz der großen weiten Welt? Das überzeugt mich nicht so ganz.«

»Kein Wunder. Das Flatiron Building ist dreimal höher.«

»Flanders Versuch ist also ein Torso.«

»Frelanders.«

Jusuf sieht Tanja belustigt an und zeigt mit den Fingern, zwischen denen er die Zigarette hält, auf sie.

»Frelanders. Natürlich. Und du weißt das alles, weil …«

»Habe ich dir das damals nicht erzählt? Oder haben wir nur getanzt?«

»Haben wir wirklich nur getanzt?«

»Hauptsächlich.« Tanja lacht auf und streicht sich die Haare, die unter ihrer Mütze hervorlugen, hinter die Ohren.

»Ich bin eine fast fertige Architektin«, fügt sie hinzu.

Jusuf lächelt so breit, dass seine schneeweißen Zähne sichtbar werden.

»Wow. Wie in aller Welt wird aus einer fast fertigen Architektin eine kriminaltechnische Ermittlerin, die blutige Tatorte untersucht?«

»Eine Kehrtwende kann man auch am Ziel noch machen, Jusuf. Und noch leichter kurz davor.«

»Mag sein«, sagt Jusuf, um das leicht flirtende Gespräch zu beenden, und geht ein paar Schritte auf das Gebäude zu. Vielleicht können sie irgendwann da weitermachen, wo sie auf dem Betriebsfest aufgehört haben, aber an einem Tatort, wo die Leiche noch nicht einmal erkaltet ist, ein Treffen zu vereinbaren oder auch nur davon zu träumen, erscheint ihm unpassend.

Auf der Muukalaiskatu stehen außer den am Straßenrand parkenden Wagen drei Polizeifahrzeuge und ein Krankenwagen. Das blinkende Blaulicht, das die Hauswände zurückwerfen, ist ein so vertrauter Anblick für Jusuf, dass er es mit geschlossenen Augen in allen Einzelheiten beschreiben könnte.

Es ist eine Nachricht an die Umgebung, die sich nie schön anhört. Als hätte der Tod sich ins Gästebuch eingetragen.

»Unser heutiger Kunde ist wohl ein etwas höheres Tier«, sagt Jusuf, lässt die Kippe fallen und tritt die Glut mit der Schuhspitze aus. Die siebte Zigarette des Tages ist mit Sicherheit nicht die letzte.

»Ich habe mir immer schon gedacht, es ist nur eine Frage der Zeit, wann so etwas passiert«, meint Tanja. »Man sollte annehmen, dass die Bosse von RealEst sich in diesen Tagen besonders gut schützen.«

»Genau«, stimmt Jusuf ihr zu. Vor dem Haus befragen zwei Polizisten im Overall einen auf der Vortreppe sitzenden Mann in Anzughose und langem schwarzen Mantel. *Das muss der Chauffeur und Leibwächter sein, den Hellu am Telefon erwähnt hat.*

»Bis gleich. Ich zieh mir den Raumanzug über«, sagt Tanja und geht zu dem Kleintransporter zurück.

Jusuf winkt ihr zu, dann nimmt er Kurs auf die Haustür des einem Bügeleisen nachempfundenen Gebäudes. Er duckt sich unter dem Absperrband durch und hält den Kollegen im Overall seinen Dienstausweis hin. Er besucht schon seit sechs Jahren Tatorte, wird mitunter aber immer noch aufgehalten, wenn er polizeilich abgesperrtes Gelände betritt. Legere Kleidung und dunkle Haut taugen offenbar selbst in den 2020er Jahren nicht als Kennzeichen eines Kriminalmeisters. Jusuf ist immer noch die einzige farbige Person in der Abteilung und hat sich längst daran gewöhnt, mit langen Blicken und plumpen Kommentaren bedacht zu werden, wenn er neuen Kollegen oder Klienten begegnet.

Diesmal trifft er jedoch auf Streifenpolizisten, die er kennt.

»Wie sieht's aus?«, fragt Jusuf und tritt, die Hände in den Hosentaschen, vor den einen der beiden Polizeimeister. Der Mann heißt Hallvik, ein mit allen Wassern gewaschener Kollege, dem Jusuf schon einige Male an Tatorten begegnet ist.

»Die Hauptkommissarin ist drinnen«, erklärt Hallvik, während sein Kollege die Befragung des Chauffeurs fortsetzt. Jusuf nickt und blickt dann fragend über Hallviks Schulter.

»Der Chauffeur«, sagt Hallvik leise. »Er hat den Notruf alarmiert.«

»Hat er irgendetwas gesehen?«

»Offenbar nicht«, antwortet Hallvik und spuckt einen Rotzklumpen aus. »Bei unserem Eintreffen war auch der Sohn des Opfers in der Wohnung. Axel Zetterborg. Anscheinend ist er aus einem Restaurant hergerannt, das ganz in der Nähe liegt und in dem eine ganze Gesellschaft, darunter auch das Opfer, zu Abend essen sollte.«

Jusuf schweigt eine Weile, wie um Hallviks Worte zu verdauen.

»Wo ist Axel Zetterborg jetzt?«

»Im Auto«, antwortet Hallvik und nickt zu dem Streifenwagen hin. »Er war total fassungslos. Wir mussten ihm ziemlich nachdrücklich befehlen, die Wohnung zu verlassen. Zwischen den ersten Aussagen der beiden scheint es aber keine Widersprüche zu geben.«

Jusuf wirft einen Blick auf den Wagen, in dem Axel Zetterborg auf weitere Informationen wartet. Seine Befragung sollte bald vorgenommen werden, damit er nach Hause gehen kann. Falls kein begründeter Verdacht besteht, dass er in den Tod seines Vaters verwickelt ist.

»Ihr wart als Erste in der Wohnung?«, vergewissert Jusuf sich bei Hallvik.

Der Kollege nickt.

»Was ist da passiert?«

»Das ist ein ziemlich trauriger Anblick. Ich würde sagen, sieh es dir selbst an, soweit man sich jetzt in der Wohnung bewegen kann, ohne Spuren zu verwischen … Ein paar Typen im weißen Overall sind ja schon da, und offenbar kommen noch mehr …«

»Okay«, sagt Jusuf und geht durch die offene Tür ins Haus. Er zieht die blauen Plastiküberzüge, die Hallvik ihm reicht, über die Schuhe, bindet sich eine Stoffmaske vor das Gesicht und streift die weißen Schutzhandschuhe über.

Der schroffe Rap-Sound, der ihm immer noch in den Ohren klingt, passt überhaupt nicht in die dekorative Eingangshalle, die er gerade betreten hat.

5

Auf dem Treppenabsatz im sechsten Stock steht eine Frau, deren kurze blondierte Haare an den Wurzeln schwarz nachwachsen. Hellu – offiziell Hauptkommissarin Helena Lappi – trägt eine schwarze Steppjacke und die vorgeschriebene Schutzkleidung. Jusuf sieht ihren Mund nicht, aber ihre Augen wirken müde und eine Spur verärgert. So sieht Hellu eigentlich immer aus, von wenigen Ausnahmesituationen abgesehen.

»Hallo«, sagt Jusuf, doch Hellu antwortet nicht. Sie dreht sich um und blickt durch die offene Tür in die Wohnung. Am Ende des langen Flurs zuckt Blitzlicht auf. Der Mittelpunkt der Foto-Session, einer der bekanntesten Industriebosse Finnlands, wird allerdings aus anderen Gründen fotografiert, als man am Tag des fünfzigsten Jubiläums seiner Firma vermuten könnte.

Jusuf bleibt vor dem Aufzug stehen, stützt die Hände in die Seiten und wirft einen Blick auf den Familiennamen an der Wohnungstür.

»Zetterborg«, sagt er leise.

»War das nicht schon klar?«, antwortet Hellu müde, klingt diesmal aber nicht besonders boshaft.

»Ja, schon, aber …«

»Ein wichtiger Fall, Jusuf. Der bisher größte für uns beide«, fährt Hellu fort, dreht sich zu Jusuf um und nimmt den Mundschutz ab. »Jemand hat Eliel Zetterborg ein großes Messer direkt ins Herz gestoßen.«

»Jesus Christus«, flucht Jusuf. »Haben wir irgendwas …«

»Joonas Lamberg, Chauffeur und Leibwächter. Vermutlich hast du ihn unten gesehen.«

Jusuf nickt. Ein leiser Knall ist zu hören, dem ein gedämpftes Summen folgt, als der Aufzug sich ruckelnd in Bewegung setzt und langsam im Schacht verschwindet. Irgendwo unten ertönen Männerstimmen.

»Lambergs Befragung ist jetzt das Wichtigste«, erklärt Hellu. »Er sagt, er habe Zetterborg bis an die Tür begleitet und gehört, wie sein Chef die Alarmanlage ausgeschaltet hat. Es kann also niemand in der Wohnung gewartet haben.«

»Vielleicht hat der Killer im Treppenhaus gewartet?«, meint Jusuf.

Hellu schüttelt den Kopf.

»Der Sicherheitsmann ist zu Fuß nach unten gegangen und hat dabei alle Stockwerke überprüft. Seinen Worten nach tut er das jeden Abend.«

»Die obere Etage auch?«, fragt Jusuf. Hellu nickt. »Und durch die Haustür ist niemand gekommen?«

»Lamberg hat niemanden gesehen. Er wirkt ziemlich wachsam, daher würde ich seinen Worten Glauben schenken.«

»Na verdammt, ist der Mörder dann aus einer der anderen Wohnungen gekommen?«

»Die Streife hat zusammen mit dem Hausmeister an jede Tür geklopft, in allen Wohnungen waren die Leute zu Hause, aber niemand hat etwas gesehen«, antwortet Hellu und zeigt auf die Tür gegenüber von Zetterborgs Wohnung. »Die Frau, die da drüben wohnt, sagt, sie hätte zur fraglichen Zeit vielleicht einen leisen Schrei gehört, war sich aber nicht sicher und konnte auch nichts Genaueres sagen.«

»Na ja, man sollte tatsächlich meinen, dass das Opfer geschrien hat«, sagt Jusuf.

»Vorläufig ist es völlig rätselhaft, wie der Täter in Zetterborgs Wohnung gekommen ist. Das Schloss ist unberührt. Zetterborg muss seinen Mörder selbst hereingelassen haben.«

»Und der Hintereingang?«, fragt Jusuf leise und muss zwangsläufig an die riesige Wohnung in Etu-Töölö denken, die seine Kollegin und Freundin Jessica Niemi besitzt.

»Unversehrt«, sagt Hellu, als sich unten das Gitter schließt und der Aufzug sich erneut in Bewegung setzt.

Jusuf setzt zur nächsten Frage an, aber Hellu hat warnend den Zeigefinger gehoben und hält sich das lautlos vibrierende Handy ans Ohr.

Lappi. Hallo. Ja … genau.

Die Hauptkommissarin verschwindet im Flur von Zetterborgs Wohnung und lässt Jusuf im Treppenhaus zurück.

Im selben Moment hält der Aufzug. Ein etwa fünfzigjähriger bärtiger Mann, der aussieht, als wäre ihm gerade ein Gespenst begegnet, steigt aus. Auf der Brust seines schwarzen Hoodies steht in großen Buchstaben Haus-Makkonen.

Jusuf sieht Hellu an, die neben ihm aufgetaucht ist und das Handy kurz sinken lässt. »Der Hausmeister«, erklärt sie, dann setzt sie das Telefongespräch fort.

»Guten Abend«, sagt Jusuf, als der Mann die Aufzugtür schließt, auf dem Treppenabsatz stehen bleibt und die Hände in die Seiten stützt.

»Guten Abend, ich bin Jari Makkonen, der Hausmeister …«

»Jusuf Pepple von der Polizei.« Jusuf zeigt dem Mann seinen Dienstausweis, der um seinen Hals hängt. »Sie haben mit den Streifenbeamten an allen Wohnungen im Treppenaufgang A geklingelt?«

»Ja, an allen zwölf«, bestätigt Makkonen und steckt die Hände in die Taschen seiner weiten schwarzen Jeans, vermutlich, weil er nicht weiß, was er mit ihnen anfangen soll. Zwischen seinen oberen Zähnen hat Kautabak einen Farbfleck hinterlassen, und sein Atem riecht nach stark gewürztem Essen.

»Wohin führt der Hintereingang der Wohnung?«, fragt Jusuf.

»Zum Dachboden und nach unten in den Innenhof.«

»Gibt es da einen Aufzug?«

Makkonen schüttelt den Kopf.

»Kommt man vom Dachboden in die anderen Treppenaufgänge?«

»Nein.«

Jusuf betrachtet den grau getönten Bart des Mannes, der am Ende zusammengebunden ist.

»Waren Sie mit den Polizisten auf dem Dachboden?«

Makkonen nickt.

»Und vom Innenhof kommt man durch die Toreinfahrt auf die Straße …«

»Genau. Und natürlich in die Treppenaufgänge B und C. Und an der anderen Seite des Hauses auf die Vuorimiehenkatu, da ist ja auch ein Eingang.«

»Passt ein und derselbe Schlüssel für die Haustüren aller Treppenaufgänge?«

»Nein, die Schlüssel sind so profiliert, dass man nur die Tür zum eigenen Aufgang aufschließen kann.«

»Wie weit ist es von der Toreinfahrt zur Tür des Aufgangs A an der Straßenseite?«

»Um die zwanzig Meter«, antwortet Makkonen. Jusuf sieht die hohen Bäume an der Muukalaiskatu vor sich, deren kahle Äste jemandem, der sich vor dem Haus bewegt, Schutz bieten können. Es ist durchaus möglich, dass jemand durch die Toreinfahrt geschlüpft ist, ohne dass Zetterborgs Leibwächter es bemerkt hat. Und falls der Täter gewusst oder gemerkt hat, dass Lamberg auf der Straße Wache hält, hat er sicher den Eingang an der Vuorimiehenkatu benutzt.

»Wohnen Sie hier im Haus?«, fragt Jusuf nach kurzem Schweigen.

»Nein«, antwortet der Hausmeister mit ungläubiger Miene, als wäre der Gedanke völlig absurd. »Ich wohne in der Pietarinkatu. Ich arbeite noch für drei andere Immobilien als Hausmeister.«

Jusuf wirft erneut einen Blick auf Hellu, die ihm immer noch den Rücken zukehrt und etwas ins Telefon murmelt. Als Ermittlungsleiterin hat sie natürlich viele Dinge gleichzeitig zu erledigen, aber es wäre angenehmer, wenn sie ihre telefonischen Besprechungen zum Beispiel im Auto auf der Rückfahrt nach Pasila erledigen würde. Na, Hellu ist und bleibt eben Hellu.

»Gibt es im Haus Überwachungskameras oder irgendetwas anderes, das uns weiterhelfen könnte? Elektrische Verriegelungen, elektronische Kontrollsysteme oder so was?«, fragt Jusuf, aber Makkonen schüttelt wieder den Kopf.

Hellu beendet endlich ihr Gespräch und gesellt sich zu den beiden Männern im Treppenhaus. Sie betrachtet den nervös wirkenden Hausmeister kühl, als würde sie seine Angst riechen und Kraft aus ihr schöpfen.

»Sie müssen in den nächsten Stunden … und Tagen erreichbar sein«, sagt sie.

»Ja, natürlich«, antwortet Makkonen und blickt über die Schulter der Hauptkommissarin, offenbar in der Hoffnung, wenigstens einen kurzen Blick auf das zu erhaschen, was in der Wohnung vor sich geht.

»Kriminalmeister Pepple wird Sie kontaktieren«, fährt Hellu fort und starrt den Mann unverwandt an, bis er wieder in den Aufzug steigt und auf den Knopf für das Erdgeschoss drückt. Jusuf beobachtet, wie der erschrockene Blick des Hausmeisters zwischen den Etagen verschwindet. Dann nickt Hellu zur Wohnung hin. *Showtime*.

6

Axel Zetterborg hört die Stimmen, die von außen in den Wagen dringen, bekommt aber nicht mit, worüber die Streifenpolizisten reden. Er betrachtet seine Hände, die endlich aufgehört haben zu zittern.

Auf den Autos, die in der Muukalaiskatu parken, blinkt Blaulicht. Die Szene könnte direkt aus einem zweitklassigen Actionfilm stammen.

Axel stößt einen nervösen Seufzer aus.

Sein Vater ist tot. Das ist schwer zu glauben.

Und gleichzeitig ist alles völlig klar.

Sein Vater ist jetzt an irgendeinem Ort, der hoffentlich nicht besser ist als die Hölle. Gut so.

Axel ballt die Fäuste.

Er hat alles für die Firma getan, hat gegen den Wunsch seiner Frau seit Jahren auf seinen Urlaub verzichtet und verlockende Stellenangebote ausgeschlagen, die er im Lauf der Zeit bekommen hat, sogar von jenseits des großen Teichs. Sein Privatleben ist abwechslungsreich, na schön, aber er hat trotzdem immer das Beste für die Firma im Sinn gehabt. Seinem Vater hat das nicht gereicht. *Scheiße.* Für Axel hatte der Erfolg der RealEst sogar Vorrang vor dem Kinderwunsch seiner Frau. Das heißt, vielleicht liegt die Kinderlosigkeit doch daran, dass Axel keine Kinder will: Er hat seine Frau endlich dazu überredet, die jahrelange, fruchtlose und verdammt teure Kinderwunschbehandlung zu beenden. Seine Spermien sind jedenfalls nicht das Problem, das hat er schon einmal bewiesen.

Axels Hand fährt in die Hosentasche, die jedoch leer ist. Die Polizisten haben ihm das Handy abgenommen und gesagt, er bekomme es nach der vorläufigen Befragung durch die Kriminalpolizei zurück.

Axel vergräbt das Gesicht in den Händen. Wie anders hätte dieser Abend im besten Fall verlaufen können. Er hätte sich im Salon des Saslik maßvoll betrunken, seine Unbesiegbarkeit mit ein paar Linien Koks verstärkt und sich dann frühzeitig verzogen, zuerst in die VIP-Lounge des Restaurants Teatteri und dann in den Striptease-Club in der Uudenmaankatu. Der große Tag des Unternehmens hätte mit einem unvergesslichen Höhepunkt enden sollen: Er hatte die Mannerheim-Suite im Hotel Kämp reserviert, wo er mit Shirley oder irgendeiner anderen Hure aus der Bar den Druck der ganzen Woche ablassen wollte. Vielleicht hätte er zwei gleichzeitig mitgenommen, die hirnlosen Hühner stundenlang gefickt und beim Zimmerservice massenweise Hamburger bestellt. Jetzt kann er von alldem nur träumen.

Sein Vater ist tot.

Wie hat sich alles Gold so schnell in Scheiße verwandeln können?

Axel schlägt die Fäuste gegen das Rückfenster des Polizeifahrzeugs.

7

Jusuf betritt die Wohnung, die nach Museum riecht. Neben der Tür liegt ein Stapel folierte Bücher.

»Ist Zetterborg ein Bücherfreund?«, fragt Jusuf und geht in die Hocke, um sich die Bücher anzusehen.

»Fass die bloß nicht an«, warnt Hellu in mahnendem Ton. »Vielleicht haben sie was mit dem Fall zu tun.«

Jusuf hält jedoch schon eins der Bücher in seinen behandschuhten Fingern. *James Joyce – Ulysses*. Ein Klassiker und Ziegelstein, vor dessen Lektüre er sich in der Oberstufe gedrückt hat. Auf der Schmutztitelseite prangt der Stempel der Stadtbibliothek Helsinki.

»Deshalb hab ich ja das Gummi übergezogen«, sagt Jusuf fingerschwenkend.

Er weicht Hellus strengem Blick aus, legt das Buch zurück und folgt der Hauptkommissarin ins Wohnzimmer.

Eliel Zetterborg liegt auf dem Rücken zwischen Flügel und Barschrank. Sein Hemd, das den Ärmeln nach ursprünglich weiß war, hat sich rot gefärbt.

»Die Tatwaffe?«, fragt Jusuf und zeigt auf das mit einem gelben Nummernzettel markierte, lange und blutige Küchenmesser, das nur einen Meter von dem Opfer entfernt aus einem Dielenbrett aufragt. Allem Anschein nach wurde es in den Fußboden gestoßen.

»Was für ein Durchbruch«, sagt Hellu und weicht einem

kriminaltechnischen Ermittler im weißen Schutzanzug aus, der einen Instrumentenkoffer trägt. »Es stammt aus dem Messerbänkchen in der Küchenschublade.«

Jemand kommt zur Tür herein, und gleich darauf hört Jusuf die technischen Ermittler in der Küche miteinander reden. Er erkennt Tanjas Stimme.

»Eigenartig«, sagt er leise.

»Was?«

»Dass die Mordwaffe ein zufälliger Fund sein soll, ein Messer aus der Küche. Wenn jemand in der Absicht hier eingedrungen ist, Zetterborg zu ermorden, würde man annehmen, dass er eine Waffe mitbringt.«

»Vielleicht hatte er nicht die Absicht, Zetterborg zu töten«, meint Hellu, doch Jusuf schüttelt den Kopf.

»Der Täter hat das Opfer erstochen und die Klinge dann aus der Brust gezogen. Er muss gewusst haben, dass der Tod dadurch schneller und sicherer eintritt«, sagt er und sieht Hellu von unten an. »Klingt nicht gerade spontan, auch wenn er die Waffe aus der Küche geholt hat.«

Hellu hüstelt trocken.

»Andererseits hat man das ja auch schon erlebt: eine völlig ungeplante Tat, mit der sich trotzdem ungezügelte und lange anhaltende Gewalt verbindet. Vielleicht war jemand in räuberischer Absicht in der Wohnung und sah sich gezwungen, den überraschend aufgetauchten Zetterborg zu töten, um ihn als Augenzeugen auszuschalten.«

»Kann sein … Ich finde es nur etwas naiv, von einem Raub auszugehen, wenn man bedenkt, dass Zetterborg im Moment einer der meistgehassten Männer in ganz Finnland ist. Außerdem zeugt es doch auch von Planmäßigkeit, dass es dem Täter gelungen ist, auf unerklärliche Weise das Alarmsystem zu umgehen und obendrein unbemerkt zu verschwinden. Vor dem Haus hat ja ein eiserner Sicherheitsprofi Wache gehalten, der bestimmt nicht in einem Micky-Maus-Heft geblättert hat …«

Hellu schüttelt kaum merklich den Kopf.

»Immer mit der Ruhe, Jusuf. Dass das Eindringen in die Wohnung geplant war, bedeutet nicht unbedingt, dass dasselbe auch für die Bluttat gilt«, wendet sie ein und blickt sich um. Jusuf seufzt hinter seinem Mundschutz und überlegt, wieso seine Chefin unbedingt glauben will, dass es sich um eine spontane Tat handelt, nur weil die Mordwaffe aus der Küche des Opfers stammt.

»Na, einen Selbstmord können wir jedenfalls ausschließen«, sagt er und geht ein paar Schritte zu der Leiche auf dem Fußboden hin.

Hellus Handy klingelt wieder, und sie verzieht sich auf den Flur.

Lappi. Noch nicht. Ja, ja …

Jusuf wirft einen Blick auf seine Uhr. Sie zeigt fünfundzwanzig nach sieben. Der Wind peitscht den eisigen Regen gegen die Fenster. Unten auf der Straße rattert eine Straßenbahn. Das Geräusch lässt Jusuf an ein mittelalterliches Fuhrwerk denken, das gekommen ist, um die Leiche des alten Mannes zu holen und sie durch dichten Nebel an einen Ort zu bringen, zu dem andere keinen Zutritt haben.

Jusuf sieht sich um und versucht sich eine Art Gesamtbild von der Situation zu verschaffen. Ist es möglich, dass der Täter einen Schlüssel zu der Wohnung hat und die ganze Zeit hier war? Jusuf denkt an den Fall der Hexenbande vor einem Jahr: Jessica und er waren in Kulosaari in ein Luxushaus am Meer gekommen, wo eine tote Frau im schwarzen Abendkleid verblüffend aufrecht am Esstisch saß. An jenem Abend hatte sich der Mörder am Tatort versteckt und konnte später, im weißen Overall eines Tatortermittlers, aus dem Haus schlüpfen. Einen solchen Fall hatte es noch nie gegeben, und den gleichen

Fehler wird die Polizei nicht noch einmal machen. Seit dem Fall in Kulosaari werden alle Tatorte äußerst genau untersucht, oft sogar mit einer Wärmebildkamera. Dennoch hat Jusuf das unangenehme Gefühl, dass in dieser geräumigen Wohnung irgendetwas oder jemand der Aufmerksamkeit der als Erste eingetroffenen Streifenpolizisten entgangen ist.

»Jusuf«, sagt Hellu. Sie hat ihr Gespräch beendet und steht in der Türöffnung zwischen Küche und Wohnzimmer.

»Erstens: Nicht der Leibwächter hat bei der Notrufzentrale angerufen, sondern Eliel Zetterborg selbst. Lamberg hat das Telefonat weitergeführt, nachdem er hereingekommen war, und den Krankenwagen angefordert.«

»Okay, ändert das die Situation?«

»Das weiß ich nicht. Finde es heraus. Zweitens: Ich muss nach Pasila.«

»Pressekonferenz?«

Hellu nickt.

»Du bist ab jetzt der Hauptermittler in diesem Fall.«

Jusuf spürt ein Grummeln im Magen. Mit so einer Bombe hat er nicht gerechnet.

»Hä?«

»Hä, hä?«, ahmt Hellu ihn nach. »Harjula ist gerade erst auf dem Rückweg aus Tampere. Wir können uns später eine andere Lösung überlegen, falls der Druck zu stark wird.«

Jusuf nickt. Die unerwartete Verantwortung treibt ihm den Schweiß auf die Stirn. Er hat Dutzende Gewaltverbrechen untersucht, aber noch nie als Hauptermittler.

»Aber wenn du jetzt schon das Gefühl hast, dass …«, beginnt Hellu. Jusuf schüttelt hastig den Kopf.

»Hab ich nicht«, sagt er und lächelt unmerklich. Der erste Schock hat sich schnell in gespannten Eifer verwandelt. »Ich übernehme das, Hellu. Danke für dein Vertrauen.«

8

Die Zweige auf dem vor Kälte steifen Moos knacken unter Jessicas Schuhen, als sie zwischen den Bäumen hindurch zu der Stelle geht, an der an Heiligabend die Leiche des Mannes gefunden wurde. Jessica flucht leise, als ein dünner Zweig unter ihre linke Hand fährt, die sie schützend vor das Gesicht gelegt hat, und sie schmerzhaft an der Wange kratzt. Vom Stadtteil Ruskeasuo ist das Heulen eines Einsatzfahrzeugs zu hören. Die Luft im Wald wirkt feuchter und kälter als auf dem Asphalt der von Hochhäusern gerahmten Mannerheimintie.

Jessica stiefelt tiefer in das Dickicht, bis die Bäume einem blanken Felsen weichen.

Als sie das Display ihres Handys einschaltet, sieht sie, dass Jusuf ihr zwei Textnachrichten geschickt hat, beschließt aber, sie nicht zu lesen. Jetzt muss sie sich konzentrieren. Sie sucht die Fotos von der verkohlten Leiche und vergleicht sie mit der dunklen Landschaft, die vor ihr liegt.

Es ist dieselbe Stelle. Daran besteht kein Zweifel, obwohl der Brandmord keine sichtbaren Spuren am Felsen hinterlassen hat. Der auf den Fotos zu sehende Kreis aus kleinen Steinen hat seine Form verloren, einige wurden wohl zur genaueren Untersuchung mitgenommen.

Jessica hockt sich hin und hebt einen der Steine auf. Ein normaler, daumengroßer Stein, der vermutlich aus der näheren Umgebung hierhergeholt wurde.

Es handelt sich zweifellos um eine Art Ritualmord.

Jessica hat den Bericht gelesen, dem zufolge dem unbekannten Toten zwei Vorderzähne fehlen. Instinktiv wirft sie einen Blick auf die Hand in der Armschlinge. Sie hat dem Schleicher, der sie angegriffen hat, Vorderzähne ausgeschlagen.

Als sie ein Knacken hört, blickt sie in die Richtung, aus der sie gekommen ist.

Die Wipfel der jungen Fichten am Rand des Felsens schaukeln im Wind.

Niemand ist zu sehen.

Ein ungutes Gefühl beschleicht Jessica: Sie sollte jetzt nicht allein auf diesem Felsen sein.

Vielleicht wartet dort im Dunkel jemand auf sie.

Vielleicht ist sie in eine Falle gelaufen.

Du bist nicht in Gefahr. Konzentrier dich, Jessica.

Jessica schüttelt den Kopf, knipst ein paar Fotos von der Fundstelle des Opfers und markiert sie auf der Karte ihrer GPS-App.

Dann steckt sie das Handy in die Manteltasche und geht mit zügigen Schritten denselben Weg zurück, auf dem sie gekommen ist.

Wieder knackt etwas.

Jessica hört, dass sich hinter ihr etwas bewegt.

Sie beschleunigt ihre Schritte und wirft einen Blick über die Schulter, sieht hinter den niedrigen jungen Fichten Hörner auftauchen und schreit entsetzt auf.

Im selben Moment tritt sie auf eine glitschige Stelle und landet bäuchlings zwischen zwei Kiefern. Sie stöhnt vor Schmerz, denn sie ist auf ihre verletzte Hand gefallen.

Schnell dreht sie sich auf den Rücken und richtet den Lichtkegel ihrer Taschenlampe auf die nur einen Steinwurf entfernten Bäumchen. Der gehörnte Kopf hebt sich, und gleich darauf tragen vier magere Beine das Wesen rasch davon.

Ein Waldren. Verdammt noch mal.

Jessica bemüht sich, gleichmäßig zu atmen, und rappelt sich mühsam hoch.

Die Joggingstrecke ist nur noch einige Meter entfernt, und dahinter leuchten die Lichter des Reitstalls.

Sie hört das Wiehern der Pferde und leise Stimmen.

9

Nina Ruska stöhnt leise. Ihre Knie schmerzen, sie haben sich schon so lange am Laken gerieben, dass sich garantiert bald Brandwunden bilden. Nina ist schon zweimal gekommen und wäre bereit aufzuhören, aber aus irgendeinem Grund hat Tom, der ihre Pobacken fest umklammert, noch kein einziges Mal abgespritzt.

»Wechseln wir die Stellung?«, haucht Nina, während Toms Penis immer wieder in sie eindringt. Einen Augenblick glaubt sie, der Mann hätte ihre Worte nicht gehört. Er unterbricht seine Bewegung nicht, seine Finger graben sich in ihren Rücken, und Nina spürt seinen Bauch an ihrem Hintern. Dann legt er den Mund dicht an ihr Ohr und stößt ein röchelndes Stöhnen aus.

»Sorry«, sagt Tom und sackt kraftlos neben Nina auf das Bett. Sie dreht sich auf den Rücken und schmiegt sich an ihn.

»Wofür?«

»Dass es so lange gedauert hat. Die Zündschnur wollte nicht brennen.«

Nina lacht auf und berührt ihre Knie, die sich anfühlen, als wären sie mit Sandpapier gescheuert worden.

»Bist du im Stress?«

»Ich glaub nicht«, sagt Tom und streicht sich die feuchten Haare aus der Stirn.

Sein starkes Deodorant steigt Nina in die Nase. Es riecht irgendwie echt finnisch: nach Wald und Teershampoo.

»Dein Handy hat vorhin geklingelt«, fährt Tom fort.

»Es ist stummgeschaltet.«

»Schon, aber es blinkt die ganze Zeit auf dem Nachttisch. Jusuf.«

»Das hat dich also gestört?«

»Eigentlich nicht, aber da blinkt das Bild von dem Kerl.«

Nina lacht laut.

»Warum guckst du auf Jusufs Foto, wenn du mich vögelst?«

»Wer ist er?«

»Eifersüchtig?«, fragt Nina, rückt von ihm ab und angelt nach ihrem Handy.

»Na, wenn er dich während einem einzigen Fick zweimal anruft, werde ich wohl fragen dürfen, wer er ist«, entgegnet Tom. Nina hört ihm an der Stimme an, dass er nur halb im Spaß spricht.

»Ein irrsinnig langer Fick ... Guck dir meine Knie an.«

»Ich hab mich schon entschuldigt.« Tom nimmt seine Uhr vom Nachttisch. »Außerdem ist eine gute Potenz wohl nicht das schlimmste Verbrechen.«

Nina streicht mit dem Finger über seine Wange, schaltet das Display an und sieht, dass auch Hellu angerufen hat. Ist etwas passiert?

»Jusuf ist ein Kollege«, erklärt Nina und hält das Handy ans Ohr. Sie hat beschlossen, Jusuf zuerst anzurufen.

»Ein Polizist?«

»Ja«, sagt Nina, als das Freizeichen ertönt.

»Ist jemand ums Leben gekommen?«

»Offensichtlich«, antwortet Nina. Im selben Moment hört sie Jusufs Stimme.

Sie hört eine Weile schweigend zu. *Okay, ich komm sofort*, sagt sie dann.

Sie beendet das Gespräch und starrt nachdenklich auf das Display.

»Und?« Tom knipst das Uhrarmband seiner Submariner zu.

»Ich muss los.«

»Was ist passiert?«

»Mach den Fernseher an«, sagt Nina. Sie spürt, wie die rauen Fingerkuppen des Mannes über ihren Rücken gleiten, als sie aufsteht.

10

Jusuf blickt aus dem Fenster auf die Straße, als Helena Lappi sich ans Steuer ihres Toyota Primus setzt und geräuschlos davonfährt. Durch die geschlossenen Fenster und über den Straßenlärm hinweg wäre vermutlich auch das Motorengeräusch anderer Autos nicht zu hören, aber Jusuf weiß, dass Hellus Hybrid, der ständig geladen wird, beim Starten nicht den geringsten Laut von sich gibt. Der Gedanke, dass die halb gehässige Kriminalkommissarin sich gerade von einem Elektromotor davontragen lässt, ist aus irgendeinem Grund komisch. Tatsächlich ist Hellu selbst ziemlich komisch, natürlich ungewollt. Dagegen ist das, was in Eliel Zetterborgs Wohnung passiert ist, überhaupt nicht lustig.

Jusuf dreht sich um und mustert das geräumige Wohnzimmer. Der Perserteppich bedeckt fast den ganzen Fußboden. An seinem linken Rand liegt der tote Industrieboss im Licht der Scheinwerfer. Daneben stehen ein schwarzer Flügel und ein Barschrank voller Schnäpse.

Das Motiv für die Bluttat ist in geradezu grotesker Weise offenkundig und dürfte niemandem, der auch nur mit einem Ohr die Nachrichten verfolgt, ein Rätsel sein. Zetterborgs Unternehmen, das zu den größten in Finnland zählt, hat vor wenigen Tagen verkündet, dass es seine alteingesessene Fabrik in Kouvola schließen und Tausende Mitarbeiter entlassen wird. Der Vorstand des Unternehmens hat unmissverständlich erklärt, er habe der Unternehmensleitung entsprechende Anweisungen gegeben. In den Schlagzeilen und aktuellen Sendungen wird das Thema schon seit vielen Tagen pausenlos behandelt: Vor allem die Gewerkschaften, aber auch Dutzende Parlamentsabgeordnete und der Staatspräsident haben die beabsichtigte Schließung kommentiert und kritisiert. Sogar der Zentralverband der Arbeitgeber hat indirekt zu verstehen gegeben, dass die Entscheidung angesichts der guten Ergebnisse des Unternehmens haarsträubend sei, und soziale Verantwortung gefordert. Dennoch blieb es bei dem Beschluss: Eliel Zetterborg hat bei der heutigen Pressekonferenz kühn, ungeniert und ohne Zaudern gesprochen. Die Medien haben ihre Aufmerksamkeit darauf gerichtet, dass die radikale Maßnahme unmittelbar vor der 50-Jahr-Feier des Unternehmens ergriffen wird, und ganz besonders auf Eliel Zetterborgs festen Entschluss, in der Öffentlichkeit als Henker aufzutreten. Er hat wahrhaftig ein Kreuz auf sich genommen, *one for the team*. Besonders, wenn man die Sache im Licht der Tragödie dieses Abends betrachtet.

»Ein ziemlicher Hammer.«

Jusuf hört die Worte, dreht sich um und sieht Tanja an, die unbemerkt hinter ihm aufgetaucht ist.

»Das kannst du laut sagen.«

»Hat Lappi dir die Zügel übergeben?«

Jusuf nickt und lächelt vorsichtig.

»Herzlichen Glückwunsch.« Tanja klopft ihm auf die Schulter.

»Habt ihr was Besonderes gefunden?«, fragt Jusuf und räuspert sich. Die Zigarette von vorhin hat einen bitteren Geschmack in seiner Kehle hinterlassen. »Was ist mit den Büchern im Flur? Die Wohnung ist ansonsten pieksauber, komisch, dass die auf dem Boden herumliegen.«

Tanja zuckt die Achseln und zeigt auf den Deckel des Flügels, auf dem ein dekoratives Glas steht, das ein paar Zentimeter Whisky enthält.

»Dazu kann ich nichts sagen, aber an deiner Stelle würde ich auf dieses Whiskyglas Gewicht legen«, sagt sie. »Denn das Glas, aus dem der Herr getrunken hat, ist wohl das hier.« Sie zeigt auf ein identisches Glas, das umgekippt auf dem Teppich liegt. Es ist dem Opfer vermutlich aus der Hand gefallen und unversehrt geblieben. Ein dunkler Fleck zeigt, wo der Teppich die goldbraune Flüssigkeit aufgesogen hat.

»Zwei Gläser?«, fragt Jusuf interessiert und geht neben dem Fleck in die Hocke.

»Die genauere Analyse bekommen wir erst später, aber auf den ersten Blick sieht es so aus, als wären an beiden Gläsern nur die Fingerabdrücke des Opfers.«

»Seltsam«, sagt Jusuf und reibt sich den Schädel. »Was noch?«

Wieder zuckt Tanja die Achseln.

»Bisher haben wir nur Fingerabdrücke und Fasern gesammelt … Das da ist jedenfalls sorgfältig abgewischt worden«, sagt sie und zeigt auf das große Küchenmesser, das aus dem Boden ragt. »Es wird noch eine Weile dauern, bis wir fertig sind, aber es gibt nichts besonders Auffälliges. Keine aufgebrochenen Schlösser oder eingeschlagenen Fenster. Keine Kampfspuren und keine Abdrücke von schmutzigen Schuhen.«

Jusuf blickt von dem Toten auf und sieht sich um.

»Der Sohn des Opfers soll berichtet haben, dass es einen in die Wand integrierten Safe gibt.«

»Ja, wir haben schon hinter dem Bild da nachgesehen.« Tanja nickt zu der Sitzgruppe.

»Der Safe ist ausgesprochen robust. Und verschlossen. Und er bleibt auch verschlossen, falls der Hausherr nicht daran gedacht hat, irgendwem testamentarisch den Code zu hinterlassen.«

»Wir sollten den Sohn des Opfers bitten, sich in der Wohnung umzusehen, ob ihm irgendetwas Ungewöhnliches auffällt. Oder ob etwas fehlt«, meint Jusuf.

»Glaubst du wirklich, dass es sich um Raub handeln könnte?«, fragt Tanja.

»Nein. Aber Hellu scheint es für möglich zu halten.«

»Soweit ich verstanden habe, wurde der Sohn ausdrücklich aufgefordert, die Wohnung zu verlassen …«

»So ist es«, seufzt Jusuf. »Axel Zetterborg wartet unten im Streifenwagen. Ich bitte ihn her, sobald die Leiche abtransportiert wurde.«

»Verstehe«, sagt Tanja, dann zeigt sie mit dem Daumen auf die Tür am Ende des Wohnzimmers und fährt fort: »Die Wohnung ist total sauber, nirgendwo auch nur ein Staubkörnchen. Ich wette, dass gerade erst eine Putzkraft hier war … Wahrscheinlich heute, denn Zetterborgs Bett ist gemacht.«

»Wenn der hohe Boss sein Bett nicht selbst gemacht hat«, sagt Jusuf. »Jedenfalls müssen wir das klären. Die Putzkraft – wenn es sie gibt – hat vermutlich einen Schlüssel zur Wohnung und kennt den Code der Alarmanlage.«

»Das heißt, wenn jemand an die Putzkraft herangekommen ist, könnte er ihr den Schlüssel abgenommen und sie gezwungen haben, ihm den Code zu nennen.«

Jusuf nickt und betrachtet Tanja, über deren Gesichtsmaske hellgrüne freundliche Augen leuchten. In ihnen schimmert etwas, eine Frage oder vielleicht eine Erkenntnis, die Tanja noch nicht auszusprechen wagt.

»Was ist?«, fragt Jusuf.

Plötzlich erinnert er sich, wie Tanja in ihrem roten Kleid aussah, als sie sich aneinanderschmiegten, während der DJ die ersten Takte des Songs *If You Leave Me Now* der Band Chicago spielte.

»Eine Sache«, sagt Tanja schließlich, als bekäme sie die

Erinnerung gerade zu fassen, und winkt Jusuf, ihr zu folgen. »Alles ist tipptopp, aber …«, fährt sie fort, während sie das Wohnzimmer durchqueren. Sie gelangen in eine Bibliothek mit einem Globus, einem Kamin und zwei Ledersesseln hinter einem Couchtisch. An den Wänden hängt ein halbes Dutzend gerahmte Vintage-Filmplakate. Man könnte sich in einer alten Agatha-Christie-Verfilmung wähnen, nur dass im Kamin kein Feuer brennt und die Leiche im Nachbarzimmer gefunden wurde.

»Guck mal.« Tanja zeigt auf den Couchtisch, auf dessen Glasfläche sich kleine Stücke aus Pappe oder Papier häufen. »In dieser super ordentlichen Umgebung springt einem das Durcheinander in die Augen.«

»Stimmt«, murmelt Jusuf, tritt ein paar Schritte näher und sieht nun, dass es sich um einen Haufen daumengroßer Puzzleteile handelt.

»Ein Puzzle«, sagt Tanja.

»Mit dem noch niemand angefangen hat.« Jusuf richtet den Blick auf das Bücherregal. Irgendwo müsste ein Pappkarton sein, aus dem die Teile auf den Tisch gekippt wurden. Eine Schachtel, auf deren Deckel man sehen könnte, was das fertige Puzzle zeigt. Doch nichts dergleichen ist zu sehen. Nur Hunderte von alten Büchern, in sechs ordentlichen Reihen.

Jusuf zieht seine Schutzhandschuhe zurecht und hält eins der Teile vor die Augen. Es ist schwarz, mit einer Spur Weiß am eingekerbten Rand. Für sich allein ist das Puzzleteil ein so winziger Teil des Ganzen, dass es nicht den geringsten Hinweis auf das fertige Bild liefert.

»Wir müssen wohl Axel Zetterborg fragen«, sagt er.

»Wonach?«

»Ob sein verstorbener Vater sich mit Puzzles beschäftigt hat.«

11

Hauptkommissarin Helena Lappi, die Chefin der Einheit für Schwerverbrechen in Helsinki, lenkt ihren Wagen auf die Laivasillankatu und beobachtet, wie der Wind an den kahlen Zweigen der Bäume rüttelt und die Wipfel vor dem dunklen Himmel schwanken lässt. Vor dem Olympiaterminal liegt ein offenbar wegen des Sturms verspätetes Passagierschiff der Silja Line, das mit seinen hellen Lichtern wie ein seitlich ins Meer geworfener Wolkenkratzer wirkt.

Die auf dem Perserteppich liegende Leiche, deren offene Augen den Kronleuchter anstarren, geht Hellu nicht aus dem Kopf. Der erschrockene Blick des Industriebosses hat sich in ihre Netzhaut gebrannt, und als sie sich dem leeren Kreisverkehr nähert und eine Sekunde lang die Augen schließt, wird das Bild noch intensiver.

Unabhängig davon, ob Zetterborg einem spontanen Totschlag oder einem geplanten Mord zum Opfer gefallen ist, darf der Täter nicht entkommen. Spektakuläre Verbrechen gegen das Leben passieren in Finnland äußerst selten: Der Fall wird zweifellos in den Medien ebenso viel Aufmerksamkeit finden wie der unaufgeklärte Mord an Premierminister Olof Palme in Schweden 1986. Der Druck, den Fall Zetterborg zu lösen, wird enorm sein, und mit Sicherheit wird es noch an diesem Abend eine Beratung mit der Zentralkripo geben. Deshalb bereut Hellu plötzlich, dass sie Jusuf zum Hauptermittler gemacht hat. Jusuf ist zwar ein aufgeweckter Kerl, aber wird er Hellus Vorgesetzten glaubwürdig genug erscheinen? Bisher war Jusuf höchstens ein hervorragender Watson, während Sherlock Holmes …

Ein infernalisches Bimmeln reißt Hellu aus ihren Gedanken.

Scheiße! Sie hört die fordernde Klingel der Straßenbahn, sieht aus dem Augenwinkel ihre hellen Scheinwerfer und gibt Gas. Es ist die richtige Reaktion, das Auto schafft es gerade noch rechtzeitig in den Kreisverkehr. Im Rückspiegel wirft sie einen Blick auf die Tram, die zum Kaivopuisto-Park kriecht, und seufzt tief. *Verdammt.* Sie muss sich konzentrieren.

Hellu beschleunigt, fährt am Magazinterminal vorbei und gleich darauf an der alten Markthalle, vor der ein langer Lastzug parkt. In großen Karren werden Waren in die Halle geschoben.

Auf dem kleinen Display am Armaturenbrett erscheint Jusufs Name.

Kommt der Junge keine Sekunde allein zurecht?

Hellu drückt auf die grüne Taste.

»Was ist?«

Im Hintergrund hört sie den alten Aufzug rumpeln.

»In der Wohnung wurde etwas gefunden, was genauer untersucht werden sollte, aber ich weiß nicht recht, mit welchen Ressourcen. Ich überlege, ob ich Rasse anrufen soll … oder wen sonst.«

»Was habt ihr gefunden?«

»Ein Puzzlespiel«, sagt Jusuf. Das Gefühl, das Hellu überkommt, rangiert irgendwo zwischen Wut und Verblüffung.

»Ein Puzzle? Was zum Teufel soll das heißen?«

»Ich glaube nicht, dass es zu Zetterborgs Hobbys gehört, und sein Sohn ist derselben Meinung. Axel Zetterborg hat nie gehört oder gesehen, dass sein Vater puzzelt.«

Hellu presst einen Finger an die Stirn.

»Jusuf.«

»Ja?«

»Weißt du, wie sehr mir dieses Gespräch stinkt?«

Am Telefon wird es für eine Weile still, aber Hellus Wut hat Jusuf ganz offensichtlich nicht entmutigt.

»Das sind vielleicht mehrere Tausend Teile. Es wird sicher einen ganzen Tag dauern, sie zusammenzusetzen, wenn nicht länger.«

Sekundenlang ist Hellu versucht, Jusuf anzufahren, er solle sich gefälligst auf das Wesentliche konzentrieren. Aber bei ihren Auseinandersetzungen mit Jessica Niemi in den letzten Monaten hat sie gelernt, dass man den Einfällen der Untergebenen Raum lassen muss. *Schieß keinen Gedanken ab, so albern er dir auch erscheinen mag.*

»Du bist jetzt der Hauptermittler«, sagt sie schließlich und hält an der Ampel beim Havis-Amanda-Brunnen. »Wenn du also meinst, dass das Puzzle zusammengesetzt werden muss, dann delegiere die Aufgabe an irgendwen, der gerade nichts Besseres zu tun hat. Allerdings kann ich mir im Moment nicht recht vorstellen, dass es nicht genug zu tun gäbe …«

»Okay.«

Nach dem Zuckerbrot kommt die Peitsche, Hellu.

»Aber wenn sich herausstellt, dass du unnötigerweise Ressourcen verschwendet hast, um zu … puzzeln oder Monopoly zu spielen, sorge ich dafür, dass Harjula die Zügel übernimmt und du einen Monat lang Streifendienst schiebst.«

Einen Augenblick lang herrscht Stille. Die Ampel springt um, der Wagen setzt sich ruckelnd in Bewegung.

»All right, Boss. Danke«, sagt Jusuf und beendet das Gespräch.

Die lackierten Fingernägel bohren sich in das Lenkrad.

Hoffentlich liegt Jusuf richtig.

Hellu muss ihr Bestes tun, mit dem Material, das ihr zur Verfügung steht. Im Team gibt es viele talentierte Ermittler: Nina Ruska, Rasmus Susikoski und Jami Harjula … Ganz zu schweigen von den Hilfskräften, die sie zweifellos von den anderen Abteilungen und der Zentralkripo bekommen wird. Aber sie kommt nicht gegen den Gedanken an, dass Jessica Niemis Fehlen ein gewaltiger Verlust für das Team ist – und dieser Gedanke macht sie wütend. Im Dezember hat Hellu ihren Stolz heruntergeschluckt, das Wohlergehen des Teams über ihre eigenen Karrierepläne gestellt und Niemi erlaubt, in die Einheit zurückzukehren. Und anfangs schien auch alles mustergültig zu klappen. Zwischen ihnen beiden keimte sogar Respekt auf, und die Atmosphäre war nicht mehr so vergiftet wie in der Zeit der Ermittlungen über die verschwundenen Blogger und die Manga-Bande. Aber dann … hat Jessica sich ohne jede Erklärung beurlauben lassen. Sie glänzt durch Abwesenheit, gerade jetzt, wo Hellu sie und ihre unschlagbare Fähigkeit, Probleme zu lösen, dringend braucht. *Verdammt, ich hätte mich nie auf sie verlassen sollen.*

12

Jessica nähert sich der Umzäunung, in der eine junge Frau einen Schimmel mit Pferdedecke ausführt. Sie bleibt am Rand des Wegs stehen und stützt sich mit der gesunden Hand auf den Zaun.

»Entschuldigung«, sagt sie ruhig, um die Frau nicht zu erschrecken – und schon gar nicht das Pferd, das die Frau am Halfter hält.

Ihre Worte werden jedoch von einem Windstoß verschluckt, und sie wiederholt sie ein wenig lauter.

Nun blickt die Frau zu Jessica hin.

»Sorry, ich wollte Sie nicht erschrecken«, sagt Jessica und holt ihren Dienstausweis aus der Jackentasche. Das dürfte sie eigentlich nicht tun, denn sie ist ja offiziell beurlaubt.

»Ja?« Die Frau lässt das Pferd stehen und nähert sich vorsichtig dem Zaun.

»Polizei.«

»Das sehe ich«, antwortet die Frau gleichgültig. Sie ist vielleicht doch nicht so jung, wie Jessica gedacht hat, sondern eher im selben Alter oder sogar ein bisschen älter als sie. Mit ihren mageren langen Beinen und dem kleinen Hintern ist sie der Prototyp einer Springreiterin.

»Wie kann ich Ihnen helfen?«

»Arbeiten Sie hier?«

»Ja. Ich bin für den Reitstall verantwortlich.«

»Okay. Ich habe mir gerade den Felsen angesehen«, erklärt Jessica und nickt zu dem Dickicht hin, aus dem sie gerade zurückgekehrt ist.

»Eine schreckliche Geschichte«, seufzt die Frau. »Nach Weihnachten konnte ich nächtelang nicht schlafen.«

Jessica nickt und steckt ihren Dienstausweis wieder ein.

»Hier war schon jemand von der Polizei und hat Fragen gestellt, damals als … als er gefunden wurde«, sagt die Frau und streicht mit der Hand über ihre Jacke.

Jessica schluckt. Der Schreck von vorhin lässt ihr Herz immer noch rasen.

Sie weiß, dass die Einheit für schwere Verbrechen um Weihnachten herum alle Hände voll zu tun hatte und dass für die Ermittlungen im Fall des verkohlten Mannes kaum Ressourcen verfügbar waren. Besser so. Jessica hat eine tödliche Angst davor, wohin der Fall letztlich führen wird. Und sie begreift selbst nicht, warum.

»Aber Sie haben nichts Besonderes gesehen oder gehört?«, fragt Jessica.

Die Frau schüttelt den Kopf.

»Gibt es am Reitstall Überwachungskameras?«

»Eine, aber die zeigt nach Süden.«

Jessica blickt in die Richtung, in die die Frau weist.

»Aber die Joggingstrecke ist auf den Aufzeichnungen zu sehen?«

»Ja. Ich habe die Kopien Ende Dezember schon einem Kriminalmeister gegeben«, antwortet die Frau. Ihr Blick wird misstrauisch.

»Richtig, so war es ja«, bringt Jessica hervor. Ihr wird klar, dass sie sich auf dünnem Eis bewegt.

»Kommunizieren Sie bei der Polizei nicht miteinander?«

Jessica quittiert die Frage mit einem Lächeln.

»Manchmal ziemlich mangelhaft, das muss ich zugeben. Bei

uns gibt es dieselben Probleme wie an jedem Arbeitsplatz«, sagt sie und lacht kurz auf. »Könnten wir uns die Aufnahmen vielleicht noch einmal kurz ansehen?«

13

Der Wind scheint noch heftiger geworden zu sein, die Böen peitschen in Jusufs Nacken. Er sieht Tanja zu, die einen durchsichtigen Plastikbeutel in den Kleintransporter legt und die Schiebetür zuzieht. Der Beutel mit den Puzzleteilen wird nach Pasila gebracht, wohin Rasmus Susikoski schon unterwegs ist. Bei dem Gedanken an Rasmus lächelt Jusuf unwillkürlich. Der Mann ist ein unverbesserlicher Nerd, der jeden Blickkontakt meidet und leicht nach Schweiß riecht, aber gleichzeitig ist er womöglich eines der wichtigsten Rädchen in der Maschinerie der Ermittlungen. Er ist in der Einheit als Experte für Datensicherheit und Informationstechnologie tätig, weiß aber erstaunlich viel über so ziemlich alles. Vielleicht erscheint es gerade deshalb wie eine Verschwendung von Ressourcen, das Puzzle an ihn zu delegieren. Andererseits scheint es in dem aktuellen Fall keine andere Spur zu geben, bei der man anfangen könnte. Der Rest von Eliel Zetterborgs Wohnung war blitzblank, abgesehen von den wenigen Quadratmetern im Wohnzimmer, wo vor ein paar Stunden das Chaos ausgebrochen war. Jusuf muss jetzt den Mut haben, sich auf seine Intuition zu verlassen und daran zu glauben, dass die Aufgabe, die er Rasse gegeben hat, irgendwie von Bedeutung ist.

Es gibt allerdings genug anderes zu tun: Das Ermittlungsteam muss massenhaft Befragungen durchführen, doch dabei wäre Rasse keine Hilfe. Er ist auf fast allen Gebieten talentiert, nur nicht in der Kommunikation mit anderen Menschen, was man als Fluch der kreativen Introvertiertheit bezeichnen könnte.

Jusuf beobachtet eine Weile, wie der Wind mit einer Plastiktüte spielt, die wohl gerade aus dem Kleintransporter der KTU gefallen ist und hoffentlich leer war.

Dann geht er zu dem Streifenwagen, an dessen Motorhaube Polizeimeister Hallvik lehnt und auf seinem Handy herumtippt.

»Ist Joonas Lamberg da drinnen?«, fragt Jusuf. Hallvik nickt.

Im Hafen tutet das Nebelhorn eines Schiffes.

Jusuf öffnet die Tür, setzt sich auf die Rückbank des Streifenwagens und mustert sein Gegenüber, einen breitschultrigen Mann mit einem riesigen Kinn. Wenn das, was Jusuf im Fitness-Saal gehört hat, zutrifft, wenn also die Größe des Kinns tatsächlich mit der Menge an Testosteron korreliert, das im jugendlichen Alter im Körper tobt, muss Joonas Lamberg als Teenager ein wahres Hormonmonster gewesen sein.

Jusuf zeigt seinen Dienstausweis, aber Lamberg wirft nicht einmal einen Blick darauf.

»Du warst früher auch bei der Polizei«, sagt Jusuf, um die Stimmung aufzulockern. Lamberg blickt eine Weile auf den Boden, dann sieht er Jusuf an und zieht den Kragen seiner Jacke gerade.

»Ja. Ich wusste bloß nicht, was ich mit dem vielen Geld anfangen sollte, das ich als Polizist verdient habe, deswegen bin ich in den Privatsektor gegangen«, erwidert er trocken. Jusuf hört seiner Stimme an, dass er nicht versucht, spitzfindig zu sein, sondern eher die lähmend schmerzhafte Situation etwas aufzulockern versucht.

»Wir müssten ein bisschen reden.«

»Reden wir«, sagt Lamberg dcsinteressiert.

»Wie lange warst du Eliel Zetterborgs Leibwächter?«

Irgendetwas in Lambergs Augen erlischt in dem Moment, als Jusuf das Wort *Leibwächter* ausspricht. Der Mann ist verständlicherweise aus der Fassung, natürlich wegen des Todes seines Chefs – vielleicht haben sie sich nahegestanden –, vermutlich aber vor allem deshalb, weil er bei seiner wichtigsten Aufgabe, dem Schutz von Zetterborgs Leben, gescheitert ist.

»Zehn Jahre«, antwortet Lamberg. »Fast auf den Tag. Ich habe um die Zeit angefangen, als die Firma ihr 40. Jubiläum feierte.«

Seine Stimme ist tief und ein wenig rau, als hätte er irgendwann einen Schlag gegen den Kehlkopf bekommen. Jusuf wirft einen verstohlenen Blick auf Lambergs Hals, dessen Haut den Verdacht nahelegt, dass tatsächlich etwas in der Art geschehen ist. Doch das ist im Moment nebensächlich.

»Es tut mir leid«, sagt Jusuf und blickt auf seine Notizen. »Meines Wissens hast du deine Arbeit so gewissenhaft erledigt wie nur möglich. Es ist ja klar, dass ein Ein-Mann-Sicherheitsteam keine Wunder wirken kann. Deshalb wird der amerikanische Präsident von 3200 Special Agents beschützt.«

»Ach, so viele sind das«, erwidert Lamberg müde, aber so, als würde ihn das Thema unter anderen Umständen durchaus interessieren.

»Ja. Irrsinnig viele.«

»Das tröstet mich allerdings nicht. Ich hatte *einen* Job.«

Jusuf schweigt. Joonas Lamberg wischt sich die Augenwinkel, dabei würde man es auf den ersten Blick für undenkbar halten, dass über sein kräftiges, hartes Gesicht Tränen laufen könnten.

»Wir müssten jetzt ein paar Punkte durchgehen«, erklärt Jusuf, nachdem er Lamberg Zeit gegeben hat, sich zu fassen.

»Natürlich«, sagt Lamberg und presst die Lippen so fest zusammen, dass sie ganz weiß werden.

»Deinem ersten Bericht nach hast du keinen gesehen, der

ins Haus gegangen oder herausgekommen ist. Ich muss dich fragen, Joonas, ob es …«

»… möglich ist, dass ich woanders hingesehen habe? Ist es das, was du fragen musst?«

Jusuf nickt und spricht ruhig weiter. »Es kann ja niemand erwarten, dass du die Tür keine Sekunde aus den Augen gelassen hast. Du hast sicher mal einen Blick in den Spiegel geworfen, auf Autos …«

»Etwas zu beobachten oder zu überwachen bedeutet nicht, dass man pausenlos darauf starrt. Ganz im Gegenteil. Als Polizist weißt du das bestimmt«, antwortet Lamberg ernst.

Jusuf wirft einen Blick durch das Fenster und seufzt. Es ist nicht leicht, das ehemalige Mitglied des Einsatztrupps der Polizei zu befragen.

»Komm mir ein bisschen entgegen, Joonas. Du weißt genau, warum ich diese Fragen stelle«, sagt er schließlich.

Joonas Lamberg sieht Jusuf abschätzend an, dann wird sein Blick weicher, als hätte der Teufel auf seiner Schulter einem Engel das Wort überlassen.

»Ich habe Zeta nach oben begleitet und gehört, wie er die Alarmanlage ausgeschaltet hat, dann bin ich zu Fuß nach unten gegangen. Das mache ich immer so, um sicher zu sein, dass niemand im Treppenhaus wartet. Und vorsichtshalber werfe ich auch einen Blick in die oberste Etage.«

»Du bist also nach unten gegangen. Was passierte dann?«

»Ich habe im Auto gewartet. Einmal bin ich ausgestiegen, um eine zu rauchen.«

»Um welche Zeit?«

Einen Augenblick lang sieht es so aus, als könnte Lamberg sich nicht erinnern, doch dann holt er sein Handy aus der Tasche.

»Kurz bevor Axel angerufen hat«, sagt er und sieht auf dem Handy nach. »18:28 Uhr.«

»Was hat Axel gesagt?«

»Dass er sich Sorgen macht, weil Eliel noch nicht im Restaurant ist und nicht ans Telefon geht. Und vor allem wohl deshalb, weil sein Vater früher am Tag geklagt hatte, es ginge ihm nicht gut.«

»Und daraufhin hast du nachgesehen?«

»Ja.«

»Vermutlich war Eliel Zetterborg zu dem Zeitpunkt schon tot.«

»Wahrscheinlich … Ich bin nach oben gerannt, habe aufgeschlossen …«

»Du hast einen Schlüssel?«

»Aus Sicherheitsgründen«, antwortet Lamberg, als verstehe sich das von selbst. »Und dann habe ich den Chef auf dem Fußboden gefunden. Ich habe das blutige Messer gesehen, die offenen Augen … habe den Puls gesucht. Mir war sofort klar, dass Eliel tot ist und dass ich nichts mehr für ihn tun kann.«

»Hast du die Notrufzentrale angerufen?«

Lamberg starrt Jusuf verärgert an. Er begreift, dass die Frage eine Falle ist, dass Jusuf überprüfen will, ob er die Wahrheit sagt.

»Nein. Die Verbindung zum Notruf war schon da. Das Handy lag neben der Leiche auf dem Boden. Offenbar hatte der Chef es nicht mehr geschafft, dem Diensthabenden seinen Standort zu nennen. Ich habe das Handy aufgehoben und erklärt, was passiert war. Dann kam auch bald der Krankenwagen und gleich darauf die erste Streife.«

»Okay«, sagt Jusuf. »Und dann natürlich das Allerwichtigste: Hast du irgendeine Idee, wer dieses Verbrechen begangen hat?«

Lamberg reibt sich den Ringfinger, die Stelle, wo viele einen Ehering tragen. Er allerdings nicht.

»Wie du weißt, hätten gerade jetzt einige Menschen Zeta umbringen wollen. Viele werden arbeitslos …«

»Aber fallen dir irgendwelche Namen ein? Wurde Zetterborg bedroht? Anrufe, Textnachrichten …«

Lamberg schüttelt den Kopf.

»Nein, bedroht nicht direkt.«

»Nicht direkt?«

»Na ja … Ein Typ hat sich in letzter Zeit ein bisschen seltsam benommen. Er hat Zeta wütend angerufen … Nicht, dass ich gelauscht hätte, aber …«

»Wer?«

»Niklas Fischer. Der Strategieleiter.«

Jusuf schreibt den Namen auf, obwohl er ihm keine große Bedeutung beimisst. Es erscheint ihm äußerst unwahrscheinlich, dass so ein hohes Tier, das für die Strategie eines Börsenunternehmens verantwortlich ist, seinem Boss ein Küchenmesser in die Brust gejagt hätte, ganz gleich, welche Meinungsverschiedenheiten es zwischen ihnen gab.

»Du solltest Axel danach fragen«, meint Lamberg.

»Mach ich«, sagt Jusuf. »Ist dir sonst noch irgendetwas Besonderes aufgefallen?«

Lamberg schüttelt den Kopf, hält aber mitten in der Bewegung inne.

»Was?«

»Es hat wohl nichts zu bedeuten …« Lamberg blickt nachdenklich zu einem hügeligen kleinen Park und dem Gehweg, der durch ihn führt.

»Was?«

»Als Zeta und ich mit dem Auto auf die Muukalaiskatu kamen …«, beginnt Lamberg, dann verstummt er kurz. »Gerade als ich Zeta beim Aussteigen half, war aus dem Park da drüben, aus dem Ullanpuistikko, ein richtig lautes Brüllen zu hören.«

»Ein Brüllen?«

»Ja, da war ein Mann, der seinen Hund angebrüllt hat. Ich

fand es seltsam, dass mitten in Ullanlinna jemand ein Tier so anschreit …«

»Erzähl mal ein bisschen genauer.«

»Besser kann ich es nicht beschreiben. Er hat einfach so einen komischen Schrei ausgestoßen … Vielleicht war ihm der Hund weggelaufen, und er hat ihn zurückgerufen«, sagt Lamberg. »Aber der Schrei war verdammt laut.«

»Konntest du verstehen, was der Mann gerufen hat?«

Lamberg schüttelt den Kopf.

»Das war eher so ein Aufheulen … Nichts Verständliches. Kann sein, dass es irgendeine Fremdsprache war. Oder der Name des Hundes. Vielleicht ist der Mann ein russischer Diplomat, der hier in der Nähe wohnt.«

Jusuf kaut nachdenklich auf der Lippe. Wahrscheinlich handelt es sich um einen ganz unbeteiligten – seinem Geheul nach zu schließen verrückten oder betrunkenen – Hundebesitzer. Vielleicht wollte der Hund etwas Ekelhaftes tun, zum Beispiel im Gebüsch Kacke fressen. Jusuf erinnert sich aus seiner Kindheit, dass sein Lapphund genau das tat. Er fraß Kacke, egal ob von Tieren oder Menschen. Und halb verweste Vogelkadaver und anderes ekliges Zeug. Dann kam er ins Haus zurück und leckte den Kindern das Gesicht ab. *Peppi gibt Küsschen, der süße Peppi.*

Jusuf will sich gerade von Lamberg verabschieden, als ihm einfällt, dass er der Ermittlungsleiter ist.

Nicht schludern.

Wenn man ein schweres Verbrechen untersucht, darf man nicht einmal das kleinste Detail mit einem Schulterzucken abtun.

»Kannst du den Mann beschreiben? Oder den Hund? Alles ist wichtig«, sagt er und holt die Zigarettenschachtel aus der Tasche.

»Der Mann hatte eine rote Jacke an … Und der Hund war

sandfarben und sehr groß. Kein Retriever oder Schäferhund und auch keine andere Rasse, die ich auf Anhieb erkennen würde«, antwortet Lamberg. »Eigentlich mag ich Hunde gar nicht, deswegen kenne ich mich nicht so gut aus.«

Jusuf nickt, schreibt Lambergs Worte auf und starrt dann auf seinen Notizblock. Aus irgendeinem Grund kommt ihm Jessica in den Sinn. Wäre Jessica doch hier, an diesem dunklen Abend, an dem der schwarze Asphalt alles Licht aus der Welt gesogen hat.

14

Rasmus Susikoski schaut zu, als die technische Ermittlerin den durchsichtigen Beutel auf den Tisch im kleinen Besprechungsraum legt. Die Frau heißt Tanja oder so ähnlich und ist mit ihren schmalen, leicht schräg stehenden Augen und ihren Lachfältchen unglaublich schön. Rasmus war nicht auf dem Betriebsfest, hat aber gehört, dass Jusuf und Tanja sich auf der Tanzfläche geküsst haben. Rasmus hatte an dem Abend allein in seinem Bett gelegen, mit neununddreißig Grad Fieber. Seine Mutter hatte ihm Limonade und Hühnersuppe gebracht und ihm flüssiges Panadol in den Mund gespritzt. Im Nachhinein hat Rasmus überlegt, wieso seine Mutter in ihrem Medizinschrank ein Medikament hatte, das oral mit einer Spritze verabreicht wird – verwendet man das nicht nur bei Kindern? Oder vielleicht bei Katzen, was die Sache erklären würde, denn davon haben sie drei. Vielleicht hätte man ebenso gut einen Tierarzt rufen können.

»Du brauchst Hilfe«, sagt Tanja und setzt sich Rasmus gegenüber an den Tisch.

Rasmus wirft einen raschen Blick auf sie und schluckt vielleicht allzu laut. *Sag was, Rasmus. Irgendwas Normales.* Warum ist es so verdammt schwierig, sich mit Frauen zu unterhalten? Oder eigentlich mit allen.

»Ich bin Tanja, vom Labor. Tanja Kettu«, stellt die Frau sich vor, während sie ihre Haare zum Pferdeschwanz bindet.

»Rasmus … Rasmus Susikoski.«

»Aha. Ich hab schon von dir gehört, Susikoski.« Tanja lacht auf, und Rasmus spürt, dass er rot wird. Das Schlimmste am Erröten ist nicht die Farbe, die auf den Wangen aufflammt, oder das heiße Brennen, sondern die Kopfhaut, die sofort schweißfeucht wird und danach giert, heftig gekratzt zu werden. So geht es immer, wenn Rasmus seine Komfortzone verlassen muss, die sozusagen ein Fleck von einem Quadratmeter Größe mitten auf einem Fußballfeld ist. Mit anderen Worten: Rasmus gerät alle naselang in Verlegenheit, und die physischen Auswirkungen entgehen garantiert niemandem. »Ja … Aber nenn mich einfach Rasse«, stammelt Rasmus und streicht sich möglichst unauffällig über die Kopfhaut. Der Juckreiz lässt allerdings nicht nach.

»Na gut, Rasse. Du brauchst Hilfe bei dem hier.«

»Jusuf hat gesagt, dass ich um Verstärkung …«

»Ich habe gerade nichts zu tun. Jedenfalls in der nächsten Stunde nicht«, erklärt Tanja mit einem Blick auf ihre Uhr. An ihrem zierlichen Handgelenk wirkt die schwarze Digitaluhr riesig.

Rasmus öffnet den Mund, um etwas zu erwidern, doch ihm fällt nichts Vernünftiges ein, etwas Witziges schon gar nicht. Der Sekundenzeiger der Wanduhr hat noch nie so laut getickt. Rasmus zieht Schutzhandschuhe an, greift nach dem Beutel und kippt den Inhalt sorgsam auf den Tisch. Die Teile bilden einen säuberlichen Haufen, wie auf dem Foto vom Tatort, das Tanja Rasmus hingelegt hat.

»Hast du so was schon mal gemacht?«, fragt Tanja und streift sich ebenfalls Gummihandschuhe über. Wenn das Puzzle zusammengesetzt ist, lassen sich möglicherweise Fingerabdrücke oder andere nützliche Spuren finden.

»Bei der Arbeit gepuzzelt?«, antwortet Rasmus leise und schüttelt den Kopf. »Nein. Und ich glaube, das hat auch sonst noch keiner getan. In der ganzen Geschichte des Polizeiwesens. In einem Moment wie diesem fällt es mir schwer, meine Arbeit ernst zu nehmen.«

Zu seiner Überraschung bricht Tanja in fröhliches Gelächter aus. Es ist ihm also endlich einmal gelungen, etwas Lustiges zu sagen. Oder lacht die Frau ihn doch aus? Das hat er ja schon oft genug erlebt.

»Sag das nicht. Jusuf glaubt, dass das Puzzle wichtig ist«, sagt Tanja, während Rasmus beginnt, die Teile auszubreiten.

Eine Weile betrachten sie das Meer aus kleinen, dunkelgrauen Pappstücken. Plötzlich erscheint ihnen das Vorhaben unmöglich. Sie haben ja nicht die geringste Ahnung, was das fertige Bild zeigen soll.

»Was schätzt du, wie viele Teile sind das?«

»Ich hab tatsächlich ein bisschen Erfahrung mit Puzzles. Auf den ersten Blick würde ich sagen … zweitausend.«

»Du lieber Himmel. Wie lange braucht man, um die zusammenzulegen?«

»Das hängt vom Bild ab. Ein paar Stunden oder einen ganzen Tag.« Rasmus seufzt. »Aber da wir in diesem Fall keine Referenz haben, anhand der wir anfangen könnten …«

»Ja?«

»Es kann mehrere Wochen dauern.«

Tanja lehnt sich zurück und verschränkt die Arme.

Da sind sie wieder, die langsamen Sekunden.

»Was aber nicht heißt, dass ich sofort aufgebe«, fährt Rasmus fort und macht sich daran, die Teile auf die richtige Seite zu drehen. Tanja starrt ihn an und macht dann mit. Sie basteln in aller Stille. Rasmus hört, wie der dicke Uhrzeiger über die Markierung für die halbe Stunde springt.

»Wie gut kennst du Jusuf?«, fragt Tanja schließlich.

Rasmus spürt ein Ziehen im Magen. Das vertraute Gefühl erinnert ihn daran, dass schöne Frauen sich nur mit ihm unterhalten, wenn sie eine bestimmte Absicht verfolgen. Und diese Absicht hat nie etwas mit ihm zu tun.

Rasmus versinkt in seiner Erinnerung, in der er auf dem Schulhof einen Liebesbrief austrägt, den ihm Henni, das schönste Mädchen der Klasse, in die Hand gedrückt hat. Henni duftet nach frischer Seife, und ihre Wangen leuchten rot. *Bring den zu Karri, please. Und kannst du rausfinden, ob er im Moment eine andere hat? Danke, Rasse, du bist so nett.*

»Ich kenne Jusuf ganz gut«, erwidert Rasmus und versucht, seine Enttäuschung zu verbergen. »Wieso?«

Tanja antwortet nicht gleich, aber ihr schüchternes Lächeln räumt jeden Zweifel aus dem Weg. Das Gerücht über das Betriebsfest trifft offenbar zu.

»Nur so. Ein lustiger Typ«, sagt sie schließlich.

In Gedanken nähert Rasmus sich einer Schar von Jungen. Alle tragen schwarze Jacken, Hosen von Fubu oder MicMac und Schuhe von Fila oder Caterpillar. Es riecht nach Mentholzigaretten und nach etwas, das Rasmus erst in seinem späteren Leben als Haschisch erkennt. Die Jungen betrachten den gekrümmt gehenden Boten misstrauisch.

Was willst du, Homo?

Der Brief wechselt aus der zitternden Hand in resolute Finger.

Von Henni? Sag ihr, ich bin einverstanden, und sie soll heute um fünf vor dem Alepa-Laden in Kurvi auf mich warten. In den hohen Boots. Und lass deine Scheißfinger von ihr, sonst hau ich dir morgen eine in die Fresse.

»Jusuf ist ein netter Kerl«, sagt Rasmus und mustert die Puzzleteile auf dem Tisch. Und zum ersten Mal seit langer Zeit spürt er, dass er vor Wut kocht: Als wäre es nicht demütigend genug, dass er die Aufgabe hat, in einem halbdunklen Zimmer ein Puzzle zusammenzulegen, während die anderen einen Mord untersuchen, muss er auch noch als Beichtvater für die romantischen Gefühle einer bezaubernden Frau herhalten. Das Wort *überqualifiziert* ist in seinem Fall eine Untertreibung, Rasmus hat sein Jurastudium mit hervorragenden Noten abgeschlossen und später so oft wie möglich an den internen Fortbildungen der Polizei teilgenommen. Er hätte Besseres verdient, wird aber nie den Mut aufbringen, es zu fordern. Überhaupt irgendetwas von irgendwem zu fordern. Und deshalb wird er nie ein Filmheld sein, sondern nur ein alberner Sidekick, den im besten Fall Jonah Hill mit einer Halbglatzenperücke darstellt.

»Wenn du gehen musst … Ich komm schon zurecht«, sagt Rasmus. Gerade jetzt wäre er lieber allein.

»Na, ich kann noch eine Weile …«

Rasmus kratzt sich am Kopf und dreht wieder ein Teil um, als ihm in letzter Sekunde etwas auf der Rückseite auffällt. *Ein schwarzer Rand.* Er inspiziert ihn genauer und spürt, wie sich seine Sinne schärfen. *Könnte es sein …*

»Was ist, Rasse?«, fragt Tanja. Ihr ist seine plötzliche Aufmerksamkeit nicht entgangen.

»Hier ist was … Sieht aus wie von einem Filzstift«, antwortet Rasse, legt das Teil auf den Tisch und fährt mit den Fingern durch den Haufen. *Es muss noch mehr geben, und dann …*

»Guck mal«, sagt er und zieht zwei Teile aus dem Haufen. »Bei denen sind auch schwarze Filzstiftstriche auf der Rückseite.«

Und als sie jetzt die auf dem Tisch liegenden Teile betrachten, entdecken sie hier und da Filzstiftspuren. Einige der Teile sind auf der Rückseite ganz schwarz.

»Meinst du, dass … irgendetwas auf die Rückseite des Puzzles geschrieben wurde?«

Rasmus nickt eifrig.

»Jusuf hat recht«, sagt er fast atemlos. »Das muss schleunigst zusammengesetzt werden.«

15

Jusuf zieht noch einmal an seiner Zigarette und schnippt die Kippe an den Stamm eines der kahlen Bäume vor dem Haus. Die Streifenwagen stehen zehn Meter voneinander entfernt auf der Straße. Der eine, in dem Joonas Lamberg sitzt, setzt sich gerade in Bewegung. Der Leibwächter wird im Polizeigebäude noch seine offizielle Aussage machen, danach kann er gehen. Im Moment deutet nichts darauf hin, dass es an den Berichten von Lamberg, der das Opfer gefunden hat, oder von Axel Zetterborg, der kurz darauf in die Wohnung kam, irgendwelche Zweifel gäbe.

Jusuf nimmt seine Kapuze ab und öffnet die hintere Tür des Streifenwagens.

Axel Zetterborg starrt ihn intensiv an, aus großen, geröteten Augen.

»Mein Beileid«, sagt Jusuf, steigt ein und schließt die Tür. »Und es tut mir leid, dass Sie warten mussten.«

Axel Zetterborg antwortet nicht. Er sieht Jusuf so an, wie viele Zivilisten und Kollegen ihn bei seinen Einsätzen oft ansehen: misstrauisch.

»Jusuf Pepple«, stellt Jusuf sich vor und zeigt seinen Dienstausweis. »Von der Polizei. Hauptermittler in diesem Fall.«

»Zetterborg. Junior«, sagt der Mann. Jusuf ist überrascht, als er seine Stimme hört. Sie ist eine Spur feminin, jazzig und phonetisch nuancenreich. Das Äußere des Mannes ist von dezenter Eleganz geprägt. Unter dem Wollmantel und dem Schal lugt ein schwarzer Anzug mit Krawatte hervor. Die schwarzen Haare sind lockig, ihr Glanz stammt wohl eher von einem starken Gel als von dem eisigen Nieselregen. Das Gesicht ist schmal und ausdrucksvoll. Man könnte es mit gutem Gewissen als schön bezeichnen. So wird auch Jusufs Gesicht oft genannt.

»Ich weiß, wie hart das ist«, sagt Jusuf und holt den Notizblock aus der Tasche, »aber ich muss Ihnen ein paar Fragen stellen.«

Axel Zetterborg vergräbt sein Gesicht in den Händen und scheint zu nicken.

»Haben Sie irgendeine Ahnung, wer Ihrem Vater das angetan haben könnte?«

Der Mann antwortet nicht sofort, er starrt nur auf den Boden.

Schließlich blickt er auf und schüttelt den Kopf.

»Es muss wohl mit der Schließung der Fabrik zu tun haben. Ich weiß es nicht.«

»Gibt es im näheren Umkreis jemanden, mit dem Ihr Vater in letzter Zeit aneinandergeraten ist?«

Axel Zetterborg kratzt sich die Stirn.

»Im näheren Umkreis?«

»Ja, zum Beispiel in der Firma? Wir müssen jetzt alle Möglichkeiten in Betracht ziehen.«

»Es fällt mir furchtbar schwer zu glauben ...«, beginnt Axel, verstummt aber plötzlich, als wollte er einen Gedanken abschütteln, der ihm gerade durch den Kopf gefahren ist.

»Sagen Sie es ruhig«, fordert Jusuf ihn auf.

»In der Führungsgruppe hat die Auseinandersetzung zwischen meinem Vater und dem Strategieleiter Turbulenzen ausgelöst. Niklas war vom ersten Tag an gegen die Schließung der Fabrik.«

»Niklas?«, fragt Jusuf und denkt bei sich, dass der Name des Strategieleiters allmählich interessanter wird.

»Niklas Fischer«, seufzt Axel. »Mein Vater hat die Strategie, die Niklas entworfen hatte, quasi übergangen und eine externe Unternehmensberatung für die Fabrik in Kouvola beauftragt. Und diese Unternehmensberatung riet nachdrücklich, die Fabrik zu schließen.«

»Ist es Ihrer Meinung nach normal, dass der Strategieleiter sich gegen einen Vorstandsbeschluss auflehnt?«

»Auf keinen Fall. Das hat schon für Verwunderung gesorgt, obwohl alle wussten, dass Niklas die Schließung nur abgelehnt hat, um seine guten Beziehungen zur Gewerkschaft zu bewahren. Jedenfalls hat der Konflikt dazu geführt, dass Fischers Name in den Gesprächen über einen neuen Geschäftsführer nicht mehr fiel.«

»Wird der Wechsel des Geschäftsführers also bald aktuell?«, fragt Jusuf. Axel nickt.

»Der jetzige geht Ende des Jahres in Pension.«

Jusuf lässt den Kugelschreiber zwischen den Fingern kreisen.

»Und der Posten ist begehrt?«

»Natürlich.«

»Und Sie selbst? Hat Ihr Vater Sie als Geschäftsführer in Betracht gezogen?«, fragt Jusuf. In Axel Zetterborgs Augen blitzt irgendetwas auf.

»Definitiv. Ich habe der Firma mein ganzes Leben gewidmet. Und ich glaube, dass die Zeit reif war. Der Meinung waren wir beide«, antwortet Axel und senkt den Blick.

Jusuf sieht kurz zum Fenster hinaus. Einer der technischen Ermittler legt etwas in den Kleintransporter.

»Könnten Sie den Ablauf der Ereignisse noch in Ihren eigenen Worten schildern?«

Axel Zetterborg sieht Jusuf schockiert an.

»Was könnte ich dazu sagen? Ich war ja nicht dabei.«

»Wo waren Sie?«

Der protestierende Blick löst sich von Jusuf und wandert eine Weile durch das Wageninnere.

»Auf dem Weg zum Saslik.«

»Sind Sie in das Restaurant gegangen?« Jusuf weiß, dass Zetterborg begreift, was hinter dieser Frage steckt: *Haben Sie ein Alibi?*

»Nein. Ich war ziemlich pünktlich, bin mit meinem eigenen Wagen gekommen, der immer noch an der Ecke vor dem Saslik steht«, antwortet Axel Zetterborg und zeigt in die Richtung des Restaurants. »Ich wollte im Auto warten, bis mein Vater kommt, weil ich keine Lust auf sozialen Umgang hatte. Ehrlich gesagt, ich bin verflucht müde.«

Jusuf hört zu und notiert: *Kein Alibi*. Axel Zetterborgs Miene verrät, dass er sich über Jusufs Schlussfolgerung im Klaren ist.

»Was ist dann passiert?«

»Es war schon ziemlich spät, und ich habe versucht, meinen Vater anzurufen. Zweimal. Irgendwie hatte ich das Gefühl, dass etwas nicht in Ordnung ist. Mein Vater verspätet sich nie, und in dieser explosiven Situation …«

»Sprechen Sie nur weiter.«

»Ich ahnte Böses. Deshalb habe ich Lamberg angerufen, und als der in der Wohnung war und sagte, meinem Vater wäre etwas passiert, bin ich hingerannt, so schnell ich konnte«, sagt Axel und bricht unvermittelt in lautloses Weinen aus.

»Lamberg hat erwähnt, dass Ihr Vater früher am Tag über Unwohlsein geklagt hat. Wussten Sie davon?«

»Das war einer der Gründe, weshalb ich mir Sorgen gemacht habe. Aber mit so etwas hätte ich nie gerechnet.«

»Wissen Sie, ob Niklas Fischer bei dem Abendessen dabei war?«

»Wie gesagt, ich habe das Restaurant nicht betreten. Eingeladen war er jedenfalls. Ich würde annehmen, dass er frühzeitig gekommen ist, wie immer.«

»Okay.«

Jusuf steckt seinen Notizblock in die Tasche und legt dem Mann eine Hand auf die Schulter. Die Geste erscheint ihm so plump, dass er die Hand schnell wieder zurückzieht.

16

Jessica stoppt das Video, reibt sich die Augen und hört, wie die Fensterrahmen im Sturm knarren. Auf dem kleinen Flachbildfernseher an der Wand laufen stumme Werbespots, die flackerndes Licht in die Küche werfen.

Jessica hat sich die Aufzeichnung, die sie im Reitstall bekommen hat, im Schnelldurchlauf angesehen, die Zeitangabe ist jetzt bei fünf vor sechs Uhr abends angekommen. Die Gerichtsmediziner sind zu der Auffassung gelangt, dass der Mann gegen sieben Uhr angezündet wurde. Wenn die Kamera etwas Wesentliches aufgezeichnet hat, muss es also bald auf ihrem Monitor zu sehen sein.

Jessica schließt die Augen, und als sie sie wieder aufschlägt, stellt sie fest, dass sie sich das Video doch nicht bis zum Ende ansehen will. Nicht jetzt. Ihre Angst vor der Wahrheit ist zu groß.

Sie greift nach der Teetasse und spürt die Wärme des dampfenden Hagebuttentees an den Fingerspitzen.

Jessica setzt die Tasse an den Mund und genießt den speziellen Geschmack ihres Lieblingsgetränks. Sie erinnert sich, wie ihr Vater erzählt hat, dass die britischen Schulkinder im Zweiten Weltkrieg Hagebutten sammeln mussten, weil Mangel an Apfelsinen herrschte. Die Hagebutten wurden zu einem Sirup verarbeitet, der reich an Vitamin C war. Es war eine der vielen Geschichten, die Jessica als Kind von ihrem Vater hörte und damals eigentlich nicht besonders interessant fand, die ihr aber für immer im Gedächtnis geblieben sind. So war ihr Vater, ein Geschichtenerzähler. Und so starb er vor zwanzig Jahren an einem sonnigen Tag in Los Angeles, als ihre Mutter das Familienauto vor einen Lastzug lenkte. Jessica hat offizielle Fotos bekommen und das vollkommen zerstörte schwarze Auto betrachtet: eine trostlose, tödliche Falle, in der Überleben nur auf dem rechten Rücksitz möglich war. Dort hatte Jessica gesessen. Toffe, der auf der linken Seite saß, hatte nicht die geringste Chance, den Zusammenstoß zu überleben: Jessicas geliebter kleiner Bruder wurde schlagartig ein Teil der zerquetschten Masse.

Toffe hat keinen Schmerz verspürt.

Jessica trinkt Tee. Auf dem Bildschirm erscheint der Vorspann der Zehn-Uhr-Nachrichten.

Die Gesichter des Nachrichtensprechers und seiner Kollegin wirken an diesem Abend ernster als sonst. Ein weißer Text auf rotem Grund liefert die Erklärung. Jessica ist plötzlich hellwach. *Was in aller Welt?*

Sie stellt die Tasse auf den Tisch und schaltet den Ton ein.

… der Innenminister verurteilt die Tat und spricht Eliel Zetterborgs Angehörigen sein Beileid aus.

Jessica betrachtet die Aufnahme von der Muukalaiskatu, die Lichter der Einsatzfahrzeuge haben den nassen Asphalt blau gefärbt. Auf dem Bildschirm erscheint zuerst ein Foto des allen bekannten Industriebosses und dann eine Person, die Jessica kennt.

Kriminalhauptkommissarin Helena Lappi von der Einheit für schwere Verbrechen, können Sie als Ermittlungsleiterin …

Die Frage des Reporters geht im allgemeinen Lärm unter, und Jessica stellt den Ton lauter. Hellu, die zwischen den Chefs in ihren Uniformen sitzt und von Mikrofonen umzingelt ist, wirkt gestresst, kein Wunder.

Die Polizei kann zu diesem Zeitpunkt noch keine genaueren

Angaben zur Todesursache machen, aber ich kann bestätigen, dass es sich um ein Verbrechen handelt.

Gibt es eine Verbindung zwischen der Tat und den aktuellen Nachrichten über RealEst?

Das Tatmotiv ist noch nicht bekannt, aber für die Aufklärung der Tat werden alle verfügbaren Ressourcen eingesetzt.

Hat es Festnahmen gegeben?

Wir überprüfen alle denkbaren Alternativen und sind zuversichtlich, dass der Fall schnell gelöst wird.

Sind andere Entscheidungsträger bei RealEst in Gefahr?

Dazu können wir erst Stellung nehmen, wenn wir mehr über das Tatmotiv wissen.

Jessica erinnert sich plötzlich an die Textnachrichten, die Jusuf ihr geschickt hat. Sie holt ihr stumm geschaltetes Handy hervor und sieht, dass noch eine dritte Nachricht von Jusuf eingetroffen ist.

19.01 Eliel Zetterborg wurde umgebracht.
19.01 Könntest du nicht doch wieder arbeiten?
19.26 Oh Scheiße. Hellu hat mich zum Hauptermittler gemacht.

Jessica starrt eine Weile auf die Mitteilungen, ihre frisch gefeilten Fingernägel trommeln gegen die Porzellantasse. Sie schaltet das Display des Handys aus und richtet den Blick wieder auf den Fernseher.

Im Studio sitzt ein Mann in Blazer und schlecht sitzendem Hemd, ein Experte, dem Jessica ein paarmal begegnet ist.

… gegen Entscheidungsträger des Geschäftslebens gerichtete Gewalttaten sind äußerst selten, von Tötungsdelikten ganz zu schweigen. In gewisser Weise wirken sich solche Fälle auch auf die allgemeine Vorstellung von Finnland aus, das generell als sehr sicheres Umfeld gilt. Auf staatlicher Ebene hat man sich schon seit Langem darauf eingestellt, dass irgendwann etwas Derartiges geschehen

kann. Obwohl die Polizei den größten Teil der Verbrechen sehr effektiv im Voraus verhindern kann …

Jessica stellt die Tasse auf den Tisch und denkt über die Worte des Experten nach.

In der Praxis kann man Verbrechen nur dann verhindern, wenn sie tatsächlich geplant waren. Womöglich hat die Person, die Eliel Zetterborg das Leben geraubt hat, aus einer plötzlichen Eingebung heraus gehandelt. Jessica erinnert sich an ein Beispiel, das in der internen Sicherheitsausbildung der Polizei verwendet wird: 1982 gelang es Michael Fagan, sich mitten in der Nacht in den Buckingham-Palast und in die Privaträume der königlichen Familie einzuschleichen, und zwar nicht nur ein-, sondern zweimal. Beim zweiten Mal kam Fagan bis ins Schlafzimmer der Königin, war zu deren Glück aber nicht gewalttätig. Die Tat wäre jedoch kaum gelungen, wenn sie nicht spontan gewesen wäre. Hätte Fagan sie lange geplant oder jemandem davon erzählt, hätte man sie höchstwahrscheinlich verhindern können.

Schalt ihn aus.

Jessica spürt einen kalten Schauder im Nacken, als jemand das Zimmer betritt.

Schalt den Fernseher aus. Du gehörst nicht dazu. Nicht mehr.

Jessica will schon nach der Fernbedienung greifen. Doch dann schüttelt sie den Kopf und kneift die Augen fest zu. Sie hält den Atem an und konzentriert sich auf die Dunkelheit, die sich auf ihrer Netzhaut ausbreitet: Sie ist wie ein Vorhang, der wieder eine tragische Szene aus ihrer Vergangenheit enthüllt, wenn er sich öffnet.

Als Jessica die Augen schließlich wieder aufschlägt, ist das Zimmer leer. Keine kalte Berührung an der Schulter, kein knochiger Zeigefinger, um den sich Jessicas schwarze Haare winden.

Ihre Mutter spricht nicht mehr, doch das ist auch nicht nötig. Jessica weiß, was ihre Mutter sagen wollte.

Sieh dir das Video bis zum Ende an.

17

Nina Ruska geht den asphaltierten Fußweg durch den Park Ullanpuistikko hinunter. Sie passiert einen schmucklosen Spielplatz mit zwei roten Federwippen und einem kleinen Sandkasten, an dem die Plastikeimer und -schaufeln festgefroren sind. Nina hat sich über das Konzept immer gewundert: Spielplätze, auf die man bei Wind und Wetter gehen muss, im Allwetteranzug. Es ist schwer vorstellbar, dass man in irgendeinem anderen Winkel der Welt die Kinder so gewissenhaft zum Spielen an die frische Luft bringt, selbst wenn es regnet oder schneit. Den Kindern wird es auf dem Spielplatz zwar selten kalt, aber den Erwachsenen umso mehr. Nina hat in den letzten zwei Jahren mit ihren Patenkindern auf ähnlichen Spielplätzen herumstehen müssen, und diese Erfahrung hat sie in ihrer Entscheidung bestätigt, nie schwanger zu werden. Zwar mag sie Kinder, aber Mutter zu sein, kann sie sich einfach nicht vorstellen.

Sie blickt zur Kreuzung der Muukalaiskatu und der Ullankatu, auf der kreuz und quer ein halbes Dutzend Autos stehen. Die Polizeifahrzeuge sind schon von Weitem zu erkennen, obwohl die Blaulichter nicht mehr blinken. Ein Stück weiter weg, in Richtung Pietarinkatu, haben sich Gaffer und das Kamerateam eines Fernsehsenders versammelt. Jusuf steht rauchend vor einem weißen Kleintransporter und starrt zu Nina.

»Was für ein Blick«, sagt Nina, als sie auf Hörweite herangekommen ist. »Sehe ich irgendwie schuldig aus?«

Jusuf lässt die Kippe in den Gully fallen. Dann zeigt er in die Richtung, aus der Nina gekommen ist.

»Da hinten, in Richtung Observatoriumshügel … Joonas Lamberg, Zetterborgs Leibwächter, hat dort einen Mann in einer roten Jacke gesehen, der zwischen den Büschen stand und seinem Hund etwas zurief. Als sie mit dem Auto hier ankamen.«

Nina wirft einen Blick zurück und zuckt die Schultern.

»Hier sind eben auch abends Leute mit ihren Hunden unterwegs«, meint sie.

Jusuf sieht nachdenklich aus.

»Lamberg hat gesagt, es hätte sich irgendwie merkwürdig angehört.«

»Inwiefern merkwürdig?«

»Das ist mir nicht ganz klar geworden. Vielleicht war der Typ besoffen oder so.«

»Der Leibwächter?«

»Nein, der Mann mit dem Hund.« Jusuf lacht auf.

Einen Augenblick lang hat es den Anschein, als wollte er bei dem Thema bleiben, doch dann schüttelt er den Kopf. Er wirkt ungewohnt ernst und nachdenklich. Die Verantwortung zehrt an der Sorglosigkeit eines Menschen. Jusuf ist zum ersten Mal in seinem Leben Hauptermittler in einem Mordfall und hat weder Zeit noch Lust, seinen berühmten schwarzen Humor blühen zu lassen.

»Was ist mit dir?«, fragt er.

Nina lächelt.

»Wieso?«

»Du siehst irgendwie anders aus … Fröhlich.«

Nina bemüht sich, keine Miene zu verziehen. Sie spürt ein warmes Gefühl im Bauch, als sie an ihr Schäferstündchen mit

Tom denkt. Ein gelungenes Date, auch wenn die Haut an ihren Knien gelitten hat.

Sie hat jedoch nicht vor, mit Jusuf darüber zu reden. Weder jetzt noch später.

»Gibt es irgendwelche Erkenntnisse?«, fragt sie und betrachtet die Fenster der Häuser rund um den Park.

Jusufs Mund verzieht sich zu einem kaum merklichen Lächeln. Dann macht er sich auf den Weg zum Eingang des Hauses, in dem Zetterborg gewohnt hat. Nina folgt ihm.

»Der Mann wurde mit einem Küchenmesser getötet. Die Mordwaffe wurde neben der Leiche gefunden«, sagt Jusuf. »Wenn du willst, kannst du dir von der KTU die Fotos zeigen lassen.«

»Fürs Erste genügt mir dein Bericht. Welche Aufgabe hast du für mich?«

»Am dringendsten ist im Moment die Suche nach Zetterborgs Putzfrau, die allem Anschein nach heute in der Wohnung gewesen ist.«

»Steht sie unter Verdacht?«

Jusuf bleibt stehen und stemmt die Hände in die Hüften.

»Eine gute Frage. Ich glaube nicht. Aber sie ist eine der wenigen, die einen Schlüssel zur Wohnung und einen Transponder haben, mit dem sie die Alarmanlage ein- und ausschalten können.«

»Wer sind die anderen?«

»Eliel Zetterborg selbst, der Leibwächter Joonas Lamberg und der Sohn des Opfers, Axel Zetterborg.«

»Und du glaubst, der Täter muss beide gehabt haben?«

»Ja«. Jusuf holt die Zigarettenschachtel aus der Tasche. Er raucht von Jahr zu Jahr mehr. Das Kettenrauchen erinnert an einen billigen Western. Oder an Erne, ihren früheren Vorgesetzten, der im letzten Frühjahr an Lungenkrebs gestorben ist.

»Eins ist allerdings seltsam«, sagt Jusuf und hält die Hand schützend um die Flamme seines Feuerzeugs. Nach mehreren Versuchen schafft er es, die Zigarette anzuzünden, und belohnt sich mit einem langen Zug.

»Was denn?«

»Wir müssen vielleicht vorläufig davon ausgehen, dass der Täter nicht Joonas Lamberg ist.«

»Okay.« Nina runzelt die Stirn.

»Rein technisch betrachtet, wäre es für ihn am leichtesten gewesen, die Tat zu begehen, aber ich finde kein Motiv. Also müssen wir uns in dieser Phase wohl auf Lambergs Version vom Ablauf der Ereignisse verlassen beziehungsweise darauf, was er seiner Aussage nach gesehen und gehört hat.«

»Was genau hat er denn gesehen und gehört?«

Jusuf steckt sich die Zigarette zwischen die Lippen und zieht sich die dünne schwarze Mütze über die Ohren.

»Lamberg sagt aus, er hätte seinen Chef bis an die Wohnungstür begleitet und gehört, wie die Alarmanlage lospiepte, als die Tür aufging. Dann hat Zetterborg die Alarmanlage ausgeschaltet und die Tür von innen geschlossen.«

»Zu dem Zeitpunkt muss die Wohnung also leer gewesen sein?«, fragt Nina. Jusuf schüttelt den Kopf.

»Lamberg ist schon seit Langem in der Sicherheitsbranche tätig und kennt sich mit Alarmanlagen aus. Die modernen Anlagen haben eine sogenannte Außenhautüberwachung, die man einschalten kann, wenn der Bewohner selbst zu Hause ist. Dann sind nicht die Bewegungsmelder in der Wohnung aktiv, sondern nur die Magnetkontakte an den Türen. Mit anderen Worten, der Alarm geht los, wenn jemand in die Wohnung eindringt, während der Bewohner zum Beispiel schläft.«

»Okay, du meinst also …«

»Es ist möglich, dass der Täter mit einem Schlüssel in die Wohnung kam, die Alarmanlage ausgeschaltet und die Außenhautüberwachung aktiviert hat. Und Lamberg hat den Signalton des Systems gehört und angenommen, dass die Wohnung sicher ist«, erklärt Jusuf.

»Kann die Alarmanlage Informationen über die Zutrittskontrolle liefern?«

Jusuf nickt.

»Rasmus hat versprochen, das Sicherheitsunternehmen zu kontaktieren, das im Protokoll feststellen kann, wessen Transponder verwendet wurde und in welcher Funktion die Anlage jeweils eingeschaltet war.«

»Alles klar«, sagt Nina.

Jusuf reicht ihr einen Zettel.

»Was ist das?«

»Telefonnummer und Adresse der Putzfrau. Klär ab, wo die Frau ist, und sprich mit ihr. Nimm sicherheitshalber eine Streife mit.«

»Glaubst du also doch, dass die Putzfrau in die Sache verwickelt ist?«

»Das können wir nicht ausschließen. Ohne Transponder wäre der Mord nicht möglich gewesen. Es sei denn …«

»Es sei denn was?«

»Es sei denn, die Lösung wäre die allereinfachste: Joonas Lamberg lügt wie gedruckt«, sagt Jusuf und starrt auf das glühende Ende seiner Zigarette, bevor sie auf den nassen Asphalt fällt. »Oder der Sohn des Opfers. Niemand kann bestätigen, dass Axel Zetterborg zur Tatzeit in seinem Wagen saß. Theoretisch hätte er mit seinem eigenen Schlüssel in die Wohnung gehen, die Alarmanlage manipulieren, seinen Vater töten, das Haus durch den rückwärtigen Eingang zur Vuorimiehenkatu verlassen und sowohl bei seinem Vater als auch bei Lamberg anrufen können, um kurz darauf erschüttert in die Wohnung zurückzukehren.«

»Was ist mit den Ortungsdaten?«, fragt Nina.

»Es hat sich alles im selben kleinen Viertel abgespielt. Die Daten lassen sich nicht exakt genug spezifizieren.«

»Aber warum hätte der Sohn seinen Vater umbringen sollen?«

»Das weiß ich nicht.«

Im selben Moment klingelt Jusufs Handy. Nina sieht Rasmus' Namen auf dem Display, bevor Jusuf den Anruf annimmt.

18

Rasmus klingt atemlos, was in der Regel bedeutet, dass der Aufzug im Polizeigebäude streikt, oder aber, dass Rasmus in irgendeinem Teilbereich der Ermittlung einen großen Schritt vorangekommen ist. Diesmal dürfte es sich um Letzteres handeln.

»Was das Puzzle zeigt«, sagt Rasmus und holt Luft, »ist nicht unbedingt wichtig. Auf die Rückseite wurde nämlich etwas geschrieben.«

»Was denn?«, fragt Jusuf schnell und begreift im selben Moment, wie dumm die Frage ist. »Das wissen wir noch nicht, Rasse, oder?«, fügt er an. »Vorher muss das Puzzle zusammengesetzt werden.«

»Genau. Die gute Nachricht ist, dass der Text uns hilft, es schneller zusammenzusetzen als erwartet. Jetzt gibt es mehr eindeutige Teile als vorher.«

Jusuf spürt, wie ihm eine Last von den Schultern fällt. Das Puzzle ist tatsächlich eine genauere Untersuchung wert, und Hellu braucht vielleicht keinen Koller zu bekommen.

»Dann macht mal Dampf«, sagt er und sieht Nina an, die wartend vor ihm steht. Rasses heftiges Atmen dringt an sein Ohr.

»Es gibt offenbar noch etwas, Rasse?«

»Ich habe mit einem Typen von Securitas gesprochen und Folgendes erfahren: Nach den Protokolldaten, die er aus Zetterborgs Alarmsystem gefischt hat, wurde die Anlage am Morgen um 7.12 Uhr mit dem Transponder Nummer 1 eingeschaltet, das heißt mit Eliel Zetterborgs eigenem. Dann wurde das System um 9.01 Uhr mit dem Transponder 2 – demjenigen der Putzfrau – ausgeschaltet und mit demselben Transponder um 12.02 Uhr wieder aktiviert. Fast sechs Stunden später, um 17.51 Uhr, wurde das System mit demselben Transponder erneut deaktiviert. Und wie du vermutet hast, wurde die Außenhautüberwachung, also der sogenannte Zuhause-Status, mit dem Code eingeschaltet, allerdings erst um 18.09 Uhr, also nur wenige Minuten bevor Eliel Zetterborg die Wohnung betreten hat.«

»Das heißt, dass der Eindringling am Fenster gestanden und gesehen hat, wie das von Lamberg gelenkte Auto vor dem Haus hielt. Warum hat er die Außenhautüberwachung nicht sofort eingeschaltet, als er in die Wohnung kam?«

»Schwer zu sagen. Im System wurde jedenfalls die verzögernde Alternative gewählt, was bedeutet, dass der Alarm nicht sofort erfolgt, wenn jemand die Tür öffnet, sondern die Möglichkeit bietet, das System innerhalb von dreißig Sekunden nach dem Signalton auszuschalten«, erklärt Rasmus. »Die letzte Aktivität wurde im Protokoll um 18.15 Uhr verzeichnet. Zu diesem Zeitpunkt hat Zetterborg die Tür aufgeschlossen, die Außenhautüberwachung ausgeschaltet und geglaubt, eine leere Wohnung zu betreten.«

»Pfui Teufel«, stöhnt Jusuf, lässt das Handy sinken und heftet seinen Blick auf Nina. »Nina«, sagt er mit Nachdruck. »Jetzt sollten wir den Einsatztrupp vorschicken.«

19

Nina Ruska blickt abwechselnd auf das Navi ihres Handys und auf die schwarz schimmernde Straße. Für Fußgänger sind die Bedingungen extrem gefährlich: Ein Mensch, der ohne Reflektor aus der Dunkelheit auf den Zebrastreifen tritt, ist praktisch unsichtbar. Nina weiß genau, dass ihre Art zu fahren – den Verkehr aus den Augenwinkeln zu beobachten und die Fahranweisungen auf dem Display des Handys auf ihrem Schoß zu verfolgen – riskant, für eine Polizistin unprofessionell und überhaupt in jeder Hinsicht unverzeihlich ist. Aber die aktuelle Ermittlung lässt sie auf Hochtouren laufen.

Nina wirft einen Blick in den Rückspiegel und sieht, dass der Streifenwagen hinter ihr in die Ahjokuja einbiegt. *Die Steniuksentie ist offenbar die nächste Straße rechts* … Nina spürt die Spannung in ihren Fingerspitzen kribbeln. Sie schaudert immer noch, wenn sie daran denkt, dass Eliel Zetterborg vor ein paar Stunden geglaubt hat, eine leere Wohnung zu betreten, während in Wirklichkeit der Killer genau dort auf sein ahnungsloses Opfer wartete. Und jetzt werden sie dieser Person vielleicht ins Gesicht blicken.

Die Putzfrau Sanni Karppinen ist fünfzig Jahre alt und wohnt allein in der Wohnung Nummer 6 im dritten Stock.

Nina setzt den Blinker und denkt über die Möglichkeit nach, dass die Frau, die Eliel Zetterborgs Zuhause schon seit mehreren Jahren in Ordnung hält, die gesuchte Mörderin sein könnte. Das kommt ihr allerdings nicht wahrscheinlich vor: Rasmus hat Informationen über die Frau ausgegraben und nichts gefunden, was für ihre Schuld sprechen würde. Belastend ist lediglich, dass der Täter mit Karppinens Schlüssel und Transponder in die Wohnung des Opfers eingedrungen ist.

Jusuf hat Nina vor ein paar Minuten von den Informationen des Sicherheitsunternehmens über die Transponder berichtet. Es gibt insgesamt vier, die Transponder Nummer 3 und 4 sind im Besitz von Joonas Lamberg, dem Leibwächter, und Axel Zetterborg, dem Sohn des Opfers. Rasmus zufolge wurde seit Monaten keiner der beiden benutzt, um das System ein- oder auszuschalten. Im Licht der neuesten Informationen ist es also offensichtlich, dass der Täter irgendwie die Schlüssel der Putzfrau in seinen Besitz gebracht hat.

Nina lenkt den Wagen auf die leicht ansteigende Steniuksentie und parkt etwa hundert Meter von dem Gebäude entfernt, in dem die Putzfrau wohnt.

Am anderen Ende der Straße, ungefähr in der gleichen Entfernung vom Gebäude, steht der schwarze Kleintransporter des Einsatztrupps. Hellu hat auf die Informationen von Securitas schnell und effektiv reagiert, das muss man ihr lassen. Gerade jetzt will niemand unnötige Risiken eingehen – wenn der Täter sich in der Wohnung aufhält, ist er zweifellos gefährlich. Auf den ersten Blick mag der Mord an Eliel Zetterborg wie eine spontane Tat wirken, aber die Art, wie der Täter in die Wohnung eingedrungen ist, spricht eine andere Sprache.

Das Funkgerät knistert.

Karhu 1. Delta.

Delta hört.

Sichert das Gebäude.

Aus dem Laderaum des Kleintransporters springen sechs bis an die Zähne bewaffnete Polizisten des Einsatztrupps. Sie nähern sich dem dreistöckigen Fertigbau überraschend schnell.

Es ist 20.34 Uhr. Die Schneeflocken, die vom Himmel fallen, sind so zart, dass man sie nur im gelben Licht der Straßenlampen wahrnimmt.

Nina sieht, wie zwei Männer des Trupps um das Haus herum zur Hintertür laufen und einer vor dem Haus stehen bleibt.

Kurz darauf wird die Haustür von innen geöffnet, und drei der Männer stürmen hinein.

Nina öffnet die Tür ihres Wagens, greift nach dem Funkgerät und klickt den Verschluss des Holsters auf, in dem ihre Dienstwaffe steckt.

Sie arbeitet seit vierzehn Jahren bei der Polizei, hat aber außerhalb des Schießstands noch keinen einzigen Schuss abgegeben. Allerdings gilt dasselbe für die allermeisten ihrer Kollegen und Kolleginnen – in Finnland gibt es insgesamt etwa 7000 Polizisten, doch normalerweise fallen bei ihren Einsätzen pro Jahr etwa zehn Schüsse, im internationalen Vergleich geradezu unbegreiflich wenig.

Nina spürt einen Kloß im Hals, als sie an die Situation denkt, in der sie zuletzt unter Hochspannung gestanden hat. Die Erinnerung drängt sich in ihr Bewusstsein, und sie schließt kurz die Augen, um sie zu vertreiben.

Dann steigt sie aus und geht, gefolgt von den uniformierten Streifenbeamten, auf das Haus zu. Ihr Herz hämmert wie wild. Nein, sie hat die Waffe bei keinem Einsatz benutzt und wird es auch heute nicht müssen. Tatsächlich ist Nina in ihrer ganzen Laufbahn als Ermittlerin sehr selten auch nur in die Nähe aktiver Einsätze geraten. Ihre Aufgabe besteht hauptsächlich darin, Indizien zu überprüfen sowie Betroffene und Verdächtige zu befragen. Zwar könnte ihr durchtrainierter, muskulöser Körper auf das Gegenteil schließen lassen, doch gefährliche Situationen gehören in der Regel nicht zu ihrem Tätigkeitsbereich. Sie ist ein am Kamin schlafender Bullterrier.

Das Knistern des Funkgeräts unterbricht die Stille.

Das Objekt reagiert nicht auf die Klingel.

Nina hebt das Mikrofon an den Mund. »Geht rein.«

Roger.

Nina und die Streifenbeamten bleiben an der Haustür stehen.

Nina will sich nicht erinnern, hat aber keine Macht über ihre Gedanken.

Als sie das letzte Mal zu einem Einsatz beordert wurde, wäre es ihr beinahe an den Kragen gegangen. Mitunter hat sie noch Albträume, sie liegt auf dem kalten Steinfußboden, nur von einem Tuch bedeckt, und um sie herum stehen Menschen in langen Kutten. Aber sie hat an jenem Abend überlebt, ebenso wie Jessica und Jusuf.

Bereit beim Zeichen.

Gerade in dem Moment wird der Wind heftiger, aber Nina hört dennoch, wie die Tür zu Sanni Karppinens Wohnung aufgebrochen wird und wie die Männer lärmend und brüllend hineinstürmen.

20

Nina rennt die granitgraue Treppe hinauf. Mit der Hand zieht sie sich an dem Eisengeländer hoch, um schneller voranzukommen. Im zweiten Stock sind die Türen beider Wohnungen geöffnet, und durch den Türspalt spähen verwunderte Gesichter. Nina zeigt auf den Dienstausweis, der um ihren Hals hängt. *Polizei, zurück in die Wohnung! Tür zu!*

Sie hat gerade über Funk die Nachricht bekommen, dass die Wohnung gesichert und das Objekt allein und am Leben ist.

Im dritten Stock trifft sie an der Wohnungstür auf zwei Männer des Einsatztrupps in Sturmhauben. Die mit optischen Visieren ausgestatteten Maschinenpistolen hängen über ihren Schultern. In der Luft schwebt der süßliche Geruch von Sägemehl, auf dem Boden liegen Holzspäne von der aufgebrochenen Tür.

»Wo ist sie?«, fragt Nina atemlos, und der eine der Männer murmelt etwas, das sie als *Schlafzimmer* interpretiert.

Nina geht zügig durch den engen Flur, der an beiden Seiten mit weißen Ikea-Kommoden vollgepfercht ist. Die Wohnung ist nicht direkt unordentlich, aber auch nicht wirklich aufgeräumt. Es scheint zu viel Kram zu geben. Im Fernseher im Wohnzimmer läuft eine Kochsendung, die Mitglieder der Jury probieren gerade einen mit Beeren verzierten Nachtisch.

»Hier«, sagt einer der Männer des Einsatztrupps. Seine Finger liegen einsatzbereit am Abzug der an einem Gurt hängenden Waffe, als könne immer noch irgendetwas passieren.

Nina geht ins Schlafzimmer. Auf dem Bett sitzt, von einem der Männer gestützt, eine magere Frau, deren Hand- und Fußgelenke mit Kabelbindern gefesselt sind. Die Frau leckt abwechselnd über ihre Lippen und hustet Schleim aus der Kehle.

Fragend sieht Nina den Mann an, von dem sie weiß, dass er der operative Leiter des Trupps ist.

»Sie war ans Bett gefesselt«, sagt der Mann und zeigt auf ein Kopftuch auf dem Bett. »Und geknebelt.«

»Sanni Karppinen?«, wendet Nina sich an die Frau.

»Ja! Ja! Hab ich doch gerade gesagt«, antwortet die Frau mit weinerlicher Stimme. »Macht die Fesseln ab, verdammt …«

Nina mustert die Frau, die versucht, ihre dünnen Arme aus den Kabelbindern zu reißen. Die Unterlippe der Frau ist geschwollen und die Haut um das eine Auge bläulich verfärbt.

Nina nickt dem Mann zu, der einen Leatherman aus seinem Ausrüstungsgürtel zaubert und den Kabelbinder um die Handgelenke durchschneidet.

»Jetzt brauchen Sie keine Angst mehr zu haben, Sanni. Sie sind in Sicherheit«, sagt sie und kniet sich vor der Frau hin, sodass ihre Augen auf gleicher Höhe sind. »Wer hat das getan?«

Eine Weile starrt die Frau nur zurück, dann strömen ihr Tränen über das Gesicht. Vielleicht sind es Tränen der Erleichterung.

»Alles ist in Ordnung«, wiederholt Nina. »Sie müssen mir erzählen, was passiert ist. Wo ist der Kerl?«

»Ich weiß nicht … Er hat an der Tür geklingelt und … Ich hab aufgemacht, weil ich nicht …«

»Wer hat geklingelt?«

»Ein Mann.«

»Wie sah er aus?«

»Ich weiß nicht … Er hatte eine Maske und … So was wie die …«, sagt Sanni Karppinen mit einem Blick auf den bewaffneten Polizisten, der zwischen dem Bett und dem Fenster steht.

»Eine Sturmhaube?«, fragt Nina. Die Frau nickt.

»Was ist dann passiert?«

»Er hat sich reingedrängt und mich zum Bett geschleift. Mich gefesselt.«

»Warum? Was wollte er?«

»Zetterborgs Hausschlüssel«, schluchzt die Frau.

Nina steht langsam auf und sieht sich um. Vor dem Fenster steht ein kleiner Schreibtisch, und an den Wänden hängen Fotos von Kleinkindern, wahrscheinlich Karppinens Enkel. Die Jalousien sind heruntergelassen und die Vorhänge zugezogen, wie sie vorhin schon per Funk erfahren hat.

Ansonsten sieht das Zimmer unauffällig aus, der Mann musste kaum kämpfen, um die kleine Frau ans Bett zu fesseln.

»Wie lange haben Sie da gelegen?«, fragt Nina und formuliert die Frage gleich um: »Um welche Zeit ist das alles passiert?«

»Als ich nach Hause kam … Zwischen eins und zwei.«

Sanni Karppinen wischt sich die Augen, während einer der Männer des Einsatztrupps den Kabelbinder an ihren Knöcheln durchschneidet. Ein schneller Blick über die Schulter verrät, dass sein Kollege die Maschinenpistole immer noch einsatzbereit hält. Ewiges Misstrauen ist die wichtigste Eigenschaft dieser Männer, in dieser Wohnung können sie es sich nicht leisten, auf Absicherung zu verzichten. Natürlich ist es unwahrscheinlich, dass Sanni Karppinen sich die Verletzungen im Gesicht selbst beigebracht und sich danach an Händen und Füßen gefesselt hat, aber sie wollen diese Möglichkeit auch nicht ausschließen. Nina betrachtet die Abschürfungen an den Hand- und Fußgelenken: Man sieht, dass sie nicht kurzfristig entstanden sind.

»Sie haben dem Mann die Schlüssel gegeben?«, fragt Nina.

»Er hat sie aus meiner Manteltasche genommen. Und dann hat er geprüft, ob die Kabelbinder fest genug sitzen, hat mir das Tuch in den Mund gestopft und mit Klebeband befestigt.«

»Und dann?«

»Dann ist er gegangen.«

»Wie hat er sich angehört?«

»Kann ich nicht sagen.«

»Hat er überhaupt gesprochen?«

»Vielleicht … Ich erinnere mich nicht. Er hat mich sofort angegriffen, als ich die Tür aufgemacht habe.«

»Können Sie ihn beschreiben? Was hatte er an? War er groß oder besonders breit?«

»Eine schwarze Kapuzenjacke, glaube ich … vielleicht von irgendeiner Band … Metallica? Ziemlich normal groß …«

»Okay. Und wenn Sie ihn nicht sprechen gehört haben … könnte es vielleicht doch eine Frau gewesen sein?«

»Das glaube ich nicht. Irgendwas hat er wohl gesagt. Oder geschnauft. Ich bin mir ganz sicher, dass es ein Mann war.«

Nina steht vor der Frau, die Hände in die Hüften gestützt, und plötzlich verspürt sie Mitgefühl und eine Art Scham darüber, dass die Frau, die fast den ganzen Tag gefesselt in ihrem Schlafzimmer gelegen hat, unmittelbar nach ihrer Befreiung in die Mangel genommen wird, während die Körpersprache der schwer bewaffneten Polizisten zu verstehen gibt, dass sie möglicherweise nicht nur Opfer ist.

Sanni Karppinens Augen-Make-up ist verlaufen und auf den Wangen getrocknet.

»In Ordnung. Es tut mir leid, aber Sie müssen mitkommen und Ihre offizielle Aussage machen«, sagt Nina und hilft der Frau aufzustehen.

21

Die Haustür schließt sich hinter Nina. Sie beobachtet, wie die erst kurz zuvor errichteten Kulissen des Dramas abgebaut werden, als handle es sich um den Drehort eines Actionfilms. Die Männer des Einsatztrupps packen ihre Sachen ins Auto, die Schiebetüren schließen sich, Helme werden abgenommen. Oben auf dem Hügel stehen einige Neugierige mit Handykameras.

»Ruska, stimmt's?«

Nina dreht sich in die Richtung, aus der die tiefe Männerstimme kommt.

Aus einigen Metern Entfernung nähert sich ein breitschultriger Mann, der die Sturmhaube in die Stirn hochgeschoben hat. Bartstoppeln bedecken sein rundes Kinn, seine Wangen sind pockennarbig und seine Augen alles andere als freundlich.

»Ja.«

»Roni Kerman, Gruppenführer«, stellt der Mann sich vor und gibt Nina die Hand.

»Gute Arbeit«, erwidert Nina, weil ihr nichts Besseres einfällt. Tatsächlich war der gerade abgeschlossene Einsatz für den erfahrenen Trupp eine Kleinigkeit.

»Eine wüste Sache, diese Zetterborg-Geschichte«, sagt Kerman und stopft eine Kautabakdose in seine Brusttasche. Dann blickt er ins Treppenhaus, wo Sanni Karppinen darauf wartet, zum Wagen begleitet zu werden. »Da hat sich jemand wirklich

Mühe gemacht, um in die Wohnung von diesem Boss zu kommen.«

Nina zuckt die Schultern, obwohl sie weiß, dass Kerman sich garantiert darüber ärgert. Er scheint jedoch zu akzeptieren, dass sie sich nicht über Einzelheiten der Ermittlungen äußern will.

»Na, es geht mich ja eigentlich nichts an.« Kerman lacht auf, und Nina sieht einen dunkelbraunen Klumpen Kautabak an seinem Zahnfleisch. »Aber ich hätte da etwas, was dir vielleicht zu denken gibt.«

»Was?«

»Wurde Zetterborg nicht ermordet, während sein Chauffeur vor dem Haus wartete? Sein Leibwächter?«

Nina nickt. Ein kleiner Informationsaustausch unter Polizisten kann sicher nichts schaden.

»Ja. Und?«

Kerman kratzt sich unter der Nase und scheint für einen Moment aus seiner übertrieben maskulinen Rolle zu schlüpfen.

»Zufällig kenne ich Joonas Lamberg. Ich bin schon seit fast zwanzig Jahren beim Einsatztrupp und erinnere mich an Lamberg aus der Zeit, als er noch dazugehörte.«

»Aha«, sagt Nina. Sie überlegt, wohin das Gespräch führt.

»Versteh mich nicht falsch. Aber er ist ein besonderer Typ. Ich würde euch empfehlen, ihn sorgfältig zu befragen.«

»Was meinst du damit?«

»Er erzählt immer, er hätte den Job quittieren müssen, weil er eine Kugel ins Knie bekommen hat, aber ganz so war es nicht. Natürlich war es nicht so einfach, seine Haxe zu kurieren, aber letzten Endes hat sie wieder gut funktioniert. Er musste aus ganz anderen Gründen aus dem Dienst ausscheiden, auch wenn das wohl nie offiziell bekannt geworden ist.«

»Aus welchen Gründen?«

»Ein problematischer Typ. Schießwütig. Ich war bei seinem

letzten Einsatz dabei, als er bei der Festnahme einen unbewaffneten Verbrecher im roten Ledersessel erschossen hat«, sagt Kerman und zieht seine kugelsichere Weste zurecht.

Nina betrachtet ihn eindringlich. Sie wird den Gedanken nicht los, dass der *rote Ledersessel* in der ansonsten summarisch erzählten Geschichte merkwürdig heraussticht.

»Und es war eigentlich nicht das erste Mal, dass etwas in der Art passiert ist. Er schien immer zu schießen, wenn es möglich war. Deshalb konnte er nicht mehr beim Einsatztrupp bleiben. Oder bei der Polizei überhaupt. Er hat selbst gekündigt, nachdem unser damaliger Operator ein längeres Gespräch mit ihm geführt hat.« Kerman verzieht den Mund zu einem eigentümlich brutalen Grinsen. »Wie sagt man in den besseren Kreisen … *ironisch*. Es ist fast ironisch, dass so ein Typ Leibwächter im Privatsektor geworden ist.«

Nina runzelt die Stirn.

»Hab ich richtig verstanden? Der Einsatztrupp hat einen Mord, den ein Polizist begangen hat, zehn Jahre lang verheimlicht, und jetzt erzählst du mir ganz spontan davon?«

Kermans Miene verfinstert sich ein wenig.

»Ein Geheimnis war das nicht. Der Fall wurde gründlich untersucht, ganz nach dem Protokoll. Die interne Prüfung kam zu dem Ergebnis, dass der Verbrecher eine Waffe auf Lamberg gerichtet hatte. Lamberg hat also nach Vorschrift gehandelt.«

»Aber du hast doch gerade gesagt, der Mann war …«

»Unbewaffnet? Hör mal, Ruska. Wenn man lange genug in dem Job ist, merkt man einfach, wenn auf dem Kriegsschauplatz irgendwas nicht stimmt, nachdem das Artilleriefeuer verstummt ist und der Staub sich gelegt hat. Mir war es letzten Endes scheißegal, was dem Ganoven zugestoßen ist und ob er Joonas tatsächlich mit einer Waffe bedroht hat.«

»Wer war der Mann?«

»Ein Schleimscheißer, der Känguru genannt wurde. Er

hatte ein siebenjähriges Mädchen gekidnappt und von den Eltern Lösegeld erpresst. Das Mädchen kam unversehrt frei, aber die Leute vom Erkundungsdienst haben den Kerl lokalisiert, und der Einsatztrupp hat am nächsten Tag sein Quartier gestürmt. An sich hat Känguru bekommen, was er verdient hatte. Aber wir haben trotzdem dafür gesorgt, dass Joonas Lamberg der Waffenschein entzogen wurde.«

»Meinst du, dass Lamberg vorgetäuscht …«

»Ich meine gar nichts. Ich hab schon genug gequasselt. Alles nur Spekulation. Und wie gesagt, die interne Untersuchung hat festgestellt, dass Lambergs Vorgehen nicht unbegründet war. Aber an deiner Stelle würde ich noch mal mit ihm reden. Der Bursche ist einfach ein bisschen unberechenbar. Und außerdem ein beschissener Teamplayer.«

22

Jessica stellt die Tasse auf den Tisch und hält das Video an.

Die Schmetterlinge in ihrem Bauch flattern nicht mehr, und sie fühlt sich plötzlich seltsam bedrückt.

Sie spult die Aufnahme fünfzehn Sekunden zurück.

Das Bild ist grobkörnig und dunkel, aber die Person, die sich von Süden her nähert, ist im blassen Licht der Straßenlampe deutlich zu sehen.

Es ist eine Frau.

Jessica blickt auf die Zeitleiste des Videos.

24.12.2019, 18.50 Uhr.

Das Gesicht der Frau ist nicht zu erkennen, aber Jessica sieht die weißen Sportschuhe, die schwarze Jogginghose und die weiße Goretex-Jacke. Den Pferdeschwanz im Nacken und die schwarze Basecap mit dem Yankees-Logo.

Plötzlich hat sie das Gefühl, keine Luft mehr zu bekommen.

Nein, das kann nicht möglich sein.

Die Hand der Frau, die zügig und zielstrebig die Joggingstrecke entlanggeht, ruht in einer Armschlinge.

Jessicas Herz hämmert, als sie die Sportstrack-App auf ihrem Handy aufruft und hastig mit dem Zeigefinger über das Display streicht, um zu sehen, welche Trainingseinheiten vor einem Monat gespeichert wurden.

24.12.2019 – Spaziergang.

Die Hand, die das Telefon hält, zittert. Das Herz schlägt wie verrückt.

Sie kann damals nicht dort gewesen sein, daran würde sie sich doch erinnern. Jessica tippt auf das Display und ruft die Karte auf. Dann lässt sie das Handy auf den Tisch fallen und ballt die linke Hand zur Faust, damit ihre Finger nicht mehr zittern.

Jessica denkt an Venedig, die rauen Fingerspitzen, die Zunge des Mannes an ihrem Hals. Sie hat schon einmal getötet und wäre wohl fähig, es wieder zu tun. Wenn sie einen gewichtigen Grund hätte.

Sie schließt die Augen und stößt einen bebenden Seufzer aus, doch selbst die schützende Dunkelheit, die die geschlossenen Augenlider ihr schenken, hilft ihr nicht, zu verstehen, was passiert ist.

23

Die Uhrzeiger weisen senkrecht nach oben, es ist Mitternacht. Jusuf und Nina kommen in das Besprechungszimmer, wo Rasmus, Hellu und Jami Harjula an dem abgewetzten langen Holztisch warten. Die braunen Papiertüten mit den Zimtschnecken sind schon geöffnet. Der Thermoskanne entströmt Kaffeegeruch.

»Na dann«, beginnt Hellu wie üblich und leckt sich die Finger ab. *Na dann.* Diese beiden kurzen Wörter leiten fast jede Besprechung und jede Beratung unter vier Augen ein. Sie sind buchstäblich der Anfang von allem, vom Guten wie vom Bösen, und nicht einmal der Ton, in dem sie ausgesprochen werden, lässt auf den weiteren Verlauf der Sitzung schließen. Die beiden Wörter können alles ankündigen, von den Schüssen in Mainila zu Beginn des finnisch-sowjetischen Krieges bis zum Waffenstillstand.

»Ein ausgesprochen zügiger Start«, sagt Hellu. »Jusuf, du hast mustergültig gearbeitet.«

Ein wenig verwundert über das Lob seiner Chefin, setzt Jusuf sich an den Tisch. Er wirft einen raschen Blick auf Jami Harjula, der rechts neben Hellu sitzt und entrüstet aussieht, als ginge das Lob der Ermittlungsleiterin auf seine Kosten. Vielleicht ist Harjula einer derjenigen, die bereit sind, einen Hunderter dafür zu bezahlen, dass der Nachbar keinen Fünfziger bekommt.

»Danke«, sagt Jusuf und hofft, dass die Hitze, die sich auf seinen Wangen ausbreitet, nicht zu erkennen ist.

Nina nimmt sich einen Teller und holt eine Zimtschnecke aus der Tüte. Damit zieht sie alle Blicke auf sich. Man sieht sie nämlich selten Kuchen mampfen, schon gar nicht altes, trocken gewordenes Gebäck aus dem Sonderangebot. Als eingeschworene Kraftsportlerin achtet sie meistens sehr genau darauf, was sie isst. Die muskulöse Nina isst zwar viel, aber mit Bedacht, und im Frühjahr wiegt sie ihr Essen sogar regelmäßig ab.

»Korrigier mich, falls ich mich irre, Jusuf, aber mir scheint, dass wir jetzt ein paar ganz konkrete Informationen haben«, sagt Hellu, greift nach ihrem Stift und überfliegt ihre wirren Notizen.

»Nach Aussage der Putzfrau handelt es sich um einen untersetzten Mann zwischen 40 und 50. Wir können jetzt also mit Sicherheit sagen, dass weder Joonas Lamberg noch Axel Zetterborg als Täter in Frage kommen. Diese Schlussfolgerung beruht nicht nur auf den Kennzeichen, sondern auch darauf, dass beide nachweislich in Kouvola waren, als der Mann in die Wohnung der Putzfrau eingedrungen ist. Wir wissen also, wie und wann der Verdächtige in Eliel Zetterborgs Wohnung gelangt ist. Und was das Puzzle angeht …« Hellu sieht Rasmus an, der gierig auf die Tüte mit dem Gebäck starrt, räuspert sich laut, um ihn aus seinen Gedanken zu reißen, und fährt fort: »Das wird wohl bald fertig oder jedenfalls ausreichend zusammengesetzt sein, vielleicht noch … heute Nacht?«

»Genau«, sagt Rasmus und setzt sich gerade auf. »Vier Personen arbeiten daran. Was auf die Rückseite geschrieben wurde, wird sich in einigen Stunden herausstellen.«

»Man sollte meinen, dass es dafür irgendein Computerprogramm gibt«, brummt Harjula. Zwischen seinen Zähnen klebt eine ordentliche Portion zerkautes Gebäck.

Rasmus sieht Harjula verwundert an.

»Ein Computerprogramm?«

»Ja. Irgendeine Software. Ist doch verdammt seltsam, dass man es von Hand zusammensetzen muss. *Back to the 80s.*«

»Und was wäre die Alternative?«, erwidert Rasmus überraschend selbstsicher und fährt fort: »Ist natürlich erstaunlich, dass noch kein Daniel Düsentrieb beschlossen hat, eine Maschine zu erfinden, bei der man die Puzzleteile in eine Art Mixer kippt, und dann dreht man an der Kurbel und bekommt das fertige Bild …«

Jusuf prustet los, noch bevor Harjula begreift, dass Rasmus' Worte sarkastisch gemeint sind. Auch Nina lächelt stolz. Für das Ermittlungsteam war Rasmus Susikoski immer schon der eigene Nerd, ein täglich von seinem Deodorant im Stich gelassener Krieger, um dessen Halbglatze ein Rettungsring aus Haaren liegt, aus dem Schuppen auf die Schultern seines schwarzen Pullovers rieseln. Mitunter scheint es, als würde Rasmus sich Mühe geben, um den anderen einen Anlass zum Mobbing am Arbeitsplatz zu liefern. Aber in Wahrheit will niemand gemein zu Rasmus sein, nicht einmal Harjula oder Hellu. Rasmus ist mit all seinen originellen Zügen eine liebenswerte Person. Der im Körper eines Erwachsenen gefangene Halbwüchsige ist nicht nur ein Computergenie, sondern selbst ein wandelnder Computer.

Es ist jedoch klar, dass Rasmus im Lauf seines Lebens einiges in die Fresse bekommen hat, sowohl im übertragenen Sinn als auch konkret, Letzteres natürlich vor allem in der Schulzeit. Und gerade deshalb ist es erfrischend, zu erleben, dass er es wagt, Harjulas unnötige Bemerkung mit einem ironischen Kommentar zu quittieren. *Weiter so, Rasse!*

»Na, so hatte ich das nicht gemeint«, brummt Harjula.

»Rein theoretisch könnte man die Teile mit der Bildseite nach oben auf einer weißen Fläche ausbreiten und einen Algorithmus programmieren, der die Formen der einzelnen Teile scannt und zu einem möglichst lückenlosen Ganzen zusammenfügt«, meint Rasmus.

Vielleicht will er einlenken.

»Aber ich glaube, auf die traditionelle Art werden wir schneller fertig.«

»So viel dazu«, sagt Hellu schnell. »Was hältst du von der Sache, Jusuf?«

»Ööh … wie meinst du das?«

»Nach was für einem Mann suchen wir?«

Jusuf will schon den Mund aufmachen, beschließt aber, die Kunstpause zu verlängern, indem er sich einen halben Becher Kaffee eingießt. Er setzt den Becher an den Mund und spürt den Geschmack des Kaffees auf der Zunge. Im selben Moment erobert die Gier nach einer Zigarette jede Zelle seines Körpers. Verdammt noch mal, wenn wir doch im Jahr 1995 wären und es ganz okay wäre, im Besprechungszimmer zu qualmen.

»Ein widersprüchliches Gefühl«, sein Mund ist hinter dem Pappbecher verborgen. »Überlegt doch mal. Das Messer ins Herz gestochen, mit voller Kraft durch das Brustbein. Und dann sicherheitshalber aus der Wunde gezogen, damit das Blut aus den zerstörten Adern fließen kann. Ein zielstrebiger und effektiv ausgeführter Mord, kein überflüssiges Gedöns.«

»Warum ein widersprüchliches Gefühl?«

»Weil das Motiv ein Mysterium ist.«

»Wurde aus der Wohnung etwas entwendet?«, fragt Hellu.

»Sieht nicht so aus. Axel Zetterborg, der Sohn des Opfers, hat erklärt, dass es außer den Gemälden an den Wänden und dem Inhalt des Safes in der Wohnung nichts Wertvolles gibt. Aber die Gemälde scheinen an ihrem Platz zu hängen, und der Safe ist verschlossen.«

»Was ist drin?«, fragt Harjula und starrt auf seine Fingernägel.

»Ich weiß es nicht. Wie gesagt, er ist verschlossen«, antwortet Jusuf. »Axel zufolge enthält er verschiedene Wertgegenstände und vermutlich Bargeld. Aber er hat vor Jahren zuletzt in den Safe geschaut, und die Kombination kannte nur Eliel Zetterborg selbst.«

»Okay. Dann handelt es sich also nicht um Raub, sondern um einen Mord, den irgendein verdammter Wirrkopf begangen hat«, sagt Harjula.

Jusuf sieht ihn enttäuscht an.

»Dieser *Wirrkopf* hat in allen anderen Punkten allerdings sehr zielorientiert gehandelt.«

»Wie meinst du das?«

»Erstens hat er uns ein Puzzle hinterlassen, das allem Anschein nach einen Hinweis enthält. Außerdem wusste der Täter, wer Zetterborgs Putzfrau ist, wo sie wohnt und wann sie zu Hause ist.«

»Ich will dir nicht direkt widersprechen, Jusuf«, sagt Nina und schüttelt Zuckerkrümel von der Hand auf den Pappteller. »Aber es kann doch sein, dass er Frau Karppinen gefolgt ist und auf den passenden Moment gewartet hat, den Schlüssel an sich zu nehmen.«

»Schon«, räumt Jusuf ein. »Aber auf Anhieb fällt mir kein besserer Ort ein, die Schlüssel an sich zu nehmen, als Karppinens Wohnung. Dort konnte der Täter sicherstellen, dass die Putzfrau niemanden darüber informieren kann, stimmt's? Natürlich ist es möglich, wenn auch verdammt riskant, in aller Öffentlichkeit eine Handtasche oder einen Rucksack zu stehlen, aber in dem Fall hätten Zetterborg und sein Leibwächter bestimmt davon erfahren, und die Schlösser wären sofort ausgewechselt worden. Und gleichzeitig wäre Zetterborgs Schutz intensiviert worden.«

»Stimmt auch wieder«, meint Nina.

»Steht fest, dass die Putzfrau nicht die Täterin ist? Wäre es denkbar, dass sie Zetterborg getötet hat, nach Hause gegangen ist, sich mit Kabelbindern gefesselt und die Geschichte von dem Mann erfunden hat, der in ihre Wohnung eingedrungen ist? Die Gesichtswunden kann sie sich ja theoretisch auch selbst beigebracht haben«, gibt Hellu zu bedenken.

»Der Notarzt, der sie untersucht hat, meint, die Abschürfungen an den Armgelenken und Knöcheln lassen darauf schließen, dass sie mehrere Stunden lang gefesselt war«, erklärt Nina. »Ich halte Sanni Karppinens Aussage für glaubhaft.«

Jusuf legt die Hände hinter seinen Kopf, um die Streckmuskeln zu dehnen.

»Damit kommen wir zu zwei weiteren Punkten, die gegen die Annahme sprechen, der Täter hätte aus einer spontanen Eingebung heraus gehandelt«, sagt er.

»Lass hören«, fordert Hellu ihn auf.

»Der erste hat mit der Außenhautüberwachung zu tun.«

Jusuf sieht der Reihe nach alle Anwesenden an. Allem Anschein nach ist Hellu die Einzige, die den Begriff nicht kennt. Trotzdem zieht Jusuf es vor, den Blick nicht auf sie, sondern auf Harjula zu richten, als er zu seiner Erklärung ansetzt.

»Die Außenhautüberwachung schaltet man in der Regel ein, wenn man schlafen geht, für den Fall, dass in der Nacht jemand einzubrechen versucht. Und den Protokolldaten nach hat Zetterborg genau das getan. Joonas Lamberg hatte ihm dazu geraten«, erläutert Jusuf. Er sieht, dass Nina vom Tisch aufblickt.

»Okay. Man lernt immer was dazu«, sagt Hellu. Sie macht keinen Versuch, ihre Unwissenheit zu verbergen. Ein Punkt für sie.

»Aus den Protokolldaten geht hervor, dass der Täter die Außenhautüberwachung eingeschaltet hat. So ist es ihm gelungen, nicht nur das Opfer, sondern auch dessen Begleiter Joonas Lamberg glauben zu lassen, dass sich niemand in der Wohnung aufhielt.«

»Also?«

Jusuf leert seinen Becher und zerdrückt ihn in der Faust.

»Man braucht natürlich kein Rasmus Susikoski zu sein, um so einen Kniff einzusetzen, aber es verlangt schon Grundkenntnisse über die Funktion und die Verwendungsmöglichkeiten des Alarmsystems. So viel also zu dem *Wirrkopf*«, erklärt Jusuf.

Harjula wirkt peinlich berührt, obwohl Jusuf zu keinem Zeitpunkt die Absicht hatte, ihn in eine unangenehme Situation zu bringen. Jusuf ist der Hauptermittler, und das bedeutet, dass er zum ersten Mal in seiner Laufbahn nicht nur für die Aufklärung des Falles verantwortlich ist, sondern auch für das psychische und physische Wohlergehen aller, die an der Ermittlung beteiligt sind. Großtuerei und Sticheleien sind fehl am Platz. Er muss sich um die innere Dynamik des Teams kümmern.

»Ich kann deinen Gesichtspunkt gut verstehen, Harjula«, sagt Jusuf versöhnlich. »Ein Messer in die Brust und irgendeine verdammte Botschaft auf der Rückseite eines Puzzles … Natürlich klingt das verrückt.«

Jami Harjula nickt. Eine wortlose Versöhnung, bevor die Situation sich verschärft.

»Die Verwendung der Außenhautüberwachung hat dem Täter also ein Überraschungsmoment verschafft. Er wollte, dass Lamberg in sein Auto zurückkehrt«, fährt Jusuf fort. »Er glaubte, dem Leibwächter nicht gewachsen zu sein, weil er keine Waffe bei sich hatte. Als Mordwaffe hat er ein Küchenmesser gewählt, das er in der Wohnung gefunden hat.«

»Was wiederum für eine ungeplante Tat spricht«, wirft Hellu ein.

Jusuf holt tief Luft und nickt.

»Ich weiß. Insofern wirkt die Tat spontan.«

»Aber du hast noch ein Argument dagegen?«, fragt Hellu.

»Ja«, antwortet Jusuf, betrachtet kurz den zerdrückten Becher in seiner Hand und fährt dann fort: »Meiner Meinung nach ist es geradezu sympathisch, dass derselbe Mann, der jemandem ein großes Messer in die Brust jagt, sich früher am selben Tag damit begnügt hat, sein anderes Opfer ans Bett zu fesseln. Der Kontrast zwischen den beiden Taten ist ziemlich groß, wenn man bedenkt, dass es für das Gelingen des Plans einigermaßen riskant war, die Putzfrau am Leben zu lassen. Theoretisch hätte die Frau sich ja losreißen oder den Kopf ans Fenster oder an die Tür schlagen können, um die Nachbarn zu alarmieren. In dem Fall wäre Zetterborgs Schutzstufe unverzüglich hochgeschraubt worden.«

»Also wieder mal …« sagt Nina.

»Dass der Täter Karppinen verschont hat, ist natürlich gut, aber auch seltsam, da er nachweislich mehr als fähig ist, einen Menschen zu töten«, erklärt Jusuf und nickt nachdrücklich, um zu signalisieren, dass er seine Analyse beendet hat.

»Deutet das nicht darauf hin, dass der Täter mit Zetterborg eine Rechnung zu begleichen hatte?«, meint Hellu. »Eliel Zetterborg war der Einzige, den er töten wollte. Deshalb blieb die Putzfrau am Leben.«

»Sieht ganz so aus.«

»Schöne Scheiße«, sagt Harjula. Jusuf sieht ihn fragend an.

»Na, das macht es uns ja nicht gerade leicht«, erklärt Harjula. »Wenn es um ein persönliches Ressentiment geht, müssen wir die Alibis aller zweitausend männlichen Mitarbeiter der Fabrik in Kouvola überprüfen.« Im Zimmer wird es still.

»Und die Bücher im Flur?«, fragt Jusuf nach kurzem Schweigen und begreift plötzlich, dass diese Einzelheit für ihn zur Zwangsvorstellung geworden ist. »Klassiker: Joyce, Harper Lee, John Williams«, sagt Nina. »Zetterborg war ein eifriger Bibliotheksbenutzer. Ich habe es überprüft, er hat in der Bibliothek in der Rikhardinkatu jeden Monat einige Bücher ausgeliehen.«

»Kann ein so reicher Mann sich keine Bücher kaufen?«, wirft Harjula ein, doch niemand lacht über seinen Witz.

»Wir könnten die Putzfrau fragen, ob die Bücher im Flur lagen, als sie die Wohnung verlassen hat«, sagt Jusuf. Nina nickt und notiert sich den Punkt.

In dem Moment klopft es, und das hübsche Gesicht eines jungen Mannes erscheint im Türspalt.

»Was gibt's, Lionel?«, fragt Jusuf.

»Du hattest mich gebeten nachzuprüfen, wer zum Zeitpunkt des Mordes in dem Restaurant gesessen hat«, sagt Lionel um Entschuldigung bittend.

»Und?«

»Anwesend waren der Vorstand und die Führungsriege der Firma mit Ausnahme von drei Personen.«

»Wer hat gefehlt?«

»Das Opfer natürlich und sein Sohn Axel Zetterborg …«

»Das wussten wir schon.«

»Und Niklas Fischer, der sich wegen einer Erkältung entschuldigt hat.«

Jusuf spürt ein Prickeln.

»Danke, Lionel«, sagt er und wendet sich dem Team zu, während die Tür wieder geschlossen wird.

Hellu sieht ihn neugierig und interessiert an.

»Harjula, mach den Herrn bitte ausfindig, und hol ihn zur Befragung her. Mal sehen, wie schwer seine Erkältung ist.«

Harjula nickt knapp und notiert sich den Namen.

»Wer ist das?«, fragt Hellu.

»Der alibilose Strategieleiter, der in letzter Zeit Zoff mit Zetterborg hatte«, antwortet Jusuf, doch Hellu wirkt nicht überzeugt.

»Sei vorsichtig, Jusuf. Setz dem Mann nicht mehr zu als unbedingt nötig. Hochrangige Vertreter des Geschäftslebens können einem einfachen Polizisten das Leben verdammt schnell verdammt schwer machen.«

Jusuf sieht sie ungläubig an.

»Aber trotzdem«, fährt sie fort, »steht niemand über dem Gesetz.«

»Okay, machen wir uns an die Arbeit …«, sagt Jusuf erleichtert, doch Nina hebt die Hand.

»Es gibt noch etwas, das wir nachprüfen sollten«, erklärt sie.

»Was denn?«

»Es betrifft Joonas Lamberg.«

24

Die Fahrt vom Polizeigebäude in Pasila zum Rechtsmedizinischen Institut an der Kytösuontie dauert auf den verlassenen Straßen gerade einmal sieben Minuten. Der Parkplatz ist praktisch leer. Jusuf hält direkt am Fuß der Betontreppe.

Er stellt die Musik leiser, um zu hören, ob das Pochen, das kurz zuvor an seine Ohren gedrungen ist, aus den Tiefen seines Volkswagens kam, der seine besten Tage hinter sich hat. Aber es ist nichts mehr zu hören; vielleicht hat er sich das Geräusch nur eingebildet.

Die Müdigkeit macht sogar das Auto kaputt.

Jusuf steigt aus und steckt sich eine Zigarette zwischen die Lippen, sieht aber, dass die Rechtsmedizinerin Sissi Sarvilinna ihn an der Tür erwartet.

»Die verdammte Krähe«, schimpft Jusuf leise und hebt die Hand zum Gruß, den die Frau jedoch nicht erwidert.

»Wo ist Niemi?«, fragt sie, als sie mit Jusuf in der hell erleuchteten Eingangshalle steht.

»Die ist gerade nicht im Dienst«, sagt Jusuf und nimmt die Mütze ab.

»Seltsam, bei einem so spektakulären Fall.« Sarvilinna führt Jusuf nicht zum Aufzug, sondern in das schwach beleuchtete Treppenhaus.

»Sie hat sich beurlauben lassen«, murmelt Jusuf und bemüht sich, Sarvilinnas Tempo mitzuhalten.

Die hochgewachsene Frau eilt in ihren hochhackigen Schuhen verblüffend schnell durch den schmucklosen Flur, wie ein stattliches, 190 Zentimeter großes Gespenst.

Am Ende des Flurs sieht Jusuf die offene Tür, durch die er schon oft gegangen ist. Zu oft. Man gewöhnt sich zwar daran, mitzuerleben, wie Tote aufgeschnitten werden, aber man kann wohl nicht lernen, Gefallen daran zu finden. Jusuf ist vielleicht zu sensibel, um pragmatisch genug mit dem Tod umzugehen.

»Na, ehe du mir vorjammerst, wie anstrengend deine Schicht war, erzähl ich dir mal von meinem Tag«, sagt Sarvilinna und lacht trocken auf. »Im Finnischen Meerbusen ist am Donnerstag ein Fischerboot untergegangen. Vielleicht hast du es gelesen?«

»Ja. Mit sechs Menschen …«

»Das Boot war aus irgendeinem Grund in Brand geraten und untergegangen. Schlimme Sache. Fünf der sechs Vermissten konnten erst heute von Tauchern geborgen werden. Weißt du, wie schwierig es ist, Leichen zu identifizieren, die zuerst ganz oder teilweise verbrannt sind und dann fast eine Woche im kalten Wasser gelegen haben? Na, ich kann es dir sagen. Verflucht schwierig. Das Wasser macht die Haut zu Matsch – du weißt, wovon ich spreche, wenn du mal mehr als eine Stunde lang in der Badewanne gelegen hast. Die Fingerabdrucktechnologie, die wir hier haben, ist nicht verfeinert genug, also musste ich bei allen fünf die Hände abschneiden, nummerieren und in der Kühltasche nach Otaniemi ins Labor schicken«, erklärt Sarvilinna, öffnet die Tür zum Obduktionssaal und schaltet die hellen Halogenlampen ein.

Jusuf schüttelt sich.

»Was passiert mit den Händen?«

»Wenn die Fingerabdrücke abgenommen wurden, werden die Hände zurückgeschickt, und ich nähe sie wieder an. Ich versuche allerdings, die Arbeit dem Bestatter zuzuschieben, denn wie du weißt, gibt es hier genug zu tun.«

Jusuf seufzt tief und beschließt, auf weitere Fragen zu dem Thema zu verzichten.

Er betrachtet den in helles Licht getauchten Raum, der an eine Industrieküche erinnert.

Anders als in amerikanischen Filmen befinden sich echte Obduktionssäle selten in fensterlosen Kellern. Doch der Winter und die späte Uhrzeit sorgen dafür, dass eine gespenstische Dunkelheit das künstliche weiße Licht umgibt.

Jusuf sieht die Gestalt auf dem Chromtisch, über die ein Tuch gebreitet wurde. Es erinnert an die Schutzplane, mit der man ein für den Winter aufgebocktes Boot bedeckt.

»Wenn ich es richtig verstanden habe, stößt die Ermittlungsleiterin nicht zu uns«, sagt Sissi Sarvilinna, die inzwischen in einer Ecke des Raums angelangt ist, und wirft einen Blick über die Schulter. »Möchtest du Honig?«

Jusuf schüttelt verdattert den Kopf.

»Ich kann nicht ohne ihn arbeiten«, fügt Sarvilinna hinzu. »Wie du dich vielleicht erinnerst.«

»Tu ich. Ich brauche keinen, danke. Aber nimm du ruhig.«

»Natürlich«, gibt Sarvilinna zurück. Ihre langen Finger umklammern eine dampfende Tasse, die wie aus dem Nichts aufgetaucht ist.

»Und ja. Ich meine, nein … Helena Lappi kommt nicht.«

»Na, es reicht, dass irgendwer von euch anwesend ist.«

Sarvilinna zieht das Tuch weg, als würde sie den Hauptpreis einer Lotterie enthüllen.

Jusuf sieht den nackten alten Mann, der mit ausgestreckten Armen auf dem Tisch ruht.

»Der Obduktionstechniker kommt bald, um die anderen Organe herauszunehmen, aber wir können schon mal loslegen und das untersuchen, worauf alle Pfeile zeigen: das Herz.«

»Das Herz«, wiederholt Jusuf mit Nachdruck. Er mustert Zetterborgs graues Gesicht und den gepflegten weißen Bart rund um den Mund.

Sissi Sarvilinna zieht Handschuhe an und greift nach ihrem scharfen Instrument, wobei sie pausenlos spricht. Jusuf hört nur einzelne Wörter ohne Bedeutung. Er konzentriert sich darauf, den leblosen Mann zu betrachten, den ganz Finnland als Verkörperung des Kapitalismus kennt. Einen Mann, der keinen Cent seines irdischen Reichtums ins Jenseits mitnehmen konnte. Nicht, dass Jusuf an ein Jenseits glauben würde.

»Pepple?«, sagt Sarvilinna. Jusuf weiß nicht, ob sie seinen Namen schon mehrmals wiederholt hat.

»Ja?«

»Bist du wach?«, fragt Sarvilinna und schaltet ein kleines Tonbandgerät ein.

Das Brustbein des Opfers ist aufgesägt, und die schlaffen Brustmuskeln sind zur Seite geschlagen wie große Buchdeckel.

»Ja«, antwortet Jusuf. Aus irgendeinem Grund stimmt der makabre Anblick ihn traurig.

»Ich habe diesen Herrn schon vor deiner Ankunft äußerlich untersucht. Am Hinterkopf hat er eine Wunde, die von einem stumpfen Gegenstand herrühren könnte, aber ich glaube, dass sie entstanden ist, als das Opfer zu Boden stürzte. Ist da nicht ein Dielenfußboden?«

»Ja.«

»Gut. Ich glaube nicht, dass irgendetwas Merkwürdiges dahintersteckt.«

»Okay«, sagt Jusuf. Sarvilinna scheint zu überlegen, wie widerstandsfähig sein Magen ist.

Jusuf verspürt jedoch keine Übelkeit. Eine aufgeschnittene Leiche ist für einen Kriminalmeister, der Verbrechen gegen das Leben untersucht, nichts Ungewöhnliches.

»Die Eintrittsöffnung des Wundkanals ist zwei Zentimeter

unter und vier Zentimeter links von der Brustwarze zu sehen«, sagt Sarvilinna. Sie richtet ihre Worte nicht an Jusuf, sondern an das Tonbandgerät, das auf einem Ständer liegt. »Die Ränder des Wundkanals sind scharf umrissen, und die Öffnung misst an der breitesten Stelle dreieinhalb Zentimeter. Die Öffnung ist bootsförmig. Sie ist zur Brustwarze gerichtet und bildet im Verhältnis zur Mittellinie des Körpers einen Winkel zwischen sieben und acht Uhr. Der Wundkanal verläuft links vom Brustbein zwischen der fünften und sechsten Rippe und reicht von der Spitze der linken Herzkammer etwa zwei Zentimeter nach links.«

Sissi Sarvilinna bewegt ihr Messer in der Wunde, greift dann ohne Umstände nach dem Herzen und hebt es aus Eliel Zetterborgs Brust wie ein kleines Hundejunges.

»In der linken Herzkammer sind die Papillarmuskeln durchtrennt«, sagt sie, nachdem sie das Organ eine Weile untersucht hat, und fährt fort: »Im Übrigen ist die Herzkammer unversehrt. An der linken Herzkammerwand ist der Wundkanal etwa einen Zentimeter breit und rissig. In den anderen Teilen des Herzes sind keine Spuren des Wundkanals zu sehen.«

Sissi Sarvilinna wirft Jusuf einen Blick zu.

»Und die Breite des Stichkanals und die Beschaffenheit der Wundränder an dieser Stelle beweisen, dass das Messer unmittelbar nach dem Stich aus dem Herz gezogen wurde.«

Jusuf begnügt sich mit einem kurzen »Okay«, während Sarvilinna mit ihrem blutigen Handschuh nach der Tasse mit dem heißen Honigwasser greift. Nach ein paar genießerischen Schlucken befasst sie sich wieder mit dem Herzen. Sie schweigt eine ganze Weile, und Jusuf konzentriert sich auf das monotone Surren der Lüftungsanlage.

»Interessant«, sagt Sarvilinna schließlich. »Die Wände aller Koronararterien weisen bösartige Verhärtungen und Verdickungen auf. Der linke RIVA ist fast völlig verstopft, und an der Stelle ist ein zu Lebzeiten entstandenes Blutgerinnsel zu sehen.

An der entsprechenden Stelle der linken Herzkammerwand ist eine plethorische Veränderung zu erkennen, die zu einem aktuellen Infarkt passt.«

»Meinst du, dass Eliel Zetterborg kürzlich einen Herzinfarkt hatte?«

»Wenn nicht mehrere. Aber die Todesursache ist eindeutig. Der Tod wurde durch das Küchenmesser in der Brust herbeigeführt.«

»Verstehe«, sagt Jusuf und kratzt sich an der Stirn. »Der Mann hatte früher am Tag bei seinem Sohn über Unwohlsein geklagt.«

»Über Schmerzen in der Herzgegend?«

»Er hat nur gesagt, er fühle sich nicht wohl.«

»Möglicherweise handelt es sich um eine Reihe kleinerer Infarkte. Die hauen einen nicht um, sorgen aber garantiert für Unwohlsein. Er hätte sofort zum Arzt gehen sollen.«

»Genau. Dann wäre ihm auch der Messerstich erspart geblieben«, sagt Jusuf. Sarvilinna lacht auf. Offenbar hat Jusuf versehentlich ihren knochentrockenen Lachmuskel getroffen.

»Soweit ich verstanden habe, hat das Opfer selbst beim Notruf angerufen.«

»Ja.«

Sarvilinna wirkt nachdenklich.

»Ist das seltsam?«, fragt Jusuf.

»Das kommt darauf an. Aufgrund der Wunden hätte ich angenommen, dass der Tod sehr schnell eintrat und dem Mann keine Zeit blieb, irgendwo anzurufen. Könnt ihr euch die Aufzeichnung der Notrufzentrale anhören?«

»Ich bekomme sie bald.«

»Natürlich ist alles möglich. Ich weiß von Fällen, in denen Menschen sogar stundenlang mit Verletzungen überlebt haben, die eigentlich innerhalb von Sekunden zum Tod führen müssten.«

Jusuf schaukelt auf den Fußsohlen und blickt unruhig auf die Uhr. Es ist Viertel nach eins.

»Tatsächlich habe ich gerade so einen Fall in der Kühlkammer … Man würde nicht glauben, dass der Mann es in dem Zustand bis zur Intensivstation geschafft hat …«

»Danke, ich muss jetzt gehen«, sagt Jusuf rasch, als er sieht, dass Sarvilinna voller Begeisterung die Kühlkammer ansteuert.

»Na gut«, erwidert Sarvilinna. Über ihr schmales Gesicht fliegt Enttäuschung, die jedoch bald verschwindet und der gewohnten neutralen Miene weicht. »Ich schicke euch mein Gutachten später. Aber es sind sicher keine überraschenden Befunde zu erwarten.«

25

Rasmus Susikoski wirft einen Blick auf die Textnachricht, die er im Lauf des Abends bekommen hat. Sie stammt von seiner Mutter, die sich beklagt, weil die neue Set-Top-Box nicht funktioniert. Wahrscheinlich liegt es an einem falsch angeschlossenen Kabel oder daran, dass die Eltern vergessen haben, auf irgendeinen Knopf an der Fernbedienung zu drücken. Rasmus wird sich darum kümmern, wenn er nach Hause kommt. Im Moment hat er anderes zu tun.

Er setzt sich an den Tisch in dem kleinen dunklen Kabuff, das man der Puzzle-Gruppe zugeteilt hat. Es war wohl ursprünglich ein Teil eines größeren Besprechungsraums, der irgendwann mit neuen Zwischenwänden in zwei oder mehr Zimmer geteilt wurde.

Rasmus ist allein. Die Leute von der KTU, zwei Frauen und zwei Männer, haben sich gerade in ihre wohlverdiente Zehnminutenpause verabschiedet.

Die Tür geht auf, und Tanja kommt herein. Sie bleibt an der Tür stehen und sieht sich verwundert um, dann schaltet sie die Neonröhren ein.

»Sitzt du absichtlich im Dunkeln?«

»Ööh … Nein. Ich bin auch gerade erst gekommen. Wahrscheinlich hat das Team von den hellen Röhren Kopfschmerzen bekommen«, sagt Rasse.

Das Team hat Kreativität bewiesen und eine möglichst

gute Vorrichtung für das Zusammensetzen eines zweiseitigen Puzzles gebastelt. Auf dem Tisch stehen vier Kautabakdosen, auf denen eine dünne Glasplatte liegt. So ist es relativ leicht zu verfolgen, wie der auf die Rückseite geschriebene Text entsteht.

»Das nimmt ja allmählich Gestalt an«, sagt Tanja und setzt sich gegenüber von Rasmus an den Tisch. Die Klimaanlage lässt die Lamellen der Jalousie rascheln.

Rasmus betrachtet das Puzzle. Die linke Hälfte ist wesentlich vollständiger als die rechte.

»Das Bild scheint irgendein Wesen zu zeigen, das auf schwarzem Grund liegt«, erklärt er. »Das Bild ist allerdings unscharf, ich vermute, dass es die Vergrößerung eines Fotos von schlechter Qualität ist. Wie du siehst, ist die Gestalt selbst fast weiß, und im Hintergrund gibt es graue Streifen.«

Tanja nickt, dann schiebt sie den Kopf unter die Glaskonstruktion, um die Rückseite des Puzzles zu sehen.

»Hattest du recht mit dem Text?«, fragt sie, als sie sich wieder aufrichtet.

Rasmus nickt.

»Die Rückseite ist mit Filzstift beschrieben, und als Hilfsmittel wurde ein Lineal verwendet.«

»Um die Handschrift zu verfremden.«

»Genau.«

Tanja beugt sich erneut vor, um den Text zu betrachten.

»Fa … heles …«

»Ja, wir kommen der Sache näher, aber das da sagt noch nichts.«

»In zwei Zeilen …«, murmelt Tanja. »Klingt nicht finnisch. Eher … vielleicht griechisch.«

»Warten wir ab, bis es fertig ist«, sagt Rasmus und angelt einzelne Teile von der Tischecke.

In dem Moment geht die Tür auf, und Hauptkommissarin Helena Lappi späht herein.

»Wie lange noch?«, fragt sie, als wollte sie das Gespräch da fortsetzen, wo es bei der Teambesprechung stehengeblieben war.

Rasmus wirft einen Blick auf die Uhr. 02.03.

»Wir haben fast die Hälfte geschafft, aber es wird immer leichter. Ich würde sagen, wir sind schneller fertig als erwartet.«

»Die Uhrzeit. Ungefähr, Rasse«, sagt Hellu müde und ein wenig genervt. Rasmus nimmt das Verhalten seiner Chefin jedoch nicht persönlich. Man kann wohl von niemandem nach einem achtzehnstündigen Arbeitstag ein sonniges Gemüt erwarten, am wenigsten von Hellu, die dafür verantwortlich ist, dass der Fall gelöst wird.

»Ich würde schätzen, zwischen sechs und sieben Uhr.«

»Gut«, sagt Hellu, schließt die Tür, öffnet sie aber gleich wieder. »Rasse.«

»Ja?«

»Danke. Hervorragende Arbeit.«

26

Vor der Tür pickt eine Dohle an einer Hamburger-Verpackung, die aus dem Mülleimer auf die Kippen rundherum gefallen ist. Jusuf weiß nicht viel über Vögel. Er erinnert sich jedoch, dass sein Großvater ihm erzählt hat, die meisten Dohlen würden im Süden überwintern, aber einigen gefiele der finnische Winter einfach zu gut, um ihn gegen die Wärme von Málaga einzutauschen. Jusuf steckt sich eine Zigarette zwischen die Lippen und denkt, dass auch er eine Dohle ist: ein schwarzer Vogel, der jetzt an einem sonnigeren Ort sein sollte.

Er zündet die Zigarette an, macht einen langen Zug und sieht hinter dem weißen Rauch einen missbilligenden Blick.

»Du solltest wirklich aufhören«, sagt Nina, die am Raucherspot aufgetaucht ist. Hinter ihr fällt die Eingangstür zu.

»Niemand ist vollkommen«, antwortet Jusuf trocken und zieht sich die Handschuhe an. »Nicht einmal Zlatan Ibrahimovic oder Jusuf Pepple.«

»Ich hab noch mal mit Sanni Karppinen geredet. Sie sagt, es gehörte zu ihren Aufgaben, Bücher für Zetterborg aus der Bibliothek zu holen. Sie bekam jeden Monat eine Liste mit Titeln, die sie ausleihen sollte. Gleichzeitig hat sie die vorigen Ausleihen zurückgebracht. Sie hätte die Bücher heute zurückbringen sollen, hatte die Tüte aber im Flur vergessen.«

»Die Tüte? Da war keine Tüte. Nur die Scheißbücher«, knurrt Jusuf und merkt, dass er sich anhört wie Erne. Wie der

Erne der letzten Jahre, der zu sympathischer Bärbeißigkeit neigte.

Nina sieht Jusuf an, als hätte er den Verstand verloren.

»Vielleicht hat die Putzfrau sich falsch erinnert. Aber ich glaube nicht, dass die Bücher irgendwas mit dem Fall zu tun haben.«

Jusuf stößt eine Rauchwolke aus und pustet sie davon.

»Okay. Du meinst also, wir sollten Lamberg genauer unter die Lupe nehmen?«

Nina kratzt mit der Schuhspitze über die dünne Eisschicht auf einer Pfütze und blickt mit rätselhafter Miene über Jusufs Schulter.

»Was Roni Kerman, der Mann vom Einsatztrupp, gesagt hat, klang ziemlich überzeugend. Er kannte Lamberg offenbar ganz gut. Im Guten wie im Schlechten. Vor allem im Schlechten.«

»Ich finde auch, dass Lamberg ein bisschen unstet wirkt«, sagt Jusuf. »Aber Eliel Zetterborg hat ihm jahrelang vertraut. Ein Mann in seiner Position hat sich garantiert gründlich über Lambergs Hintergrund informiert, bevor er ihn als Leibwächter eingestellt hat.«

»Ich könnte mich trotzdem ein bisschen umhören«, erwidert Nina. »Da wir sogar ungefragt Negatives über ihn erfahren haben, vermute ich, dass es unter der Oberfläche noch mehr gibt.«

»Wir müssen berücksichtigen, dass Lamberg ein 95-prozentiges Alibi hat«, gibt Jusuf zu bedenken und bläst Rauch aus. Auf der Straße dröhnt ein schwerer Motor, und die Dohle fliegt weg.

»Wieso?«

Nina reibt sich die Arme. Offenbar ist ihr kalt. Dagegen friert Jusuf, der nur ein Hoodie trägt, kein bisschen, gerade so, als würde die Zigarette seinen Körper wärmen.

»Eliel Zetterborg hat um 18.27 Uhr den Notruf kontaktiert«, erklärt Jusuf. »Ein paar Minuten später hat sein Sohn Axel Lamberg angerufen und gesagt, er mache sich Sorgen um seinen Vater. Daraufhin ist Lamberg die Treppe hochgelaufen, um nach seinem Chef zu sehen.«

»Woher willst du wissen, dass Lamberg nicht schon in der Wohnung war …«

»Das hier habe ich gerade bekommen«, sagt Jusuf und holt das Handy aus der Tasche seiner Jeans.

»Die Aufzeichnung der Notrufzentrale«, fügt er hinzu. Er wählt die Datei aus, vergewissert sich, dass niemand in Hörweite ist, und reicht Nina das Handy.

»Drück auf Play.«

Nina tut es.

Notrufzentrale.

Man hört ein undeutliches Murmeln.

Hallo? Notrufzentrale. Hören Sie mich?

In der Brust … In der Brust …

Okay, ganz ruhig. Können Sie mir sagen, wo Sie sind?

Darauf folgt ein Stöhnen.

Die klassische Klaviermusik im Hintergrund macht das Gespräch gespenstisch.

»Eliel Zetterborg kann nicht weitersprechen«, sagt Jusuf, die Zigarette im Mundwinkel. »Die Zentrale fragt ihn mehrmals nach seinem Standort, aber offenbar hat er zu dem Zeitpunkt das Bewusstsein verloren. Der Mann vom Notruf vermutet einen Herzinfarkt und schickt aufgrund der Koordinaten des Sendemastes einen Krankenwagen an die Ecke der Pietarinkatu und der Muukalaiskatu.«

Jusuf legt einen Finger auf das Display und spult die Aufnahme einige Minuten vor.

Aber wir brauchen die genaue Adresse, die Nummer der Wohnung und die Etage …

Im selben Moment hört man die Türklingel und gleich darauf ein wiederholtes lautes Klopfen.

»Lamberg ist an der Tür?«, fragt Nina. Jusuf glaubt einen Anflug von Enttäuschung in ihren Augen zu lesen. Er nickt und dreht die Zigarette zwischen Daumen und Zeigefinger.

Kurz danach ist zu hören, wie Lamberg die Tür aufschließt und nach Eliel ruft.

Wenn jemand bei Ihnen ist, geben Sie ihm das Telefon.

Zeta. Zeta?

Ungefähr eine halbe Minute vergeht, Lamberg scheint durch die Wohnung zu laufen.

Kianto …

»War das Zetterborg? Kianto? Was zum Teufel bedeutet das?«, fragt Nina und zieht den Mantel fester um sich. Jusuf zuckt die Achseln.

Dann hört man ein leises Rascheln, vermutlich nimmt Lamberg Zetterborg das Telefon aus der Hand.

Hallo?

Notrufzentrale. Wir brauchen den genauen Standort.

Oh Scheiße …

»Dann gibt Lamberg die Adresse an, nennt seinen Namen und bittet darum, dass der Krankenwagen sich beeilt«, sagt Jusuf.

»Glaubt der Notruf immer noch, dass es um einen Herzinfarkt geht?«, fragt Nina. Jusuf nickt.

Ist der Puls zu tasten?

Nein …

Kennen Sie sich mit Wiederbelebung aus?

Ja, aber die hilft jetzt nicht …

Hat das Opfer andere Krankheiten?

Andere Krankheiten?

Ja, können Sie schätzen …

Nein, man hat ihm eine Stichwaffe in die Brust gejagt … Lambergs aufgeregte Stimme wird lauter.

Eine Stichwaffe?

Ja! Höllisch viel Blut …

Jusuf hält die Aufnahme an.

»Lamberg bleibt bis zur Ankunft des Krankenwagens am Apparat«, sagt er. »Axel Zetterborg kommt auch dazu.«

Nina kaut nachdenklich auf der Unterlippe.

»Und das, was das Opfer gesagt hat? Kianto?«

»Eine verdammt gute Frage. Beim Googeln habe ich nur Ilmari Kianto gefunden, einen finnischen Schriftsteller aus dem vorigen Jahrhundert. Gestorben 1970. Keine Ahnung, warum Zetterborg den Namen unmittelbar vor seinem Tod genannt hat.«

Nina starrt das Handy an, als wäre es verhext. Dann seufzt sie tief.

»Du hast vorhin gesagt, Lamberg hätte ein 95-prozentiges Alibi?«

Jusuf nickt.

»Meiner Meinung nach stützt die Aufnahme Lambergs Aussage voll und ganz. Natürlich ist es im Prinzip möglich, dass er seinen Chef erstochen und die Wohnung verlassen hat, um kurz darauf zurückzukommen«, sagt er.

»Aber diese Theorie ist deiner Meinung nach nur fünf Prozent wert?«

»Ja. Das größte Problem ist die Frage, ob Lamberg fähig gewesen wäre, a) so leise aus der Wohnung zu schleichen, dass man es im Hintergrund des Telefonats nicht hört, und b) sich darauf zu verlassen, dass Zetterborg, der zu Beginn des Gesprächs noch lebt, der Notrufzentrale nicht verrät, wer ihm das Messer in die Brust gejagt hat.«

»Klingt tatsächlich schwierig.«

»Und c) Lamberg ist nur in die Wohnung gegangen, weil Axel Zetterborg ihn angerufen und darum gebeten hat. Das passierte nur einige Minuten bevor wir hören, wie Lamberg mit seinem eigenen Schlüssel hereinkommt«, fährt Jusuf fort und drückt die Zigarette am Mülleimer aus. »Und dazu kommt natürlich noch, dass d) Lamberg den ganzen Tag mit seinem Chef unterwegs war. Er hatte also keine Gelegenheit, der Putzfrau den Schlüssel wegzunehmen, sich in die Wohnung zu schleichen und das Puzzle zu deponieren. Er kann ganz einfach nicht der Täter sein. Auch die Beschreibung der Putzfrau passt nicht auf ihn.«

»Du hast bestimmt recht.« Nina streckt die Hand nach der Türklinke aus.

»Aber …«, sagt Jusuf, und Nina hält in ihrer Bewegung inne. »Die fünf Prozent. Die müssen wir ausschließen.«

»Wie denn?«

»Hellu hat eine Bitte an die russische Botschaft geschickt. Deren Kameras filmen 24/7 das große Grundstück, hinter dem Lambergs Maybach auf der Muukalaiskatu zu sehen ist. Wenn wir auf den Aufzeichnungen der Botschaft sehen, dass Lamberg bis zu Axel Zetterborgs Anruf in seinem Wagen sitzt, können wir die fünf Prozent vergessen.«

»Okay«, sagt Nina. »Was hast du von Sarvilinna erfahren?«

»Die Obduktion hat gezeigt, dass Zetterborg kürzlich einen Herzanfall hatte. Einen oder mehrere, was erklären würde, warum er während des Tages über Unwohlsein geklagt hat.«

»Verursacht ein Herzanfall nicht eher einen starken Schmerz in der Brust?«

»Nicht unbedingt. Oft ist es natürlich so, aber Sarvilinna sagt, er kann sich auch in plötzlicher Übelkeit äußern.«

»Okay. Aber ist ein Herzinfarkt, den er früher am Tag erlitten hat, im Hinblick auf den Mord oder auch nur auf die Todesursache wesentlich?«

Jusuf schüttelt nachdenklich den Kopf.

»Ich weiß es nicht. Nein. Vielleicht. Scheiße«, sagt er. »Die Todesursache ist auf jeden Fall der Messerstich ins Herz.«

»Offenbar. Was machen wir jetzt?«

»Geh nach Haus und schlaf ein paar Stunden. Ich bleibe hier«, sagt Jusuf und hält Nina die Tür auf. Da klingelt sein Handy. Harjula teilt ihm mit, dass Niklas Fischer gefunden und aufs Präsidium gebracht worden ist.

27

Jusuf reibt sich die Stirn. Die Müdigkeit macht sich als Druck auf den Backenknochen bemerkbar. Die Luft im Vernehmungszimmer ist abgestanden, und der nach Alkohol stinkende Atem des Befragten verbessert die Stimmung nicht unbedingt.

Gegenüber von Jusuf sitzt ein Mann, dem das runde, hochrote Gesicht und die riesige Nase ein eigenartiges Aussehen verleihen. Der kurze Ziegenbart am Kinn ist sorgfältig gestutzt, und am Hals sind keine Bartstoppeln zu sehen. Niklas Fischer, den Jami Harjula vor einer Stunde zu Hause angetroffen hat, ist freiwillig mit ihm mitgefahren und wirkt eher betrunken als erkältet.

»Danke, dass Sie trotz der späten Stunde gekommen sind«, beginnt Jusuf und schiebt seinen Stuhl ein Stück vom Tisch zurück.

Fischer grinst. Sein lautloses Lachen lässt seine Schultern zucken.

»Wäre mir etwas anderes übrig geblieben?«

»Sie haben heute nicht an dem Jubiläumsessen teilgenommen«, sagt Jusuf schnell.

»Daran hat ja letzten Endes niemand teilgenommen«, gibt Fischer zurück und lässt seine dicken Finger einen nach dem anderen knacken.

»Sie haben mitgeteilt, Sie wären erkältet und könnten deshalb nicht kommen.«

»Na, erkältet bin ich nicht. Ich hatte bloß keine Lust.«

»Und was haben Sie stattdessen getan?«

Fischer zieht den Reißverschluss seines schwarzen Pullovers ein Stück auf und trinkt einen Schluck Wasser aus dem Wegwerfbecher, der vor ihm auf dem Tisch steht.

»Ich bin zu Hause geblieben und habe mir ein paar Drinks genehmigt.«

»Möchten Sie mir verraten, warum Sie nicht in Festlaune waren?«

»Bitte?«

»War heute nicht ein Festtag, ein besonderer Abend?«

»Sie wissen es bestimmt schon. Sonst wäre ich wohl nicht hier«, sagt Fischer und richtet den Zeigefinger auf Jusuf, als würde er ihn aus der Entfernung anstupsen. »Wenn ich Ihnen schon meine Zeit opfere – *zu dieser späten Stunde* –, erwarte ich, dass Sie mir keine dummen, sondern vernünftige Fragen stellen.«

Jusuf spürt Wut aufsteigen.

Der Mann ist ein aufgeblasener Protz, der nicht um seine Freiheit zu bangen scheint.

»Kann jemand bestätigen, dass Sie den ganzen Abend zu Hause waren?«

»Nein. Aber haben Sie nicht auch dafür Mittel und Wege? Untersuchen Sie die Ortungsdaten meines Handys oder was weiß ich.«

»Das werden wir tun, darauf können Sie sich verlassen«, sagt Jusuf, schließt kurz seine schweren Augenlider und merkt jetzt, wie müde er ist. »Ich würde gern mehr über die Meinungsverschiedenheiten zwischen Ihnen und Eliel Zetterborg hören.«

Fischer räuspert sich.

»Im Hinblick auf Kouvola? Das kann ein langes Gespräch werden.«

»Liefern Sie mir erst einmal eine Kurzversion.«

»Haben Sie den YouTube-Clip gesehen, in dem Steve Jobs Bill Gates einen Witz erzählt? Jobs ist ein Schiffskapitän, das Schiff hat am Boden ein Loch, durch das Wasser eindringt, und Jobs muss das Schiff in die richtige Richtung lotsen«, sagt Fischer. Wieder zucken seine Schultern im Takt des brummenden Lachens.

Um über einen derart miesen Witz lachen zu können, muss man entweder ein milliardenschwerer Nerd oder Strategieleiter sein, denkt Jusuf.

»Verstehen Sie?«, fragt Fischer.

»Zetterborg war nicht bereit, die Probleme seines Unternehmens zu beheben, sondern tuckerte störrisch auf neue Herausforderungen zu.«

»Genau. Und die Probleme waren ausgesprochen fundamental. Das sind sie immer noch. Zetterborgs Tod hat daran nichts geändert.«

»Könnte eine unrentable Fabrik nicht durchaus ein Loch im Schiffsboden sein?«, fragt Jusuf und verschränkt die Finger im Nacken. Die Dehnung tut seinen müden Rückenmuskeln gut.

»So könnte man denken. Aber die Fabrik wurde nicht geschlossen, damit die Firma endlich flüssige Mittel bekommt, die sie tatsächlich braucht. Nein, mit den Einsparungen sollte etwas völlig Unbegreifliches finanziert werden: der Kauf einer Komponentenfirma in Göteborg. Haben Sie davon nichts gehört? Lesen Polizisten überhaupt das *Handelsblatt*?«

Jusuf quittiert den Seitenhieb mit einem starren Blick.

»Vielleicht die Kollegen vom Dezernat für Wirtschaftskriminalität. Hier lesen wir nur *Alibi*«, gibt er zurück.

»Na, wie auch immer. Als würde eine mittelständische Familie ihren geliebten Hund einschläfern lassen, um sich für die Einsparungen, die dadurch entstehen, ein goldenes Klo kaufen zu können. Es war ein idiotischer Plan: In den Händen geeigneter Besitzer wäre die schwedische Komponentenfirma vielleicht eine Goldgrube, aber in unseren Händen ist sie das definitiv nicht. Die RealEst ist nach jedem Maßstab ein Dinosaurier, den die Akteure im Silicon Valley in den nächsten zehn Jahren ausmerzen werden.«

»Sie wollten also nur das Beste für das Unternehmen, als Sie lautstark gegen die Pläne protestierten?«

»Natürlich.«

»Es ist allgemein bekannt, dass Sie Freunde bei den Interessenverbänden haben.«

»Na und?«

»Haben Sie sich als Geschäftsführer der RealEst gesehen? Glaubten Sie, dass Sie in Zukunft die Unterstützung der Gewerkschaften brauchen?«

»Quatsch mit Soße«, sagt Fischer und starrt verächtlich auf den Wasserbecher. Offenbar setzt die nachlassende Trunkenheit ihm körperlich und seelisch zu. »Da haben Sie sich eine verdammt rasante Verschwörungstheorie ausgedacht.«

»Beantworten Sie die Frage«, fordert Jusuf und blickt auf die Uhr. Es ist zwanzig vor drei.

Fischer kratzt sich am glattrasierten Hals. Er wirkt leicht besorgt. Seine Mundwinkel sind nach unten gesunken, und sein Blick ist nicht mehr so selbstsicher wie zu Beginn.

»Es stimmt, unser Streit hat zu einem angespannten Verhältnis zwischen uns geführt, und mein Name fiel nicht mehr in den Gesprächen über den Nachfolger des Geschäftsführers. Aber ich habe ihn deshalb nicht umgebracht. Und ja, ich bin schon auf der Suche nach einem neuen Arbeitsplatz. Es gibt genug Interessenten.«

Jusuf trommelt mit den Fingern auf den Tisch und misst Fischer mit dem Blick. Könnte das der Mann sein, der in Sanni Karppinens Zuhause eingedrungen ist, sich dann in Zetterborgs Wohnung geschlichen und ihm ein Küchenmesser in die Brust gestoßen hat?

»Sie haben vorwurfsvolle Textmitteilungen an Zetterborg geschickt«, sagt Jusuf, faltet einen Papierbogen auf und liest vor.

Du zerstörst alles, was wir anderen aufgebaut haben.

Knall dich ab, verdammt!

Ein Herzinfarkt würde dir guttun, Zeta.

Fischer wird blass.

»Private Mitteilungen …«

»Die Sie nach dem, was heute Abend passiert ist, ziemlich belasten.«

»Verdammt noch mal, ich hab ein bisschen Dampf abgelassen, weiter nichts. Das sind doch bloß Worte.«

»Knall dich ab?«

»So was würde ich doch nicht verschicken, wenn ich tatsächlich finstere Absichten hätte.« Fischer schluckt schwer. Offenbar geht ihm gerade auf, dass seine Lage ernster ist, als er dachte.

»Wir müssen Ihr Alibi überprüfen«, sagt Jusuf, steht auf und geht an dem entgeisterten Strategieleiter vorbei zur Tür.

»Was zum Teufel! Wollen Sie mich hier hocken lassen?«

»Genau das«, antwortet Jusuf lakonisch und erinnert sich an Hellus Rat, Fischer nicht unnötig zu verärgern. »Einen Kaffee können Sie aber gern bekommen. Allerdings nur schwarz, die Milch ist alle.« Damit schließt er die Tür hinter sich.

28

Jusuf legt sich auf das dunkelgraue Sofa im Pausenraum, auf dem er schon oft geschlafen hat. Das letzte Mal allerdings vor mehr als einem Jahr. In letzter Zeit hat er sich angewöhnt, auch nach überlangen Arbeitstagen zum Schlafen nach Hause zu fahren, obwohl die Fahrtzeit seine Nachtruhe noch weiter verkürzt. Aber jetzt erscheint es ihm wichtig, in der Schaltzentrale zu bleiben, schließlich ist er der Hauptermittler. Bis zum Abschluss der Ermittlungen muss er rund um die Uhr erreichbar sein.

Dank der Textnachrichten, die auf Eliel Zetterborgs Handy gefunden wurden, kann Niklas Fischer mindestens so lange festgehalten werden, bis ein wasserdichtes Alibi vorliegt. Vielleicht findet sich keins, und der Fall löst sich wie von selbst. Der Strategieleiter hatte anfangs lautstark protestiert, sich aber mit seinem Schicksal abgefunden, als er merkte, dass seine Lage hoffnungslos war.

Ist des Rätsels Lösung tatsächlich so einfach?

Manchmal ja. Manchmal nicht.

Fischer hatte bestritten, irgendetwas von dem mystischen Puzzle, den Schlüsseln der Putzfrau oder Zetterborgs Alarmanlage zu wissen. Den Ortungsdaten nach war sein Handy seit dem Vormittag ununterbrochen in seiner Wohnung im Vorort Lauttasaari gewesen; andererseits würde nur ein Idiot Elektronik mit GPS-Technologie bei sich tragen, wenn er ein Verbrechen beging.

Jusuf schiebt sich ein Sofakissen unter den Kopf und blickt auf seine Armbanduhr, die 03.15 zeigt. Wenn in nächster Zeit nichts Wichtiges passiert, kann er vor dem nächsten quälend langen Arbeitstag vielleicht ein paar Stunden schlafen.

Er schließt die Augen, spürt den Geschmack, den die Zigaretten in seinem Mund hinterlassen haben, und beginnt mit der Atemübung, die er neuerdings jeden Abend macht. Sechs Sekunden einatmen, Luft anhalten, sechs Sekunden ausatmen. Die Übung, die beim Einschlafen hilft, hat er von Erne gelernt, aber er nutzt sie erst seit Kurzem. Während er die Sekunden zählt, geht ihm der Gedanke durch den Kopf, wie ironisch es ist, dass er Gesundheitstipps von einem Mann übernommen hat, der sich zu Tode getrunken und geraucht hat.

Eine Textnachricht.

Jusuf flucht leise und greift nach seinem Handy.

Als er sieht, wer ihm die Nachricht geschickt hat, spürt er sein Herz rasen.

Die Nachricht kommt von Anna.

Jusuf hat seit mehreren Monaten nichts von Anna gehört. Sie hatten ihre langjährige Beziehung in gegenseitigem Einvernehmen beendet und sich nach der Trennung an das typische Muster gehalten: Man ist traurig, aber entschlossen, man verspricht sich, Freunde zu bleiben. *Don't become a stranger* und so weiter.

Man sieht sich gelegentlich, trifft sich zum Kaffeetrinken oder zum Lunch: Das Konzept ist gleichzeitig therapeutisch und nervenaufreibend. Man stellt gemeinsam fest, dass es so besser ist, und verspricht, sich für den anderen zu freuen, ganz gleich, was passiert. Alles läuft bestens, bis neue Regeln und Partner auftauchen: Über der brüchig gewordenen Beziehung ziehen Regenwolken auf. Und dann verschwindet alles Vertraute und Sichere wie Zucker, der sich im Wasser auflöst.

Anna hat nicht erwähnt, dass sie einen Neuen hat, aber der plötzliche Abbruch der Verbindung deutet wohl darauf hin. Und jetzt schickt sie Jusuf mitten in der Nacht eine Nachricht.

Hallo! Könntest du mich morgen früh anrufen?

Jusuf schreibt sofort zurück.

Ich kann auch jetzt anrufen. Ist etwas passiert?

Eine Weile betrachtet er die blauen Häkchen am Rand der Nachricht. Anna antwortet nicht sofort. Sie denkt offenbar über sein Angebot nach.

Lieber am Morgen. Nichts passiert.

Jusuf drückt das Handy an die Brust, hinter der er einen riesigen Klumpen spürt.

Seine Fantasie galoppiert: Annas Neuer ist bestimmt kein Polizist und kein Durchschnittsmann, sondern etwas ganz anderes. In Gedanken sieht Jusuf einen attraktiven und reichen finnlandschwedischen Bankier, der mit seinem gewaltigen Schwanz ein wahrer Stier im Bett ist. Wenn er nicht mit Anna vögelt, spielt er Pferdepolo, rettet bedrohte Delfine und arbeitet ehrenamtlich mit behinderten Kindern.

Sechs Sekunden einatmen, Luft anhalten, sechs Sekunden ausatmen.

29

Jessica öffnet die Augen.

Sie weiß nicht, ob sie auch nur eine Minute geschlafen hat, spürt aber keine Müdigkeit.

Sie setzt sich im Bett auf und will auf dem Handy nach der Uhrzeit sehen.

Eine Textnachricht von Jusuf.

Kann ich am Morgen bei dir vorbeikommen? Ich muss nach sieben zum Tatort.

Jessica überlegt kurz und tippt dann widerstrebend zwei Buchstaben: *ok*.

Sie steht vorsichtig auf und verlagert ihr ganzes Gewicht einige Male auf die Fußballen, um sich zu vergewissern, dass ihre Beine sie tragen. Das tun sie nicht immer. Jessica hat sich nie auf ihren Körper verlassen können, darauf, dass die Nervenbahnen, die ihn zusammenhalten, nicht urplötzlich mit ihrem schmerzhaften Protest beginnen. Ein qualvoller Kurzschluss, der ihre Glieder lähmt und sie auf den Boden wirft wie einen leeren Sack. Doch jetzt scheint alles zu funktionieren.

Komm her, Liebling.

Jessica spürt Rauchgeruch in der Nase. Sie geht langsam aus dem Schlafzimmer auf den Flur der oberen Etage. Der Wind säuselt in den Dachbalken des mehr als hundert Jahre alten

Hauses. Die Nacht zieht Jessica an. Sie weiß, dass sie ihrem Ruf nicht folgen sollte, aber die Dunkelheit ist wie eine Droge, nach der sie dürstet, obwohl ihr bewusst ist, dass sie ihr schadet.

Es ist noch nicht fertig, Jessica.

Jessica schließt die Augen, und als sie sie wieder aufschlägt, sieht sie die knochige Frau mit dem Rücken zu ihr am oberen Ende der Treppe stehen. Unter dem schwarzen Stoff ragen die Knochen hervor, die Mutter hat gar kein Fleisch an den Schultern. Ihre glatten schwarzen Haare reichen bis zu den Schulterblättern, sie glänzen.

Schlafen kannst du im Grab.

Die Mutter sieht sie nicht an. Zum Glück, denn schon bei dem Gedanken an ihr verwestes Gesicht bekommt Jessica eine Gänsehaut.

Stattdessen greift die Mutter nach dem Geländer und geht die Wendeltreppe hinunter.

Komm jetzt, Jessi.

Jessica ballt die Finger zu Fäusten und merkt, dass ihre rechte Hand nicht in der Armschlinge ruht. Nichts tut ihr weh.

Komm.

Jessica folgt ihrer Mutter, deren Bewegungen steif und eckig sind. Die nackten Fingerknochen klirren auf dem Messinggeländer. Unter Jessicas nackten Zehen fühlen sich die lackierten Treppenstufen angenehm an. Ihre Füße bewegen sich wie von selbst über die Stufen. Und dann, am unteren Ende der Treppe, macht sie hinter ihrer Mutter halt, die dort auf sie wartet.

Jessica fühlt sich unbehaglich, sie steht viel zu nah bei ihrer Mutter – sie riecht das süßliche Parfüm und den Duft der frischgewaschenen Haare. Aber auch den torfigen Geruch nasser Erde, in den sich der Gestank verfaulten Fleisches mischt. Jessica hört das Rascheln Tausender von Maden, die sich durch die Haut ihrer Mutter fressen.

Schalte den Fernseher ein.

Jessica steigt die letzten Stufen hinunter und geht an ihrer Mutter vorbei zum Wohnzimmersofa und zu dem Fernseher, der auf einem Tisch davor steht. Sie setzt sich auf das Sofa und drückt auf den roten Knopf der Fernbedienung.

Der Bildschirm erwacht zum Leben. Anfangs weiß Jessica nicht, was sie sieht.

Hell prasselnde Flammen zerreißen die Dunkelheit. Jessica hört einen qualvollen Schrei und begreift plötzlich, dass sie eine Gestalt betrachtet, die sich auf einem Felsen windet und an der die hohen Flammen gierig lecken.

Du hast es gefilmt, Jessica.

Jessica schreit entsetzt auf und schaltet den Fernseher aus.

Ihre Mutter ist an die Treppe zurückgekehrt und geht langsam wieder nach oben.

Jessica läuft ihr nach. Da bleibt ihre Mutter plötzlich stehen.

Und dann tut sie das, wovor Jessica sich unbewusst die ganze Zeit gefürchtet hat: Sie dreht sich langsam um.

Jessica möchte ihre Mutter als schöne Frau in Erinnerung behalten, nicht als diejenige, in die sie sich nachts verwandelt. Aber in Wahrheit ist Theresa von Hellens längst nicht mehr schön. Ihr Gesicht besteht schon seit langer Zeit nur noch aus zerrissenem Gewebe, zermalmten Knochen und blutbeschmierter, bläulicher Haut.

Doch als sie sich jetzt umdreht, sieht Jessica da, wo das Gesicht sein sollte, nur weiße Knochen.

Zum ersten Mal ist ihrer Mutter anzusehen, dass sie nicht kürzlich gestorben ist, sondern vor langer, langer Zeit.

Und da begreift Jessica, dass sich der Kreis tatsächlich schließt.

Etwas Endgültiges geschieht.

Alles geht irgendwann zu Ende. Aber nur, wenn du selbst den Weg bis ans Ende gehst, Schätzchen.

30

Jusuf lenkt den Wagen in eine freie Parkbucht an der Stelle, wo die Töölönkatu auf die Museokatu trifft, bevor sie an *Jaskas Grill* und dem Restaurant *Manala* vorbei zum Parlamentspark führt. Er ist es gewohnt, in der Töölönkatu zu halten, um Jessica, deren Einzimmerwohnung sich im fünften Stock eines alten Jugendstilhauses an dieser Straße befindet, abzuholen oder abzusetzen. Diesmal wird Jessica allerdings nicht einfach so einsteigen, Jusuf wird sie dazu überreden müssen.

Obwohl über der Stadt noch Dunkelheit liegt, ist in Helsinki ein neuer Tag angebrochen. Die zur Arbeit eilenden Menschen bewegen sich vorsichtig auf den glatten Bürgersteigen. Gelbe Lampen blinken an den Streuwagen, die die Fußwege ungefährlicher machen sollen.

Jusuf steigt aus und holt die Zigarettenschachtel aus der Tasche. Der Anblick des langsam vorbeigleitenden schwarzen Leichenwagens lässt ihn jedoch überlegen, ob heute vielleicht der erste rauchfreie Tag seines künftigen Lebens sein könnte. Er glaubt nicht an Vorzeichen, steckt die Marlboroschachtel aber trotzdem in die Manteltasche zurück.

Nachdem er eine Weile den Rücklichtern des Leichenwagens nachgeblickt hat, überquert er die Straße. An der anderen Straßenseite befindet sich der dekorative Haupteingang des Hauses, in dem Jessica wohnt, der Eingang A, durch den Jusuf bisher erst ein einziges Mal gegangen ist. Damals hat Jessica ihm ihr streng gehütetes Geheimnis enthüllt: dass sie geradezu märchenhaft reich ist und dass die kleine Bude im Treppenhaus B nur eine Kulisse ist, die sie für ihre Umgebung errichtet hat. In Wahrheit verbringt sie ihre Nächte nicht dort, sondern in einer luxuriösen zweistöckigen Wohnung mit Blick über die Dächer der Helsinkier Innenstadt. Als er Jessica an jenem Abend im Dezember durch die Zimmer folgte, überlegte Jusuf, dass alle anderen versuchen, ihren Alltag – vor allem in den sozialen Medien – rosiger darzustellen, während Jessica genau das Gegenteil tut. Sie gibt sich die größte Mühe, durchschnittlich zu wirken.

Warum hatte Jessica ihn und ihre anderen Kollegen willentlich belogen? Wären sie Jessica wirklich anders begegnet, wenn sie die Wahrheit gekannt hätten? Und hat Jessica sich gerade deshalb beurlauben lassen, weil sie Jusuf von ihrem Reichtum berichtet hatte? Wäre es letztlich doch für alle Beteiligten besser gewesen, wenn er es nicht erfahren hätte?

Wohl kaum. Jessica war immer schon Jessica, und daran würde sich auch nichts ändern. Jusuf erinnert sich bis heute an seinen ersten Arbeitstag in der Einheit, an Ernes freundlichen Händedruck und an die schöne schwarzhaarige Frau, die ruhig hinter Erne stand und auf deren Gesicht sich kein Misstrauen abzeichnete, wie bei vielen anderen an diesem Tag, sondern eine Art warme, schwesterliche Empathie. *Herzlich willkommen, Jusuf. Häng dich in den ersten Wochen an meine Fersen, dann zeige ich dir, wie wir hier arbeiten.*

Das ist inzwischen sechs Jahre her. Ernes nach Zigaretten riechende Gestalt lebt nur noch in der Erinnerung, aber Jessica ist immer noch hier, an Jusufs Seite. Zumindest theoretisch.

Als Jusuf auf seinem Handy nach der Uhrzeit sieht, erinnert er sich an Annas nächtliche Nachricht. Im Gehen wählt er ihre Nummer und hört das monotone Freizeichen.

Hallo, hier ist Anna Laine. Ich bin im Moment nicht erreichbar, hinterlassen Sie bitte eine Nachricht.

Jusuf legt unruhig seufzend auf. Allem Anschein nach steckt Anna nicht in akuten Schwierigkeiten. Trotzdem fragt er sich, warum sie ihm ihre Nachricht mitten in der Nacht geschickt hat, als ginge es um etwas, das sie am Einschlafen hindert. *Ist ihrem Opa etwas passiert?*

Vor der Haustür aus dunklem Holz und Glas bleibt Jusuf stehen und drückt auf den Klingelknopf, neben dem Von Hellens steht. Das ist Jessicas richtiger Name. Oder jedenfalls ihr ursprünglicher.

Als er den Summer hört, zieht er am Türgriff und spürt Ärger aufsteigen, ohne recht zu verstehen, warum. Weil Jessica zu wenig Vertrauen zu ihm hatte, um ihm früher die Wahrheit zu sagen? Oder weil sie ihn im Stich gelassen hat und er den Mord an Zetterborg allein aufklären muss? Oder verhält es sich womöglich so, überlegt Jusuf, während er das Aufzuggitter öffnet, wie Jessica von Anfang an befürchtet hat: Stört ihn gerade *das*, was Jessica ihren Kollegen verheimlicht hat? Ist er neidisch?

Oben in ihrer Wohnung zieht Jessica ihre schwarze Trainingshose an und wirft einen kurzen Blick in den Spiegel. Sie hat kaum geschlafen.

Du hast es gefilmt, Jessica.

Sie verdrängt die Worte aus ihrem Gedächtnis, öffnet die Tür und begreift im selben Moment, dass sie sie bisher noch nie irgendwem geöffnet hat. Sie hat ihr Geheimnis so sorgsam gehütet, dass sie auch selbst immer durch das kleine Appartement im Aufgang B gegangen ist, das nur ein schmales Treppenhaus von der großen Wohnung trennt.

Jusufs freundliches und männlich schönes Gesicht verrät unendliche Erschöpfung.

»Um Himmels willen, hast du überhaupt nicht geschlafen?«, fragt Jessica und winkt Jusuf herein.

Jusuf seufzt, zieht die Schuhe aus und folgt Jessica durch die

Diele ins Wohnzimmer. Jessica setzt sich mit untergeschlagenen Beinen auf ein Sofa. Jusuf blickt sich um, ebenso verwundert wie vor zwei Monaten, als Jessica ihm ihr Zuhause zum ersten Mal gezeigt hat.

»Wie geht's, Jessi?«, fragt er und lässt sich kraftlos auf das andere Sofa fallen.

»Gut.«

»Wo warst du? Und wo bist du jetzt?«

Jessica lächelt und zeigt auf die gefüllte rote Kaffeetasse, die vor Jusuf auf dem Couchtisch steht. Er nickt und greift danach.

»Wie meinst du das?«

»Es war doch alles in Ordnung. Zwischen Hellu und dir … Und dann kommst du auf einmal nicht mehr zur Arbeit.«

Jessica sieht Jusuf an, der die Kaffeetasse an den Mund hebt.

»Ich brauchte Zeit für mich.«

»Zeit wofür? Du hast versprochen, es mir zu erklären, wenn wir uns sehen.«

»Stimmt.«

»Na, jetzt sehen wir uns ja. *What's up*, Jessi?«

Jusuf wartet eine Weile auf Jessicas Antwort, die jedoch ausbleibt. Er seufzt und stellt die Tasse auf den Tisch. Nur das Glucksen der Spülmaschine in der Küche stört die Stille.

»Hauptermittler also«, sagt Jessica, obwohl sie weiß, dass Jusuf plötzliche Themenwechsel hasst.

Er sieht sie beleidigt an und nickt.

»Das hab ich wohl dir zu verdanken. Da du beschlossen hast, Urlaub zu machen.«

»Herzlichen Glückwunsch, Jusuf. Das erste Mal vergisst man nie. Wie kommt ihr voran?«

»Es interessiert dich also doch?«

»Natürlich«, sagt Jessica. »Ich bin immer noch Jessi *from the block*.«

Jusuf räuspert sich und trommelt unruhig auf die Sofalehne.

»Wir haben etwas.«

»Was denn?«

»Ein Puzzle.«

»Ein Puzzle?«

»Ich erklär es dir, wenn wir uns sehen«, sagt Jusuf geheimnisvoll lächelnd.

»Du kannst mich mal, Jusuf.« Jessica rückt ihre Armschlinge zurecht.

»Ich erklär dir alles im Auto. Auf dem Weg in die Muukalaiskatu haben wir Zeit genug, den Fall durchzugehen.«

»Wovon zum Teufel redest du?«

»Komm mit mir zum Tatort.«

Jessica sieht ihren Kollegen entgeistert an.

»Zwei Monate Beurlaubung, Jusuf. Verstehen wir beide das Wort ganz unterschiedlich?«

Jusuf lächelt wieder und reibt sich die müden Augen.

»Please.«

»Nein.«

»Eine Bitte unter Freunden. Wir fahren hin, und du erzählst mir, was du siehst. Sicher komme ich auch allein zurecht, aber niemand hat so einen analytischen Verstand wie du. Du siehst Dinge, die selbst CSI Miami entgehen würden.«

»Und was würde Hellu dazu sagen?«

»Hellu würde Honig pinkeln, wenn sie dich auch nur für eine Stunde ins Team bekäme.«

»Schmeichelei ist gemein«, sagt Jessica. Dann steht sie mühsam auf. Jusuf ist schon auf dem Sprung, ihr zu helfen, tut es aber zum Glück doch nicht, denn wie er weiß, kann Jessica Bevormundung nicht ausstehen.

Das schrille Kläffen eines kleinen Hundes hallt durch das Treppenhaus.

Jessica geht durch das Zimmer und bleibt bei dem Gewölbebogen stehen, der in die Küche führt.

»Hast du irgendwem davon erzählt?«, fragt sie. Jusuf braucht eine Weile, um zu verstehen, was sie meint.

»Von dieser Wohnung?«

»Ja. Und … Überhaupt.«

»Natürlich nicht.«

»Und du würdest auch nichts anderes weitersagen?«

Jessica geht in die Küche und macht Licht.

»Was denn, Jessica? Wovon zum Teufel redest du?«

Jessica blickt auf den Küchentisch und spürt einen Kloß im Hals.

»Okay. Komm gucken.«

Jusuf geht in die Küche, die nun von den Halogenlampen hell erleuchtet wird.

Auf dem Küchentisch liegen Prints und ein Laptop. Im stummgeschalteten Fernseher an der Wand läuft irgendeine Diskussion.

Jessica kaut auf dem Nagel ihres linken Daumens, während Jusuf sich über die Papiere auf dem Tisch beugt.

»Was sind das für Papiere?«

Jessica atmet tief ein. Die Luft fühlt sich schwer an.

»Erinnerst du dich, dass mich auf der Joggingstrecke jemand überfallen hat? Ende November.«

Jusuf nickt ruhig, obwohl er allem Anschein nach keine Ahnung hat, worauf Jessica hinauswill.

»Ich dachte zuerst, es wäre irgendein Säufer oder Junkie … Aber mir ist schon damals aufgefallen, wie entschlossen er mir immer wieder ein Wort ins Ohr geflüstert hat.«

»Welches?«

»Heiligabend, hat er gesagt. Mehrmals. Heiligabend.«

»Okay.«

»Dann kam der Fall mit Lisa Yamamoto und den anderen, und ich habe die Sache vergessen. Aber an Heiligabend wurde im Zentralpark eine verbrannte Leiche gefunden. Der

Typ war so verkohlt, dass er nicht identifiziert werden konnte. Der einzige beachtenswerte Obduktionsbefund war, dass dem Opfer zwei obere Zähne fehlten«, sagt Jessica und nimmt einen Bogen vom Tisch, der einen verkohlten Menschen zeigt. »Der Kerl, der mich angegriffen hat … Ich habe ihm zwei Vorderzähne ausgeschlagen. Ich erinnere mich ganz deutlich, wie sie abgebrochen sind. Die Fingerknöchel haben mir noch wochenlang wehgetan.«

»Und deshalb glaubst du, dass es der Typ ist, der im Wald gefunden wurde …«

»… fast genau an der Stelle, wo ich ihm begegnet war.«

»An Heiligabend?«

»Ja, genau wie er gesagt hat.«

Jusuf nickt, er versucht offenbar, seine Verwunderung zu verbergen.

»Okay, ich gebe zu, dass es ein seltsamer Fall ist, aber was hat er mit dir zu tun, abgesehen davon, dass der Kerl zufällig gerade dich angegriffen hat?«

»*Zufällig* gerade mich«, seufzt Jessica und befeuchtet ihre Lippen mit der Zungenspitze.

Jusuf dreht sich zu Jessica um und reibt sich den Nacken.

»Hast du denn einen Grund, zu vermuten, dass er es speziell auf dich abgesehen hatte?«

Jessica versucht zu sprechen, doch ihre Stimme versagt. Jusuf braucht nur eine Sekunde, um zu begreifen, dass irgendetwas nicht stimmt.

»Jessi, was ist?«

»Ich weiß nicht, ob ich verrückt werde, Jusuf … Und deswegen muss ich die Sache allein untersuchen.«

Jusuf betrachtet sie prüfend. Er kennt eines ihrer größten Geheimnisse: dass Jessica in Wahrheit ungeheuer reich ist und in diesem Luxusquartier im Herzen von Helsinki wohnt. Aber von allem anderen hat er keine Ahnung: von dem, was Erne schon vor langer Zeit erfahren hat. Und wovon auch Hellu durch ein plötzlich aus der Vergangenheit aufgetauchtes ärztliches Gutachten Wind bekommen hat. Jessicas Psyche ist komplizierter und problematischer als Jusufs. Komplizierter als die aller anderen im Polizeigebäude in Pasila.

»Was hat Hellu zu der Sache mit den Zähnen gesagt?«, fragt Jusuf.

Jessica sieht ihn um Entschuldigung bittend an.

»Hellu weiß nichts davon.«

»Sie weiß es nicht? Was zum Teufel, Jessica …«

»Und sie darf es auch noch nicht erfahren, okay? Ich muss die Sache eine Weile allein untersuchen. Mich darauf konzentrieren. Sie erinnert zu sehr an all das …«

Jusuf scheint zu begreifen, worauf sie hinauswill.

»Du meinst die Hexenbande«, sagt er.

Jessica nickt.

»Das Ganze wirkt plötzlich so persönlich. Und niemand weiß, wo Camilla Adlerkreutz ist.«

»Nach ihr wird international gefahndet, Jessica. Sie kann nicht einfach so in deinem Leben auftauchen, ohne geschnappt zu werden.«

»Aber genau das scheint sie zu tun«, sagt Jessica und schluckt. Sie geht zur Arbeitsfläche, reißt ein Stück Küchenkrepp ab und putzt sich die Nase.

Jusuf tritt einen Schritt näher und fasst Jessica vorsichtig an den Schultern. Und als sie ihn nicht abwehrt, drückt er sie an sich, ohne ihren verletzten rechten Arm zu berühren. Sie stehen lange aneinandergedrückt in der Küche, ohne ein Wort.

»Ich bin es nicht gewohnt, mich zu fürchten, Jusuf«, sagt Jessica und spürt, wie ihre Tränen Jusufs Hoodie nässen.

»Wir klären das gemeinsam, Jessi. Alles wird wieder gut.«

31

Jusuf hält an der Ampel vor dem Glaspalast, und Jessica betrachtet die riesige Reklame an der Ecke des Einkaufszentrums Forum, auf der der Rapper Kex Mace's posiert. Er wirbt für sein Konzert, das im Sommer im Stadion stattfinden soll.

Jessica ist eine der wenigen, die wissen, dass das Event platzen wird. Der Rapper ist bis über beide Ohren in sadistischen Menschenhandel verwickelt, und die Medien werden davon erfahren, sobald die Anklageschrift vorliegt. Dann wird die rasante Karriere des Mannes ein klägliches Ende nehmen.

»Nun lass endlich was laufen«, sagt Jusuf. Bisher haben sie nur das Brummen des Motors und den Verkehrslärm von der Straße gehört.

»Du musst lernen, Stille zu ertragen«, erwidert Jessica. »Probier's mal mit Meditation oder so.«

»Ich fühl mich in meiner Gesellschaft nicht wohl genug.« Jusuf zeigt fordernd auf das Autoradio.

Jessica hat sich bereiterklärt, ihn zu begleiten, aber nur unter der Bedingung, dass sie die Musik auswählen darf. Nachdem sie eine Weile auf verschiedenen Sendern gesucht hat, landet sie allerdings bei den Nachrichten.

... an dem Covid-19-Virus sind in China bisher mindestens sechzig Menschen gestorben. Nach Ansicht der staatlichen Gesundheitskommission Chinas nimmt die Ansteckungskraft des Virus zu, und die Zahl der Erkrankungen kann weiterhin steigen ...

»Plant Holopainen vom Drogendezernat nicht einen Urlaub in China?«, fragt Jessica und dreht das Radio leiser.

Die Ampel springt um. Jusuf lacht auf und fährt an.

»Ich würde mir nicht allzu viel Sorgen machen«, sagt er. »In China gibt es eine Milliarde Menschen. Ich wette, da sterben pro Tag mehr Leute am Blitzschlag als an Covid.«

Jessica schließt ihre müden Augen.

»Irgendwann kommt sie. Eine tödliche Krankheit, die sich in der ganzen Welt verbreitet.«

»Was gab's denn da schon … Sars und Mers. Sind beide keine neue Pest geworden, obwohl damals so viel Wind gemacht wurde.«

»Na, hoffen wir, dass es diesmal auch glimpflich abgeht.«

»Das tut es bestimmt. Allerdings hat Harjula sicher schon angefangen, sich auf den Weltuntergang vorzubereiten. Hefe und Klopapier gehamstert.«

Jessica muss über die Vorstellung lächeln, dass der große, schlanke Harjula mit Gasmaske und in Schutzkleidung wie besessen einen Einkaufswagen durch den Laden schiebt.

Sie öffnet die Augen und sieht Jusuf an.

»Na?«

»Was?«

»Du hast gesagt, dass du mir auf der Fahrt die Fakten erzählst. Wir sind ja schon bald da«, sagt Jessica.

Jusuf spitzt die Lippen, als wollte er pfeifen, seufzt aber nur.

»Du hast die Nachrichten verfolgt.«

»Ja.«

»Auch vor dem gestrigen Tag? Dann weißt du, dass so mancher einen guten Grund hat, Eliel Zetterborg zu hassen.«

»Man hat ihn als Henker beschimpft.«

»Ja. Und jetzt wurde der Henker hingerichtet. Irgendwer hat ihm ein großes Küchenmesser direkt ins Herz gejagt«, sagt Jusuf. »Das kam sicher noch nicht in den Nachrichten.«

Jessica schüttelt den Kopf.

»Eine Augenzeugin hat den Täter als leicht übergewichtigen Mann mittleren Alters beschrieben.«

»Wer ist die Augenzeugin?«

»Sanni Karppinen. Zetterborgs Putzfrau, deren Schlüssel der Täter gestern gegen Mittag an sich genommen hat. Der Typ ist in die Wohnung der Putzfrau eingedrungen, hat die Schlüssel eingesteckt und die Frau ans Bett gefesselt. Dann ist er in die Muukalaiskatu gegangen und hat die Alarmanlage mit dem Transponder am Schlüsselbund deaktiviert.«

»Und dann?«

»Nichts. Niemand hat irgendwas gesehen. Die Mordwaffe stammt aus Zetterborgs Küche.«

»Klingt nach einer spontanen Tat.«

»Ja. Aber die Art, wie er in die Wohnung gekommen ist, war überlegt und genau geplant.«

»Ein merkwürdiger Fall.«

»Mir ist noch ein Gedanke gekommen«, sagt Jusuf, schaltet das Radio aus und fährt fort: »Zwischen der Ankündigung der RealEst, die Fabrik zu schließen, und dem Verbrechen liegt eine ziemlich kurze Zeit. Dabei muss der Täter schon vor Wochen begonnen haben, die Putzfrau zu beobachten. Andererseits kann es Zufall sein, dass die Tat gerade am Abend des fünfzigjährigen Jubiläums der Firma begangen wurde. Auf dem Höhepunkt der Feier.«

»Was bedeuten würde, dass die Tat nichts mit der Schließung der Fabrik in Kouvola zu tun hat?«

»Oder dass sie doch damit zu tun hat, aber dann muss der Täter von der Strategie gewusst haben, lange bevor sie publik gemacht wurde«, sagt Jusuf, und Jessica nickt. »Irgendein Insider, den die Entscheidung gründlich wütend gemacht hat.«

»Okay«, sagt Jessica nach kurzem Schweigen. »Wann hat das Unternehmen mitgeteilt, dass die Fabrik geschlossen wird?«

»Am Montag. Gleichzeitig hat RealEst Entlassungsgespräche angekündigt, die 3000 Personen betreffen.«

»Und davor? Wer wusste davon?«

»Der Vorstand der RealEst. Die Führungsriege … Sonst wohl niemand.«

»Aber diese Leute waren an dem Beschluss beteiligt. Ich kann mir nicht vorstellen, dass irgendein hohes Tier die Sache persönlich genug genommen hätte, um in die Wohnung des Vorstandsvorsitzenden einzudringen und ihn zu erstechen.«

»Sicher nicht. Aber vielleicht hat jemand die Information weitergegeben. Zum Beispiel der Strategieleiter Niklas Fischer, der sich öffentlich gegen die Schließung der Fabrik ausgesprochen hat.«

»Na, ich weiß nicht«, meint Jessica.

»Scheiße … ich auch nicht.« Jusuf hupt, nachdem er ein paar Sekunden darauf gewartet hat, dass das Taxi vor ihm über die Kreuzung fährt.

»Ganz ruhig«, sagt Jessica. »Gehen wir erst mal in die Wohnung. Ich kann dein Sparringspartner sein.«

32

Jessica sieht aufmerksam zu, als Jusuf das graue Siegel zwischen Tür und Rahmen durchschneidet und die Wohnungstür aufschließt. Die große Diele wirkt in der fahlen Beleuchtung und den Schatten der massiven Möbelstücke bedrohlich, wie ein verlassenes Haus in einem Horrorfilm.

»Ich finde deine Bude in Töölö schöner«, sagt Jusuf, als Jessica, die Hände tief in den Manteltaschen vergraben, an ihm vorbeigeht. Der Dielenboden knarrt unter ihren Füßen.

Die Wohnung riecht so, wie die mit Antiquitäten und Gemälden angefüllten Wohnungen alter Menschen in aller Regel riechen. Weder der Geruch noch irgendetwas anderes in der Diele deutet darauf hin, dass der Wohnungsbesitzer am Vorabend mitten im Wohnzimmer ermordet wurde. An der Garderobe hängt ein schwarzer Mantel, an dem die KTU mit einem Gummiband einen Zettel befestigt hat. Wäschereidienst aus dem Jenseits, denkt Jessica.

»Hier ist es still«, sagt Jusuf.

Jessica lauscht eine Weile und stellt fest, dass er recht hat. Von der Mannerheimintie in der Nähe ihrer Wohnung in Töölö sind immer irgendwelche Geräusche zu hören: gedämpftes Hupen, die Sirenen der Einsatzfahrzeuge, das unermüdliche Rappeln der Straßenbahnen. Dagegen ist Eliel Zetterborgs Zuhause völlig lautlos, was die Atmosphäre noch gespenstischer macht.

»Gestern war hier bestimmt mehr Betrieb«, meint Jessica und zieht die blauen Schuhüberzüge an, die Jusuf ihr im Aufzug gereicht hat. Die Wohnung wurde in der Nacht sorgfältig untersucht, aber im Lauf der Ermittlungen kehrt die KTU möglicherweise an den Tatort zurück, falls es sich als notwendig erweist. Deshalb muss man in der Wohnung weiterhin Schutzkleidung tragen.

»Komm«, sagt Jusuf und schiebt sich an Jessica vorbei.

Sie gehen hintereinander durch die Diele und weiter durch eine bogenförmige Türöffnung in das Wohnzimmer. Jusuf zeigt auf die Stelle, wo Blut den Teppich rot gefärbt hat.

Dann holt er einen Stapel Fotos aus der Brusttasche seiner Jacke und reicht sie Jessica.

»*Holy shit*«, wispert Jessica, als sie sich die Fotos ansieht.

»Mitten ins Herz«, erklärt Jusuf beinahe flüsternd. »Ein langes Messer, zielstrebig und sauber eingesetzt.«

Jessica gibt ihm die Fotos zurück. Sie sieht sich um und wirft Jusuf dann einen fragenden Blick zu.

»Was ist?«

»Es schmeichelt mir zwar irgendwie, dass du das Gefühl hast, mich hier zu brauchen …«

»Aber?«

»Aber mir ist nicht klar, wieso ich hier etwas finden sollte, was zehn Ermittler im Lauf der Nacht noch nicht entdeckt haben.«

Jusuf stützt die Hände in die Seiten, betrachtet Jessica und scheint fast schon bereit zu kapitulieren. Dann hellt sich seine Miene auf, und er eilt an Jessica vorbei zu einem zweiten Gewölbebogen am Ende des Zimmers.

»Komm mit«, sagt er.

Jessica folgt ihm in die gemütliche Bibliothek, die sie an klassische britische Krimis denken lässt. Die alten Filmposter an den Wänden wecken ihre Aufmerksamkeit. *Silber jenseits der*

Grenze. Unter der Haut. Die Braut aus Lapua. Auf jedem Plakat steht *Regie: Mikko Niskanen.* Zetterborg war ganz offensichtlich ein eingeschworener Fan des Filmemachers.

»Hier auf dem Tisch haben wir gestern ein Puzzle gefunden.« Jusuf reißt sie aus ihren Gedanken. »Alles andere in der Wohnung war superordentlich aufgeräumt, und Zetterborgs Sohn Axel hat ausgesagt, dass sein Vater geradezu krankhaft auf Ordnung und Sauberkeit bedacht war.«

»Und?«

»Die Puzzleteile lagen in großen Haufen kreuz und quer auf dem Tisch. Tanja hat sofort kapiert, dass …«

»Tanja?«

»Ja, Tanja von der Technik.«

»Ach, *die* Tanja von der Technik, mit der du auf dem Betriebsfest geknutscht hast?«

Jusuf sieht Jessica so enttäuscht an, dass sie beschließt, das Thema nicht weiterzuverfolgen.

»Tanja hat sofort kapiert, dass das Puzzle da deponiert wurde, damit es gefunden wird.«

»Und damit Zetterborg es zusammensetzt?«

»Nein«, antwortet Jusuf und verdreht demonstrativ die Augen. »Zetterborg ist in der Leichenkammer.«

»Also war es für die Polizei bestimmt?«

»Genau. Hellu hat mir erlaubt, Ressourcen dafür einzusetzen … Ein fünfköpfiges Team unter Rasses Leitung … Und dabei ist tatsächlich etwas herausgekommen.« Jusuf holt zwei weitere Fotos aus der Tasche.

Er stellt sich neben Jessica und legt den Zeigefinger auf das obere Foto.

»Hier ist das zusammengesetzte Puzzle«, sagt er. Jessica betrachtet das Bild. Ihr Gehirn braucht eine Weile, um das Durcheinander von Schwarz und Weiß zu einem Ganzen zusammenzufügen, das entfernt an ein lebendes Wesen erinnert.

Ein Schauer überläuft sie, als sie erkennt, dass es sich um die grobkörnige Vergrößerung einer Ultraschallaufnahme handelt.

»Ist das ein Embryo?«, fragt sie. Jusuf nickt.

»Links oben ist der digitale Zeitstempel zu sehen. Er war bestimmt auch auf der Originalaufnahme undeutlich. Der Typographie-Experte meint, die Ziffern wären wahrscheinlich 15-04-90, aber mit letzter Sicherheit lässt sich das nicht sagen.«

»April 1990? Das Bild zeigt also einen Embryo, der vor dreißig Jahren gezeugt wurde?«, murmelt Jessica vor sich hin.

»Und das …«, sagt Jusuf und zeigt ihr das zweite Foto, »ist der Text, der mit schwarzem Filzstift auf die weiße Rückseite des Puzzles geschrieben wurde.«

Faust und Mephistopheles.

Jessica betrachtet die Namen, kann sie aber nicht zuordnen, obwohl sie ihr entfernt bekannt vorkommen.

»Wir mussten in der Oberstufe Goethes *Faust* lesen«, sagt Jusuf. »Hab ich natürlich nicht getan. Dagegen wusste Rasse auf Anhieb, dass die beiden Gestalten ursprünglich im Werk eines namenlosen deutschen Verfassers aus dem 16. Jahrhundert auftreten, von dem später viele Autoren ihre eigene Version geschaffen haben. Goethes Fassung aus dem 19. Jahrhundert ist wohl die bekannteste. Jedenfalls geht die Geschichte ungefähr so, dass Faust seine Seele dem Teufel verkauft und dafür großartige Dinge bekommt. Irgendwann bereut er den Handel, aber da ist es schon zu spät.«

»Und Mephistopheles ist der Teufel in der Geschichte?«

»Das würde man denken. Aber offenbar ist er der Gesandte des Teufels, mit dem Faust seinen Handel abschließt.«

Jessica starrt eine Weile auf die Fotos, bevor sie sie Jusuf zurückgibt. Als irgendwo in der Wohnung zum Zeichen der vollen Stunde eine Uhr läutet, blicken beide in die Richtung, aus der das Geräusch kommt.

Dann wird es wieder still.

»Der Täter ist also ein Literaturkenner«, sagt Jessica.

»Offenbar. Zetterborg selbst hat jedenfalls viel gelesen. Mich hat von Anfang an gestört, dass auf dem Fußboden in der Diele ein Stapel Bücher lag. Wir haben nichts Auffälliges an ihnen entdeckt, aber sie müssen irgendeine Verbindung zu dem Ganzen haben.«

»Könnte der Mörder sie zurückgelassen haben?«, fragt Jessica, aber Jusuf schüttelt den Kopf.

»Die Putzfrau hat bestätigt, dass sie sie in der Bibliothek für Zetterborg ausgeliehen hat. Sie hätte sie gestern zurückbringen sollen, hat sie aber in der Diele vergessen.«

»Na, dann haben sie wohl nichts …«

»Vielleicht nicht«, fällt Jusuf ihr ins Wort. »Aber da ist noch die Tüte. Die Putzfrau sagt, sie hätte die Bücher in einer gelben Einkaufstüte in der Diele gelassen. Aber verdammt noch mal, da war keine Tüte, nur der Bücherstapel.«

»Vielleicht ist Eliel nach Hause gekommen und hat sie aufgehoben? Ein Mann, der Wert auf Ästhetik legt, sieht vielleicht nicht gern gelbe Tüten auf dem Fußboden. Ich möchte wetten, dass der Küchenschrank voll von Einkaufstüten ist. Oder die Putzfrau erinnert sich falsch.«

Jusuf wirft Jessica einen skeptischen Blick zu. Er wirkt nicht überzeugt.

Er schüttelt heftig den Kopf, wie um einen Gedanken abzuschütteln, und schließt die Augen.

»Wie auch immer, Jessi. Auf welche Gedanken bringt dich dieser *Faust*?«

»Hmm. Der Mörder hat der Polizei also einen Hinweis gegeben. Aus dem man schließen könnte, dass zwischen Opfer und Täter eine ähnliche Dynamik herrschte wie in Goethes Geschichte?«

»Ja, offensichtlich«, sagt Jusuf, schüttelt eine Tüte in seiner

Jackentasche und stopft sich dann verblüffend viele Kaugummis in den Mund.

»Aber wer ist wer?«, fragt Jessica.

»Wie meinst du das?«

»War Eliel Zetterborg der Gesandte des Teufels … Oder war er derjenige, der seine Seele verkauft hat? Und jetzt teuer dafür zahlen musste?«

Jusufs Kiefer mahlen heftig, doch dann stiehlt sich ein Lächeln auf sein Gesicht.

»Genau deshalb hab ich dich gebeten mitzukommen, Jessi.«

»Na, die Lorbeeren waren ja leicht verdient«, sagt Jessica und geht über den kurzen Flur ins Schlafzimmer. Jusuf folgt ihr mit zwei Metern Abstand, als wollte er ihren Gedanken genügend Raum lassen, um sich zu entfalten.

»Wie gründlich wurde die Wohnung untersucht?«, fragt Jessica, nachdem sie das große Schlafzimmer eine Weile betrachtet hat. Das Kingsize-Bett ist sorgfältig gemacht, die Tagesdecke straffgezogen wie in einem Fünf-Sterne-Hotel. Auf der Tapete bilden dünne blaue Muster auf weißem Grund eine gleichmäßig wogende Brandung. Seltsamerweise empfindet Jessica die Einrichtung als beruhigend.

»Nur in groben Zügen«, antwortet Jusuf. »Wir haben der Putzfrau Fotos der Wohnung gezeigt, und ihr ist nichts aufgefallen, was anders war als bei ihrem Weggang. Abgesehen natürlich von dem Puzzle im Kaminzimmer. Und …«

»Und was?«

»Das Foto von Zetterborgs verstorbener Frau stand auf einem anderen Fensterbrett als sonst. Die Putzfrau hat es sofort bemerkt, denn das Foto war immer an derselben Stelle vor den Fenstern, die zur russischen Botschaft gehen, und sie hat es viele hundert Mal abgewischt.«

»Zeig mir das Fenster.« Jessica folgt Jusuf zurück ins Wohnzimmer, wo der Mord geschehen ist, und nimmt das gerahmte

Foto von der Fensterbank. Es zeigt eine leicht ergraute Frau im blauen Festkleid. Ihr Gesicht ist freundlich und gutgelaunt. Aus ihren Augen strahlt eine ungewöhnliche Wärme, die man vor der Kamera kaum vortäuschen kann und die folglich echt sein muss.

Ein Windstoß fährt in die Wände und Traufen des Hauses, und die quälende Stille weicht für kurze Zeit einem gespenstischen Rauschen.

»Anne-Marie Sofia. Wann ist sie gestorben?«, fragt Jessica und dreht das Bild zwischen den Fingern.

»Vor ungefähr drei Jahren«, antwortet Jusuf.

Jessica öffnet die Metallklappen, die die Rückwand fixieren, und nimmt das Foto aus dem Rahmen. Sie hofft, unter dem Foto nichts zu finden, was für den Fall wesentlich ist, denn das könnte Jusuf peinlich sein. Tatsächlich findet sich nichts. Die Rückseite des Fotos ist weiß und leer, und auch der Rahmen verbirgt keine Geheimnisse. Jessica fühlt sich erleichtert, als sie das Foto – wohl aus Achtung vor den Toten – wieder in den Rahmen steckt und auf die Fensterbank stellt, exakt an die Stelle, wo sie es vorgefunden hat.

»Es ist allerdings seltsam, dass das Bild ausgerechnet an dem Abend, an dem der Witwer stirbt, von einem Fensterbrett auf ein anderes wandert«, murmelt sie und starrt abwechselnd auf das Bild und auf die leere Fensterbank. »Warum hat der Mörder es umgestellt?«

»Eine gute Frage.«

Jessica geht in das Kaminzimmer zurück, und Jusuf folgt ihr.

Sie bleiben neben dem Bücherregal stehen, mit dem Rücken zum Fenster, und betrachten das Zimmer aus diesem neuen Blickwinkel.

»Hast du an die Möglichkeit gedacht, dass das Puzzle nichts mit dem Mörder zu tun hat?«, fragt Jessica. Jusuf wirkt irritiert, bis ihm klar wird, dass Jessica genau das tut, was er sich von ihr erhofft hat: Sie stellt die bei der Ermittlung gezogenen Schlussfolgerungen in Frage.

»Na ja«, antwortet er und kratzt sich im Nacken. »Mir fällt einfach kein Grund ein, weshalb es *nichts* mit ihm zu tun haben könnte. Wie gesagt, das Puzzle lag nicht auf dem Tisch, als die Putzfrau die Wohnung um 12.02 Uhr verlassen hat. Es ist erst später aufgetaucht.«

»*Fair enough*«, sagt Jessica. »Aber die Antwort kann überall stecken, gerade in solchen Annahmen.«

»Hier soll natürlich alles noch gründlich unter die Lupe genommen werden. Die KTU kommt im Lauf des Tages mit dem Sohn des Opfers her, um zu überprüfen, ob sich irgendwo etwas findet, das uns auf die Spur des Mörders führen könnte.«

»Mit dem Sohn?«

»Axel Zetterborg.«

»Okay. Dann kannst du also die Möglichkeit, dass Axel Zetterborg seinen Vater ermordet hat, hundertprozentig ausschließen?«

Jusuf wirkt wieder leicht frustriert.

»Was ist?«, schnaubt Jessica.

Und als Jusuf immer noch nicht antwortet, fährt sie fort: »Andernfalls solltest du ihm keine Gelegenheit geben, Spuren zu verwischen, oder?«

»Natürlich nicht«, sagt Jusuf. »Aber der Täter ist mit den Schlüsseln in die Wohnung gekommen, die er der Putzfrau abgenommen hat. Und der Mann, der die Putzfrau überfallen hat, war nicht Axel Zetterborg.«

»Der Mann, der bei der Putzfrau war, kann die Schlüssel ja an irgendwen weitergegeben haben. Zum Beispiel an Axel Zetterborg.«

»Sicher. Aber zu dem Zeitpunkt, als die Tür zu dieser Wohnung mit dem Schlüssel der Putzfrau geöffnet wurde, war Axel Zetterborg noch zu Hause in Kulosaari«, erklärt Jusuf. »Folglich ist das, was von Anfang an verdammt unwahrscheinlich war, praktisch unmöglich.«

»Okay, okay, Jusuf«, sagt Jessica. »Ich versuche nur zu helfen.«

»Ich weiß.«

Jessica lächelt versöhnlich.

»Die Verantwortung macht empfindlich«, sagt sie. »Merkst du es?«

»Kann sein«, antwortet Jusuf und dreht das Licht heller.

»Ich hab in der Hinsicht viel Erfahrung. Man fängt an, ganz normale Fragen persönlich zu nehmen. Als wäre irgendeine Idee, ein Gedanke, eine Stichelei gegen den Hauptermittler, vor allem dann, wenn er selbst noch nicht darauf gekommen ist«, fährt Jessica fort. »Du wirst noch merken, dass zum Beispiel Jami Harjula dich nerven wird, solange die Ermittlung andauert. Darin ist er sehr geschickt, vielleicht ungewollt, vielleicht auch nicht. Während Hellu dafür sorgt, dass du dich klein fühlst, spielt so einer wie Harjula sich auf, indem er Selbstverständlichkeiten laut ausspricht. Ob der Kommentar relevant ist, spielt keine Rolle, Hauptsache, er gibt ihn als Erster ab.«

»So ähnlich wie in der Schule. Beim Lehrer Punkte sammeln.«

Jessica lacht auf. »Ein Klassenzimmer in der Grundschule ist ein Vergnügungspark im Vergleich zu unserem Besprechungsraum, das müsstest du doch längst wissen.«

Jusuf lacht und steckt die Hände in die Hosentaschen.

Jessica öffnet eine weiße Tür und schaltet das Licht in dem geräumigen Bad ein, das moderner gestaltet ist als der Rest der Wohnung. Sie inspiziert den Raum vom Boden bis zur Decke, dann öffnet sie den Spiegelschrank über dem Waschbecken und nimmt eine Tablettenschachtel heraus.

»Was ist das?«

»Aspirin.« Sie legt die Schachtel wieder zurück.

»Ich hab irgendwo gelesen, dass man das nicht gegen Schmerzen nehmen sollte, zu viele Nebenwirkungen«, sagt Jusuf.

»Kann sein«, gibt Jessica zurück und schließt den Schrank. »Aber ein Messer in der Brust gehört wohl nicht zu den Nebenwirkungen.«

Sie gehen langsam durch die Wohnung und spähen wortlos in jedes Zimmer. Aber je länger Jessica die Wohnung des verstorbenen Industriebosses betrachtet, desto überzeugter ist sie, dass hier nichts zu finden ist. Trotzdem überkommt sie ein unangenehmes Gefühl: Eliel Zetterborgs Zuhause erinnert an ihr eigenes, obwohl Jessica sich viel Mühe gegeben hat, ihrer Wohnung ein jugendlicheres Gepräge zu geben.

An der Küchentür bleibt sie stehen. Das Herz des Zuhauses ist ganz offensichtlich seit Jahrzehnten nicht renoviert worden. Der Korkfußboden hat seine beste Zeit hinter sich, und die Wände bedecken einfache Kacheln mit Blumenmuster. Ziemlich altmodisch nach Jessicas Geschmack, aber die Wohnung hat ja einem 70-jährigen Mann gehört.

»Du hast gesagt, der Täter hat sich die Waffe hier in der Küche geschnappt?«

Jusuf nickt und beeilt sich, eine Schublade aufzuziehen. Sie wirkt ein wenig merkwürdig: Man muss sie zuerst ganz aufziehen, erst dann öffnet sich der darin untergebrachte Messerständer. Die Vertiefung am Rand ist leer.

»Ein seltsamer Platz für einen Messerständer«, meint Jessica. »Ich weiß nicht, ob ich auf die Idee gekommen wäre, in der Schublade danach zu suchen. Zumal man die Messer nicht unbedingt sieht, selbst wenn man die Lade zufällig aufzieht.«

»Was würdest du daraus schließen?«, fragt Jusuf.

Jessica geht durch die Küche, streicht mit dem Finger über die Marmorplatte des kleinen Esstischs und bleibt dann neben Jusuf stehen.

»Dass der Täter wusste, wo er suchen muss«, antwortet sie. Jusufs Miene verfinstert sich.

»Verdammt«, sagt er. »Der Täter war also nicht zum ersten Mal in der Küche.«

Jessica nickt. »Wenn das Messer nicht schon vorher herausgeholt wurde.«

»Aber nichts deutet darauf hin, dass Eliel vorhatte zu kochen. Die ganze Küche ist blitzblank, außerdem wollte er ja zum Abendessen ins Restaurant.«

»Genau«, sagt Jessica, während Jusuf sich die Beobachtung notiert.

Jessica betrachtet die runde Metallklappe über der Spüle. Über dem Griff der Klappe mahnt ein Aufkleber: *Nicht benutzen.*

»Ein Müllschlucker«, stellt sie fest. Ein Müllschacht ist ein nicht sehr häufiger, aber auch nicht ganz ungewöhnlicher Anblick in alten Häusern in Helsinki. Die Anlagen wurden mit der Zeit außer Gebrauch genommen, offenbar vor allem wegen der Geruchsentwicklung und weil die Schächte häufig verstopft waren. Heutzutage ist es auch nicht mehr empfehlenswert, allen Müll in dieselbe Tonne zu kippen. Und was den Müll betrifft …

Jessica öffnet den Schrank unter der Spüle und sieht einen Stapel säuberlich gefaltete gelbe Einkaufstüten.

»Simsalabim«, sagt sie und bringt Jusuf zum Lächeln.

Sie dreht sich zu ihm um und lehnt sich an das Kochfeld.

»Sorry, Jusuf. Mehr kann ich dir nicht bieten.«

Die leise Enttäuschung auf Jusufs Gesicht lässt ihn jünger aussehen.

»Schon gut. Nicht zu ändern. Ich geb dir die Ermittlungsmappe mit, falls du einen Blick reinwerfen möchtest.«

Jessica seufzt und will gerade nachdrücklich ablehnen, als Jusufs Handy klingelt. Erst jetzt wird ihr bewusst, wie unglaublich es ist, dass Jusuf in der Stunde, die sie hier verbracht haben, bisher keinen einzigen Anruf bekommen hat.

Jusuf dreht Jessica den Rücken zu und geht ans Fenster.

Okay, großartig. Danke. Verdammt gute Arbeit, Rasse.

Dann legt er auf und dreht sich wieder zu Jessica um. Seine Niedergeschlagenheit ist verschwunden, er wirkt eifrig.

»Das Puzzle ist Maßarbeit, jemand hat es nach einem eigenen Foto anfertigen lassen. Es gibt nicht viele Geschäfte, die so einen Service anbieten, und Rasse hat es geschafft, den Laden ausfindig zu machen, in dem das Puzzle möglicherweise bestellt wurde: Hobby Sammy in Kamppi«, erklärt er und tippt hastig auf dem Display seines Handys herum.

»Dahin kann ich nicht mitkommen«, sagt Jessica. Sie merkt, dass ihre Stimme enttäuscht klingt.

»Nein. Es sei denn, du rufst Hellu an und machst deine Beurlaubung rückgängig«, antwortet Jusuf. Als Jessica den Kopf schüttelt, hebt er das Handy ans Ohr.

»Wen rufst du an?«, fragt Jessica.

»Nina.«

33

In dem schwach beleuchteten Treppenhaus riecht es nach einer Kerze.

Jessica sieht Jusuf zu, der das Siegel wieder an Eliel Zetterborgs Wohnungstür anbringt. Als sie den Aufzug rufen will, fällt ihr Blick auf die Tür gegenüber. *Salo.* Hinter der Tür ist leises Sprechen zu hören.

»Wer hat übrigens mit den Nachbarn gesprochen?«, fragt sie.

»Hellu hat die Streife, die als Erste eingetroffen war, alle Wohnungen abklappern lassen. Es sind nur zwei pro Etage, war also nicht wahnsinnig viel Arbeit.«

»Und niemand hat irgendetwas gesehen oder gehört?«

»Die Frau, die da gegenüber wohnt, glaubt einen Schrei oder Ruf gehört zu haben, konnte das Geräusch aber nicht genauer beschreiben. Der Trubel hat sie ein bisschen aus der Fassung gebracht«, erklärt Jusuf und blättert in seinem Notizbuch. »Sie heißt Rea Salo.«

Jessica klingelt bei der Frau.

»Was tust du?«

»Was würde ich für dich nicht tun, Jusuf?«, erwidert Jessica lächelnd.

Jusuf will gerade antworten, da wird die Tür geöffnet, soweit die Sicherheitskette es zulässt, und eine schöne, ein wenig ängstlich wirkende Frau um die fünfzig späht durch den Spalt.

»Polizei«, sagt Jessica, holt die Brieftasche hervor und

zeigt ihren Personalausweis. Sie weiß, dass sie einen schweren Dienstfehler begeht, indem sie sich als Polizistin vorstellt, doch aus irgendeinem Grund macht ihr das gerade jetzt überhaupt nichts aus.

»Jusuf Pepple, Helsinkier Polizei.« Jusuf zeigt seinen Dienstausweis. »Ich bin der Hauptermittler in dem Fall, der nebenan passiert ist.«

»Einen Moment«, sagt die Frau und schließt die Tür. In den wenigen Sekunden, die sie braucht, um die Sicherheitskette abzunehmen und die Tür wieder zu öffnen, funkelt Jusuf Jessica wütend an.

»Jessi, was …«

»Lass mich das machen.«

Die Tür geht auf, und die Frau tritt ein paar Schritte zurück.

»Rea Salo?«, fragt Jessica.

»Ja«, antwortet die Frau. Sie winkt die beiden herein.

»Wir haben nur ein paar Fragen.« Jessica schließt die Tür hinter sich.

Der Geruch brennender Kerzen hat sich verstärkt. Auf der Kommode in der engen Diele stehen dicke Tischkerzen. Nur wenige wissen, dass man stimmungsvolle Stearinkerzen nicht in kleinen Räumen abbrennen sollte, denn in vielen Untersuchungen wurde festgestellt, dass der Feinstaub, der dabei entsteht, ebenso schädlich ist wie das Rauchen.

»Eine schreckliche Geschichte«, sagt Rea Salo und lehnt sich mit verschränkten Armen an die Wand. »Eliel Zetterborg war ein freundlicher Mann …«

Jessica betrachtet die gepflegte Frau. Für eine Fünfzigjährige sieht Rea Salo mit ihren aufgespritzten Lippen und vermutlich vergrößerten Brüsten direkt sexy aus. Die blonden Locken verbergen höchstwahrscheinlich auch die Narben vom Lifting.

»Haben Sie Eliel Zetterborg gut gekannt?«

Die Frau schüttelt energisch den Kopf.

»Wir haben nur gelegentlich ein paar Worte gewechselt, wenn wir uns im Treppenhaus begegnet sind … Aber dass direkt nebenan so etwas Schreckliches passiert …« Sie legt die Hand vor den Mund.

Jessica begreift plötzlich, dass die Frau weniger über den Tod ihres Nachbarn erschüttert ist als darüber, dass der Tote gerade ihr Nachbar ist. So ist der Mensch eben, je näher etwas passiert, desto schlimmer erscheint es.

»Sie haben den Streifenbeamten gesagt, dass Sie gestern zwischen sechs und sieben Uhr zu Hause waren.«

Rea Salo nickt, ihre rot lackierten Fingernägel verdecken ihre prallen Lippen.

»Und Sie haben offenbar etwas gehört?«

»Einen Schrei«, antwortet die Frau schnell und nickt nervös. »Möchten Sie näher treten …«

Jessica schüttelt lächelnd den Kopf.

»Danke, wie gesagt, wir haben nur ein paar kurze Fragen. Wie lange hat der Schrei gedauert?«

»Es war so ein kurzer, gequälter … Aufschrei, der nur gedämpft zu hören war … Ich habe nicht weiter darauf geachtet. Der Fernseher lief, und ich bin gar nicht auf die Idee gekommen, dass das Geräusch aus der Nachbarwohnung kam … Ich habe mir einen Film angesehen, der gerade anfing.«

»Um welche Zeit war das?«, fragt Jessica.

»Ich bin mir nicht sicher … Vielleicht Viertel nach sechs?«

»Sie haben nicht zufällig durch den Türspion geschaut?«

Die Frau schüttelt den Kopf.

»Nein«, murmelt die Frau. »Und etwas später habe ich dann Lärm im Treppenhaus gehört, und nicht lange danach hat es geklingelt, und die Polizei stand vor der Tür.«

»Alles klar«, sagt Jessica und wirft einen Blick auf Jusuf. Er scheint keine weiteren Fragen zu haben.

Jessica will sich gerade bedanken, als sie eine Bewegung in

der Küche wahrnimmt. Gleichzeitig sind Schritte zu hören, die Dielenbretter knarren leise.

»Sie haben Besuch?«, fragt Jessica. Rea Salo wirkt plötzlich erschrocken.

»Das ist … mein Sohn Felix«, sagt sie und macht einen Schritt auf Jessica und Jusuf zu. Sie senkt die Stimme. »Es geht ihm nicht besonders gut … Er ist Autist, und ich möchte ihm Aufregungen ersparen.«

Jessica seufzt.

»Wir würden Ihrem Sohn gern ein paar Fragen stellen.«

»Warum?«

»Wo war er gestern?«

Die Frau sieht Jessica vorwurfsvoll an.

»Sie meinen doch nicht …«

»Beantworten Sie bitte die Frage«, sagt Jusuf und verschränkt die Arme vor der Brust.

»Bei mir … hier zu Hause.«

Im selben Moment wird die Küchentür ganz aufgerissen, und ein etwa dreißigjähriger magerer Mann kommt in den Flur. Mit seinen ungekämmten schwarzen Haaren, der blassen Haut und den riesigen Tränensäcken wirkt er wie der Schlagzeuger einer Punkband. Felix trägt eine Trainingshose und ein schwarzes Hoodie und sieht todmüde aus.

»Was ist los, Mama?«

34

Die dunklen Wolken hängen tief über den Dächern der mehrstöckigen Häuser rund um den Park Ullanpuistikko. Der Himmel wirkt an diesem Morgen so düster, dass wahrscheinlich nicht einmal die Sonne, die bald aufgehen wird, Licht auf die Stadt werfen kann.

Jessica und Jusuf sind auf dem Weg zu ihrem Auto, das in der Vuorimiehenkatu steht.

»Ich brauche wohl nicht extra zu betonen, dass alle Nachbarn überprüft werden müssen«, sagt Jessica und fasst nach dem Griff der Wagentür. Von der anderen Seite des VW sieht Jusuf sie scharf an.

»Natürlich kann es theoretisch einer der Nachbarn gewesen sein, aber es ist genauso gut möglich, dass der Täter durch den Hintereingang auf den Hof und von da aus auf die Vuorimiehenkatu gegangen ist«, entgegnet er und zeigt auf den riesigen grauen Palast, in dem die russische Botschaft residiert. »In dem Fall haben die Überwachungskameras der Botschaft ihn erfasst, aber die Aufzeichnungen haben wir noch nicht bekommen.«

»Okay«, sagt Jessica und will gerade einsteigen, als sie merkt, dass Jusuf zu dem Bügeleisenhaus blickt.

»Da ist der Typ, verdammt noch mal …«

»Wer?«

Jusuf schlägt die Tür zu und geht resolut auf einen großen Mann zu, der Joggingkleidung und einen Rucksack trägt.

»Wohin …«, beginnt Jessica, entschließt sich dann aber, Jusuf zu folgen.

Er steht inzwischen schon vor dem Mann, und Jessica stößt ein paar Sekunden später zu ihnen.

»Das ist meine Kollegin Jessica Niemi«, sagt Jusuf. Der große Mann reicht ihr die linke Hand. Offenbar hat er sofort bemerkt, dass sie vorübergehend einhändig ist.

»Joonas Lamberg«, stellt er sich mit ernster Miene vor. In Gedanken analysiert Jessica in Sekundenschnelle sein Äußeres: ein kräftiger Mann mit einem markanten Kinn und traurigen, verloren wirkenden Augen.

Sein Händedruck ist fest, aber nicht aufdringlich.

»Es tut mir leid, was deinem Chef passiert ist«, sagt Jessica. Der Mann nickt kurz.

»Ich habe letzte Nacht keine Sekunde geschlafen. Mir ist unbegreiflich, wieso ich nicht …«

Der leere Blick wandert von der Straße zu dem Gebäude.

»Quäl dich nicht. Vom Auto aus konntest du die andere Tür ja nicht sehen«, sagt Jusuf und steckt sich eine Zigarette an. »Können wir dir irgendwie helfen?«

Das ist eine höfliche Version der Frage: *Wieso zum Teufel schleichst du dich am Tatort herum?*

Lamberg scheint nach den richtigen Worten zu suchen.

»Ich versuche mir ein Bild von der Route zu machen …«, sagt er vorsichtig tastend. »Ich weiß nicht. Irgendwie möchte ich rausfinden … Oder wenigstens der Polizei helfen, herauszufinden, was gestern Abend hier passiert ist. Weil ich bei dem, wofür ich bezahlt wurde, versagt habe.«

»Am besten gehst du nach Hause und lässt dein Telefon in Reichweite. Wir brauchen sicher noch weitere Informationen von dir«, erwidert Jusuf. Lamberg tritt einen Schritt zurück, als wolle er dem Zigarettenrauch ausweichen.

Er atmet langsam aus und nickt widerstrebend.

»Okay. Aber sucht den Scheißkerl, der Zeta auf dem Gewissen hat.«

»Lamberg war früher bei der Polizei. Beim Einsatztrupp«, erklärt Jusuf, als sie zum Wagen zurückgehen.

»Das dachte ich mir«, sagt Jessica und meint es ernst. Irgendetwas an der betont maskulinen Erscheinung des Mannes hat ihr Interesse geweckt. Sie ist sich ihrer Schwäche bewusst, ihrer Neigung, sich von rauen, kantigen Männern anziehen zu lassen, die ihre besten Jahre mehr oder weniger hinter sich haben. Ein Psychologe hat einmal erklärt, der Grund sei eventuell eine komplizierte Vaterbeziehung, die vermutlich auf den frühen und tragischen Tod ihres Vaters zurückzuführen ist.

»Was zum Teufel wollte der hier?«

»Vielleicht genau das, was er gesagt hat. Wenn ich es richtig verstanden habe, steht er nicht unter Verdacht«, antwortet Jessica.

»Es ist sehr unwahrscheinlich, dass Lamberg der Täter ist. Aber theoretisch möglich. Mit Sicherheit wissen wir es erst, wenn wir die Aufnahmen von der Botschaft bekommen.«

»Vielleicht versucht er zu verstehen, was passiert ist. Immerhin war er Zetterborgs Leibwächter. Und ein Polizist bleibt wohl immer ein Polizist, auch wenn er in den Privatsektor wechselt«, meint Jessica.

Sie steigen ein und schlagen die Türen zu. Jusuf sieht Jessica liebevoll an.

»Du bist der klügste Mensch, den ich kenne«, sagt er. »Aber Typen wie Lamberg sind dein schwacher Punkt.«

»Halt die Schnauze, Jusuf«, faucht Jessica, als der kleine, aber gepfefferte Motor des Volkswagens anspringt.

35

Jessica blickt Jusufs Wagen nach, der auf der Museokatu davonfährt. Dann verschwinden seine Rücklichter hinter einem Müllauto an der Ecke der Cygnaeuksenkatu. Jessica hat eine dicke Mappe unter die linke Achsel geklemmt und versucht ihren Hausschlüssel aus der Jackentasche zu angeln.

Ich brauche deinen Verstand, Jessica. Versprich mir, wenigstens einen Blick auf das Material zu werfen.

Jusuf klang nicht verzweifelt, aber er würde nicht um Hilfe bitten, wenn er nicht das Gefühl hätte, sie wirklich zu brauchen.

Der Besuch in der Muukalaiskatu hat zweifellos Jessicas berufliche Neugier geweckt, aber sie hat beschlossen, bei ihrer Entscheidung zu bleiben. Wenn sie jetzt in den Dienst zurückkehren würde, könnte das zudem bedeuten, dass Hellu ihr die Hauptverantwortung für die Ermittlung zuweist. Dann bekommt Jusuf möglicherweise keine Anerkennung für die großartige Arbeit, die er bisher geleistet hat. Sicher, Jusuf hat Jessica selbst gebeten, ihre Entscheidung zu überdenken, aber über die Folgen ihrer plötzlichen Rückkehr ins Team wäre auch er vielleicht nicht glücklich.

Jessica geht auf die Haustür zu und beschleunigt ihre Schritte, als sie merkt, dass ein Mann, der gerade aus dem Haus kommt, ihr die Tür aufhält.

»Danke«, sagt sie. Der Mann, der einen Kamelhaarmantel trägt, lässt die Tür los und geht auf die Straßenecke zu.

Plötzlich fröstelt Jessica.

Du hast es gefilmt, Jessica.

Es läuft ihr kalt über den Rücken.

Sie denkt an den Mann, der sich auf der Erde wälzt, während Flammen an seiner Haut und seinen Kleidern lecken. *Es war nicht real.*

Nach einigen Schritten zum Aufzug bleibt sie stehen. Sie benutzt den Eingang zum Treppenaufgang A erst seit einem Monat und ist kaum Nachbarn begegnet. Zu den Sitzungen der Hausgemeinschaft geht sie nicht selbst, sondern lässt sich von einem Bevollmächtigten vertreten, der ihr Jurist und Vermögensverwalter ist. Nur wenige Nachbarn kennen sie vom Sehen, und der Mann zählt nicht dazu.

Trotzdem hat er sie erkannt, denn er hat ihr die Haustür schon aufgehalten, bevor er wissen konnte, wohin sie gehen würde. Und sie hatte noch nicht einmal die Schlüssel in der Hand gehabt.

Jessica tritt ein paar Schritte zurück, dann macht sie kehrt.

Sie stößt die Haustür auf und eilt zu der Straßenecke, die der Mann im Kamelhaarmantel gerade angesteuert hat, sieht aber keine Spur von ihm. Am Straßenrand stehen viele Autos. Er könnte in eins davon eingestiegen sein, aber kein einziges wird gestartet oder fährt davon.

Jessica spürt, wie der zunehmende Frost die kleinen Knochen der verletzten Hand schmerzen lässt.

Du bildest es dir nur ein, Jessica. Jemand hat dir die Tür aufgehalten … Das ist alles.

Doch Jessica weiß, dass sie sich nichts einbildet. Sie weiß, dass ihr Verfolgungswahn diesmal berechtigt ist.

Sie sind zurückgekommen.

36

Es ist neun Uhr, der Laden wird gerade geöffnet. Jusuf und Nina betreten das hell erleuchtete Geschäft, das wie eine Zeitreise in vergangene Jahrzehnte wirkt. Jusuf fühlt sich in seine Kindheit zurückversetzt, obwohl das, was er sieht, eher zu einem Spielzeugladen der 1960er Jahre passen würde. Die Regale stehen voller Sachen, die keinerlei Verbindung zur künstlichen Intelligenz oder generell zur Elektronik haben. Eine riesige Auswahl an Buntstiften, Mal- und Bastelbedarf, Miniaturmodellen von Flugzeugen, Schiffen, Rennautos und Panzern zum Zusammenbauen. Kleine Fantasiegestalten und Monster zum Ausmalen, die Jusuf an das Brettspiel Hero Quest und an die Figuren erinnern, die irgendwann seine Fensterbank bevölkert haben. Und schließlich Hunderte von Päckchen mit Miniaturmodellen von Zügen, wie sie auch auf den Gleisen der Modelleisenbahn auf dem großen Tisch rollen. Jusuf hat sich nie für Eisenbahnen begeistert, aber die kunstvolle Miniaturwelt mit ihren Rasenflächen, Bahnhöfen und winzigen Menschenfiguren schreit geradezu danach, näher betrachtet zu werden.

»Krieg ich dich wohl je wieder hier raus?«, fragt Nina und sieht sich um.

Jusuf lacht leise auf. In der Luft liegt der süßliche Geruch von Papierbögen und Leim.

»Guten Morgen«, ertönt eine Männerstimme irgendwo hinter den hohen Regalen. Eine ganze Wand voller Bausätze von Formel-1-Wagen trennt Nina und Jusuf von dem Sprecher. Jusuf sticht McLarens MP4/8 aus dem Jahr 1993 ins Auge, dessen ikonische rot-weiße Färbung ihn an seine Kindheit erinnert. Im Cockpit ist ein gelbgrüner Helm zu sehen. *Ayrton Senna.*

»Hallo«, sagt Jusuf, ohne zu wissen, mit wem er spricht, bis zwischen den Regalen ein rotwangiger Mann mit einem dichten, gewachsten Schnurrbart und einer runden Brille à la John Lennon erscheint.

»Sami Mäntylä«, stellt der Mann sich vor und streckt die Hand aus. Jusuf ergreift sie und denkt bei sich, dass nur die Lokführer-Mütze fehlt, ansonsten könnte der Mann als Eisenbahner aus den 1890er Jahren durchgehen.

»Jusuf Pepple«, sagt Jusuf. »Und das hier ist Nina Ruska.«

Beide zeigen ihren Dienstausweis vor.

Bis auf einen Kunden mit krummem Rücken, der vom Aussehen und von der Körpersprache her Rasmus Susikoskis Bruder sein könnte, ist der Laden leer.

»Ich habe gerade angerufen«, sagt Jusuf. »Haben Sie einen Augenblick Zeit?«

»Natürlich«, nickt Mäntylä. Er wirkt wie ein diensteifriger Schaffner.

»Ein toller Laden«, lobt Jusuf mit aufrichtiger Bewunderung.

»Danke! Waren Sie noch nie hier?«

»Nein, leider nicht«, antwortet Jusuf. Nina begnügt sich mit einem Kopfschütteln.

»Oje. Es ist tatsächlich ein ganz besonderes und traditionsreiches Geschäft. Es besteht schon seit 1994.«

»Und Sie haben genug Kunden?«

»Aber ja!« Mäntylä dehnt die Vokale, als wäre es völlig absurd, etwas anderes zu vermuten. »Hobby Sammy hat eine äußerst treue Kundschaft. Obwohl viele Freizeitbeschäftigungen heute im Internet stattfinden, möchten die Menschen immer noch richtige Gegenstände, etwas zum Anfassen. Konkretes Tun, bei dem man nicht von früh bis spät in das ungesunde blaue Licht starren muss. Miniaturmodelle sind Eskapismus, und zwar ein sehr gesunder«, führt er aus und stellt sich hinter die Ladentheke.

»Gut.« Nina legt eine Hand auf die Theke. Unter der Glasplatte ist ein großes Plakat befestigt, das einen Rangierbahnhof zeigt.

»Wie kann ich Ihnen behilflich sein? Bei uns ist nichts gestohlen worden«, sagt Mäntylä. Unter seinem Schnurrbart kommt eine Reihe von ungewöhnlich großen und leicht schiefen Schneidezähnen zum Vorschein.

»Es geht nicht um Diebstahl«, erwidert Jusuf.

»Sondern?«

»Unseres Wissens kann man hier Puzzles von einem eigenen Bild bestellen?«

Mäntylä nickt.

»Wie geht so eine Bestellung praktisch vor sich?«

»Es ist sehr einfach. Dass der Laden antik aussieht und dass wir hier zeitlose Produkte verkaufen, bedeutet nicht, dass wir nicht auch die neueste Technologie nutzen«, sagt Mäntylä und dreht den Monitor so, dass auch Jusuf und Nina ihn sehen können.

Er greift zur Maus und scheint ein Computerprogramm zu öffnen.

»Der Kunde schickt mir das Bild, das er auf dem Puzzle möchte, und teilt mir die gewünschte Größe mit. Sehen Sie mal«, sagt Mäntylä und wählt ein Foto aus, das ihn selbst mit einem großen Hund zeigt. Bald darauf erscheint auf dem Foto ein Netz dünner Linien. Die Linien entsprechen mit ihren Ausbuchtungen einem bekannten Schema: Sami Mäntylä hat gerade das Modell eines Puzzles geschaffen.

»Voilà. Ich schicke die Datei an den Lieferanten, und in der Regel kommt das fertige Puzzle innerhalb von zwei Wochen per Post hier an.«

»Was kostet so etwas?«, fragt Nina.

»Heutzutage so gut wie nichts … In Estland haben sie so eine Matrize, mit der man das Puzzle in ein paar Minuten zurechtsägt. Den Kunden berechne ich fünfzig bis hundert Euro, je nach der Größe und dem Schwierigkeitsgrad.«

»Und der Schwierigkeitsgrad bemisst sich nach der Zahl der Teile?«

»Genau. Natürlich kann auch das Bild an sich schwer zu erfassen sein, aber das wirkt sich nicht auf den Preis aus.«

Jusuf und Nina wechseln einen Blick.

»Darf ich fragen, warum Sie sich für maßgearbeitete Puzzles interessieren?«

Statt einer Antwort fragt Nina zurück: »Wie oft werden solche Puzzles bestellt?«

Die seltsame Zahnreihe blitzt wieder auf, verschwindet aber schnell hinter dem dichten Schnurrbart.

»Ziemlich selten, denn dieser Service wird im Internet massenhaft angeboten. Bei diesem Produkt ist unser Preis sicher nicht der konkurrenzfähigste. Ich bin sozusagen ein überflüssiger Zwischenhändler, aber das sage ich den Kunden natürlich nicht.«

»Sie haben sicher alle Bestellungen gespeichert?«

Mäntylä nickt. Sein Schnurrbart scheint einen Fingerbreit nach unten zu sinken, als seine Miene ernst wird.

Jusuf holt sein Handy hervor und zeigt ein Bild auf dem Display.

»Hat jemand so ein Puzzle bestellt?«

Mäntylä beugt sich über den Ladentisch und zoomt das Foto mit den Fingerspitzen. Dann streicht er sich über den Schnurrbart und nickt.

»Ja, vor gut einem Monat. Eine schöne Art, ein neues Leben zu feiern, habe ich damals gedacht.«

Jusuf unterdrückt den Impuls, Nina anzusehen.

»Wer hat es bestellt?«

»Warten Sie mal«, sagt Mäntylä und greift wieder nach der Maus. Diesmal dreht er den Bildschirm zu sich hin, als wünschte er sich plötzlich etwas mehr Privatsphäre.

»Faust«, sagt er schließlich.

»Faust?« Jusuf zuckt unwillkürlich zusammen.

»Ja.«

»Kein weiterer Name?«

»Hier steht nur Faust. So ähnlich wie Tim. Nicht mal eine Telefonnummer. Ich erinnere mich vage an den Typ. Sehr vage … Ein Mann.«

»Können Sie ihn beschreiben?«, fragt Nina. »Größe, Haarfarbe …«

Mäntyläs Mundwinkel sacken nach unten.

»Vielleicht um die vierzig. Vielleicht älter. Ein bisschen untersetzt, nicht besonders groß oder klein. Verflixt, genauer kann ich ihn nicht beschreiben. Er sah wohl ziemlich normal aus …«

Jusuf hat ein kleines Heft hervorgeholt und notiert Mäntyläs Beschreibung.

»Zu den Haaren kann ich nichts sagen«, fährt Mäntylä fort. »Soweit ich mich erinnere, hatte er eine Mütze auf und einen dicken Schal um den Hals. Das ist mir im Gedächtnis geblieben, weil es draußen nicht besonders kalt war, eigentlich sogar ziemlich warm für die Jahreszeit.«

»Und die übrige Kleidung?«

»Nicht weiter auffällig. Vielleicht ein schwarzer Mantel … Das ist wirklich schwierig.« Mäntylä lacht auf und enthüllt wieder seine länglichen Zähne, die einem Hasen in einem Zeichentrickfilm gehören könnten. Doch dann wird er schlagartig wieder ernst.

Jusuf holt ein Foto von Niklas Fischer aus der Tasche.

»War es vielleicht dieser Mann?«

Sami Mäntylä verzieht den Mund auf eine Weise, aus der sich absolut nichts schließen lässt.

»Wer ist das?«, fragt er schließlich.

»Kommt er Ihnen bekannt vor?«, drängt Jusuf.

»Ich glaube nicht.«

Jusuf würde gern nachhaken, ob Mäntylä hundertprozentig sicher ist, beschließt aber, die Sache auf sich beruhen zu lassen. Er weiß aus Erfahrung, dass die Menschen im Durchschnitt nahezu unfähig sind, sich an Gesichter zu erinnern, die sie nur einmal gesehen haben, wenn ihnen die Begegnung nicht aus anderen Gründen im Gedächtnis geblieben ist.

»Irgendwie seltsam war der Typ schon«, fügt Mäntylä hinzu. »Soweit ich mich erinnere, hat er kaum gesprochen, sondern mir die Bestellung auf einem Zettel gegeben, auf dem auch dieser Name stand. Faust.«

»Auf einem Zettel?« Nina sieht Jusuf an. Er weiß, woran seine Kollegin denkt: Sanni Karppinen hat gestern Abend berichtet, der Angreifer hätte nichts gesagt, und sie sind zu dem Schluss gekommen, dass Karppinen einen Schock erlitten und alles vergessen hat, was sie gehört hatte. Doch der Typ hat offenbar auch beim Kauf des Puzzles seine Stimme geschont. Der Mann namens Faust scheint konsequent schweigsam zu sein.

»Ja«, erwidert Mäntylä zerstreut. »Auf dem Zettel stand, dass er von dem Foto ein Puzzle mit zweitausend Teilen wollte.«

»Sie haben gesagt, er hat *kaum* gesprochen … Hat er überhaupt etwas gesagt oder war er völlig still?«

Mäntylä streicht sich nachdenklich über den Schnurrbart.

»Hmm. Vielleicht hat er tatsächlich nichts gesagt. Aber er konnte Finnisch, er hat mich genau verstanden, als ich ihm erklärt habe, dass er die Bestellung in spätestens einer Woche abholen kann.«

»Haben Sie den Zettel noch?«, fragt Jusuf. Mäntylä hat gerade angefangen, in den Schubladen zu wühlen. Er zuckt die Schultern.

»Ich glaube nicht … Ich bin mir ziemlich sicher, dass er den Zettel eingesteckt hat, als er ging.«

Jusuf wartet geduldig, während Mäntylä fieberhaft den Ladentisch absucht. Der Zettel ist jedoch nicht zu finden.

»Melden Sie sich bitte sofort, wenn er irgendwo auftaucht.«

Sami Mäntylä nickt. Dann konzentriert er sich wieder auf seinen Computer und runzelt die Stirn.

»Er hat bar bezahlt«, sagt er.

»Und die Kamera?« Jusuf deutet mit dem Kopf auf die gläserne Halbkugel an der Deckenkante.

»Die nimmt immer eine Schleife von einer Woche auf. Der Mann hat das Puzzle am fünfzehnten Dezember bestellt und es eine Woche später abgeholt. Die Aufnahmen aus der Zeit existieren leider nicht mehr.«

»Und Sie haben diesen Faust seitdem nicht mehr gesehen?«

Mäntylä schüttelt den Kopf.

»Alles klar.« Jusuf steckt Handy und Notizblock in die Tasche. »Danke für Ihre Hilfe. Rufen Sie uns bitte an, wenn Ihnen der Mann noch einmal begegnet. Ob hier im Laden oder anderswo.«

Sami Mäntylä nickt zerstreut, ohne den Blick vom Monitor abzuwenden.

Als Jusuf und Nina zur Tür gehen, meldet er sich noch einmal zu Wort.

»Moment. Da ist noch was …«

Die beiden bleiben stehen und drehen sich um.

»Was denn?«

»Ich weiß nicht, ob es wichtig ist, aber dieser Faust hat gleichzeitig noch etwas anderes gekauft.«

»Und zwar?« Jusuf kehrt an den Ladentisch zurück.

»Einen Edding 8280-Stift … Fünf Euro neunzig.«

Jusuf sieht Nina an. Vielleicht handelt es sich um den Stift, mit dem der Mann seine Nachricht auf die Rückseite des Puzzles geschrieben hat.

»Ein schwarzer Filzstift?«, fragt Nina.

»Schwarz? Nein … Der Edding 8280 ist ein UV-Marker.«

Jusuf spürt ein seltsames Gefühl im Bauch.

»Ein UV-Marker? Meinen Sie …«

»Ein Stift, dessen Schrift nur in UV-Licht sichtbar wird.«

37

Zwei blaue Busse rasen vorbei, als würden sie an einer Straßenrallye teilnehmen. Ein Taxi, das mit eingeschaltetem Warnblinklicht mitten auf der Kreuzung steht, löst ein Hupkonzert aus. Nina und Jusuf gehen zügig zu ihrem Wagen, den sie in der Annankatu abgestellt haben. Jusuf lauscht auf das Freizeichen seines Handys, unterbricht dann aber die Verbindung, denn Rasmus meldet sich nicht. Bevor er das Handy in die Tasche steckt, vergewissert er sich, dass es nicht stummgeschaltet ist. In der Tasche stoßen seine Finger an die Zigarettenschachtel. Er greift danach, merkt aber, dass es zu spät ist zu rauchen. Sein Golf ist auf der anderen Straßenseite schon zu sehen, und Nina will bestimmt keine Minute länger als nötig im kalten Wind herumstehen.

»Eine widersprüchliche Geschichte«, sagt Nina nachdenklich. »Dem Mann muss klar gewesen sein, dass wir ihn über die Kreditkarte relativ leicht aufspüren könnten, wenn er das Puzzle im Internet bestellt hätte. Aber andererseits …«

»… scheint er es darauf angelegt zu haben, dass wir die Spur zu Hobby Sammy nachverfolgen können«, ergänzt Jusuf ihren Satz.

»Ja. Das Puzzle wurde so frühzeitig bestellt und abgeholt, dass sich der Gedanke aufdrängt, er hätte gewusst, dass die Aufzeichnungen der Überwachungskamera nicht länger als einen Monat aufbewahrt werden. Wie immer das möglich ist.«

»Genau. Vor allem, wenn man berücksichtigt, dass die Tat selbst wahrscheinlich von Anfang an für den Tag der 50-Jahr-Feier der RealEst geplant war.«

»Was auch immer wir im UV-Licht zu sehen bekommen, der Mann will, dass wir es entdecken. Sonst hätte er den verdammten Stift irgendwo anders gekauft. Er wusste, dass wir den Kauf auf der Quittung sehen würden«, fährt Nina fort, als sie beim Auto ankommen. Auf der anderen Straßenseite befassen sich zwei Parkwächter in dicken Overalls mit einem Lieferwagen.

»Rasse meldet sich nicht?«

»Nein.« Jusuf schließt auf, steigt ein und steckt den Schlüssel in das Zündschloss. In den Straßenlärm mischt sich der ikonische Rap-Klassiker One Mic von Nas.

Writing names on my hollow tips, plotting shit.

Mad violence who I'm gon' body, this hood politics.

»Gehen wir mal davon aus, dass Faust tatsächlich kein Wort zu Mäntylä gesagt hat, als er das Puzzle bestellt hat. Gibt es in seiner Stimme irgendeine leicht zu erkennende Besonderheit?«, überlegt Nina und zieht die Tür zu.

»Darüber denke ich auch gerade nach.«

»Warum sonst sollte jemand den Stummen spielen, obwohl er gleichzeitig sein Gesicht sehen lässt?«

»Es kann ein Dialekt sein, ein Akzent, ein Sprachfehler oder zum Beispiel starkes Stottern. Irgendetwas, von dem Faust annahm, dass der Verkäufer sich daran erinnert und es der Polizei erzählt.«

Ein von hinten kommender Wagen hält und blinkt. Jusuf lenkt seinen Golf in den Verkehr und sieht im Rückspiegel, wie der Wagen rückwärts in die gerade frei gewordene Parklücke einschert. In Helsinki gibt es von Jahr zu Jahr weniger freie Stellplätze, obwohl die Parkgebühren enorm gestiegen sind.

»Du hast sicher recht«, seufzt Nina. »Wohin fahren wir?«

»Zum Flatiron Building«, sagt Jusuf und hebt das Handy erneut ans Ohr. »Ich bitte Tanja, mit einer UV-Lampe hinzukommen.«

Nina sieht ihn lächelnd an.

»Was ist?«, fragt er.

»Tanja von der Technik? Mit der du auf dem Betriebsfest geschmust hast?«

»Fang du nicht auch noch an.«

»Soll ich im Auto warten, damit ihr eure Ultraviolettsache ungestört erledigen könnt …«

»Du kannst mich mal, Nina«, sagt Jusuf und merkt, dass auch er lächelt, als Tanja sich meldet.

38

Jessica steht mitten in dem riesigen Wohnzimmer und sieht sich unsicher um. Sie ist schon zweimal durch beide Etagen ihrer Wohnung gegangen und hat nach Anzeichen dafür gesucht, dass jemand hier gewesen ist. In ihre Netzhaut hat sich das Bild des blonden Mannes eingebrannt, der ihr die Haustür aufgehalten hat. Es scheint jedoch alles an seinem Platz zu sein, kein Detail weckt ihren Verdacht.

Hier war niemand. Die Alarmanlage war eingeschaltet.

Die sind zu allem fähig.

Jessica ballt ihre gesunde Hand zur Faust und merkt, dass ihre Finger zittern.

Langsam steigt sie die Wendeltreppe hinauf und geht in das mit Mikrozement beschichtete große Badezimmer.

Sie dreht den Hahn auf und reguliert die Wassertemperatur: so warm, dass viele es wahrscheinlich als unangenehm empfinden würden. Sie liebt es, zu spüren, wie das heiße Wasser ihre Haut berührt und ihr Schweiß ins Gesicht treibt.

Vorsichtig nimmt sie die Armschlinge ab und zieht die Trainingshose und den Collegepullover aus. Dann das T-Shirt, die Strümpfe und den Slip, bis sie schließlich nackt vor dem Badezimmerspiegel steht. Sie betrachtet ihre ebenmäßigen, festen Brüste, ihre schlanken Arme und ihr Gesicht, dem eine gewisse Kantigkeit klassische Schönheit verleiht. Sie hat ihr Aussehen von ihrer Mutter, der Schauspielerin geerbt.

Mama.

Ich weiß nicht, was hier vorgeht, Mama.

Jessica starrt eine Weile auf ihren nackten Körper im Spiegel, dann schließt sie die Augen.

Sie braucht Anleitung.

Sie ist noch nicht bereit, allein weiterzumachen. Solange sie sich erinnern kann, hat sie nachts Wachträume gehabt, und schon seit Jahren sind sie trotz aller Entsetzlichkeit keine Albträume mehr, sondern ein Teil ihres alltäglichen Lebens. Aber das, was letzte Nacht passiert ist, hat sie noch nie erlebt. Es war ein Albtraum.

Jessica erinnert sich, dass sie in die schwarzen Löcher im Schädel geblickt hat, wo die Augen ihrer Mutter gewesen waren, bevor die Leiche sich im Grab zersetzte.

Zwanzig Jahre.

Verlässt ihre Mutter sie jetzt, nach all den Jahren?

Jessica hält den Atem an und öffnet die Augen.

Komm ins Wasser, Schätzchen.

Die Badewanne ist voll. Aus dem Hahn läuft kein Wasser mehr.

Komm ins Wasser.

Jessica dreht sich um und steckt die Hand in das dunkelrote Wasser. Da spürt sie kalte Knochen um ihr Handgelenk. Eine weiße Hand zieht sie liebevoll näher, lädt sie ein, in die trübe Flüssigkeit einzutauchen.

Ich bin mir sicher, dass etwas im Gange ist.

Doch die Mutter antwortet nicht.

Jessica setzt sich vorsichtig in die Wanne und taucht bis zum Hals in das brennend heiße Wasser. Am Fußende treiben schwarze Haare an der Oberfläche, sie erinnern an Tang. Im Wasser steigen Bläschen auf.

Ich mache mir Gedanken über den verbrannten Mann im Zentralpark.

Die Mutter schweigt immer noch.

Erneut schließt Jessica die Augen, in der Hoffnung, dass ihre Mutter etwas sagt. Egal was.

Und da spürt sie, dass unter ihr etwas zerbricht, nachgibt. Sie befühlt den Boden der Wanne und stößt mit dem Finger auf etwas Spitzes. Als sie nach unten blickt, merkt sie, dass das dunkelrote Badewasser voll von kleinen weißen Knochensplittern ist. Es sind die Knochen ihrer Mutter.

Jessica hat das Gefühl zu ersticken, sie schnappt nach Luft.

Das Wasser ist wieder klar, aber vor der weißen Emaillefläche schwebt eine zarte rote Blutwolke. Sie kommt aus Jessicas Unterleib.

39

Das große Wohnzimmer, in dem der Industrieboss ermordet wurde, sieht bei Tageslicht anders aus, irgendwie weniger würdevoll und weniger rätselhaft. Jusuf glaubt zu wissen, warum in Krimis und Horrorfilmen alles Schlimme immer nachts passiert. Die unendliche Dunkelheit und die von gelben Kronleuchtern erhellte Bühne schaffen eine bedrohlichere Stimmung als ein in Tageslicht getauchter Raum. Allerdings badet im Januar in Finnland nichts im Sonnenlicht. Die winterliche Dunkelheit ist geradezu lähmend.

Irgendetwas an der altmodisch eingerichteten Wohnung und an ihren Fluren erinnert Jusuf an Stanley Kubricks Film *Shining*, in dem der sechsjährige Danny auf einem Dreirad durch die Flure des unheimlichen Hotels Overlook fährt.

Im Dunkeln ist tatsächlich alles schauriger. Jusuf wirft einen Blick auf die Öffnung zur Küche und kann sich lebhaft vorstellen, wie entsetzt Zetterborg gewesen sein muss, als er den Angreifer sah, der sich im Zwielicht näherte. Vorausgesetzt natürlich, dass der Mörder mit dem Messer wirklich aus der Küche kam und dass das Opfer auf ihn aufmerksam wurde, bevor ihm – ein großes Messer in die Brust gestoßen wurde.

»Wonach suchen wir?«, fragt Tanja und holt drei Schwarzlichttaschenlampen aus ihrer Sporttasche.

»Eine gute Frage«, antwortet Jusuf und greift nach der Taschenlampe, die Tanja ihm hinhält. »Wir wissen nicht, was es ist, glauben aber, der Täter will, dass wir es finden.«

Nina knipst ihre Taschenlampe an und geht mit vorsichtigen Schritten zu dem Flügel, in dessen Nähe gestern Abend Eliel Zetterborgs Leiche lag.

»Es kann doch sein, dass er den Stift für einen ganz anderen Zweck gekauft hat. Oder dass er das Ganze nicht gründlich durchdacht, sondern einen amateurhaften Fehler gemacht hat«, gibt Tanja zu bedenken.

»Meiner Meinung nach wäre es ein amateurhafter Fehler, wenn wir die Sache nicht überprüfen«, entgegnet Jusuf und steckt sich eine Nikotinpastille in den Mund. »Machst du mal das Licht aus?«, bittet er Tanja, die mit der Tasche über der Schulter direkt neben dem Schalter steht.

Der Kronleuchter erlischt, und der Raum verliert seinen gelben Glanz. Zwischen den aufgezogenen Vorhängen schimmert Licht, die am Horizont schwebende Sonne ist hinter der dicken Wolkendecke hervorgekommen.

»Das Wohnzimmer wurde gestern schon mit Schwarzlicht abgesucht«, sagt Tanja.

»Ja, ich weiß«, murmelt Jusuf und knipst seine Lampe an.

Wie Tanja am vorigen Abend bereits festgestellt hat, ist die Wohnung außerordentlich sauber. Der Flügeldeckel wurde kürzlich abgewischt, aber hier und da sind ganze oder partielle Fingerabdrücke zu erkennen. Spritzer, vielleicht vom Niesen. Von allem wurden gestern Proben genommen, doch bisher wurde im Labor noch nichts Entscheidendes gefunden.

»Erinnert ihr euch an den Film *Sieben*?«, fragt Nina.

Jusuf überlegt.

»Was ist damit?«

»Einem der Opfer wurde eine Hand abgeschnitten, die der Psychopath, den Kevin Spacey spielt, am nächsten Tatort als Pinsel verwendet.«

»Ja, ich erinnere mich«, sagt Tanja und schüttelt sich unwillkürlich.

»An der Wand finden sich dann die Worte *help me*, die mit den Fingern der abgetrennten Hand geschrieben wurden. Standen sie in dem Film nicht hinter einem Gemälde?«, fährt Nina fort.

Jusuf betrachtet die beiden Frauen und lässt den Blick dann über die vielen Gemälde im Wohnzimmer wandern. Er erinnert sich nur zu gut an das, was Sissi Sarvilinna ihm letzte Nacht von dem Bootsunglück und den kreuz und quer durch die Hauptstadtregion transportierten abgetrennten Händen erzählt hat.

»Jetzt ist wohl niemandem eine Hand abgeschnitten worden«, sagt er. »Wir suchen nach etwas, wofür der Täter den UV-Stift aus dem Bastelgeschäft gebraucht hat.«

»Schon klar«, erwidert Tanja. »Aber wenn ihr mit eurer Vermutung richtigliegt, schadet es nicht, auch hinter den Gemälden nachzusehen.«

»Okay«, brummt Jusuf. Er richtet das Licht auf die Gemälde und die vergoldeten Rahmen, findet aber nichts. Vielleicht hat Tanja recht und der Stift aus dem Hobby Sammy wurde nicht in dieser Wohnung verwendet. Vielleicht hat der Mörder ihn gekauft, um Sternbilder an die Decke seines Schlafzimmers zu malen. *Die verdammten Irren.* In Momenten wie diesem wünscht Jusuf sich, dass er irgendeinen anderen Beruf gewählt hätte, und sei es die verfluchte Profikarriere im Unihockey, die inzwischen wahrscheinlich schon vorbei wäre, jedenfalls, wenn er so viel geraucht hätte …

»Guck mal, Jusuf.« Ninas Stimme reißt ihn aus seinen Gedanken.

Er dreht sich zu seiner Kollegin um, die den Blick auf den Fußboden gerichtet hat. Und da sieht auch er es: Auf den Dielen leuchtet etwas Hellblaues.

»Was zum Teufel …«, murmelt er, macht einige Schritte und bleibt neben Nina stehen.

Er betrachtet die auf den Fußboden gemalten Striche, zwei kurze und ein langer, die ein universelles Symbol bilden: einen Pfeil, dessen Spitze zum Kaminzimmer zeigt.

40

Jusuf, Nina und Tanja nähern sich wie verhext Eliel Zetterborgs Kaminzimmer. In der Nähe der Tür am Ende des Wohnzimmers wird ein zweiter Pfeil sichtbar, der in dieselbe Richtung zeigt wie der erste.

Die drei bleiben an der Schwelle zum Kaminzimmer stehen. Von hier aus haben sie gestern Abend die Puzzleteile auf dem Tisch entdeckt. Jetzt ist die gläserne Tischfläche leer, die Teile wurden schon am Abend in einen Indizienbeutel gepackt und nach Pasila gebracht, wo Rasse sie zusammengesetzt hat. Gerade deshalb sind die Ermittler ja wieder hier.

»Seltsam«, meint Nina. »Wurden die Pfeile auf den Boden gemalt, damit wir auf das Puzzle aufmerksam werden? Dachte Faust, wir würden sonst nicht auf die Idee kommen, es zusammenzusetzen?«

»Das ergibt keinen Sinn«, sagt Jusuf und lässt das Licht seiner Lampe über die Decke wandern, entdeckt aber keine weiteren Pfeile. »Dann wäre die Frage, was zuerst da war, die Henne oder das Ei. Ohne das verfluchte Puzzle hätten wir die Pfeile ja gar nicht gefunden.«

»Falls der Typ nicht davon ausgegangen ist, dass die Wohnung schon gestern gründlich mit UV-Licht untersucht wurde.«

»Irgendwie schwer zu glauben. Er wusste ja, dass wir das Puzzle zu Hobby Sammy zurückverfolgen und dadurch einen

Hinweis auf den Stift bekommen. Die Pfeile zeigen bestimmt auf etwas anderes … Etwas, woran wir sonst nicht denken würden«, erwidert Jusuf.

»Scheiße«, sagt Tanja leise.

Nina geht durch das Zimmer und lässt das Licht über die Wände und Möbel wandern.

»Gibt es im Bücherregal irgendwas, das wir kapieren müssten?«

Alle drei leuchten die Buchrücken an. Nichts.

»Wie viel Zeit hatte der Täter?«, fragt Tanja. »Um dieses seltsame Escape-Game-Rätsel zu konstruieren?«

»Wenn wir annehmen, dass der Typ um zehn vor sechs angekommen ist, 25 Minuten vor Eliel Zetterborg, hatte er Zeit genug«, meint Jusuf.

»Warum zum Teufel macht sich jemand so viel Mühe?«, überlegt Tanja.

»Die Verrückten sterben nicht aus«, sagt Nina. Jusuf nickt. Nina hat recht: Allein schon die Fälle, mit denen sie sich im letzten Jahr befassen mussten, haben gezeigt, dass vom Wahn befallene Menschen fähig sind, sich die seltsamsten und krankhaftesten Verbrechen auszudenken. Und, wenn sie wollen, nicht nur mit ihren Opfern, sondern auch mit den ermittelnden Polizisten ihr Spiel zu treiben.

Jusuf will gerade einen Blick auf seine Uhr werfen, als ihm etwas ins Auge sticht. Der Lichtkegel seiner Lampe ist zufällig darauf gefallen. Es ist ein weiterer Pfeil, diesmal auf dem Boden des Flurs, der vom Kaminzimmer zum Schlafzimmer führt.

»Okay, jetzt wird es spannend«, sagt Jusuf und winkt den anderen, ihm zu folgen.

Sie bewegen sich vorsichtig auf das Schlafzimmer zu, als könnte sich noch jemand in der Wohnung aufhalten und sie angreifen. Das sollte allerdings nicht möglich sein. Die technischen Ermittler haben die Türen versiegelt. Jusuf hat sich gleich zu Beginn vergewissert, dass das Siegel am Hinterausgang unversehrt ist. Trotzdem nimmt er die Taschenlampe in die linke Hand und legt die Finger der rechten instinktiv auf das Holster mit seiner Dienstwaffe.

Die Pfeile auf dem Fußboden folgen in immer kürzerer Entfernung, als sollte ihr Rhythmus den sich nähernden Höhepunkt ankündigen.

Mit Jusuf an der Spitze betreten die drei das Schlafzimmer. Das breite Bett ist gemacht, und alles wirkt unberührt, wie am Vorabend.

»Die Pfeile zeigen dahin«, sagt Nina und deutet auf eine antike Kommode neben dem Nachttisch. An die oberste Schublade ist mit UV-Stift ein großes X gemalt.

»*X marks the spot*«, sagt Nina. »Der Typ liebt Klischees.«

»Wurden die Schubladen gestern durchsucht?«, fragt Jusuf. Von dem blau leuchtenden Kreuz bekommt er eine Gänsehaut. Wieder denkt er an die abgeschnittenen Hände.

Tanja schüttelt den Kopf.

Jusuf reicht Nina seine Taschenlampe und zieht seinen Handschuh zurecht, gerade so, als wäre der Schubladengriff besser geschützt, wenn der Handschuh straff sitzt. Aber vielleicht sind es eher seine Finger, die Schutz brauchen. Plötzlich hat Jusuf das Gefühl, es wäre ratsam, die Schublade mit irgendeinem Werkzeug zu öffnen. Wer weiß, ob die Schublade mit einer Falle versehen ist – womöglich schneidet ihm ein Fangeisen das Handgelenk durch, oder eine gespannte Feder schleudert ihm ein Küchenmesser in die Stirn. Vielleicht ist irgendwo eine Sprengladung, die sich beim Öffnen der Schublade entzündet und sie alle tötet. *Booby trap*. Scheiße.

»Worauf wartest du?«, drängt Nina hinter ihm.

»Geht auf Abstand«, sagt Jusuf. Nina setzt zu einer Antwort an, gehorcht dann aber. Die Angst vor einer unsichtbaren Gefahr wirkt ansteckend.

Jusuf nimmt allen Mut zusammen und fasst nach dem kleinen eisernen Griff. Er zieht daran. Sein Herz setzt einen Schlag aus, aber nichts geschieht. Keine Explosion und kein brechender Knochen. Auch sein Kopf ist noch dran.

»Was ist da drin?«, fragt Tanja.

Jusuf zieht die Schublade ganz heraus und stellt sie vor sich auf den Fußboden.

In der Schublade liegt ein Foto, bei dessen Anblick es ihn kalt überläuft.

»Hol's der Teufel«, sagt er und hebt das Foto heraus.

Auf der schwarzweißen Polaroid-Aufnahme stehen drei Menschen in Jagdkleidung. Waffenriemen laufen über ihre Brust, und hinter ihren Rücken ragen Gewehrläufe hervor.

»Ist das Eliel Zetterborg?« Nina steht neben Jusuf und betrachtet das Foto.

»Ja, ein paar Jahrzehnte jünger«, sagt Jusuf leise. Wer die anderen sind, wird sich nicht so leicht feststellen lassen, denn ihre Gesichter sind bis zur Unkenntlichkeit zerkratzt. Es sieht aus, als würde der fünfzigjährige Zetterborg auf dem Bild mit gesichtslosen Gespenstern posieren. Und bei genauer Betrachtung ist Zetterborg inzwischen wohl selbst ein Gespenst.

41

1990

Hjalmar Ek hebt seine aufgeklappte Schrotflinte zu den Fenstern hin und blickt in den Magazinkasten. Durch die Mündungen der beiden nebeneinander zusammengeschweißten Läufe blitzt der weiße Himmel. Die Innenfläche glänzt schön, er hat die Läufe geputzt und den Abzugsmechanismus poliert, den sein Vater am vorigen Abend zu Hause geölt hat. Hjalmar klappt die Waffe zu und legt sie vorsichtig neben das Paket mit den Patronen auf den Holztisch. In der aus ausgedorrten Kiefern gebauten modernen Jagdhütte riecht es nach frischem Kaffee und nach den Fichtenscheiten, die im Kamin prasseln.

Hjalmar begegnet dem strengen Blick seines Vaters, der draußen am Lagerfeuer sitzt, und schaut instinktiv weg. *Hier sind wir nun, am Ende der Welt, mitten in der Wildnis.* Die Unterkunft ist immerhin passabel: Das asketisch möblierte Gebäude ist ganz gemütlich, einstöckig und von der Fläche her so groß wie eine Dreizimmerwohnung. An den Wänden hängen ausgestopfte, gehörnte Tierköpfe und kleinere Säugetiere. Es gibt fließendes Wasser und Strom. Was mehr könnte sich ein Junge aus der Stadt, der die Jagd hasst, erhoffen?

»Eine tolle Parallelo«, sagt Axel beim Eintreten und klopft Hjalmar auf die Schulter. Die Tür war nur ein paar Sekunden offen, aber der beißende Frost hat es geschafft, ins Haus zu dringen. Hjalmar spürt die Kälte im Nacken.

»Ja«, sagt er und blickt wieder nach draußen. Die anderen sitzen am Lagerfeuer vor der Hütte.

»Vierachtsechs«, fährt Axel fort und nimmt sein Schrotgewehr ab. Es sieht moderner aus als Hjalmars Waffe, und die beiden Läufe liegen übereinander. »Auch eine Beretta. Neben Pizza und Fußball das Beste, was Italien zu bieten hat.«

Hjalmar nickt und trinkt schnell einen Schluck Kaffee. Er weiß nichts über Waffen und will auch nichts lernen. Die Flinte gehört seinem Vater Gunnar Ek, Hjalmar darf sie ebenfalls benutzen, denn er hat einen Jagdschein, der für beide gilt. Wie man sie putzt, hat er gestern Abend von seinem Vater gelernt. Damit ist sein Wissen und Können ausgeschöpft.

Axel wirft sich die Schrotflinte wieder auf den Rücken und richtet seinen stechenden Blick auf ihn. Vielleicht mustert Axel Hjalmars Gewehr, vielleicht ihn selbst. Hjalmar ist sich nicht sicher. Das Starren macht ihn jedenfalls unruhig und verlegen.

Der neunzehnjährige Axel Zetterborg ist zwei Jahre älter als er und ein erheblich erfahrenerer Jäger. Dazu gehört allerdings nicht viel, denn für Hjalmar ist dieses Wochenende die erste Berührung mit der Jagd. Axel dagegen ist schon als kleiner Junge durch den Wald gerannt und hat seinen eigenen Worten nach neben zahllosen Hasen fünf Elche, ein Dutzend Waldrene sowie Wildschweine und einmal sogar einen Bären flachgelegt. *Und ziemlich viele Damen*. Axel, der mit seiner hohen Stimme irritierend selbstsicher spricht, ist der Sohn von Eliel Zetterborg, dem Chef von Hjalmars Vater. Während der ältere Zetterborg ruhig und sogar bescheiden wirkt, ist sein Sohn Axel äußerst schlagfertig und beeindruckend.

»Weißt du was?«, sagt Axel mit affektiertem Lächeln. »Die Hasenjagd ist sozusagen die Superbowl der Jäger … Die Sportart selbst ist nicht das Wichtigste.«

»Nicht?«, fragt Hjalmar und zieht neugierig die Augenbrauen hoch. »Was denn dann?«

»Das hier«, antwortet Axel. Er öffnet den Reißverschluss seiner grünen Jacke und lässt eine Flasche Jägermeister sehen. »Das Wichtigste ist eine gute Show! Hasen erlegt hier sowieso keiner. Oder, na ja, einen oder zwei erwischt man manchmal, aber das ist nur ein Bonus. Eine Beilage zum Hauptgericht.«

Auf Axels Gesicht erscheint ein breites Lächeln, das seine weißen Zähne freilegt, die Augen verengen sich zu schmalen Strichen, und die Lachfältchen machen sein Gesicht schön und ansprechend. Hjalmar lächelt nie mit offenem Mund, denn seine leicht schiefen und vorspringenden Zähne lassen ihn wie eine Comicfigur aussehen. Außerdem hat Axel ein breites und männlich kantiges Kinn, während Hjalmars Gesicht weich und feminin geformt ist.

Hjalmar senkt den Blick auf seine Stiefelspitzen, doch Axel hört nicht auf, ihn anzustarren. Axel scheint ihn von oben herab zu beobachten, sowohl bildlich als auch konkret. Und so muss es wohl auch sein. Axel ist der Kronprinz der finnischen Industrie, wie Hjalmars Vater oft gesagt hat. Und Hjalmar hat von mehreren Seiten gehört, dass Axel in geradezu komischem Ausmaß Prinz Charles ähnlich sieht, der irgendwann in der Zukunft in Großbritannien herrschen wird. Es gibt also mehr als einen Grund für Axels Beinamen.

»Heute saufen wir ausgiebig. Hoffentlich kann dein Mädchen mithalten«, sagt Axel und stupst Hjalmar leicht gegen die Brust.

»Ja. Wird schon werden«, murmelt Hjalmar und versucht spitzbübisch zu grinsen. Was ihm gründlich misslingt.

»Gut so«, sagt Axel, setzt seine rote Mütze auf und verzieht sich nach draußen.

Hjalmar geht ans Fenster. Hinter dem Sandweg erstreckt sich ein scheinbar endloser, verschneiter Fichtenwald. Auf dem Hof brennt ein Feuer, das in der völlig verrosteten, auf einen Betonklotz gebolzten Felge eines Traktors entzündet wurde.

Hjalmar beobachtet, wie Axel sich zu den Männern am Lagerfeuer setzt. Sie hocken auf Holzbänken, auf denen graue Rentierfelle liegen, und braten Würstchen. Im Halbkreis sitzen dort der König des finnischen Wirtschaftslebens, Eliel Zetterborg, der Jurist des Unternehmens Erik Raulo mit seinem Sohn Hasse sowie Hjalmars Vater Gunnar Ek, der langjährige Vizegeschäftsführer der EZEM Pipes. In einigen Metern Entfernung kläfft der an einen Baum gebundene Finnische Stöberhund, den sie sich von einem Bauern in der Nachbarschaft geliehen haben. Er heißt Simo und ist angeblich nach einem Helden aus dem Winterkrieg benannt. Das ist ihre Schar für dieses Wochenende. Sechs Männer, ein Jagdhund namens Simo und natürlich Laura.

Laura. Das schönste Mädchen der Welt. Hjalmar hätte sie nicht verdient, ganz gleich, welchen Maßstab man anlegt, und doch ist sie seine Freundin geworden. Laura besucht dasselbe Gymnasium wie er, zwei Klassen über ihm. Sie sind seit gut einem Monat zusammen, seit Beginn des Schulhalbjahrs.

Hjalmar hört die Klospülung und das Rauschen des Wasserhahns.

Bald darauf spürt er, wie Laura sich an ihn lehnt, und riecht ihr frisches Deodorant. Laut Anordnung seines Vaters sind Duftstoffe verboten, denn sie schrecken die Tiere ab. Dennoch käme es Hjalmar nicht in den Sinn, seine Freundin darauf hinzuweisen, und wahrscheinlich wird das auch keiner der anderen tun.

»Aus dem Hahn kommt nur eiskaltes Wasser«, sagt Laura und legt ihr Ohr auf Hjalmars Schulter.

»Dann ist es bei der Dusche genauso.«

»Scheiße.« Laura lacht auf.

»Genau.«

Hjalmar merkt, dass Laura etwas in der Hand hält und schüttelt. Ein kleines, viereckiges Stück Papier.

»Was ist das?«

»Das bist du«, lacht Laura. Das Polaroid-Foto ist noch nicht ganz entwickelt, aber man sieht eine dunkle Gestalt vor hellem Hintergrund.

»Hast du mich heimlich geknipst?«

»Ich konnte nicht anders. Du hast so geheimnisvoll am Fenster gestanden«, antwortet Laura. Aus Hjalmars gezwungenem Lächeln schließt sie, dass nicht alles im Lot ist.

»Was hast du?«, fragt sie.

»Nichts.«

»Sag es ruhig.«

Hjalmar wirft einen Blick durch das Fenster. Die Männer am Lagerfeuer lachen. Irgendwer hat einen guten Witz erzählt. Er müsste dort bei den anderen sitzen, aber er will nicht zu ihnen gehen.

»Vielleicht wärst du besser in Helsinki geblieben«, sagt er und küsst Laura auf die Schläfe. Wärme breitet sich in seinem Körper aus, und das Blut staut sich in der Leiste. Am Lagerfeuer lässt Axel wieder sein breites Lächeln aufblitzen.

Alles läuft völlig falsch.

42

Hjalmar zieht die Mütze über die Ohren. In Helsinki hatte die Temperatur am frühen Morgen nur ein paar Grad unter null gelegen, und auch die Schneedecke war dünn. Hier in Ouninpohja, südwestlich von Jämsä, liegt der Schnee im Wald mehr als knietief, und es herrscht mehr als zehn Grad Frost. Von seinem Vater hat Hjalmar gehört, dass der Schnee bei der Hasenjagd ein wichtiger Faktor ist, denn ohne ihn ist es schwierig, die Hasenspuren zu entdecken. Auch Simo ist (wie sein berühmter Namensvetter) im verschneiten Gelände in seinem Element.

»So, sind alle da? Dann also eine Besprechung zum Start«, sagt Eliel Zetterborg väterlich lächelnd. Hjalmar ist dem Chef seines Vaters schon einige Male begegnet und hat ihn immer nur gut gelaunt und freundlich erlebt, weiß aber, dass er ein anspruchsvoller Unternehmensführer ist. In den letzten Jahren ist sein Vater kaum noch nach Hause gekommen. Eliel Zetterborg ruft ihn sogar sonntags an. Vor allem jetzt, da die oft erwähnte *Jahrhundertfusion* näher rückt.

»Als Allererstes möchte ich Gunnars Sohn Hjalmar, der zum ersten Mal dabei ist, willkommen heißen, und ganz besonders diese mutige junge Dame«, sagt Eliel Zetterborg, steht auf und verbeugt sich tief. »Sie bricht durch ihre Anwesenheit eine jahrzehntelange, dumme patriarchalische Tradition und bringt weibliche Schönheit in unsere Jagdgesellschaft.«

Die in dicken Handschuhen steckenden Hände klatschen

einen spontanen, gedämpften Applaus. Hjalmar schämt sich, nicht für sich selbst, sondern für Laura. Die Idee, dass Laura an dem Jagdausflug teilnimmt, war ursprünglich als Witz gedacht, aber nachdem sie in ihrer forschen Art erklärt hatte, die Einladung (sie selbst sprach allerdings von einer Herausforderung) anzunehmen, konnte Gunnar Ek nicht mehr zurück.

Hjalmar wäre froh gewesen, wenn sein Vater irgendetwas gesagt, einen Vorwand erfunden hätte, Lauras Teilnahme in letzter Minute rückgängig zu machen.

Außerdem: Wenn das, was Axel gesagt hat, zutrifft, wenn es sich eher um eine Sauftour als um eine echte Hasenjagd handelt, war es ein Kardinalfehler, Laura mitzunehmen.

»Danke und Entschuldigung«, sagt Laura und lächelt leicht. »Danke, dass ich mitkommen durfte. Und Entschuldigung, dass ich eine jahrzehntelange patriarchalische Tradition gebrochen habe.«

»Eine *dumme* Tradition«, erwidert Eliel freundlich lächelnd. »Im Ernst, Laura, das ist eine erfrischende Abwechslung. Und ihr beide, Hjalmar und du, habt natürlich ein Zimmer für euch, könnt euch also in eure Zweisamkeit zurückziehen, wenn wir alten und jüngeren Kerle euch mit unseren Lagerfeuerzoten auf die Nerven gehen.«

Laura setzt wieder ihr strahlendes Lächeln auf. Hjalmar mustert die Männer und registriert ihre intensiven, aufdringlichen Blicke, die sie durch ein gezwungenes Lächeln abzuschwächen versuchen. Mit ihren blonden Haaren und hohen Wangenknochen ist Laura wahnsinnig schön, selbst unter der weiten Winterkleidung kann man ihren großen Busen und ihren festen Hintern erahnen.

Erik Raulo richtet den Blick auf das prasselnde Lagerfeuer und öffnet eine Bierflasche. Nach Hjalmars Rechnung ist es mindestens die dritte. Eriks Sohn Hans, der auf dasselbe Gymnasium geht wie Hjalmar und Laura, hat angedeutet, dass sein

Vater in letzter Zeit immer mehr trinkt. Dass die im Frühjahr anstehende Fusion ihn – und die ganze Unternehmensführung – unter riesigen Druck setzt.

»Sie werden mir schon nicht auf die Nerven gehen«, sagt Laura und setzt sich zwischen Axel und Erik auf die mit einem Rentierfell gepolsterte Bank. »Aber wenn ich jetzt sozusagen einer von euch Kerlen bin, könnte ich vielleicht auch ein Kerle-Getränk bekommen.«

Erik Raulo zögert kurz.

Simo bellt ein paar Mal, sein Blick ist auf den Wald gerichtet, wo die Langohren auf ihre Jäger warten.

»Keine Sorge. Ich bin schon achtzehn«, lacht Laura.

Erik nimmt eine Flasche aus dem blauen Bierkasten im Schnee und öffnet sie. Sein Lächeln ist gleichzeitig väterlich und irgendwie obszön.

»Schon gut. Wir haben auch die Jungs nie nach ihren Papieren gefragt«, entgegnet er und hält Laura die Flasche hin. Sie stoßen an. *Skål.*

»Danke«, sagt Laura und nimmt einen langen Schluck. Die Art, wie sie gestikuliert, redet und Bier trinkt, zeugt von Routine.

Eliel Zetterborg lächelt zustimmend und blickt dann auf seine laminierte Geländekarte.

»Superbowl«, flüstert Alex.

Hjalmar hat ihn nicht gehört, merkt aber, dass Axel ihn ansieht.

»Was?«

»Die Show hat begonnen«, sagt Axel breit lächelnd. »Superbowl.«

Hjalmar spürt, wie der Klumpen in seiner Brust wächst und Panik aufkeimt. Nicht, weil er Angst hat, dass Laura nicht zurechtkommt, sondern weil ihre Gleichung ohnehin vollkommen falsch ist. Laura ist viel zu schön und nett, um seine Freundin zu sein. Sie bringt die Männer – die jungen und auch die älteren – dazu, sie auf eine gewisse Art anzusehen, und Hjalmar ist sich sicher, dass sie es mit jeder Faser genießt. So ist sie, ein absolut vorurteilsloses Naturkind, das eine befreite Sexualität ausstrahlt und für die Welt und neue Begegnungen offen ist. Ihren eigenen Worten nach hat Laura vor Hjalmar fünf Sexpartner gehabt, trotzdem hat sie Hjalmar Zeit gelassen, sich in Ruhe auf ihr erstes Mal vorzubereiten. Manchmal graut es ihn bei dem Gedanken, dass so viele Jungen mit seiner Freundin geschlafen haben, während er selbst nicht dazu fähig ist. Er begehrt Laura, das glaubt er jedenfalls. Aber die Begierde äußert sich nicht so, wie sie sollte. Wenn er Lauras nackten Körper betrachtet, bekommt er keine solche Erektion wie bei der Selbstbefriedigung in seinem Zimmer in der Puistonkatu.

Die Situation ist unerträglich und quälend. Es ist ein Wettlauf gegen die Zeit, denn wenn sie es nicht bald tun, wird Laura ihn bestimmt verlassen oder sich mindestens einen Jungen suchen, der einen hochkriegt. Und dann wäre Hjalmar wieder der Loser, der er in seiner ganzen Teenagerzeit gewesen ist, und hätte obendrein ein neues Kreuz zu tragen: Bald würden alle von seiner sexuellen Unfähigkeit wissen.

Ein dumpfes Geräusch lässt Hjalmar aufschrecken. Erik Raulo bläst mit geblähten Backen in ein Jagdhorn. Die anderen lachen. Eliel Zetterborg erklärt die Jagd für eröffnet.

Showtime.

43

Es ist fünf vor zwölf, der hellste Moment des Tages. Hjalmar sitzt am Lagerfeuer und klatscht seine Skihandschuhe gegeneinander. Der Frost beißt ihn in die Wangen. Da es nur einen Jagdhund gibt, haben sie beschlossen, zwei Streifen zu bilden, die abwechselnd in den Wald gehen und ihr Glück versuchen. Die erste Streife besteht aus den jungen Männern: Hjalmar, Hasse und Axel. Auf ihrer anderthalbstündigen Tour haben sie jedoch keinen einzigen Hasen zu Gesicht bekommen.

Als sie ans Lagerfeuer zurückgekehrt waren, ist die Streife der gestandenen Männer losgezogen: Eliel, Erik und Gunnar, begleitet von Laura, die Erik Raulo im Spaß zur unbewaffneten Militärbeobachterin ernannt hat.

»Sie macht sich gut«, sagt Axel, blickt sich verstohlen um und holt eine Zigarettenschachtel aus der Jackentasche. Hjalmar lehnt die angebotene Zigarette ab, während Hasse sich eine aus der Schachtel fischt.

»Laura?«, fragt Hjalmar, als in der frischen, kalten Luft ein Streichholz angerissen wird. Axel nickt und zieht an der Zigarette, bis ihre Spitze rot glüht.

»Mein Vater mag es nicht, dass ich rauche«, wechselt Axel das Thema und wirft das Streichholz ins Feuer. »Er meint, Rauchen wäre ein Zeichen von Schwäche. Wie jede andere Abhängigkeit auch. Man muss stärker sein.«

»Bist du von denen abhängig?«, fragt Hasse.

»Scheiße, natürlich nicht«, erwidert Axel selbstbewusst.

Hjalmar schweigt, denkt aber unwillkürlich, dass Axels Bemerkung über Abhängigkeiten eine boshafte Stichelei an Hasses Adresse ist. Das Alkoholproblem von Hasses Vater Erik scheint in der Führungsriege ein öffentliches Geheimnis zu sein. Hasse begnügt sich jedoch mit einem Schulterzucken und zieht unsicher an seiner Zigarette.

Aus dem Lagerfeuer ertönt ein mehrfaches, kräftiges Knallen. Hjalmar erinnert sich, dass sein Biologielehrer gesagt hat, Fichtenholz würde beim Verbrennen stärker knallen als andere Holzarten, weil das Harz erst bei hoher Temperatur aus dem Holz dringt. Und dann knallt es. Oder so ähnlich.

»Na?«, wendet sich Axel plötzlich an Hjalmar, als erwarte er die Antwort auf eine Frage, die Hjalmar nicht gehört hat.

»Was?«

»Wie ist es?«

»Was?«

Hjalmar weiß genau, worauf Axel hinaus will, hofft aber von ganzem Herzen, dass das Thema sich innerhalb der nächsten Sekunden verflüchtigt.

»Ihr habt doch wohl schon gebumst?«

»Na klar«, antwortet Hjalmar, und auf irgendeiner Ebene hat er nicht einmal das Gefühl zu lügen. Als wäre es tatsächlich passiert, nur weil es möglich ist. So verhält es sich ja – Laura hat ihren Wunsch geäußert, mit ihm zu schlafen. Er könnte Laura haben, wenn er es nur wollte. Wenn er nur dazu fähig wäre.

»Erzähl mal«, sagt Axel. Hinter der qualmenden Zigarette blitzen seine weißen Zähne auf.

»Kann ich nicht.«

»Aha, ein Gentleman. Verstehe«, erwidert Axel, und einen Augenblick lang scheint es, als wäre Hjalmars Verschwiegenheit ein hinreichender Grund, das Thema zu wechseln. Doch dann fällt Hjalmars Blick auf Hasse, der ins Feuer starrt und auf dessen Gesicht ein fast unmerkliches Grinsen liegt. Sein Mund wirkt ganz normal, aber seine Augen scheinen zu lachen. *Scheiße. Er weiß es. Alle wissen es.*

»Ich meine ja bloß, du hast eine Tussi, nach der sich alle die Finger lecken«, sagt Axel. »Sorgt das für Stress? Für Leistungsdruck?«

»Natürlich nicht«, antwortet Hjalmar und ist sich nicht sicher, ob er rot oder im Gegenteil totenblass geworden ist. Sein Körper befindet sich jedenfalls im Alarmzustand, und sein Herz hämmert wie wild.

»So was kann nämlich vorkommen. Vor allem bei gut aussehenden Tussis«, fährt Axel fort, und Hjalmar lacht lustlos auf.

Woher zum Teufel können sie es wissen? Hat Laura irgendwem davon erzählt? Natürlich! Ist doch klar, dass Mädchen mit ihren Freundinnen über diese Dinge reden. Und dann erzählen die Freundinnen es weiter, und irgendwann kommt es allen zu Ohren. Allen außer ihm selbst. Und wenn man genauer nachdenkt, passiert es vielleicht gerade jetzt. Der Kreis, der vor einem Monat unter der Bettdecke in Lauras Zimmer seinen Anfang genommen hat, schließt sich hier am Lagerfeuer auf die schlimmste denkbare Weise.

»Da wir gerade von Stress reden«, beginnt der am Rand der Bank sitzende Hasse und wirft seine nur halb aufgerauchte Zigarette in die Glut, die unter den Flammen glimmt. »Unsere Väter sind offenbar alle ziemlich geschafft.«

Hjalmar weiß nicht, warum Hasse ihm aus der Klemme hilft, packt aber die Gelegenheit, das Thema zu wechseln, sofort beim Schopf.

»Stimmt«, sagt er schnell, als Axel Hasse zweifelnd ansieht. »Meiner ist die ganze Zeit bei der Arbeit.«

»Große Dinge geschehen nicht von selbst«, erklärt Axel rätselhaft, nachdem alle drei eine Weile geschwiegen haben. Aus dem Fichtenwäldchen kommt lautes Krächzen. »Das sagt mein Vater immer. Und in dem Punkt hat er völlig recht.«

»Willst du später in der Firma deines Vaters arbeiten?«, fragt Hasse, obwohl er wissen muss, dass die Antwort auf der Hand liegt.

»Ich bin schon dabei«, brüstet sich Axel. Er füllt seinen Mund mit Qualm, den er langsam durch die Nasenlöcher entweichen lässt. Die kalte Luft lässt den Rauch dick und wie eine seltsame Flüssigkeit aussehen. »Wenn die Fusion im Frühjahr über die Bühne geht, ist EZEM Pipes das größte Unternehmen der Branche in ganz Europa«, fährt er fort. »Irgendwann wird es das größte der Welt sein. Ich habe fest vor, das zu erleben. Ich werde dafür sorgen, dass es so kommt.«

Axels Worte verströmen eine unerklärliche Kraft, er spricht entschlossen und trotzig. Hjalmar und Hasse nicken stumm. Axel scheint zu wissen, wovon er spricht, obwohl er sich gerade erst auf die Abiturprüfungen vorbereitet und noch keinen einzigen Tag im Berufsleben hinter sich hat. Ganz offensichtlich wird er bereits trainiert, damit er eines Tages die Stelle seines Vaters an der Spitze des Unternehmens übernehmen kann.

Hjalmar kennt die Gesetzmäßigkeiten des Geschäftslebens so gut wie gar nicht, obwohl die Abendessen im Familienkreis als Lehrgang durchgehen könnten – an den wenigen Abenden, an denen sein Vater rechtzeitig zum Abendessen nach Hause kommt. Die Gespräche am Esstisch drehen sich immer um Vaters Arbeit: um die EZEM Pipes und deren seit Langem geplante Fusion mit irgendeiner großen westdeutschen Komponentenfirma. Wie die beiden sich in naher Zukunft gegenseitig schlucken und ein mächtiges Ganzes bilden werden, das Realest oder so ähnlich heißen wird. Mitunter sagt Hjalmars Mutter, sie halte es nicht mehr aus, sie sei einsam, und auch die Kinder würden darunter leiden, dass Gunnar nie zu Hause ist. Dass Vater und Mutter sich nie streiten, macht die Situation noch bedrückender. Es könnte wohltuend sein, die Gefühle laut herauszuschreien, die lange angestaute Stille zu durchbrechen. Aber die Eltern sprechen immer ruhig. Immer über Vaters Arbeit. Sie sprechen, als wären Hjalmar und seine kleine Schwester gar nicht da. Niemand fragt, was Hjalmar von all dem hält. Und mit welchen Krisen er selbst sich herumschlägt.

»Eliel vertraut euren Vätern. Deshalb arbeiten sie so verdammt viel«, sagt Axel. Seine Stimme klingt jetzt viel wärmer, es ist, als würde er mit jüngeren Brüdern sprechen, die über die Herausforderungen des Erwachsenwerdens nachdenken.

Plötzlich spürt Hjalmar den Wunsch, ihnen alles zu erzählen: dass er vielleicht nie mit Laura schlafen kann, und womöglich auch mit keinem anderen Mädchen. Dass er es zwar will, aber einfach nicht kann. Er möchte alles aussprechen, was ihn nachts wachhält. Er weiß jedoch, dass er das nie im Leben schaffen wird. Das Geheimnis wird für immer in ihm gefangen sein. Natürlich ist es möglich, dass die Beklemmung verschwinden würde, wenn er ernsthaft versuchen würde, die seltsamen Gedanken zu vernichten, die ihn von innen auffressen. Vielleicht handelt es sich nur um etwas, was in einer Fernsehsendung als *Phase* bezeichnet wurde, von denen es im Leben junger Menschen angeblich mehrere gibt. Vielleicht kann er irgendwann so sein wie alle anderen. Vielleicht kommt alles in Ordnung.

»Aber um noch mal auf das vorige Thema zurückzukommen«, sagt Axel, wirft seine Kippe ins Feuer und sieht Hjalmar an. *Verdammt, jetzt kann ihn nichts mehr retten.* Hjalmar umklammert seine Bierflasche.

»Ich bin nicht ganz …«

Und da hören sie ihn, den Schuss, der im Wald fällt und eine Weile in der vollkommenen Stille nachhallt.

44

2020

Axel Zetterborgs Wohnzimmer ist voller Jagdtrophäen. Unter dem Couchtisch liegt ein großes Bärenfell. Unter dem halben Dutzend Köpfen an den Wänden erkennt Jusuf einen Elch, ein Wildschwein und einen Weißwedelhirsch. Die anderen gehörnten Tiere sehen exotischer aus, sie wurden vielleicht in irgendeinem fernen Winkel der Welt erlegt. Jusufs Magen knurrt. Es ist schon fast drei Uhr, und er hat keine Zeit gehabt, zu frühstücken oder zu Mittag zu essen. Aus irgendeinem Grund macht der Anblick der ausgestopften Tiere ihn noch hungriger. Nina ist bestimmt zum Essen in das neue Taco-Lokal gegangen, denkt er. Er hat seine Kollegin vor einer Weile am Bahnhof abgesetzt.

»Das ist ja wirklich seltsam«, sagt Axel Zetterborg. Er betrachtet und zoomt das Foto auf dem Display des Tablets.

»Haben Sie eine Ahnung, wer die beiden anderen Personen auf dem Bild sein könnten?«, fragt Jusuf und setzt sich in den schwarzen Ledersessel gegenüber von Axel. Der Sessel ist trotz seiner abweisenden Form überraschend bequem und war vermutlich verdammt teuer.

Während Axel über die Antwort nachdenkt, blickt Jusuf sich um. Durch die Wohnzimmerfenster des Eigenheims im nordwestlichen Teil der Insel Kulosaari sieht man die Bucht Vanhankaupunginselkä und dahinter das Gebiet Verkkosaari, das sich in wenigen Jahren von einem fast unbebauten Hafengelände in einen urbanen Stadtteil mit über hundert Meter hohen Hochhäusern verwandelt hat.

Axel Zetterborg untersucht das Foto, als würde er ernsthaft versuchen, sich etwas Wichtiges ins Gedächtnis zu rufen. Der fast fünfzigjährige Unternehmensleiter ist schlank, seine dichten schwarzen Haare sind an den Schläfen nur leicht ergraut. Der Rücken des hochgewachsenen Mannes ist leicht gekrümmt, und sein Nacken schiebt sich auch dann vor, wenn er im Sessel sitzt.

»Mein Vater ist sein Leben lang auf die Jagd gegangen«, sagt Axel und blickt kopfschüttelnd von dem Tablet auf.

»Mit wem?«

Axel lässt ein sorgfältig einstudiertes Lächeln aufblitzen, das wohl signalisieren soll, dass Jusuf gerade etwas Amüsantes gesagt hat.

»Mit allen«, erwidert er und lässt das Lächeln wieder verschwinden. »Im Lauf der Jahre haben die Leute gewechselt, aber für meinen Vater waren die Jagdausflüge eine Kraftquelle und gleichzeitig eine Bühne für große geschäftliche Entscheidungen. Wildschweine wurden das ganze Jahr über gejagt. Im Winter wurden Vögel und Hasen geschossen, im Herbst Geweihträger. Ich war von klein auf dabei.« Er lässt den Blick über die Trophäen im Zimmer wandern.

Jusuf trommelt mit den Fingern lautlos auf der Sessellehne. Mit den verschiedenen Arten von Wild und den Jagdzeiten kennt er sich aus. Er ist in Söderkulla geboren und aufgewachsen, und zu Hause kam nur Wildbret auf den Tisch. Zweimal hat er sich einen Sprung im Eckzahn geholt, als er auf eine Schrotkugel im Hasenfleisch gebissen hat. Im Sommer schmeckte das Elchragout immer ein wenig nach Gefriertruhe. Ja, das alles ist ihm bestens bekannt.

»Wo fanden die Jagden statt?«, fragt er.

»Meistens in Ouninpohja, wo wir ein wenig Land besitzen. Von Helsinki gut zweihundert Kilometer Richtung Jyväskylä.«

»Wurde die Aufnahme dort gemacht?«

Axel lacht freudlos auf. »Die Frage kann ich wirklich nicht beantworten. Im Hintergrund sieht man nur Wald.« Jusuf nickt. Er hat das Foto selbst lange genug betrachtet.

»Können Sie sagen, wie alt Ihr Vater auf dem Bild ist?«, fragt er. »Fünfzig?«

»Höchstens«, antwortet Axel und blickt erneut auf das Bild. »Vielleicht auch jünger.«

»War es üblich, im Wald Polaroidfotos zu machen?«

Axel schüttelt den Kopf.

»Ich glaube nicht. Ich erinnere mich nicht, dass ich jemals welche gesehen hätte.«

»Es ist aber möglich, dass Sie bei dem fraglichen Jagdausflug dabei waren?«

»Natürlich. Ich war ja fast immer dabei«, sagt Axel und zieht die Unterlippe zwischen die Zähne. Das tut er ständig, vielleicht, um nachdenklich zu wirken.

»Jährlich gab es also Dutzende von Jagdausflügen nach Ouninpohja, und die Teilnehmer wechselten«, resümiert Jusuf, um Axels Gedächtnis auf die Sprünge zu helfen.

»Ja«, antwortet Axel und reicht Jusuf das Tablet, als hätte er nun lange genug auf das Bild gestarrt.

Jusuf betrachtet es eine Weile, schaltet den Monitor aus und sieht sein Spiegelbild auf der schwarzen Fläche.

»Sie haben gesagt, im Wald wurden große geschäftliche Entscheidungen getroffen. Es waren also Chefs von RealEst dabei?«

Axel nickt.

»Nicht immer, aber ziemlich oft.«

»Erinnern Sie sich an Namen?«

»Hören Sie. Ich möchte nicht unfreundlich oder unkooperativ sein«, sagt Axel Zetterborg und hebt die Hand. »Ganz im Gegenteil … Natürlich will ich, dass der Kerl gefunden wird, der meinem Vater das angetan hat.«

»Aber?«

»Aber in meiner Jugend und danach waren bei RealEst Dutzende Chefs tätig, Hunderte, wenn man die mittlere Etage mitzählt. Und mein Vater konnte fast jeden aus der Firma einladen, von dem er meinte, er hätte es verdient. Die Jagdausflüge waren eine Art Belohnung für gute Arbeit, und viele fanden es erstrebenswert, eingeladen zu werden. Ich kann Ihnen also versichern, dass die Liste derjenigen, die im Wald dabei waren, wirklich lang ausfällt, und dass es keine leichte Aufgabe ist, sie zu erstellen.«

»Verstehe«, sagt Jusuf und sieht seinem Gegenüber in die Augen. Er ist nicht direkt anderer Meinung als Axel, aber dessen arrogante Art ärgert ihn. Außerdem interessiert ihn nicht, ob die Aufgabe leicht ist oder nicht; er will herausfinden, wer Eliel Zetterborg ermordet hat.

»Wäre Ihr Vater bereit gewesen, mit Führungskräften der zweiten Riege zu posieren?«, fragt er und blickt wieder aus dem Fenster. Der Rasen des großen Ufergrundstücks sieht grau aus.

»Warum nicht. RealEst war nie ein besonders hierarchisches oder ... wie soll ich sagen ... klassenbewusstes Unternehmen – wie zum Beispiel die entsprechenden japanischen Konzerne oder die deutsche Firma, die wir gekauft haben. Ich habe Fotos gesehen, auf denen mein Vater sogar mit Fabrikarbeitern posiert.«

»*Sogar* mit Fabrikarbeitern?«

»Sie wissen bestimmt, was ich meine«, quittiert Axel Jusufs Bemerkung und streckt die Hand nach der Kaffeetasse auf dem Couchtisch aus. Jusuf blickt sich im Zimmer um. Das Haus ist wohl ein paar Jahrzehnte alt, frisch renoviert und gemütlich. Die Fenster zum Meer sind nicht übertrieben groß, dadurch wirkt das Haus anheimelnd, obwohl es auf zwei Etagen sicher drei- oder vierhundert Quadratmeter umfasst. Es scheint absurd, dass Jessica sich so ein Haus leisten könnte.

»Mein Vater konnte allerdings auch hochmütig sein. Er hat zum Beispiel Joonas Lamberg als seinen Wachhund bezeichnet. Natürlich hat er ihm das nicht direkt ins Gesicht gesagt, aber trotzdem. ›Der Hund hat dies gemacht, der Hund hat das gemacht.‹«

»Hunde sind wir Polizisten ja. Sowohl die ehemaligen als auch die jetzigen«, versetzt Jusuf. Axel scheint seine Worte zu bereuen.

»Na, ich habe das nie mitgemacht«, erklärt er und faltet die Hände im Schoß.

»Sie verstehen sicher, warum ich diese Fragen stelle«, sagt Jusuf. »Es ist wichtig, dass wir die beiden Personen finden, die mit Ihrem Vater auf dem Foto zu sehen sind.«

Axel Zetterborg scheint die Zunge über die Innenseite seiner Wange wandern zu lassen. Dann schluckt er und wird ernst.

»Sie müssen sie finden, weil Sie befürchten, dass ihnen etwas zugestoßen ist?«

»Zugestoßen ist oder zustoßen wird. Es kann aber auch um etwas gehen, was nur diese beiden wissen«, antwortet Jusuf und steht auf. »Deshalb bitte ich Sie, die Namen aller Personen aufzuschreiben, die Sie im Lauf der Jahre im Wald gesehen haben. Und mir die Liste zu mailen. *As asap as possible.*«

»Für die ganzen vierzig Jahre?«

»Wie Sie es für richtig halten. Der Fokus liegt natürlich auf der Zeit, in der das Foto vermutlich gemacht wurde. Vor zwanzig oder dreißig Jahren.«

»Na schön. Ich tue, was ich kann«, verspricht Axel. Plötzlich wirkt er nachdenklich.

»Was ist?«

»Kann ich das Foto noch einmal sehen?«

Jusuf schaltet das Display ein und reicht ihm das Tablet.

»Die Uhr«, sagt Axel und zeigt auf die goldene Armbanduhr am Handgelenk seines Vaters.

»Was ist damit?«

»Vacheron Constantin Geneve. Vielleicht der größte Schatz meines Vaters. Er hat sie nur zu besonderen Anlässen getragen«, erklärt Axel und gibt das Tablet zurück. »Sonst lag sie immer fest verschlossen im Safe.«

Jusuf wirft einen kurzen Blick auf das Bild, bevor er sich das Tablet unter den Arm klemmt. Diese Uhr wurde in der letzten Nacht vom Handgelenk des Opfers genommen und wartet jetzt in einem durchsichtigen Beutel in der Indizienkammer in Pasila darauf, untersucht zu werden.

Das 50-jährige Jubiläum der RealEst kann zweifellos als besonderer Anlass gelten, aber könnte dieses Detail noch eine andere Bedeutung haben?

»Da wir gerade vom Safe sprechen«, sagt Jusuf. »Kennen Sie die Kombination?«

Axel bricht in freudloses Lachen aus.

»Wie gesagt, wirklich nicht. Es ist ein von der EZEM Pipes hergestellter, integrierter Superschrank aus der Zeit, als die Firma auch Tresore produziert hat. Fort Knox in Ullanlinna. Das gute Stück lässt sich nicht mal mit Sprengstoff öffnen.«

Jusuf lächelt, obwohl das Ganze nicht zum Lachen ist.

»Treffen die Gerüchte zu?«, fragt Axel und klopft mit den Fingern auf den geschnitzten Löwenkopf an der Armlehne seines Sessels. »Wird Niklas Fischer als Mörder meines Vaters verdächtigt?«

Jusuf steckt die Hände in die Taschen und mustert den Mann, mit dem er nichts gemein zu haben scheint. Axel Zetterborg ist alles in allem ein salonfähiger und gebildeter Mann, aber unter seiner aufgesetzten Freundlichkeit verbergen sich die Illusion von Überlegenheit und eine unangenehme Gefühlsarmut. Ein verdammter, verwöhnter Narzisst.

»Schicken Sie mir die Liste so bald wie möglich«, sagt Jusuf, und Axel hebt die Hand zu einem trägen militärischen Gruß.

45

Schon von Weitem hört Nina auf dem Flur ein klopfendes Geräusch, das sich nähert und als dessen Ursache sich das ungewöhnliche Schuhwerk der Hauptkommissarin Helena Lappi entpuppt. Die flachen Pumps, die sie trägt, unterstreichen den professionellen Eindruck, den das eng anliegende Kostüm vermittelt. Die Sonntagskleidung hat durchaus ihren Grund, denn nach einer kurzen Pause hat die Hauptkommissarin heute viel Zeit im Blitzlichtgewitter verbracht.

»Ruska«, sagt Hellu und bleibt hinter Ninas Trennwand stehen. »Würdest du mal nach da drüben kommen?«

Sie nickt zu ihrem Büro hin.

Nina steht langsam auf und folgt ihr.

Hinter den Trennwänden verdrehen sich die Köpfe, und die Blicke folgen dem Zug der beiden.

»Mach die Tür zu«, sagt Hellu und setzt sich an ihren Schreibtisch. Nina tut wie geheißen. Dann heftet sie den Blick auf die Wackelfigur, die den Staatspräsidenten Sauli Niinistö darstellt und deren übergroßer Kopf am Rand des Glastisches wackelt. Ein ganz neues Element im Büro der Hauptkommissarin, die Autoritäten respektiert und graue Eleganz schätzt.

»Am zweiten Whiskyglas wurde offenbar nichts gefunden?«, fragt Hellu.

Nina schüttelt den Kopf.

»Nur Eliel Zetterborgs eigene Fingerabdrücke.«

Hellu zuckt die Schultern.

»Na, alles andere wäre ja auch ein ziemlicher Lottogewinn gewesen.«

Während der kurzen Stille, die folgt, überlegt Nina, ob Hellu kein wichtigeres Anliegen hat. Doch dann zieht die Hauptkommissarin eine Schreibtischschublade auf.

»Du hattest mich gebeten, Informationen über die Kindesentführung herauszusuchen«, sagt sie und reicht Nina einen zusammengehefteten Papierstapel. Dann faltet sie die Hände und fährt fort: »Im Dezember 2009 hat ein Mann namens Kenneth Guranov ein Mädchen auf dem Schulweg entführt und von den Eltern hunderttausend Euro Lösegeld gefordert. Ein Kleinkrimineller, der im Milieu unter dem Namen Känguru bekannt war.«

»Ein treffender Spitzname«, meint Nina und nimmt am anderen Ende des Schreibtischs Platz.

»Du sagst es. Jedenfalls war die Entführung mangelhaft geplant, die Polizei kam dem mutmaßlichen Täter fast sofort auf die Spur. Man beschloss jedoch, dass zuerst das Lösegeld gezahlt werden sollte, damit man das Kind vor der Verhaftung des Mannes in Sicherheit bringen konnte. Und dann sollte zugeschlagen werden.«

»Aber Känguru kam beim Zugriff des Einsatztrupps ums Leben?, fragt Nina. Hellu nickt.

»Im Holzschuppen eines verfallenen Einfamilienhauses in Tattarisuo. Joonas Lamberg gab in seinem Bericht an, er habe die Tür aufgemacht und gesehen, dass auf dem Sofa ein Mann saß und mit einer Pistole auf ihn zielte. Ein tödlicher Schuss in den Oberkörper. Die interne Ermittlung kam aber zu dem Schluss, dass Lamberg nicht gegen die Anweisungen gehandelt, sondern in Selbstverteidigung geschossen hat. Manchmal ist eine solche Gewaltmaßnahme begründet, ganz besonders bei einer Mission des Einsatztrupps«, sagt Hellu und nimmt die Lesebrille ab.

»Okay.«

»Bemerkenswert an der Sache ist, dass der Vater des Mädchens damals in der Führungsgruppe der RealEst tätig war«, fügt Hellu hinzu. Sie blickt nachdenklich aus dem Fenster.

»Tatsächlich? Ein seltsamer Zufall …«

»… der eigentlich kein Zufall ist. Ich habe mit einem alten Bekannten bei der Sicherheitspolizei gesprochen, der zu berichten wusste, dass gerade die Ereignisse in Tattarisuo dazu geführt haben, dass Lamberg Eliel Zetterborgs persönlicher Chauffeur und Leibwächter wurde. Offenbar wollte Zetterborg einen Mann als Leibwächter, der nicht zögert, hart durchzugreifen. Und Lamberg hatte ja dazu beigetragen, dass der Entführer der Tochter eines Mitarbeiters von RealEst bekam, was er verdiente.«

»Das klingt irgendwie … gangsterhaft. Ein bisschen wie Luca Brasi in *Der Pate* …«

»Oder es ist genau das, wonach es aussieht. Ihr könnt diesen Lamberg natürlich noch mal befragen, aber der Zeitpunkt des Notrufs und die Tonaufnahme der Notrufzentrale stützen seine Aussage. Zusätzlich habe ich auf Jusufs Bitte die russische Botschaft um die Aufzeichnungen ihrer Überwachungskamera gebeten. Ich denke, dass wir sie in den nächsten zwei Stunden bekommen. Und wenn darauf zu sehen ist, dass Lamberg noch im Wagen sitzt, als Zetterborg bei der Notrufzentrale anruft …«

»Kann er nicht der Täter sein«, ergänzt Nina, und Hellu nickt.

46

Jusuf lässt sich auf den Fahrersitz fallen und schließt die Tür. Die Müdigkeit pocht in seinen Schläfen, aber er darf jetzt nicht aufhören. Irgendetwas in seinem Innern versichert ihm, dass sie der Lösung von Stunde zu Stunde näher kommen. Andererseits wird es umso schwieriger, die Tat aufzuklären, je länger sie zurückliegt.

Zudem hat Jusuf das Gefühl, dass der Verlauf der Ermittlung nicht von ihm gelenkt wird, sondern von Eliel Zetterborgs Mörder, der irgendwo frei herumläuft und sich Faust nennt.

Das Puzzle, der UV-Stift und das zerkratzte Foto – alles wurde so arrangiert, dass die Polizei darauf stößt. Offenbar handelt es sich wieder um eine Art Katz-und-Maus-Spiel, bei dem der Täter der Polizei Informationsbröckchen zuwirft und von seinem Versteck aus beobachtet, wie die Ermittler sich auf sie stürzen.

Verdammt. Vielleicht sollten sie ihre Kräfte auf alles andere konzentrieren als darauf, worauf der Täter sie mit der Nase stößt. Er hat wohl kaum die Absicht, die Polizei auf seine eigene Spur zu führen, sondern will das Durcheinander eher vergrößern. Aber im Moment gibt es keine anderen Hinweise.

Jusuf fühlt sich dumm. Und einsam.

Anna.

Er holt das Handy aus der Tasche und wählt die Nummer, die er schon vor langer Zeit auswendig gelernt hat. Es tutet ein paar Mal, dann hört er Annas Stimme. Sie klingt gleichzeitig fremd und so vertraut wie nichts anderes auf der Welt.

»Hallo«, sagt er und merkt, dass sein Puls sich beschleunigt. Er dreht den Zündschlüssel, der Motor springt an.

»Hallo. Schön, dass du anrufst.«

»Ich hab's heute früh schon mal versucht ... Hier ist im Moment schwer was los, deswegen bin ich erst jetzt dazu gekommen, es wieder zu probieren.«

»Macht nichts«, sagt Anna, dann verstummt sie. Sie erkundigt sich nicht nach Jusufs Arbeit. Vielleicht gehören solche Fragen der Vergangenheit an, obwohl Jusuf gern hören würde, dass Anna sich immer noch für seinen Alltag interessiert. Für ihn.

»Du hast mir letzte Nacht eine Textnachricht geschickt, aber es war offenbar nichts Akutes?«

Abwartende Stille.

»Anna?«

»Hättest du Zeit, mich zu treffen?«

Jusuf weiß nicht, was er sagen soll. Er würde gern fragen, warum Anna ihn plötzlich treffen will, nachdem sie ihm monatelang aus dem Weg gegangen ist, doch die Frage erscheint ihm irgendwie plump und unhöflich.

»Du überlegst, warum«, sagt Anna schließlich. Sie kennt Jusuf besser als irgendwer sonst.

»Ja. Es wäre natürlich schön, aber ... Ich hab im Moment wahnsinnig viel am Hals.«

»Okay. Muss nicht sein«, erwidert Anna, und Jusuf spürt einen Kloß im Hals.

Don't become a stranger.

»Aber, ich meine, gibt es etwas ...«

»Ja«, sagt Anna, ohne zu zögern. Ihre Stimme klingt distanziert. »Ich wollte, dass du es von mir erfährst. Nicht auf Instagram oder …«

Jusuf reibt sich den Adamsapfel, um das erstickende Gefühl zu vertreiben.

»Du hast einen neuen Freund«, sagt er schnell und bemüht sich, unbekümmert zu wirken. »Das hatte ich mir schon gedacht, weil wir eine ganze Weile keinen Kontakt hatten.«

Anna schweigt.

In Gedanken hat Jusuf sich schon mit der Möglichkeit auseinandergesetzt, dass es so kommt. Im Grunde war es ja unausweichlich: Natürlich lebt Anna ihr Leben weiter. Aber jetzt ist er vielleicht doch überrascht, dass sie eine neue ernsthafte Beziehung eingeht, obwohl seit dem Ende ihres langjährigen Zusammenseins erst einige Monate vergangen sind. Um etwas Ernsthaftes muss es sich ja handeln, wenn Anna ihn extra anruft.

»Ich freue mich für dich«, sagt Jusuf und merkt, dass er es wirklich so meint.

In die Stille, die dem Satz folgt, mischt sich jedoch etwas Seltsames, eine Art wortlose Abbitte, die Annas leiser Seufzer begleitet.

»Ja, aber es gibt noch was anderes«, sagt Anna.

Jusuf spürt einen Stich im Herzen. Seine freie Hand umklammert den Schaltknüppel. Sein Fuß tritt auf das Bremspedal.

»Natürlich«, antwortet er, denn er weiß genau, was Anna als Nächstes sagen wird.

Und trotzdem treffen ihn ihre Worte wie der rechte Haken eines Profiboxers.

»Es ist alles so schnell gegangen … Ich hätte dich gern getroffen, um es dir zu erzählen …«

Die Klimaanlage brummt ungewöhnlich laut. Jusufs Ohren sind wie verstopft. Einen Augenblick lang glaubt er, ohnmächtig zu werden.

»Jusuf? Sag doch was.«

Er murmelt irgendetwas und legt das Handy weg.

Minuten vergehen, und als Jusufs Tränen schließlich versiegen, weiß er nicht mehr, mit welchen Worten sie das Gespräch beendet haben.

47

Jami Harjula legt beide Hände um die Stange im Türstock zur Küche und macht ein paar Klimmzüge. Eins, zwei, drei. Breiter Obergriff. Besonders viele würde er mit seiner derzeitigen Kondition wahrscheinlich nicht schaffen, also beschließt er aufzuhören, solange er noch bei Kräften ist.

Wenn er sich wenigstens einmal in der Woche in den Fitnessraum des Polizeigebäudes bequemen oder jedes Mal, wenn er sich einen Kaffee holt, ein paar Klimmzüge machen würde, könnte er seine Kondition bis zum Sommer erheblich verbessern. Wäre das die Lösung für seine häuslichen Probleme? Sich die Fettpolster abzutrainieren wie Jusuf und Nina? Dazu müsste er allerdings seine Essgewohnheiten umstellen, und dafür ist das Leben viel zu kurz.

»Entschuldige«, sagt Rasmus hinter ihm.

Harjula dreht sich um, die Hände in die Seiten gestemmt, und betrachtet seinen mehr als einen Kopf kleineren Kollegen. Die Begegnung verschafft ihm ein willkommenes Überlegenheitsgefühl. Immerhin ist er nicht in so schlechter Verfassung wie Rasmus, der noch nie fit genug gewesen ist, um die Konditionstests der Polizeischule zu schaffen.

»Jederzeit, Susikoski.«

»Du kennst dich doch mit Waffen aus …«, beginnt Rasmus, und Harjula spürt, wie sein Interesse erwacht. Ja, er kennt sich mit Waffen aus. Tatsächlich weiß er erstaunlich viel über alles, was irgendeine sichtbare Mechanik enthält: Autos, Boote, Motorräder, Waffen … Dagegen gleicht die Datentechnik einem Zug, auf den er schon vor zwanzig Jahren hätte aufspringen müssen, um den Anschluss nicht zu verpassen. Mitunter fühlt er sich uralt, weil er es versäumt hat, sein technisches Know-how den Anforderungen des neuen Jahrtausends anzupassen.

»Ja, darüber weiß ich einiges«, antwortet er gähnend.

Rasmus reicht ihm einen Bogen Papier mit einem ausgedruckten Foto.

»Jusuf und Nina haben das hier in der Kommode in Zetterborgs Schlafzimmer gefunden. Der Täter wollte, das die Polizei es entdeckt.«

»Na sowas …«, flüstert Harjula und streicht mit seinem großen Daumen über die unkenntlich gemachten Gesichter. Das Bild erinnert ihn an irgendeinen Film, einen Thriller, in dem eine unter Zwangsvorstellungen leidende Stalkerin sich ihre eigene Wirklichkeit schafft, indem sie Personen, die nicht zu ihrer Agenda passen, aus Fotos entfernt. *Bunny boiler* oder so ähnlich.

»Jusuf meint, wir müssen irgendwie herausfinden, wer die gesichtslosen Männer sind. Und es gibt eigentlich keine anderen Hinweise als die Jagdkleidung, die man auf dem Foto sieht, und …«

»… die Gewehrläufe hinter den Rücken?«

»Ja«, sagt Rasmus.

Harjula dreht sich um, zieht einen Stuhl unter dem Küchentisch hervor und setzt sich. Er analysiert das Bild auf seine typische Art: lange und eingehend.

»Also, erstens sind das alles Schrotflinten«, erklärt er schließlich. »Die Leute sind also auf der Jagd nach Vögeln oder kleinen Säugetieren. Und im Wald im Hintergrund liegt Schnee, was darauf hindeutet, dass es sich um Fasanen- oder Auerhahnjagd handeln könnte. Füchse, Hasen … Oder irgendwas in der Art.«

Rasmus hat seinen Notizblock gezückt und schreibt alles auf, was er hört. Die Situation ist äußerst befriedigend für Harjula: Rasmus braucht endlich einmal seine Hilfe und nicht umgekehrt. Allerdings wird er Harjulas Vorlesung über das Thema in seinem riesigen Schädel speichern und ihn kein zweites Mal fragen.

»Was noch? Kannst du etwas Genaueres über die Schrotflinten sagen?«, fragt Rasmus wie ein Reporter, der auf eine Sensationsnachricht gestoßen ist.

»Warte mal …«

Jami Harjula hält sich das Bild näher vor die Augen, und seine anfängliche Begeisterung verwandelt sich schlagartig in Frustration. Von Zetterborgs Waffe – die in diesem Fall offenbar nicht einmal die wichtigste ist – sieht man nur einen Teil der Mündung. Bei dem rechts von ihm stehenden Mann ist der Lauf teilweise mit dem Gesicht verschwunden, sodass man mit Sicherheit nur sagen kann, dass es sich um ein Gewehr mit zwei übereinander angeordneten Läufen handelt. Die Waffe der dritten Person ist dagegen ausgesprochen deutlich zu sehen, aber Harjula kann sie absolut nicht einordnen.

»Scheiße, so eine Schrotflinte habe ich noch nie gesehen.«

»Tatsächlich nicht?« Rasmus streut unbeabsichtigt Salz in die Wunde.

Harjula schüttelt den Kopf und akzeptiert seine Niederlage. Er hat in Dutzenden von Fachbüchern geblättert und zahllose Youtube-Videos zum Thema gesehen, aber der Lauf der Waffe, der auf dem Foto zur Hälfte sichtbar ist, sagt ihm nichts. Er ist in vielerlei Hinsicht völlig einzigartig.

»Schick mir eine Vergrößerung von der da«, sagt er und zeigt auf die rätselhafte Waffe. »Ich frage einen Bekannten, der bei Sako arbeitet. Wenn der nicht weiß, was das für eine Waffe ist, dann hat die Person auf dem Foto sie selbst entworfen und gebaut.«

48

Jusuf tritt im vierten Stock des Polizeigebäudes aus dem Aufzug und geht langsam zu seinem Schreibtisch. Die überraschende Neuigkeit, mit der Anna ihn überfallen hat, dröhnt immer noch in seinen Schläfen, und die Übelkeit hat seinen ganzen Körper erfasst. Als er mit glasigen Augen aufblickt, sieht er, wie ein hochgewachsener Mann aufsteht und ihm entgegenkommt.

Nein, verdammt, nicht ausgerechnet jetzt.

»Pepple«, sagt Jami Harjula mit tiefer Stimme und bleibt mit verschränkten Armen vor ihm stehen. Er hat die nervende Angewohnheit, seine Kollegen mit dem Nachnamen anzusprechen, als wären sie in ihre Zeit beim Wehrdienst zurückversetzt oder zur Reservistenübung beordert.

Gerade jetzt hat Jusuf keine Kraft für diesen Scheiß, für die auf Großtuerei basierende Dynamik des Polizeireviers. Plötzlich empfindet er alles als Fehler. Die Richtung seines Lebens. Die Trennung von Anna. Seine selbstgewählte Einsamkeit. Die Polizeilaufbahn.

»Harjula«, antwortet er verärgert, merkt aber gleich, dass er nicht die gewünschte Wirkung erzielt. Harjula war immer Harjula. Um ihn zu ärgern, müsste er ihn wohl *Jami* nennen.

»Susikoski hat mich gebeten, einen Blick auf das Foto zu werfen. Ich muss zugeben, dass ich keine der Waffen erkannt habe, aber der Lauf der Flinte, die der Typ auf der linken Seite trägt, hat meine Aufmerksamkeit gefesselt.«

»Okay, hast du was herausgefunden?«, fragt Jusuf und gießt sich am Automaten kaltes Wasser ein. Seine Kehle brennt, als wäre sie mit Sandpapier abgerieben worden.

»Hab ich«, antwortet Harjula voller Eifer. »Ich hab das Bild einem Experten gezeigt, und der hat nicht lange gebraucht …«

Harjula hält die grobkörnige Vergrößerung des Laufs hoch.

»Auf den ersten Blick ähnelt sie der halbautomatischen Remington 870, aber tatsächlich ist es ein viel selteneres Stück: eine vollautomatische 7188, zwölf Kaliber, desselben Herstellers. Sowas hat nicht jeder«, erklärt er. Jusuf glaubt beinahe, ein wenig Schaum in seinem Mundwinkel zu sehen. Harjula ist in seinem Element.

Nina hebt den Kopf über die Trennwand und steht gleich darauf neben Jusuf, um sich Harjulas Wortschwall anzuhören.

»Bist du bereit für den Höhepunkt?«, fragt Harjula.

»Ja.« Jusuf kippt sich Wasser in die raue Kehle. *Das bringt mich wenigstens auf andere Gedanken.*

»Die Remington 7188 ist ein selbstladendes Schrotgewehr, das die amerikanischen Navy Seals ursprünglich im Vietnamkrieg verwendet haben. Sie haben dann aber festgestellt, dass es unpraktisch ist, vor allem, weil es einen höllischen Rückstoß hat, aber auch, weil Schlamm und sonstiger Dreck schnell dazu führt, dass es blockiert – daher ist es im Dschungel nicht unbedingt die beste Waffe. Aber trotz allem ein tolles Ding. Und extrem selten.«

Jusuf schließt die Augen und versucht, die Informationen zu verinnerlichen.

»Das bedeutet also, dass es leichter ist, den Besitzer der Waffe zu finden …«

»Ich habe ihn schon gefunden«, sagt Harjula lächelnd. »Zwei Minuten, bevor du hereingekommen bist. Nach Finnland wurde, soweit bekannt, nur ein einziges Exemplar importiert. Es wurde schon 1984 auf einen Mann namens Erik Raulo zugelassen.«

»Erik Raulo«, flüstert Nina, doch der Name ist ihr unbekannt.

»Der frühere Leiter der juristischen Abteilung von RealEst«, erklärt Jami Harjula. »Hier, seine Adresse und seine Telefonnummer.« Er reicht Jusuf einen gelben Zettel. »Ein 75-jähriger Witwer. Wohnt allein am Munkkiniemenranta.«

Jusuf sieht zuerst Nina an und dann Harjula, der sich unversehens als Teamplayer entpuppt hat.

49

»Hast du die Adresse ins Navi eingegeben?«, fragt Jusuf Nina, während er sein Auto über die Rampe aus dem Keller des Polizeigebäudes nach oben lenkt. Der Motor des VW Golf läuft auf Hochtouren, bis Jusuf in den zweiten Gang schaltet.

»Fünfzehn Minuten.«

»Okay, ruf ihn noch mal an«, sagt Jusuf und lenkt den Wagen von der Pasilanraitio auf die Radiokatu. Nina hebt das Handy ans Ohr und vergewissert sich gleichzeitig, dass Jusuf in die richtige Richtung fährt. Sie dürfen keine Zeit verlieren.

Diesmal läuft keine Musik. Jusuf trommelt mit den Fingern auf das Lenkrad und hofft, dass er gleich Ninas Stimme hört. *Hier spricht Nina Ruska von der Polizei* und so weiter. Dass Erik Raulo sich meldet und sagt, es gehe ihm gut.

Das geschieht jedoch nicht.

Schließlich lässt Nina das Handy sinken und schüttelt seufzend den Kopf.

Jusuf rast bei Dunkelgelb über die Kreuzung und sucht auf seinem Handy eine neue Nummer heraus.

»Wen rufst du an?«

Jusuf antwortet nicht, sondern späht in die Ferne, auf den Verkehr, der sich vor der Hartwall-Arena staut, und auf die unzähligen roten Rücklichter. Die Rushhour hat noch nicht begonnen, die Ursache des Staus muss ein Unfall sein oder eine Baustelle, die eine Fahrspur versperrt.

Da hört er die Stimme am Telefon.

»Axel Zetterborg.«

»Jusuf Pepple von der Polizei. Wir haben vor einer Stunde miteinander gesprochen …«

»Ja, ich weiß. Ich habe Ihre Nummer extra gespeichert.«

»Kennen Sie einen gewissen Erik Raulo?«

Ein paar Sekunden lang ist es still. Doch irgendetwas an der Stille verrät, dass Axel die Zeit nicht verwendet, um in seinem Gedächtnis zu kramen, sondern um sich zu wappnen.

»Natürlich«, sagt er dann. »Er ist der persönliche Anwalt meines Vaters. Im Prinzip pensioniert, kümmert sich aber immer noch um alle Rechtsfragen. Jedenfalls bis gestern.«

»War Erik Raulo manchmal mit Ihrem Vater auf der Jagd?«

»Ja. Wer weiß wie oft. Ich bin gerade dabei, die Liste zu erstellen, und habe seinen Namen schon draufgesetzt …«

»Könnte der Mann auf dem Foto Raulo sein? Der auf der linken Seite?«

»Ich hab das Foto ja nicht mehr, aber … Ja, vielleicht.«

»Wann haben Sie zuletzt von ihm gehört?«

Wieder wird es still.

»Das kann ich nicht genau sagen. Vielleicht war er vor einigen Wochen in der Firma. Aber er kommt selten ins Büro, sondern arbeitet von zu Hause aus. Er ist ja nicht mehr bei der RealEst beschäftigt.«

»Vor einigen Wochen?«

»Ja …«

Axels Stimme hat sich verändert. Offenbar ist ihm gerade aufgegangen, worum es bei dem Anruf geht.

»Moment mal, Sie meinen doch nicht …«

»Axel, versuchen Sie Raulo zu erreichen. Wir sind auf dem Weg nach Munkkiniemi, um nachzusehen, ob dort alles in Ordnung ist. Rufen Sie mich an, wenn Sie etwas von ihm gehört haben.«

Jusuf beendet das Gespräch, legt das Handy auf die Mittelkonsole und umklammert das Lenkrad mit beiden Händen.

»Raulo ist immer noch Zetterborgs Vertrauensmann, obwohl er schon seit Langem nicht mehr im Dienst der RealEst steht«, berichtet er. »War er nach den gestrigen Ereignissen wohl auf der Hut?«

Nina antwortet nicht. Sie bindet ihre Haare zum Pferdeschwanz und setzt die Mütze auf.

»Zwölf Minuten. Sollten wir nicht doch eine Streife alarmieren?«

Jusuf stößt viele leise Flüche aus, die sich zu einer einzigen, langen Verwünschung summieren.

»Tu das. Mit etwas Glück ist die Streife schneller da als wir.«

50

Jusuf parkt am Straßenrand und betrachtet das leicht ansteigende Grundstück, an dessen Ende ein großes Eigenheim aufragt. Das Blaulicht des Streifenwagens auf der Zufahrt flackert über die beige verputzten Hauswände.

Jusuf steigt aus und geht zügig die asphaltierte Zufahrt hinauf. Der von Laajalahti her wehende Wind fährt in seine offene Jacke und lässt sie unruhig flattern.

»Der Wagen steht vor dem Haus«, ruft Jusuf Nina gegen den Wind zu und beginnt zu laufen.

An der Haustür stehen zwei Streifenpolizisten in Overalls.

»Habt ihr geklingelt?«, fragt Jusuf, weil ihm nichts anderes einfällt. Seine Pulsgeschwindigkeit scheint sich während der wenigen Laufschritte verdoppelt zu haben.

»Ja. Wir sind vor fünf Minuten angekommen«, antwortet der eine der beiden Männer.

»Verdammt …«, flucht Jusuf und betrachtet die massive Holztür. Sie würde sich irgendwie aufbrechen lassen, aber es geht schneller und verursacht weniger Schaden, ein Fenster einzuschlagen. So oder so, hier geht es um Leben oder Tod.

»Wartet!«

Jusuf läuft an der Hauswand entlang und bemerkt hinter einem Busch auf Brusthöhe ein Fenster, das einen Spaltbreit offen steht.

»Hier kommen wir rein!«

Er wartet weder auf die vor dem Haus stehenden Streifenbeamten noch auf Nina, sondern greift nach dem Fensterblech und stemmt sich hoch. Einen Moment lang stützt er sich auf und stößt mit der Stirn gegen die Fensterscheibe, bis das Fenster ganz aufgeht.

»Hallo? Erik Raulo!«, ruft er. Als keine Antwort kommt, schiebt er den Oberkörper durch die Fensteröffnung und landet auf einer Kommode, wobei er ein halbes Dutzend gerahmte Fotos umstößt. Er kniet sich auf den Küchenboden und lauscht, doch im Haus ist es ruhig.

»Polizei! Ist hier jemand?« Jusuf steht auf und zieht seinen Dienstausweis unter dem Hemd hervor. Wer weiß, vielleicht schießt Erik Raulo als alter Jäger mit seinem Navy-Seal-Gewehr sofort, wenn er einen schwarzen Mann in seinem Wohnzimmer erblickt.

»Hier ist die Polizei!«, wiederholt Jusuf und öffnet sein Holster.

Er hört Ninas Stimme unter dem Fenster.

Auf dem Kochfeld liegen zwei verbrannte Scheiben Toast, vermutlich wurde das Fenster ihretwegen geöffnet. Jusuf legt einen Finger auf die verkohlte Oberfläche der einen Scheibe: Sie ist steinhart und kalt. In der Küche riecht es nicht verbrannt. *Es ist viel Zeit vergangen.* Zudem ist es kühl. Und gerade deshalb ist Jusuf sich sicher, dass etwas passiert ist: Bei diesem Wetter würde niemand ein Fenster offen lassen, wenn er aus dem Haus geht …

Jusuf!

»Ich komm an die Haustür, Nina!«, ruft Jusuf nach draußen und geht vorsichtig durch Küche und Wohnzimmer in Richtung Diele.

Er möchte Erik Raulo wirklich unversehrt antreffen, hofft zugleich aber, dass sein Verdacht wenigstens irgendwie begründet ist: Wenn der Jurist nichts mit dem Fall zu tun hat, kann er schlimmstenfalls einen höllischen Shitstorm lostreten, weil Jusuf in sein Haus eingedrungen ist, auch wenn die spontane Aktion einzig und allein seinem Schutz dienen sollte.

Jusuf hört den Wind durch das offene Fenster heulen.

Und da sieht er an der Türöffnung zum Flur einen Fuß in einer Wollsocke. Die Zehen zeigen unheilverkündend zur Decke. Er zieht seine Waffe und schleicht zu der auf dem Boden liegenden Gestalt.

»Raulo?«

Jusuf beugt sich über den Mann und tastet nach seinem Puls, obwohl er weiß, dass jede Hilfe zu spät kommt.

Jemand hat Erik Raulo mitten ins Herz geschossen.

51

Das Haus, in dem gerade noch gespenstische Stille herrschte, ist zum Leben erwacht. Die Eingangshalle hat sich mit Ermittlern in weißen Schutzanzügen gefüllt und lässt an die Fernsehserie über die Nuklearkatastrophe von Tschernobyl denken. Anstelle der wie Klapperschlangen zischenden Strahlungsmesser halten die Ermittler Instrumente für die Sicherung von Indizien in den Händen: Lampen, Pinsel, Beutel und Pulver.

Eine nicht angezündete Zigarette im Mund, geht Jusuf auf den Hof vor Erik Raulos Haus und setzt sich auf die Steinmauer. Er führt einen kurzen Willenskampf, verliert ihn und steckt die Zigarette an. *Scheiße, was für ein Schlamassel.*

Auf der Uferstraße gleitet eine Schlange von Museumsautos aus den 70er Jahren vorbei, deren laut dröhnende Motoren alle anderen Geräusche und Gedanken übertönen. In Raulos Einfahrt stehen zwei weiße Kleintransporter, mit denen die Tatortermittler gekommen sind.

»Wie zwei gepellte Eier«, sagt Jusuf leise, als der Lärm der Sechs- und Achtlitermotoren ein wenig nachlässt.

»Was?«

Nina steht hinter Jusuf, geht dann aber um die Mauer herum und setzt sich neben ihn.

»Die Kleintransporter«, erklärt Jusuf, obwohl er die Assoziation, die ihm durch den Kopf gegangen ist, selbst nicht ganz versteht. Nina verdreht verwundert die Augen.

»Aha. Alles in Ordnung?«, fragt sie stirnrunzelnd.

»Davon abgesehen, dass ich dafür verantwortlich bin, zwei brisante Morde aufzuklären, die in einem Zeitraum von weniger als vierundzwanzig Stunden passiert sind? Und dass aller Wahrscheinlichkeit nach noch ein dritter zu erwarten ist?«

»Ja. Abgesehen davon. Du bist ein bisschen seltsam geworden, nachdem …«

»Anna ist schwanger«, erklärt Jusuf und beendet damit Ninas Ratespiel.

Er betrachtet seine glühende Zigarette, dreht sie zwischen den Fingern und schnipst sie dann in hohem Bogen auf die Straße. *Alles muss sich ändern.*

»Jetzt schon?«, fragt Nina, scheint ihre Worte aber sofort zu bereuen. »Sorry, ich nehme an, dass du nicht …«

Jusuf lacht bitter auf und schüttelt den Kopf.

»Wir haben uns seit Oktober nicht mal mehr gesehen. Es ist bestimmt so ein beschissener finnlandschwedischer Bankier. Die Kanone des Hausherrn hat gesprochen, und schwupps … Anna ist schwanger.«

Nina legt eine Hand auf Jusufs Schulter und drückt sie kräftig.

»Vorwärts, Jusuf«, sagt sie. »Das ist der einzige Weg.«

Jusuf sieht sie an, würde vielleicht gern bei dem Thema bleiben, doch dafür ist jetzt nicht die richtige Zeit. Außerdem hilft ihm nur die volle Konzentration auf den aktuellen Fall, zu vergessen, dass Anna ohne ihn eine Familie gründet.

Er nickt. Nina drückt ihn kurz, aber liebevoll an sich.

Der Lärm der Museumsautos ist jetzt restlos verstummt.

»Okay«, sagt Jusuf, die Hände vor dem Mund. »Bist du auch der Meinung, dass wir irgendwo eine dritte Leiche haben? Wenn nicht jetzt, dann bald.«

»Scheint so.« Nina klopft Jusuf auf den Rücken und steht auf.

Jusuf zieht den Reißverschluss seiner Jacke hoch und lässt sich von den kalten Steinen hinunter, eine Spur mühsamer als Nina.

»*First thoughts*?«, fragt er mit verschränkten Armen.

»Mitten ins Herz geschossen«, erwidert Nina, ohne zu zögern.

Jusuf nickt. Genau dieser Umstand ist auch ihm aufgefallen.

»Ja. Das Herz ist der verbindende Faktor. Ansonsten liegt dieser Fall hier ein bisschen anders. Allem Anschein nach stand der Täter mit gezückter Waffe an der Haustür, hat geklingelt, die Diele betreten und Raulo erschossen. Ohne Umschweife. Kaltblütig.«

Ninas Blick lässt vermuten, dass sie diese Hypothese nicht ohne Weiteres unterschreiben würde.

»Was, wenn sich irgendwo im Haus wieder eine Schatzkarte findet? Ein zweites Puzzle und Markierungen mit dem UV-Stift?«

»Kann natürlich sein. Aber ich weiß nicht, wohin uns das führen sollte. Den Hinweis auf die anderen Opfer hat das Foto geliefert, das wir in der Muukalaiskatu gefunden haben. Natürlich wird das Haus gründlich untersucht, aber irgendwie habe ich das Gefühl, dass sich mit dem Mord an dem hohen Boss aller mögliche Kram verbindet, während …«

»… der Mord an Raulo nur … ein Mord ist«, ergänzt Nina seinen Satz.

»Ja«, nickt Jusuf und holt eine blaue Plastikdose aus der Tasche. Nikotintabletten, zwei Milligramm, zum Lutschen. Er schüttelt eine ovale weiße Pille aus der Dose, steckt sie sich in den Mund und schiebt sie mit der Zunge unter die Oberlippe. *Eine gesündere Version von Kautabak.*

»Niklas Fischer müssen wir wohl freilassen«, sagt Nina, und Jusuf nickt wieder.

»Für gestern hat er zwar kein ordentliches Alibi, aber jetzt hat er das beste, das es gibt. Es handelt sich nämlich zweifellos um ein und denselben Täter.«

»Es sei denn, Fischer hätte mit irgendwem zusammengearbeitet.«

»Na, ich weiß nicht. Wir haben nichts Konkretes gegen ihn in der Hand, und reine Spekulation ist kein ausreichender Grund, ihn festzuhalten.«

Nina nickt zustimmend und betrachtet die Fassade von Raulos Haus.

»Hier gibt es keine Kameras.«

»Nein. Der Täter muss das gewusst haben.«

»Mit anderen Worten, er war schon einmal hier. Er kannte Raulo von früher.«

»Genau. Und vermutlich hat Raulo ihn erkannt, da er ihm unter diesen Umständen die Tür geöffnet hat. Ich glaube nämlich, dass er auf der Hut war, nachdem er gehört hatte, was gestern Abend passiert ist. Die Techniker halten es aufgrund der Blutspuren für wahrscheinlich, dass Raulo genau da erschossen wurde, wo wir ihn gefunden haben. Der Mörder ist also vermutlich nicht durch das offene Fenster ins Haus gekommen, sondern eher durch die Haustür. Ich habe mich vorhin vergewissert, dass man von der Küche aus gut zur Tür sehen kann«, sagt Jusuf.

»Hat Erik Raulo Angehörige?«

»Einen Sohn, Hans Raulo. Ein wohlhabender Nichtstuer. Hellu hat ihm die Nachricht überbringen lassen. Angeblich hat er den ganzen Morgen bei einem feuchtfröhlichen Palaver im Spiegelsaal des Hotels Kämp verbracht. Aber vielleicht erfahren wir bei seiner Befragung irgendwas – zum Beispiel, ob sein Vater bedroht wurde.«

»Okay …«, seufzt Nina und reibt sich die Stirn. »Vielleicht haben wir ja Glück, und irgendein Nachbar hat etwas gesehen. Könnte es sein, dass eine Kamera an einem Nachbarhaus zufällig auch Raulos Grundstück erfasst? Ganz oder wenigstens zum Teil?«

»Sie müssen sofort befragt werden.«

»Darum kümmere ich mich«, sagt Nina, klopft Jusuf wieder auf die Schulter und marschiert zur Haustür, vor der die Streifenpolizisten stehen.

Jusuf schließt kurz die Augen und atmet die frische Seeluft ein. Dann nimmt er sein Handy und wählt Rasmus' Nummer. Schon nach dem ersten Freizeichen hört er dessen zarte Stimme.

»Du hast gehört, was passiert ist, oder?«, fragt Jusuf.

»Ja.«

»Könntest du neben allen anderen dringenden Aufgaben anhand der Teledaten klären, ob irgendeine mit dem Fall verknüpfte Person heute früh in Munkkiniemi war?«

52

Nina beendet das Gespräch und geht zu der offenen Haustür, deren Schloss eine Frau im weißen Overall untersucht.

Die Nachricht vom Tod seines Vaters hatte Hans Raulo bereits erreicht, bevor sie ihn angerufen hat, aber am Telefon wirkte er nicht besonders erschüttert. Tatsächlich scheint das Gerücht von einem alkoholgeschwängerten Palaver weitgehend der Wahrheit zu entsprechen, denn Hans Raulo hörte sich betrunken an.

Nina hat mit ihm vereinbart, dass sie sich in zwei Stunden im Stadtzentrum treffen, ist sich aber nach dem kurzen Telefonat einigermaßen sicher, dass die erschütternde Nachricht den Mann nicht veranlassen wird, die Flasche zuzukorken, sondern eher das Gegenteil bewirkt.

»Wir machen uns jetzt auf den Weg«, sagt Nina zu der technischen Ermittlerin, die sich mit dem Schloss beschäftigt.

»Alles klar. Wir brauchen hier bestimmt noch einige Zeit«, antwortet die Frau.

Sie hat dichte Augenbrauen und blumenkohlartige Ohren wie eine Ringkämpferin.

»Gibt es jetzt schon etwas Nennenswertes?«, fragt Nina und wirft einen Blick auf ihre Uhr.

»Na, wie ihr ja schon vermutet hattet, ist die Tür nicht beschädigt. Der Täter muss durch die geöffnete Tür ins Haus gekommen sein.«

»Sonst noch was?«

»Eine kleine Einzelheit ist mir sofort ins Auge gesprungen«, sagt die Frau und winkt Nina ins Haus.

Sie gehen in die Eingangshalle, in der Erik Raulo immer noch liegt, nun mit einem Tuch bedeckt.

»Siehst du die Elefanten?«, fragt die Frau.

Nina betrachtet die Fensterbank, auf die die technische Ermittlerin zeigt.

Dort steht ein Dutzend nach der Größe geordnete Porzellanelefanten, von denen der kleinste so groß ist wie eine Fingerspitze, der größte wie eine Faust.

»Es klingt natürlich eher nebensächlich, aber in der Reihe fehlt ein Elefant«, erklärt die Frau.

»Tatsächlich«, sagt Nina und tritt näher an die Elefantenreihe heran. »Aber dafür kann es tausend Erklärungen geben …«

»Ja. Es ist mir nur aufgefallen.«

Nina macht ein Handyfoto von der unvollständigen Reihe.

»Sag Bescheid, wenn ihr im Haus etwas Entsprechendes findet. Wenn noch etwas zu fehlen scheint.«

»Natürlich«, antwortet die Frau. Nina hebt zum Abschied die Hand.

Als sie wieder vor dem Haus steht, klingelt ihr Handy.

Sie spürt, wie ihre Sinne sich schärfen.

Der Anrufer ist Tom. Der Mann, mit dem sie ein Tinder-Date hatte, das zu etwas geführt hat. Nina ist sich nicht sicher, was dieses *etwas* ist, aber sie ist bereit, es herauszufinden.

»Hallo«, meldet sie sich und versucht, ihr albernes Grinsen zu unterdrücken. Weiter unten am Straßenrand lehnt sich Jusuf an sein Auto.

»Ich hab gestern die Nachrichten gesehen. Ihr habt bestimmt alle Hände voll zu tun«, sagt Tom.

»Stimmt. Danke für gestern. Tut mir leid, dass ich so plötzlich wegmusste.«

»Du musst eben deine Arbeit erledigen. Und ich hatte ja auch Verspätung.«

»Es war tatsächlich eine intensive halbe Stunde«, entgegnet Nina und kann nun nicht mehr verhindern, dass sich ein Lächeln auf ihr Gesicht stiehlt.

»Sehen wir uns heute?«, fragt Tom. Im selben Moment ist im Hintergrund leises Bellen zu hören.

Psst.

»Wo bist du?«, lacht Nina auf.

»Zu Hause.«

»Ist da ein Hund?«

»Ja. Er gehört meiner Ex. Ich kümmere mich ab und zu um ihn.«

Nina spürt einen Anflug von Eifersucht.

»Aha, das wusste ich nicht.«

»Es gibt noch vieles, das du nicht von mir weißt«, sagt Tom. »Deshalb sollten wir uns heute treffen und da weitermachen, wo wir aufgehört haben.«

Nina lässt ein merkwürdiges Lachen hören und blickt wieder zu dem wartenden Jusuf hin, der sich eine Zigarette angesteckt hat.

»Was, wenn ich keine Hunde mag?«

»Meine Ex würdest du bestimmt auch nicht mögen«, lacht Tom.

»Tja«, sagt Nina und streicht sich die Haare aus dem Gesicht. »Hör mal, ich weiß nicht, was heute noch anfällt und wie lange es dauert … Aber es wäre schön, wenn wir ein bisschen mehr Zeit miteinander verbringen könnten als eine halbe Stunde.«

»Und zwar so, dass dein attraktiver Kollege dich nicht bombardiert, während wir …«

»Okay, okay. Ich ruf dich später an.«

Als Nina auflegt, spürt sie ein Prickeln in den Fingern.

53

Die Temperatur ist ein paar Grad gesunken, und die Feuchtigkeit hat sich an den Glasscheiben der Haustür zu schönen Eisblumen kristallisiert.

Jessica tritt auf die Straße und blickt sich suchend um, bis sie Jusufs Wagen in der Töölönkatu entdeckt. Schon von Weitem ist zu erkennen, dass Jusuf den Kopf an die Nackenstütze gelehnt und die Augen geschlossen hat. Jessica geht zum Wagen, öffnet die Beifahrertür und steigt ein.

Im Autoradio läuft *Ich spuck drauf* von Elastinen.

Ich hab beim Werken am Tisch was geschnitzt, die Gang war nich so weit, die lacht mir bloß ins Gesicht.

»Hast du das gehört, Jessi?«, fragt Jusuf leise und zeigt auf das Radio.

»Was?«

»Die *Gang* war nicht so weit. Kapierst du? Die *Gang*. Es war nicht so, dass er nicht selbst hundert Prozent reif gewesen wäre, sein eigenes Ding durchzuziehen. Ich mag diesen Stil. Dass man nicht an seinen Fähigkeiten zweifelt, dass man fest an seine Vision glaubt und sich nicht darum schert, was die anderen denken«, erklärt Jusuf, und seine anfangs beherrschte Miene wird traurig.

»Es tut mir wirklich leid, Jusuf«, sagt Jessica.

Vor einer Viertelstunde hat Jusuf ihr eine Textnachricht geschickt und sie gebeten, nach unten auf die Straße zu kommen.

Die Nachricht endete mit den Worten: *wenn überhaupt, dann jetzt.*

»Ich hab alles in der falschen Reihenfolge gemacht, Jessi. Statt rumzuvögeln und Erfahrungen zu sammeln, war ich fest mit Anna zusammen. Und dann haben wir Schluss gemacht, zum Teil deswegen, weil ich auch was anderes erleben wollte … In Wahrheit will ich nichts anderes erleben. Das war so eine beschissene, kindische Illusion vom grüneren Gras. Und jetzt kriegt sie ein Kind von einem anderen.«

Jessica legt ihre Finger auf Jusufs Bein und drückt fest zu.

»Die ersten Tage sind die schlimmsten, Jusuf. Du schaffst das. Vorwärts.«

Jusuf lacht mutlos auf.

»Das hat Nina auch gesagt: *vorwärts*. Aber ich hab das Gefühl, dass ich die ganze Zeit nur rückwärts gehe. Vor allem dann, wenn ich denke, es gäbe Fortschritte. Mir geht's, glaub ich, darum …« Jusuf blickt zum Seitenfenster hinaus. »… ich pack es nicht, Hauptermittler zu sein. Mein Kopf macht das nicht mit, Jessi«, fährt er fort, und Jessica merkt, dass er weint. »Vielleicht würde ich es schaffen, wenn Annas beschissene Babynachricht nicht wäre. Verdammte Scheiße, was bin ich für ein blöder Clown geworden.« Er wischt die Tränen mit dem Ärmel ab.

Jessica verspürt unendliches Mitleid mit ihrem Kollegen und Freund. Gerade in so einem Moment begreift man wohl, wie sehr einem an dem anderen liegt. Um das Ausmaß seiner Zuneigung zu verstehen, muss man vielleicht in regelmäßigen Abständen erkennen, wie leicht es ist, sich in seine Position zu versetzen. Jessica spürt Jusufs Schmerz geradezu körperlich und weiß deshalb, dass er ihr unglaublich wichtig ist. Vielleicht wichtiger als sie selbst.

Plötzlich fühlt sie sich schuldig: Ihr wird klar, wie egoistisch es war, sich aus den vielleicht wichtigsten Ermittlungen des Jahres auszuklinken. Sie wollte auf Abstand zu ihrem Beruf und ihren Kollegen gehen und sich auf ihr eigenes, an Wahnsinn grenzendes Detektivspiel konzentrieren. Jessica hat immer betont, wie wichtig Teamgeist ist, doch jetzt ist sie selbst eine aus der Reihe tanzende Diva geworden.

»Das bist du beides nicht. Weder blöd noch ein Clown. Wir schaffen das gemeinsam«, sagt sie und holt das Handy aus der Tasche.

»Wen rufst du an?«

»Hellu. Ich schließ mich eurer Truppe an, als Verstärkung für dich.«

Jessica hält sich das Handy ans Ohr und sieht Jusuf tief in die braunen Augen. Sie waren immer schon gewinnend, doch die Trauer und Dankbarkeit, die gleichzeitig darin liegen, machen sie schöner als je zuvor.

54

Woher weht der Wind, Niemi? Na schön, mach wieder mit, aber überleg es dir nicht noch mal anders.

Hellus Worte dröhnen immer noch in Jessicas Kopf, als sie die Tür zu ihrer Wohnung aufschließt, die Alarmanlage ausschaltet und zielstrebig durch das große Wohnzimmer in die Küche geht. Sie holt den Hagebuttentee aus dem Schrank, füllt den Wasserkocher und schaltet ihn ein. Ihre Routine, wenn sie sich in einen aktuellen Fall vertieft. Laptop, Papiere, blutroter Tee, der den Körper wärmt und die Gedanken in Fahrt bringt.

Die Verantwortung, die auf Jusuf liegt, stresst ihn, aber es ist klar, dass die Trennung im Sommer zusätzlichen Druck verursacht. Eine Trennung, die Jusuf trotz seines scheinbar sorglosen Gehabes offensichtlich nicht verarbeitet hat. Das schnell eskalierende Krafttraining, das breite Lächeln und das fast manische Rauchen: Jessica hätte die Anzeichen des Burnouts früher erkennen, präsent sein und sich als Gesprächspartnerin anbieten müssen. Menschen, die beruflich mit der schlechten Seite der Gesellschaft – mit brutalen Morden und erschütternden menschlichen Schicksalen – zu tun haben, brechen oft völlig unvermittelt zusammen. So absurd es auch ist, von Polizisten wird erwartet, dass sie die ganze düstere Scheiße ertragen, als ginge es um irgendeinen beliebigen Job, in dem man eben manchmal öde Dinge erledigen muss.

Jessica öffnet ihren Laptop und legt den Ordner, den Jusuf

ihr gegeben hat, auf den Tisch. Per Mail hat sie das Material bekommen, das sich im Lauf des Tages angesammelt hat: Fotos, Berichte der KTU und Abschriften von Befragungen.

Sie denkt an Jusufs Worte:

Würdest du Lamberg checken, damit wir ihn mit Sicherheit ausschließen können?

Jessica öffnet die passwortgeschützte Datei namens J.L.

Sie enthält Fotos, das Protokoll der Befragung am gestrigen Abend sowie den Bericht über die interne polizeiliche Untersuchung und die abschließende Stellungnahme zu der Operation des Einsatztrupps im Jahr 2009, die offenbar zu Lambergs Entlassung geführt hat.

Kenneth Guranov … Entführung … RealEst … Kind unversehrt … Verdacht auf übermäßige Gewaltanwendung … Als unbegründet zurückgewiesen … Das gezahlte Lösegeld nicht gefunden.

Jessica vertieft sich einige Minuten lang intensiv in die Unterlagen, bis das Klicken des Wasserkochers sie unterbricht.

Dann geht sie zu der Aufnahme der Notrufzentrale, die Jusuf ihr kurz zuvor geschickt hat, und hört sie sich zweimal an. Im Hintergrund läuft leise klassische Klaviermusik. Jessica schließt die Augen und versucht sich zu konzentrieren – fällt ihr bei dem Anruf irgendetwas Besonderes auf?

Hallo? Notrufzentrale. Hören Sie mich?

In der Brust … In der Brust …

Kianto …

Jessica hält die Aufnahme an und tippt das Wort Kianto in das Suchfeld, erhält aber nur Treffer zu dem finnischen Schriftsteller Ilmari Kianto, der vor einem halben Jahrhundert gestorben ist.

Sie drückt Daumen und Zeigefinger gegen ihr Nasenbein.

Warum zum Teufel erwähnt er Kianto? Hat der Autor irgendwas mit Mephistopheles zu tun? Faust … Der Gesandte des Teufels …

Nein, das ergibt keinen Sinn.

Jessica schreibt *Kianto + Goethe* in das Suchfeld, aber die Ergebnisse verraten nichts über eine Verbindung zwischen den beiden Schriftstellern, falls es sie überhaupt gibt.

Sie lässt die Aufnahme weiterlaufen:

… handelt es sich um einen Herzinfarkt?

Herzinfarkt? Ich bin gerade gekommen …

…

Nein, man hat ihm eine Stichwaffe in die Brust gejagt …

Jessica sucht im Ordner nach Sissi Sarvilinnas Bericht.

In der linken Herzkammer sind die Papillarmuskeln durchtrennt … An der linken Herzkammerwand ist der Wundkanal etwa einen Zentimeter breit und rissig … Die Breite des Stichkanals und die Beschaffenheit der Wundränder an dieser Stelle beweisen, dass das Messer schnell aus dem Herz gezogen wurde … An der entsprechenden Stelle der linken Herzkammerwand ist eine plethorische Veränderung zu erkennen, die zu einem aktuellen Infarkt passt.

Eliel Zetterborg hatte sich tagsüber unwohl gefühlt, was also wahrscheinlich auf eine Reihe kleinerer Infarkte zurückzuführen war. Aber die Todesursache ist eindeutig der Messerstich.

Die Gedanken wandern ziellos hin und her. Was ist mit der Armbanduhr, die Jusuf erwähnt hat? Auf dem alten Foto hat Eliel Zetterborg sie getragen, und gestern Abend hat die Rechtsmedizinerin dieselbe Uhr vom Handgelenk der Leiche abgenommen.

Nur zu besonderen Anlässen. Sonst lag die Uhr immer im Safe.

Jessica reibt sich die Stirn. Hat Zetterborg die Uhr vielleicht schon am Morgen des 50-jährigen Jubiläums seiner Firma angelegt?

Sie gibt *27.1. + Eliel Zetterborg + Pressekonferenz + Kouvola* bei Google ein und bekommt zahlreiche Treffer. Der erste Link, den sie anklickt, ist ein Bericht der Zeitung *Helsingin Sanomat* aus Kouvola. Auf dem Foto ist Zetterborgs Handgelenk jedoch nicht zu sehen. Jessica sucht weiter und findet schließlich ein Bild, auf dem er an einem Tisch vor den Kameras sitzt und sich mit der linken Hand durch die Haare fährt. *Keine Uhr. Eliel Zetterborg hat sie offenbar erst angelegt, nachdem er nach Hause gekommen war. Aber hat das etwas zu bedeuten?*

Verdammt. Ihr Kopf ist absolut leer. Es ist sinnlos, jeden einzelnen roten Faden zu verfolgen. Sie müsste ihre Energie jetzt auf zwei Rätsel verteilen. Beide lösen, vorausgesetzt, an der verkohlten Leiche im Zentralpark gibt es überhaupt etwas zu lösen.

Jessica steht auf und gießt kochendes Wasser in die Tasse mit dem Teebeutel, der dem Wasser Geschmack und Farbe gibt.

Sie atmet den aufsteigenden Dampf ein, kehrt an den Tisch zurück und öffnet die Mail, die Nina an das ganze Team geschickt hat.

Was in aller Welt?

Verwundert betrachtet sie das Foto der kleinen Elefanten, die nach der Größe geordnet auf einer Fensterbank stehen.

Erik Raulos Haus – Beobachtung. Ein Elefant in Streichholzgröße scheint zu fehlen.

Warum hält Nina das für wichtig? Andererseits – in solchen Fällen kann alles wichtig sein. Jessica klappt den Laptop zu und vergräbt das Gesicht in den Händen.

Konzentrier dich. Fangen wir bei Lamberg an.

Sie blickt auf den unteren Rand des Fernsehbildschirms an der Wand. 15.31 Uhr. Hellu zufolge bekommen sie die Aufzeichnungen der russischen Botschaft vor fünf Uhr. Wie Hellu am Telefon gesagt hat, kann Lamberg mit Sicherheit von jedem Verdacht ausgeschlossen werden, wenn er zu Beginn des Anrufs bei der Notrufzentrale in seinem Wagen sitzt.

Jessica hat noch Zeit, vorher mit dem Mann zu sprechen.

Sie öffnet die Schublade neben der Spüle und hebt den Besteckkorb an. Den Boden der Schublade bedecken gelbe Geldscheine.

Ein Bargeldversteck. Alle Gangster müssen einen Fluchtplan haben, heißt es in irgendeinem Film, dessen Namen Jessica vergessen hat. Dasselbe gilt auch für gesetzestreue, superreiche Polizistinnen, die nicht ihr gesamtes Vermögen auf einem Bank- oder Aktienkonto deponieren wollen. Und das, obwohl das Bargeld im Sparstrumpf von der Motte der Wirtschaftswissenschaft, der Inflation, gefressen wird.

Jessica nimmt elf Scheine aus der Schublade und steckt sie säuberlich gefaltet in die Tasche.

Es ist Zeit für ein wenig Wohltätigkeit.

55

Joonas Lambergs Zweizimmerwohnung befindet sich in der obersten Etage eines niedrigen Mehrfamilienhauses an der Ecke der Valhallankatu und der Linnankoskenkatu. Sie ist minimalistisch einfach eingerichtet, und Jessica kann sich schwer vorstellen, dass hier jemals eine Frau gewohnt hat.

Jessica setzt sich auf das abgewetzte Ledersofa. Der sehnige Mann stellt ein Tablett und zwei Kaffeetassen auf den Tisch. Die Kapuzenjacke, die an Jessica wie ein Segel aussehen würde, spannt über seinen kräftigen Armen. Sein Brustkorb ist groß, aber nicht auf die Art muskulös wie bei Bodybuildern, die auf Bankdrücken schwören. Lambergs Körper verrät explosive Kraft, wirkt zugleich aber auch geschmeidig und irgendwie anmutig.

»Krav Maga?«, fragt Jessica und zeigt auf das große gerahmte Foto, das neben der Balkontür hängt. Auf dem Bild posiert Lamberg im weißen Kimono auf der Matte und hält unter seinem Arm einen braungebrannten Kraftprotz vom selben Kaliber gefangen.

»Ja. Meine Kraftquelle. Meine Zuflucht. Und auch gut für die berufliche Qualifikation«, antwortet Lamberg, während er den Kaffee eingießt. »Milch?«

»Nein danke. Schwarz«, sagt Jessica und nickt dankend. Sie trinkt nur selten Kaffee, hat Lambergs Angebot aber angenommen, weil sie vermutet, dass er keinen Hagebuttentee im Schrank hat.

Einen Augenblick lang hat es den Anschein, als hätte der Mann nicht vor, sich hinzusetzen. Er blickt sich um, als würde er seine eigene Wohnung erforschen – als wollte er der Polizistin auf seinem Sofa einen Schritt voraus sein. Aber wobei?

»Sorry, ich bin echt nervös«, sagt er und setzt sich endlich hin.

»Das ist verständlich.« Jessica probiert den Kaffee. Er schmeckt angebrannt und bitter.

»Worüber willst du reden? Ich hab alles schon zweimal erzählt. Zuerst diesem Pepple in der Muukalaiskatu und dann noch mal von vorn im Polizeigebäude …«

»Ich will keine Umschweife machen, Joonas«, antwortet Jessica. »Ich möchte dich nach deiner Vergangenheit fragen. Danach, wie es dazu kam, dass du den Job bei Eliel Zetterborg angetreten hast.«

Joonas Lamberg lächelt verdrossen.

»Du willst über den Einsatztrupp reden«, sagt er und hebt seine Tasse an den Mund. Das kleine Porzellantässchen sieht in seiner Pranke komisch aus. Als würden sie Vater, Mutter und Kind spielen und er würde Luft aus einer Plastiktasse trinken.

Jessica nickt.

»Wir haben keinen Grund, deine Aussage über den Verlauf des gestrigen Abends anzuzweifeln. Zumal wir wissen, dass Zetterborg die Notrufzentrale angerufen hat, bevor du in die Wohnung gekommen bist.«

»Herr im Himmel …«, sagt Lamberg leise und schüttelt den Kopf. »Eliel war mein Boss. Meine Aufgabe. Mein Beruf. Ich kann nicht begreifen, wie ihr auf so eine Idee kommt. Dass ich irgendwas mit dem Mord zu tun hätte.«

»Wie gesagt, es geht uns nur darum, das Gesamtbild zu erkennen«, erklärt Jessica. »Das ist alles.«

»Okay. Natürlich helfe ich, so gut ich kann. Aus den erwähnten Gründen.«

»Erzähl mir erst mal in deinen eigenen Worten, was am fünften Dezember 2009 passiert ist.«

Joonas Lamberg lächelt wieder, doch sein Blick ist traurig.

»Du erinnerst dich sicher an den Tag«, fährt Jessica fort.

»Natürlich. Ich hab oft gedacht, das war eine Art Finale. Im Prinzip war der Abend das Ende meiner Laufbahn beim Einsatztrupp ... Und bei der Polizei überhaupt.«

»Erzähl mir davon.«

»Eine einfache Geschichte. Ein Mann, der Känguru genannt wurde, hatte eine Erstklässlerin entführt und von ihren Eltern Kohle verlangt. Ich glaub, es waren genau hunderttausend Euro. Über die Entführung wurde nicht öffentlich berichtet, um das Leben des Mädchens nicht zu gefährden. Die Eltern – ich meine, der Vater des Mädchens war bei der Firma beschäftigt ...«

»Bei RealEst?«

»Ja. Bei der Firma«, wiederholt Lamberg, als verstünde sich das von selbst. Jessica denkt unwillkürlich an den gleichnamigen Film, einen Thriller über eine durch und durch korrupte Anwaltskanzlei, in dem Tom Cruise die Hauptrolle spielt. »Die Eltern haben sicherheitshalber zuerst die ganze Summe bezahlt, und das Mädchen wurde unversehrt freigelassen. Und dann wurde die Spur des Arschlochs nach Tattarisuo verfolgt, wo wir den Kerl holen sollten. Und das Lösegeld, das er am selben Morgen bekommen hatte.«

Jessica trinkt einen Schluck Kaffee.

»*Arschloch.*«

»Wie bitte?«

»Du hast das Känguru Arschloch genannt. Hast du den Fall vielleicht irgendwie persönlich genommen?«

Joonas Lamberg streicht sich nachdenklich über das Gesicht.

Dann schluckt er, wie um einen Kloß im Hals loszuwerden, und nickt.

»Hab ich wohl. Und deshalb hat man mich aus dem Team rausgeekelt. Bei Einsätzen müsste man seine Gefühle immer außen vor lassen. Heutzutage spricht man auch im Einsatztrupp über diese Dinge … Aber damals herrschte im Team eine Kultur der Sprachlosigkeit. Man hat seine Gefühle unterdrückt, und unsere Leute haben darunter gelitten. Jeder natürlich ein bisschen anders. Man hat von uns erwartet, dass wir aus Stein gemeißelte Gary Coopers sind.«

»Warum?«

»Gary Coopers?«

»Nein, warum hast du es so persönlich genommen?«

Lamberg lacht wieder auf, diesmal offensichtlich über sich selbst. Dann wird er schnell wieder ernst.

»Ich hasse Pädos.«

»War … Känguru pädophil?«

Lamberg richtet den Blick auf die Balkontür. Dann nickt er.

»In seinem Strafregister steht davon nichts … weil er nie erwischt wurde. Aber ich wusste es. Ich hatte aus zuverlässiger Quelle erfahren, dass er ein Kinderschänder war. Ein beschissener Wichser«, stößt er hervor, und Jessica sieht, wie sich seine Hand zur Faust ballt. Man muss keine Psychologin sein, um die unterdrückte Wut zu erkennen, die er offenbar bei dem damaligen Einsatz auf den mutmaßlichen Sexualverbrecher gerichtet hat.

»War das Motiv der Entführung nicht Geld?«, fragt Jessica.

»Doch. Aber ich bin mir sicher, dass der Scheißkerl es insgeheim genossen hat. Einfach nur, das Mädchen gefangen zu halten. Das Lösegeld war für ihn wohl nur die Kirsche auf der Torte, nicht die Hauptsache.«

Jessica betrachtet das kantige Kinn des Mannes, seine schiefe Nase und seine feucht schimmernden Augen.

»Hat Känguru mit der Waffe auf dich gezielt, Joonas?«, fragt sie. »Oder hast du geschossen, um ihn für all seine anderen Untaten zu bestrafen?« Sie ist sich gar nicht mehr sicher, ob der mehr als zehn Jahre zurückliegende Fall für die aktuelle Ermittlung in irgendeiner Weise relevant ist. Aber er interessiert sie trotzdem. Sie weiß genau, was für ein Gefühl es ist, Selbstjustiz zu üben. Damit hat sie allzu persönliche Erfahrung.

»Bei allem Respekt … Ich verstehe nicht ganz, was das mit gestern Abend zu tun hat«, sagt Lamberg. Die Bemerkung ist mehr als berechtigt.

»Als du bei der Polizei aufgehört hast«, beginnt Jessica, trinkt einen Schluck Kaffee und fährt fort: »Wie bist du ausgerechnet Zetterborgs persönlicher Sicherheitsmann geworden?«

»Zetterborg hat mich gefunden, wenn du das meinst«, seufzt Lamberg und zupft an der Naht der Sessellehne. »Zeta wollte jemanden, der Manns genug ist zu handeln. Genau so hat er sich ausgedrückt. Dabei hat natürlich auch eine Rolle gespielt, dass der Vater des entführten Mädchens in der Firma gearbeitet hat und die Nachricht vom Tod des Kidnappers bis zum Vorstandsvorsitzenden vorgedrungen ist.«

Jessica richtet den Blick auf die dicken Finger des Mannes. Es erscheint ihr seltsam, dass ein finnlandschwedischer Industrieboss zu seinem Schutz einen Mann eingestellt hat, dessen Handlungsweise eher zu einem Gangster passt als zu einem typischen, Konfliktsituationen im Voraus verhütenden Personenschützer.

»Die Wahrheit liegt sicher irgendwo dazwischen«, sagt Lamberg schließlich. »Der Fall ist erledigt und begraben … Wie der Kerl selbst. Der Arsch hatte eine Waffe in der Hand. Aber ich muss ehrlich zugeben, dass auch seine Vergangenheit und seine Taten mich dazu getrieben haben abzudrücken. Ich hab viel darüber nachgedacht«, fährt er fort, greift nach seiner Kaffeetasse und leert sie in einem Zug. »Aber ich bereue nichts. Getan ist getan.«

»Meines Wissens wurde das Geld nie gefunden«, sagt Jessica.

»Stimmt. Das nehme ich auf meine Kappe. Der Kerl konnte uns nicht mehr verraten, wo er die Kohle versteckt hatte.«

Jessica schlägt die Beine übereinander. Ihre frisch gewaschene Jeans kneift.

»Was ist mit deiner Hand passiert?«, erkundigt sich Lamberg mitfühlend, als wäre das Gespräch, das sie gerade geführt haben, nur eine ferne Erinnerung.

»Ein Dienstunfall.«

»Verstehe. Sind mir auch passiert. Einmal hab ich sogar einen Schuss abgekriegt, vor langer Zeit.« Lamberg legt den Zeigefinger auf seine Kniescheibe. »Ein höllischer Beruf. Zum Glück ist das Gehalt wenigstens nicht hoch.«

»Du sagst es«, gibt Jessica zurück und blickt dem Mann in die Augen. Ihrer Meinung nach hat sie sich während der kurzen Begegnung ein ziemlich vollständiges Bild von ihm gemacht. Joonas Lamberg ist von seinen körperlichen Eigenschaften her bedrohlich, innerlich zerrissen und hält sich an eine Art maskulinen Ehrenkodex; ein knallharter Bursche, bei dessen Treiben die Polizeibehörde verständlicherweise kein Auge zudrücken konnte. Ein einsamer Wolf. Sein Blick ist eher scheu als trotzig. Alles an diesem Schrank von einem Mann verrät Bedrückung, und Jessica glaubt, dass ein Gespräch mit einem Psychologen ihm helfen könnte.

»Einem Bösen etwas Böses zufügen«, sagt sie schließlich, lässt den Blick durch das Zimmer in Richtung Küche wandern und fährt fort: »Vielleicht ist das nach irgendeinem Maßstab richtig. So ähnlich, wie zweimal Minus ein Plus ergibt. Das habe ich in meinem Leben bewiesen.«

Sie erschrickt vor ihren eigenen Worten und versteht ihren leisen Ausbruch nicht ganz. Sie hat das Gespräch in gefährliche Bahnen gelenkt.

Lamberg greift ihre Worte jedoch nicht auf, sondern setzt ein breites Lächeln auf, das seine Erleichterung verrät.

»Dann weißt du also, wovon ich rede.«

»Na, sagen wir so, unser Gespräch bleibt in dieser Wohnung.«

Lamberg nickt dankbar.

Jessica steht vom Sofa auf und bedankt sich für den Kaffee. Sie wirft einen Blick auf die Uhr, es ist halb fünf.

»Danke, Joonas.« Sie hält Lamberg ihre linke Hand hin. Er ergreift sie und lächelt wehmütig. Jessica hat den Eindruck, dass unter seiner harten Schale ein Gefühlssturm lauert: Vermutlich bedauert er seine Tat, auch wenn er das vor niemandem zugeben würde, nicht einmal vor sich selbst.

»Da ist noch etwas«, sagt er, als Jessica zur Tür geht.

»Was denn?«

»Ich wollte diesen Pepple deswegen anrufen, aber dann dachte ich, wenn du sowieso herkommst, kann ich es dir erzählen.« Er lehnt sich mit verschränkten Armen an eine weiße Ikea-Kommode. »Ich hab in den Nachrichten gelesen, dass es in Munkkiniemi einen weiteren Mord gegeben hat. Geht es um Erik Raulo?«

»Dazu kann ich nichts …«, beginnt Jessica, aber Lamberg winkt ab.

»Das verstehe ich. Aber … Ich weiß, wo Raulo wohnt und hab eins und eins zusammengezählt. Der Chef hat mich gestern gebeten, Erik Raulo eine Nachricht zu überbringen. Einen Briefumschlag.«

»Was war in dem Umschlag?«

Lamberg zuckt die Achseln.

»Irgendeine Nachricht, nehme ich an«, sagt er nachdenklich. »Ich bin nicht dazu gekommen, sie abzuliefern, weil … Na, zuerst hat es Zeta erwischt und jetzt offenbar …«

»Du hast die Nachricht also noch?«

Lamberg nickt.

»Ich hätte sie gestern schon erwähnen sollen, aber in dem ganzen Durcheinander hatte ich sie vergessen.«

Jessica geht auf ihn zu.

»Wo ist sie?«

Joonas Lamberg wischt sich mit dem Ärmel über die Nase und zieht eine der Kommodenschubladen auf. Gleich darauf hält Jessica einen verschlossenen weißen Briefumschlag in der Hand.

»Hat Eliel Zetterborg den Namen des Empfängers nicht auf seine Briefe geschrieben?«

Joonas Lamberg tippt sich mit dem Zeigefinger an die Schläfe.

»Nicht, wenn er mich gebeten hat, sie abzuliefern. Ich nehme an, es ist etwas Heikles. Und Persönliches.«

»Du weißt also nicht, was der Umschlag enthält?«

Lamberg schüttelt den Kopf.

56

Den Brief in der Brusttasche, verlässt Jessica das Haus. Auf dem Weg zu dem Taxistand wirft sie einen Blick über die Schulter. Aus irgendeinem Grund möchte sie wissen, ob der Mann am Fenster steht und ihr nachschaut. Sie ist enttäuscht, weil sie ihn nicht entdeckt.

Das Handy klingelt, auf dem Display erscheint das Bild eines lächelnden Mannes.

»Jessica, wo bist du?«, fragt Jusufs müde Stimme, nachdem sie auf den grünen Hörer gedrückt hat.

»Ich komme gerade von Lamberg.«

»Okay, hör zu … Wir haben die Aufzeichnungen von der Botschaft bekommen. Die Zeitangabe auf dem Video stimmt exakt mit Lambergs Aussage überein.«

Jessica ist erleichtert, weil der Sicherheitsmann jetzt endgültig von der Liste der Verdächtigen gestrichen werden kann.

»Was sowieso schon äußerst unwahrscheinlich war, ist damit also unmöglich«, fügt Jusuf hinzu. »Hast du etwas Neues erfahren?«

»Vielleicht. Ich habe von Lamberg einen Brief bekommen, den er Erik Raulo bringen sollte«, antwortet Jessica und reißt den Umschlag auf.

»Ein Brief von Eliel Zetterborg an Erik Raulo?«

»Ja.« Jessica zieht einen Bogen aus dem Umschlag und faltet ihn auf.

Sie überfliegt den handschriftlichen Text. *Verflixt, das ändert ja alles.*

»Eine seltsame Sache, Jusuf …«, sagt sie. Als sie aufblickt, merkt sie, dass ein schwarzer Wagen neben ihr hält.

»Was steht da, Jessica?«, fragt Jusuf nach kurzer Stille, doch Jessica hat den Blick auf das Autofenster gerichtet.

»Ich ruf gleich zurück«, sagt sie leise und legt auf.

Das verdunkelte Fondfenster öffnet sich, und Jessica will ihren Augen nicht trauen, als sie das Gesicht der Person sieht, die auf der Rückbank sitzt.

57

Axel Zetterborg steht im Wohnzimmer und blickt durch die großen Fenster aufs Meer. Der Sturm peitscht das Meer zu hohen Wellen auf, deren Ausläufer ans Ufer schlagen und den Bootssteg auf seinen Pontons schaukeln lassen.

»Alles in Ordnung, Axel?«

Axel spürt die warme Hand seiner Frau an seiner Wange. Alise hat ein feines Gespür für seine Gemütszustände, besonders in Momenten, wenn alles zum Teufel geht.

Und so ein Moment ist jetzt.

»Erik Raulo ist tot«, sagt Axel und sieht seine Frau an. Er bemüht sich, ruhig zu wirken, glaubt jedoch nicht, dass es ihm restlos gelingt. Alise ist manchmal anstrengend, aber dumm ist sie nicht.

Alise erwidert seinen Blick und schlägt die Hand vor den Mund, eine vermutlich universale Geste des Entsetzens.

»Erik … Was … Was ist Erik passiert?«

»Er wurde ermordet in seinem Haus aufgefunden.«

»Um Himmels willen!«

»Keine Angst, Alise. Alles wird wieder gut.«

Axel legt die Arme um Alise. Seine Hände beginnen zu zittern, er ballt sie hinter Alises Rücken zu Fäusten.

»Die Polizei hat ein Foto, das der Mörder in Vaters Wohnung zurückgelassen hat. Sie haben es mir gezeigt, aber ich habe die Männer auf dem Foto nicht erkannt. Wenn ich begriffen hätte, dass der eine Erik ist … Vielleicht wäre er dann noch am Leben.«

»Aber bist du …«

Axel schüttelt den Kopf, löst seine Umarmung, hält Alise aber noch eine Weile zärtlich an der Taille fest. Er spürt ihre Hüftknochen unter dem Pullover.

»Ich bin nicht auf dem Bild. Es ist jahrzehntealt, und was auch immer im Gang ist, ich habe nichts damit zu tun. Und du auch nicht.«

Alise wirkt alles andere als überzeugt. Sie schiebt Axels Hände von ihren Hüften.

»Wenn du so sicher bist, dass der Kerl uns nichts antun will, warum steht dann immer noch ein Streifenwagen vor dem Haus?«, fragt sie und wischt sich die Augen.

»Das ist nur eine Vorsichtsmaßnahme. Denk an die Schließung der Fabrik in Kouvola. In diesen Zeiten weiß man nicht, auf welche Ideen die Leute kommen.«

»Was ist bloß los mit der Welt?«, seufzt Alise und bleibt neben Axel am Fenster stehen. Sie blicken auf das tosende Meer, das eine große, abschüssige Rasenfläche von ihrem luxuriösen Eigenheim trennt.

Am gegenüberliegenden Ufer schimmern die Lichter der Hochhäuser in Verkkosaari, und die Fensterscheibe spiegelt sie beide. Axel sieht Alises erschüttertes Gesicht. Welch ein Glück, dass er sein Leben mit einer gutherzigen Frau wie Alise teilen darf. Das Glück würde sich allerdings im Nu in Luft auflösen, falls Alise Wind von seinen nächtlichen Abenteuern bekäme. Die #metoo-Bewegung, die neuerdings in den Medien hochgekocht ist, und andere Auftritte erstarkter Frauen sind auch für ihn eine echte Bedrohung. Vielleicht ist es nur eine Frage der Zeit, wann jemand redet. Eine der zig Huren, von deren nackten Hintern er Kokain geschnupft hat.

Ja. Das Kokain. Es hat sich im Lauf der Jahre unbestreitbar

zu einem ziemlichen Problem entwickelt. Der Verfolgungswahn, der im Kielwasser der weißen Königin in sein Leben getreten ist, hat in letzter Zeit ganz neue Formen angenommen. Vor allem in den letzten Wochen hat Axel deutlich zu spüren geglaubt, dass er verfolgt wird.

Axel!

Alises Aufschrei reißt ihn aus seinen Gedanken.

Er wendet den Blick von seinem Spiegelbild im Fenster zu seiner Frau und sieht, dass ihr Gesicht schreckensstarr ist.

»Was ist?«

»Da ist jemand um Ufer!«, sagt Alise, packt Axel am Handgelenk und tritt einen Schritt zurück.

Axel schiebt sich näher an das Fenster und hält eine Hand über die Augen, um nach draußen in die Dunkelheit zu schauen, aber es ist unmöglich, aus dem hellen Zimmer bis zum Ufer zu sehen.

»Da ist doch …«

Aber Alise ist schon losgerannt, geht ein paar Stufen hoch, kommt vor Panik ins Stolpern und schaltet dann endlich das Licht aus.

Und jetzt sieht auch Axel die dunkle Gestalt, die mitten auf dem Rasen steht, nur zwanzig Meter von den Fenstern entfernt.

»Was zum Teufel?«, stößt er hervor, während Alise zur Haustür rennt, vor der der Streifenwagen Wache hält.

Er hört, wie seine Frau hysterisch nach den Polizisten ruft.

Kalte Schauder überlaufen ihn, als er den Mann auf dem Rasen betrachtet. Eine Weile starren sie sich an, zwischen ihnen nur die Wohnzimmerfenster und mehr als zwanzig Grad Temperaturunterschied. Dann hebt die Gestalt grüßend die Hand. Und nun sieht Axel, dass der Mann ein Handy in der Hand hält, als würde er ihn durch das Fenster filmen.

»Alise!«, ruft Axel entsetzt. Im selben Moment hört er einen Hund bellen und sieht die Lichtkegel von Taschenlampen über das Grundstück streifen. Aber als die Polizisten mit ihrem Hund endlich in den Garten hinter dem Haus kommen, ist die Gestalt verschwunden, so unbemerkt, wie sie aufgetaucht war.

Axel holt das Handy aus der Tasche und merkt, dass seine Hände zittern. Bisher hat er geglaubt, er hätte sich alles nur eingebildet, seine Augen hätten ihn getäuscht. Er hat gehofft, seine Fantasie hätte ihm Streiche gespielt. Doch jetzt begreift er, dass ihn tatsächlich schon seit Wochen jemand beobachtet hat und ihm hinterhergeschlichen ist. *Was zum Teufel geht hier vor?*

58

Jusuf beendet das Gespräch und erstickt den aufkommenden Hustenanfall. Sein Kehlkopf ist trocken und gereizt, was logischerweise auf das Kettenrauchen zurückzuführen ist.

Vom Ende des langen Flurs im Polizeigebäude dringt ihm leise der Song *Hit It Hard* von John Daly an die Ohren.

»Wer war das?«, fragt Nina. Sie sitzt halb auf der Ecke ihres Schreibtischs und blättert in einem dicken Stoß Papiere.

»Irgendwer ist in Axel Zetterborgs Garten herumgeschlichen«, antwortet Jusuf und schraubt seine Wasserflasche auf. »Jemand, der fix genug war, um dahin zu kommen, obwohl vor dem Haus eine Hundestreife Wache hielt.«

»Und die Streife hat diesen Jemand offenbar nicht aufgegriffen?«

Jusuf schüttelt den Kopf. Er setzt die Flasche an, trinkt sie halb leer und schraubt sie wieder zu.

»Der Hund hat ihn bis zum Bootssteg an der Soutajankuja verfolgt. Dort ist er offenbar über den Metallzaun geklettert und über die U-Bahn-Gleise auf den Ostring gegangen. Und verschwunden«, sagt er und räuspert sich.

»Kennzeichen?«, fragt Nina.

»Ein Mann normaler Größe. Die Zetterborgs haben ihn nicht genau gesehen, er stand mitten auf dem Rasen und hielt ein Handy in der Hand, mit dem er offenbar auch das Innere des Hauses gefilmt hat.«

»Glaubst du, es ist derselbe Typ?«

»Der zuerst Zetterborg und dann Erik Raulo umgebracht hat?« Jusuf hebt die Schultern und sagt fast lautlos: »Faust.«

»Ja.«

»Vielleicht. Oder es ist bloß irgendein Störenfried, der die Zeitung gelesen hat und ein bisschen spionieren wollte … Oder jemand, der seine Arbeit in der Fabrik in Kouvola verloren hat und dem Prinzen Angst machen wollte. Scheiße, woher soll ich das wissen.«

Nina legt die Papiere auf den Tisch und kommt mit verschränkten Armen auf Jusuf zu.

»Irgendwie hab ich das Gefühl, dass der Schleicher im Garten derjenige ist, nach dem wir die ganze Zeit gesucht haben. Und dass Axel Zetterborg in höchster Gefahr schwebt.«

»Aber da ist noch das Foto«, wendet Jusuf ein. »Axel Zetterborg ist nicht auf dem Bild. Im Prinzip kann er natürlich lügen oder sich falsch erinnern, aber andererseits haben die Typen auf dem Foto einen ganz anderen Körperbau als er.«

Er greift nach dem ausgedruckten Bild, das auf dem Tisch liegt, und reicht es Nina.

Sie starrt eine Weile darauf, dann nickt sie langsam.

»Und was ist mit der Liste der Jäger, die Axel geschickt hat?«

»Was soll damit sein?«

»Eliel Zetterborg wurde gestern ermordet. Erik Raulo heute. Aller Wahrscheinlichkeit nach steht dasselbe Schicksal spätestens morgen einem Dritten bevor.«

»Rasse hat sie kontaktiert. Alle, die noch am Leben sind, die meisten von ihnen sind uralt. Jeder wurde aufgefordert, besonders vorsichtig zu sein, für den Fall, dass die Theorie von drei Morden zutrifft. Aber wir haben nicht die Ressourcen, sie alle unter Polizeischutz zu stellen.«

»Natürlich nicht«, seufzt Nina.

»Also kann irgendeinem von ihnen gerade in dieser Sekunde etwas zustoßen, während wir hier über das Thema plaudern.«

Jusuf hält die Hände unter das kalte Wasser und spritzt es sich ins Gesicht. Sein Herz schlägt wild, und sein ganzer Organismus scheint sich im Alarmzustand zu befinden. Zwei Tage Verantwortung als Teamleiter, und schon ist sein Körper überlastet. Annas Neuigkeit hat seinen Zustand auch nicht gerade verbessert.

Er weiß, dass er sich geirrt hat, als er dachte, er wäre noch nicht bereit, Kinder zu bekommen. Er müsse zuerst die Welt sehen und Abenteuer erleben. Jetzt kommt ihm dieser Gedanke völlig absurd vor.

Die Wände der Herrentoilette scheinen ihn zu erdrücken, er muss schleunigst raus.

»Hast du was zu Mittag gegessen, Jusuf?«

Harjula steht vor der Tür zur Toilette, als hätte er auf ihn gewartet. Seine großen Augen mustern ihn kritisch.

Jusuf schüttelt seine nassen Hände und brummt verstimmt. Sein Gesicht ist immer noch feucht, wahrscheinlich sieht es aus, als wäre er verschwitzt.

»Die Mittagspause ist ein Luxus, den sich der Hauptermittler nicht leisten kann.«

Jami Harjula wirkt väterlich besorgt. Seine Miene passt überhaupt nicht zu dem sonst so selbstgefälligen Mann. Allerdings ist er Vater von zwei Töchtern, muss also zu Empathie fähig sein. Ach, zum Teufel, woher soll Jusuf das wissen.

»Quatsch mit Soße«, sagt Harjula. »Du musst doch essen. Komm mit ins Tripla, wir trinken ein Bier und futtern was.«

»Ein Bier? Jetzt?«, fragt Jusuf ungläubig. Die Idee erscheint ihm abwegig, in Sissi Sarvilinnas Kühlkammer liegen bald zwei Leichen, und Harjula redet von Bier. Außerdem ist Jami Harjula wohl der Allerletzte, mit dem Jusuf gemütlich zusammensitzen möchte. »Nee, verdammt.«

Harjula gibt jedoch nicht auf, sondern seufzt tief und kratzt sich mit seinen langen Fingern am Kinn.

»Glaub mir, du brauchst jetzt eine halbe Stunde Atempause. In Munkkiniemi ist schon eine ganze Kompanie bei der Arbeit, die rufen dich an, wenn ihnen was fehlt. Du musst dafür sorgen, dass du arbeitsfähig bleibst. So ähnlich wie es im Flugzeug heißt: Setz dir die Sauerstoffmaske zuerst auf, erst danach deinem Kind.«

Jusuf hört Nina belustigt pfeifen und dreht sich zu ihr um. Sie ist bei ihnen aufgetaucht, ohne dass er es gemerkt hat.

Zu seinem Entsetzen stellt Jusuf fest, dass Nina beschlossen hat, sich mit dem Feind zu verbünden.

»Harjula hat ganz recht. Geh essen. Du brauchst Sauerstoff oder von mir aus ein Bier«, sagt sie und tippt auf ihrem Handy herum. »Danach geht es weiter. Wir halten den Zirkus am Laufen.«

Jusuf will widersprechen, merkt aber, dass er zu müde ist, um sich zu wehren.

59

Wo warst du, verdammt? Sprich mit mir!

Der Mann zieht die Tür zu und verriegelt sie.

Er hört das fordernde Klopfen, beschließt aber, nicht darauf zu achten. Er ignoriert es, darin ist er gut: sich nur auf das zu konzentrieren, was er vor sich sieht.

Mit dem Ladekabel verbindet er das Handy mit seinem Computer.

Synchronisieren.

Hörst du mich, mach die Tür auf!

Der Mann setzt seine Kopfhörer auf.

Video hochladen.

Er zieht die nasse Mütze aus und klickt am iMac den Videoeditor an. Dann fügt er dem Bildstrom das Material hinzu, das er gerade aufgenommen hat. Im Hintergrund der Aufnahme tost das stürmische Meer.

Vielleicht hätte er vernünftig sein und im Verborgenen bleiben sollen, dann hätte er vielleicht ein längeres Video filmen können. Aber diesmal wollte er gesehen werden, wollte, dass man ihn bemerkt. Er ist zum ersten Mal aus dem Schatten getreten.

Der neue Videoclip ist nur zwanzig Sekunden lang.

Insgesamt hat er schon sechs Minuten Material beisammen.

60

Jami Harjula setzt das Bierglas an, trinkt einen großen Schluck und hält sich das Glas wie zum Schutz vor den Mund. Jusuf nagt an dem scharf gewürzten Hähnchenflügel und sieht sich um: Die zu einer internationalen Kette gehörende Sportbar gleicht in ihrer Einrichtung einem Tempel des Bostoner Sports, sie ist voller Erinnerungsstücke der legendären Bostoner Vereine. Red Sox, Bruins, Celtics und New England Patriots sind stark vertreten. Jusufs Blick bleibt an David Ortiz hängen, dem berühmten Designated Hitter der Red Sox, dessen Foto hinter dem Tischende an der Wand hängt. Der Star, der seine Karriere 2016 beendete, kehrte vor zwei Jahren ungewollt in die Schlagzeilen zurück, als er in seinem Heimatland, der Dominikanischen Republik, bei einem misslungenen Auftragsmord in den Rücken geschossen wurde. Das Ironische an der Sache ist, dass Ortiz gar nicht das Ziel des Anschlags war. Am falschen Ort zur falschen Zeit, oder wie heißt es gleich.

»War verdammt lecker«, sagt Harjula und wischt sich Soße aus dem Mundwinkel.

»Ja.« Jusuf blickt auf seinen Teller. Er ist sich nicht sicher, ob es bei allem, was er heute noch zu tun hat, klug war, mittelscharfe Wings und Spiralpommes auf nüchternen Magen zu essen. Sein Magen rumort so laut, dass es auch Harjula, der ihm gegenübersitzt, nicht überhören kann.

Er nagt die letzten Fleischstückchen von dem dünnen Knochen und merkt plötzlich, dass Harjula ihn irritierend kritisch mustert.

»Weißt du was, Jusuf? Du bist eigentlich gerade jetzt in einer ziemlich schönen Lebensphase. Frei von allen Verpflichtungen des Zivillebens … Deine Eltern sind doch auch gesund, oder?«

Jusuf betrachtet Harjulas langes, schmales Gesicht und die Lippen, die sich hinter dem dicken Glas bewegen.

Eine Kellnerin kommt, nimmt die leeren Teller vom Tisch und verschwindet wieder in der Küche.

»Ja, sind sie«, antwortet Jusuf widerstrebend.

»Wenn man erst mal Kinder hat und so weiter … Dann wird alles so verdammt schwierig.«

Jusuf ist im Begriff, etwas zu sagen, merkt aber, dass sein Kollege weiterreden will. Allerdings vergehen quälend viele peinliche Sekunden, bevor es Harjula gelingt, seine Gedanken in Worte zu fassen. Jusuf vermeidet den Blickkontakt, indem er auf die weißen Zähne von Tom Brady starrt, der einen Football in den Händen hält.

»Damit will ich nicht sagen, dass die Kinder an sich schwierig sind. Sie sind das Beste, was ich je bekommen habe. Auch wenn sich das in den Ohren eines virilen Singles, wie du einer bist, bestimmt wie ein Klischee anhört. Es ist wohl einfach so, dass ein großes Glück auch eine große Verantwortung mit sich bringt. Und die Verantwortung ist manchmal eine höllisch schwere Last. Sie reißt alles andere in Stücke.«

Jusuf sieht ihn ungläubig an. Er kann es nicht fassen, dass Harjula nach all den Jahren ihrer Zusammenarbeit urplötzlich aus der Deckung kommt und mit ihm spricht, als stünden sie sich irgendwie nahe. Vielleicht handelt es sich aber auch um eine wohlerwogene Bilanz, die er für seinen Psychiater aufgestaut hat. Und auf einmal überkommt Jusuf eine traurige Erkenntnis, er begreift, dass der meist forsch und übertrieben selbstsicher auftretende, naseweise Harjula keine echten Freunde hat, mit denen er sich bei einem Bier über seine Gefühle austauschen kann.

»Du hast recht, Harjula«, sagt Jusuf und reibt sich die Fingerknöchel. »Ich weiß absolut nichts von deiner Situation und kann mich nicht so richtig in deine Lage versetzen. Aber ich weiß immerhin, dass du mit diesen Gefühlen nicht allein bist.«

Jami Harjula lächelt betrübt.

»So ist es wohl. Die Welt ist voll von unglücklichen Eltern«, erwidert er, leert sein Glas und stellt es exakt in die Mitte des Bierdeckels, als wäre die Symmetrie der weißen Ränder seine größte Sorge.

»Bist du das? Unglücklich?«, fragt Jusuf und erschrickt über seine eigenen Worte, die das Gespräch auf eine noch tiefgründigere Ebene zu führen drohen – das Gespräch mit einem Mann, für den er sich nie wirklich interessiert hat.

Jami Harjula verschlimmert die Situation noch, indem er Jusuf in die Augen blickt. Dann verschränkt er seine langen Finger auf dem Tisch und stößt einen ungeheuer tiefen Seufzer aus. Das ist wohl eine ausreichende Antwort.

Jusuf spürt, dass seine Handflächen wieder schweißnass werden.

Wie zum Teufel bin ich in diese Situation geraten?

»Ich hab immer überlegt, was einen Menschen letzten Endes glücklich macht. Gesunde Kinder, natürlich. Wieder ein Klischee, und trotzdem wahr. Aber dass sich die schlimmsten Befürchtungen nicht erfüllen, dass den Kindern nichts Schlimmes zustößt … Ist das Glück oder nur Dankbarkeit? *Gotta love the status quo* und so weiter. Muss man im Leben immer den jetzigen Stand akzeptieren, bloß deshalb, weil alles auch verdammt viel schlimmer sein könnte?«

»Eine gute Frage«, sagt Jusuf und blickt auf seine Uhr. Er muss sich bald einen triftigen Grund ausdenken, um zu gehen.

Besorgt betrachtet er die leeren Biergläser auf dem Tisch. Als Nächstes schlägt Harjula bestimmt vor, noch eine Runde zu bestellen. Das war nicht abgemacht. Jusuf braucht einen schnellen Fluchtweg. Was steht in dem Brief, den Zetterborg an Erik Raulo geschrieben hat, und warum hat Jessica sich noch nicht zurückgemeldet?

»Unglückliche Menschen … Denk nur mal an diesen Zetterborg«, fährt Harjula träge fort. »Einer der reichsten Männer in Finnland, aber im Fernsehen lag immer Müdigkeit und eine Art Zynismus auf seinem Gesicht. Ich wette, dass der Mörder ihm auf irgendeiner Ebene einen Gefallen getan hat.«

»Sag so was nie in der Öffentlichkeit, Harjula«, mahnt Jusuf halb im Ernst. »Sonst verlieren die Menschen ihren Glauben an die Kriminalpolizei.«

Jami Harjula lächelt müde und blickt durch das Fenster des Pubs nach draußen, wo Schneeflocken im Licht der Straßenlampen tanzen. Sie sitzen erst seit fünfundzwanzig Minuten am Tisch, aber das Selbstmitleid, das der hochgewachsene Kollege lakonisch verströmt, hat Jusuf bereits davon überzeugt, dass er selbst allein und unglücklich sterben wird, ohne die Geborgenheit einer Familie. Harjula ist ein toxischer Gesprächspartner, auch dann, wenn er bedrückt und verletzlich ist. Vielleicht besonders dann.

Jusuf weiß allerdings, dass er im Grunde ein weichherziger Philanthrop ist, dem das Leid anderer Menschen nie Genuss bereitet, ganz gleich, wer ihm gegenübersitzt. Er hat unwillkürlich Mitleid mit seinem vorlauten Kollegen. Es ist völlig klar, dass Harjula aufmunternde Worte braucht, ein Schulterklopfen und die Versicherung, dass bestimmt alles gut wird. Jusuf muss ihm entgegenkommen, vor allem jetzt, in seiner Rolle als Hauptermittler.

»Hör mal, Harjula …«

»Glück … *It's a bitch.*« Bei Harjulas Einwurf bereut Jusuf

seine empathischen Gedanken sofort. »Ich hab gerade gehört, dass ein anderer steinreicher Typ heute früh einen Selbstmordversuch unternommen hat«, sagt Harjula zerstreut und fährt fort: »Man hat ihn in einem Whirlpool an der Tähtitorninkatu gefunden, im Wasser schwamm eine leere Pillendose …«

Jusuf blickt blitzschnell von seiner Armbanduhr auf.

Irgendetwas zwickt ihn im Bauch. Die scharfe Soße oder Harjulas Worte.

»Was? Welcher steinreiche Typ?«

»An den Namen erinnere ich mich nicht. Wohnt angeblich allein in einer Riesenwohnung, in einem Gebäude, das vor ein paar Jahren renoviert wurde. Früher war da eine private Tennishalle und dann ein Fernsehstudio. Nach der Sanierung lag der Preis für so eine Wohnung bei anderthalb Millionen«, erklärt Harjula, schüttelt mit ernster Miene den Kopf und wirft einen Blick über die Schulter, vermutlich, um die Kellnerin auf sich aufmerksam zu machen. Doch da die Kellnerin nirgendwo zu sehen ist, wendet er sich wieder Jusuf zu und fährt fort: »Da lag er also im lauwarmen Wasser, bereit zu gehen. Er hatte seiner Schwester eine Textnachricht geschickt, sie sollte den Hund holen. In der Wohnung war tatsächlich ein riesig großer Hund.«

»Was?«

Der letzte Satz hat Jusuf aufgerüttelt.

»Ein großer Hund?«, fragt er und streckt den Rücken durch. »Was für einer?«

Harjula zieht die Augenbrauen hoch. Ein Hauch seiner alten Überheblichkeit legt sich auf sein Gesicht.

»Wie … was für ein Hund?«

»Was für einen Hund hatte er?«

»Woher soll ich das wissen? Einen großen.«

Jusuf beugt sich über den Tisch und begegnet dem verdatterten Blick seines Kollegen.

»Verdammt noch mal, hast du bei unseren Besprechungen geschlafen?«, fragt er gereizt und holt sein Handy aus der Tasche. »Der Abend von Zetterborgs Ermordung. Joonas Lamberg hat erwähnt, dass an der Ecke des Parks ein Mann mit einem großen Hund stand und mit lauter Stimme irgendwas gerufen hat, genau in dem Moment, als Lamberg ausgestiegen ist.« Er steht auf. »Darüber haben wir schon gestern Abend im Team gesprochen.«

»Glaubst du …«

»Ob ich glaube? Meinst du, wir könnten es uns leisten, irgendwas zu glauben? Dieser Sache nicht nachzugehen?«, faucht Jusuf frustriert und greift nach seiner Jacke, die auf der Stuhllehne liegt. »Der Selbstmordversuch eines Hundebesitzers, nur einen Steinwurf von Zetterborgs Wohnung entfernt. Scheiße, wieso erfahre ich erst jetzt davon?«

Jami Harjula senkt den Blick auf sein leeres Glas und wirkt verdutzt.

»Sorry. Ich dachte nicht, dass …«

»Scheiße, Harjula. Von wem hast du es gehört?«

»Von Holopainen aus dem Rauschgiftdezernat.«

»Der Typ lebt also noch?«

»So hab ich es verstanden.«

»Ruf Holopainen sofort an, und besorg uns alle Informationen zu dem Fall. Wir fahren jetzt ins Krankenhaus und sehen uns den Mann an«, sagt Jusuf und lutscht einen Soßenspritzer von seiner Hand.

61

»Steig ein, Jessica«, sagt eine Frauenstimme.

Jessica stockt der Atem. Obwohl die nasse Straße das schwache Licht der Straßenlampen aufsaugt, erkennt sie das leberfleckige Gesicht der alten Frau. Mit ihren eingefallenen Wangen sieht sie aus wie eine lebende Tote. Und das ist sie wohl auch, eine albtraumhafte Erinnerung aus einem früheren Leben: jemand, der abwesend sein sollte. Wenn nicht tot, dann wenigstens irgendwo weit, weit weg.

Jessicas Herz rast, ihr ganzer Körper schreit ihr zu, sie soll die Beine in die Hand nehmen und weglaufen, um ihr Leben rennen. Doch wie so oft zuvor sträubt sich irgendetwas in ihr dagegen. *Es ist nicht so einfach, nichts ist einfach.*

Sie schließt die Augen und hofft, dass das Auto und die alte Frau verschwinden. Doch das geschieht nicht.

Neben ihr ist unbemerkt ein freundlich aussehender blonder Mann aufgetaucht, den sie schon einmal gesehen hat.

Er hält ihr die Tür auf, und Frau Adlerkreutz macht ihr Platz, indem sie mühsam auf den Nebensitz rutscht.

»Es ist sinnlos wegzulaufen, liebe Jessica. Außerdem willst du das ja gar nicht.«

»Du ...«, wispert Jessica und nimmt den salzigen Geschmack einer Träne in ihrem Mundwinkel wahr.

Nun begreift sie, dass der Mann derselbe ist, dem sie heute früh an ihrer Haustür begegnet ist.

Ihr Herz pocht, aber ihr Kopf streikt.

Auf der dunklen Straße ist keine Menschenseele unterwegs, die über der Fahrbahn hängenden Straßenlampen tanzen im Wind. Jessica ist allein und unbewaffnet, ihre Hand liegt in der Armschlinge – sie ist völlig unfähig, sich zu verteidigen.

Frau Adlerkreutz lächelt süßlich.

»Ich bin für eine Weile weggegangen. Und deinetwegen zurückgekehrt. Wegen dem, was du getan hast.«

Und da flimmert alles an Jessicas Augen vorbei. *Der Autounfall, das Erbe, die Niemis, Venedig, Colombano, Erne, der kalte Atem ihrer Mutter, Dutzende Mordermittlungen und schließlich Camilla Adlerkreutz und die Hexenbande.*

»Ich will nicht«, sagt sie und merkt, dass sie zittert.

Sie weiß, dass sie stärker ist, dass sie unter keinen Umständen der alten Frau gehorchen sollte, die ihr aus den Tiefen des Autos ihre knochendürre Hand entgegenstreckt. Aber etwas in dieser Welt, in die die Frau Jessica ruft, zieht sie an. Es ist ein Ort, dem niemand entfliehen kann und an dem man allem Bösen ins Auge sehen muss.

Plötzlich spürt Jessica einen Stoß im Rücken, dann wird sie mit festem Griff auf die Rückbank bugsiert. Sie will rufen, gellend schreien, aber aus ihrer Kehle kommt nur ein trockenes Zischen.

Und dann wird ihr schwarz vor den Augen.

62

Jusuf trommelt nervös auf das Armaturenbrett und wirft einen Blick auf seine Armbanduhr. Harjula telefoniert auf dem Beifahrersitz und schreibt die Informationen in ein kleines Notizbuch.

»Der Typ heißt Hjalmar Ek, siebenundvierzig Jahre alt«, sagt Harjula, als er mit seinen Telefonaten fertig ist. »Laut Register des Kennel-Clubs besitzt er einen dreijährigen, aprikosengelblichen englischen Mastiff.«

»Was zum Teufel ist Aprikosengelblich?«, seufzt Jusuf. »Ist es dasselbe wie Beige?«

»Keine Ahnung«, entgegnet Harjula. »Welche Farbe haben Aprikosen?«

»Frag Google.«

Jami Harjula sieht Jusuf kurz an und tippt dann mit seinen riesigen Fingern auf seinem Handy herum.

»Joonas Lamberg hat gestern Abend gesagt, er hätte die Rasse nicht erkannt, aber der Hund wäre groß und beige gewesen«, erklärt Jusuf und hält vor einem Zebrastreifen, an dessen Rand ein altes Ehepaar mit Rollatoren steht.

»Ein englischer Mastiff kann ohne Weiteres hundert Kilo wiegen«, murmelt Harjula. »Und Holopainen hat ja gesagt, dass der Hund in Hjalmar Eks Wohnung verdammt groß war.«

»Aber ist er beige?«

»Einen Moment.«

»Ist eine Aprikose nicht beige, oder jedenfalls beinahe?«

»Sieht so aus. Jedenfalls im Dunkeln, denke ich.«

»Es muss derselbe Typ sein«, meint Jusuf, dreht das Lenkrad und gibt Gas, um einen Schlenker um die Rentner zu machen, die es erst bis zur Mitte des Zebrastreifens geschafft haben. »Gibt es sonst noch was?«

»Unverheiratet … Hohe Kapitaleinkünfte. Keine Vorstrafen. Sonst nichts.«

»Okay, ruf Nina an und bitte sie, alles über den Mann auszugraben. Verdammt noch mal, es kann doch kein Zufall sein, dass der Typ kurz vor dem Mord nur hundert Meter vom Tatort entfernt gebrüllt hat und am nächsten Morgen leblos im Whirlpool gefunden wird«, sagt Jusuf.

»Andererseits hat er ein wasserdichtes Alibi für die Tatzeit«, wendet Harjula ein, während er Ninas Telefonnummer sucht.

»Ja und nein«, erwidert Jusuf. »Er ist verschwunden, bevor Lamberg Zetterborg zu seiner Wohnung begleitet hatte. Wer auch immer den Boss kurz darauf umgebracht hat, muss durch den anderen Treppenaufgang ins Haus geschlüpft sein. Gut möglich, dass der Typ seinen Hund nach Hause gebracht hat und um den Block in die Vuorimiehenkatu gegangen ist.

Jami Harjula nickt widerstrebend und hebt das Handy ans Ohr.

»Noch was, Harjula«, fügt Jusuf schnell hinzu, als Nina sich gerade meldet.

»Was?«

»Hjalmar Eks Passfoto muss dem Besitzer von Hobby Sammy gezeigt werden.«

63

Nina Ruska verlässt das Polizeigebäude durch den Nebeneingang. Obwohl die Bushaltestelle auf der anderen Straßenseite nur ungefähr zehn Meter entfernt ist, zieht sie den Reißverschluss ihrer Jacke hoch. Sie will schon loslaufen, um es vor dem roten Lieferwagen, der sich der Kreuzung nähert, über die Straße zu schaffen, entscheidet sich dann aber dafür zu warten. *Nichts ist so eilig, dass man deshalb vor einen Laster rennt.*

Kurz darauf öffnet sie die Tür des dunkelblauen Audi SQ5 und setzt sich auf den lederbezogenen Beifahrersitz.

Sie umfasst Toms Gesicht mit beiden Händen und lächelt, als sie seine Zunge an ihren Zähnen spürt.

»Ich musste dich einfach sehen«, sagt Tom, als ihre Lippen sich endlich voneinander lösen.

»Schön«, antwortet Nina und zieht sich langsam auf ihren Sitz zurück. »Aber ich hab wirklich viel zu tun. Und morgen wahrscheinlich auch.«

»Eine Stunde. Danach bring ich dich hierher zurück«, schlägt Tom vor.

Nina lacht laut. Toms dunkle Haare sind lockig, und unter den Bartstoppeln ist eine Narbe zu sehen. Dort hat ihn vor längerer Zeit eine Schlittschuhkufe getroffen, hat er bei ihrer vorigen Begegnung erzählt.

»*Impossible*«, entgegnet Nina. Sie spricht das Wort französisch aus.

Tom spielt den Enttäuschten, ist aber offensichtlich bereit aufzugeben.

»Okay.«

»Aber toll, dass du vorbeigekommen bist.«

»Erzähl mir wenigstens ein bisschen über euren Fall«, sagt Tom und schaltet das Warnblinklicht ein. Ein Bus nähert sich der Haltestelle.

Nina spürt, wie die Glut ebenso schnell aus ihrem Gesicht verschwindet, wie sie aufgetaucht ist.

»Warum?«

»Natürlich will ich wissen, ob ich mir Sorgen machen muss«, erwidert Tom scherzhaft. »Ich hab dir ja erzählt, dass wir bei der Arbeit in letzter Zeit irren Stress hatten, erinnerst du dich?«

Nina sieht ihn an und überlegt, ob er es ernst meint.

»Ja.«

»Wir haben eine Due Diligence gemacht, also das Objekt eines Unternehmenskaufs geprüft. Es ging um die Komponentenfirma, die RealEst vorgestern gekauft hat. Und gleichzeitig haben wir uns sehr entschieden für die Schließung der Fabrik in Kouvola ausgesprochen. Da frage ich mich, ob es auch für mich als Geschäftsführer der HCG brenzlig werden kann, wenn da ein Serienmörder rumläuft, der …«

»Ist das dein Ernst?«, fragt Nina schließlich, während der Bus an ihnen vorbeirauscht.

Sie kennen sich erst seit drei Wochen, und Nina ist nicht ganz klar, was Toms Consultingfirma im Einzelnen macht. Sie zerbricht sich jedoch nicht den Kopf darüber, was hinter den geschlossenen Türen der HCG geschehen ist, sondern fragt sich, ob Tom vielleicht doch nicht nur deshalb gekommen ist, weil er sie unbedingt wiedersehen wollte.

Im Auto herrscht Stille. Von draußen kommt das immer schneller erklingende Warnsignal einer Baustelle, das eine Sprengung ankündigt und mit einem leisen Donner endet.

Schließlich lacht Tom.

»Natürlich nicht. Das heißt, ja, wir haben die DD gemacht, aber ich bin nur gekommen, um dich zu mir nach Punavuori zu holen.«

Nina spürt seine Lippen auf ihren.

Erleichtert genießt sie die Berührung.

»Komm doch mit.«

»Nein.«

Tom streichelt ihre Haare und küsst sie auf die Stirn.

»Wenn du diese Ermittlung hinter dir hast, möchte ich dich jemandem vorstellen. In aller Ruhe.«

Nina glaubt zu wissen, von wem Tom spricht, doch sein Vorschlag scheint ihr ein wenig übereilt.

»Meinst du …«

»Ich weiß, dass es früh ist. Aber das Leben ist kurz. Außerdem ist er ein prima Typ. Ihr werdet euch bestimmt gut verstehen.«

»Drei Wochen, Tom.«

»Er ist ein guter Junge. Oder eigentlich schon ein Mann. Neunzehn.«

»Na, wenn du meinst, das wäre eine gute Idee …«

Tom blickt kurz in den Rückspiegel. Nina dreht sich um und sieht, dass sich wieder ein Bus nähert.

»Ja, das meine ich. Aber denk in aller Ruhe darüber nach«, sagt Tom und zieht sich hinter das Lenkrad zurück. Er lässt den Motor an. Sein Blick ist ruhig und liebevoll.

»Okay. Wenn deine Ex nicht dabei ist. Der behaarte Bursche darf ruhig kommen.«

Einen Augenblick lang hat Nina den Eindruck, dass Tom nicht weiß, wovon sie spricht.

»Der Hund. Um den du dich kümmerst«, erklärt sie. Tom lacht auf.

»Ach ja. Natürlich. Du lernst beide Jungs gleichzeitig kennen.«

Nina blickt dem Audi nach, der losfährt und dem Bus Platz macht. Sie spürt den Geschmack von Toms Rasierwasser im Mund und den Duft seiner Haare in der Nase. Ihr ganzer Körper bebt. Sie hätte doch mitfahren sollen.

Nun muss sie wieder an die Arbeit.

Sie liest die Textnachricht, die Rasmus ihr gerade geschickt hat.

Kein Handy von irgendeinem uns bekannten Typen war auch nur in der Nähe von Munkkiniemi, als Erik Raulo ermordet wurde.

Nina steckt das Handy in die Tasche. Sie betritt die Fahrbahn und sieht Niklas Fischer, der auf der anderen Straßenseite steht und in ihre Richtung zu starren scheint. Als er Nina bemerkt, senkt er den Blick und geht mit langsamen Schritten davon.

64

Der stechende Geruch eines Desinfektionsmittels liegt in der Luft. Jusuf und Jami Harjula gehen den sterilen, weißgrünen Klinikflur entlang. An den Empfangsschalter auf halber Strecke lehnt sich ein bärtiger Mann im weißen Kittel. Als sie auf Hörweite herangekommen sind, geht Jusuf auf, dass er dem Arzt schon einmal begegnet ist.

»Guten Tag«, sagt der Mann und drückt ein kleines Tablet an seinen Bauch. »Alex Kuznetsov, Oberarzt.«

»Wir haben uns irgendwann schon einmal gesehen«, erwidert Jusuf, aber das ausdruckslose Gesicht des Mannes zeigt keinerlei Reaktion. Es ist neutral wie ein unbeschriebenes Blatt Papier.

»Vor einem Jahr, als die aus dem Eis gerettete Frau hier eingeliefert wurde«, fällt Jusuf plötzlich ein. Kuznetsov begnügt sich mit einem kurzen Nicken.

»Richtig. Das war ein eher unangenehmer Fall«, sagt er und blickt zu Harjula auf, der einen Kopf größer ist als sie beide. Harjula scheint sich immer noch zu schämen, weil er die mögliche Verbindung zwischen Hjalmar Eks Selbstmordversuch und dem Mord an Zetterborg nicht früher erkannt hat.

Jusuf hat auf dem Weg zu seinem Wagen eine Zigarette geraucht und sich anschließend Kaugummi mit Salmiakgeschmack in den Mund gesteckt, doch um sie herum schwebt trotzdem Alkoholgeruch. Er muss von Harjula ausgehen. Vielleicht war das Bier für ihn nicht das erste an diesem Tag.

»Man hat mich schon über Ihre Ankunft informiert«, fährt Kuznetsov fort und kratzt an seinem rauen Bart. »Ich verstehe nur nicht ganz, warum das Gewaltdezernat einen Patienten befragen will, der eine Überdosis Antidepressiva eingenommen hat. Besteht etwa der Verdacht auf ein Verbrechen?«

»Mit dem Selbstmordversuch verbinden sich vermutlich keine Unklarheiten«, sagt Jusuf, während er in der Tasche nach einem weiteren Kaugummi angelt. Wenn er das intensiv riechende Dragée kaut, merkt der Arzt vielleicht nicht, dass Harjula nach Alkohol stinkt. »Aber wir untersuchen ein Gewaltverbrechen, das in der Nähe geschehen ist, und müssen einige Punkte überprüfen. Ist der Patient schon ansprechbar?«

Kuznetsov betrachtet die beiden eine Weile. Seine Miene verrät Zweifel oder vielleicht berufliches Interesse.

»Geht es bei dem Fall, den Sie untersuchen, womöglich um Eliel Zetterborg?«

»Leider kann ich über die Einzelheiten nicht sprechen«, erwidert Jusuf und steckt sich ein Kaugummi in den Mund.

»Soso.« Kuznetsov lacht auf, ohne eine Miene zu verziehen. »Aufgrund dieser spärlichen Information soll ich also entscheiden, ob ein ausreichender Grund vorliegt, Sie zu dem Patienten zu lassen. Wacklig, würde ich sagen. Mehr als wacklig.«

Jusuf mustert den Mann, seinen dicken Hals, der unter dem Stethoskop hervorschaut, und seine starken Arme. Jetzt erinnert er sich, dass der selbstgerechte, mit ruhiger Stimme sprechende Oberarzt auch beim letzten Mal alles andere als kooperativ war. Vielleicht hat irgendein Polizist mal mit seiner Frau geschlafen. Jusuf fühlt sich versucht, ihn direkt danach zu fragen.

Hol tief Luft. Verarsch ihn nicht, sonst ist alles verloren.

Es lohnt sich nicht, mit dem als Türsteher auftretenden Mediziner zu streiten, dadurch würde alles nur noch komplizierter. Und letzten Endes hält sich der Oberarzt wohl nur an eine scheinheilig wirkende, aber von seiner Berufsethik diktierte Maxime, wonach das Wohl des Patienten über allem anderen steht.

»Na gut, aber die Information bleibt unter uns: Es ist möglich, dass der Patient gestern Abend etwas gesehen hat, das mit dem Fall Eliel Zetterborg in Verbindung steht«, sagt Jusuf.

Kuznetsov wirkt triumphierend, sofern es überhaupt möglich ist, in seiner steinernen Miene irgendein Gefühl zu erkennen.

»Tatsächlich?«, fragt er und aktiviert mit einer schnellen Fingerbewegung das Display seines Tablets.

Jusuf nickt nur.

»Bei dem Patienten wurde am Vormittag eine Magenspülung durchgeführt, und es geht ihm den Umständen entsprechend gut. Ich mache mir allerdings Sorgen um sein Herz. Eine Überdosis trizyklischer Antidepressiva führt leicht zu Herzproblemen. Der Blutdruck des Patienten ist sehr niedrig, und er leidet an Rhythmus- und Leitungsstörungen, darf also auf keinen Fall in Aufregung versetzt werden. Die Folgen können verhängnisvoll sein, verstehen Sie?«

»Ich verstehe«, antwortet Jusuf.

»Aber verstehen Sie wirklich?«, fragt Kuznetsov zufrieden schmatzend, als ließe er sich seine gewählten Worte auf der Zunge zergehen, und rückt seine Brille zurecht. »Sie müssen äußerst feinfühlig sein.«

»Sind wir«, versichert Jusuf und zeigt mit dem Finger fragend in den Flur.

»Na schön, ausnahmsweise. Zimmer 319«, erklärt Kuznetsov. »Eine Krankenpflegerin schaut in regelmäßigen Abständen vorbei, um sicherzustellen, dass der Mann nicht erneut versucht, sich Schaden zuzufügen. Im Moment dürften seine Kräfte dafür allerdings nicht reichen.«

»Danke«, sagt Jusuf, sieht den Arzt kurz an und geht dann mit Harjula an ihm vorbei.

Sie haben etwa fünf Meter zurückgelegt, als Jusuf wieder die bevormundende Stimme des bärtigen Mannes vernimmt.

»Viel Glück. Hoffentlich beherrscht einer von Ihnen die Gebärdensprache.«

Jusuf bleibt stehen und dreht sich um. Er hat das unangenehme Gefühl, dass sie wieder einen Schritt hinterherhinken.

»Wieso?«

Kuznetsov lässt ein schadenfrohes Lächeln aufblitzen, das er anscheinend für diesen Moment aufgespart hat, für das Grande Finale.

»Der Mann ist taubstumm.«

65

Jusuf stützt sich auf das Fensterbrett und betrachtet den in Grautöne gehüllten Stadtteil Meilahti mit seinen rot gedeckten Hochhäusern, über denen die Dunkelheit längst ihren täglichen Vorhang ausgebreitet hat. Der Boden hat sich durch den leichten Schneefall nicht weiß gefärbt, sondern sieht glatt und schimmernd aus wie der Rücken eines Delphins. Der nachmittägliche Berufsverkehr hat eingesetzt, und von Matsch und Salz verschmutzte Autos bewegen sich in einer endlosen Schlange auf der Tukholmankatu nach Westen, zur Landstraße Richtung Turku.

Sie warten am Ende des Flurs auf die Ankunft des Gebärdensprachdolmetschers. Jusuf hat versucht, Jessica zu erreichen, um sie über die neuesten Ereignisse zu informieren, doch sie meldet sich nicht.

»Wie lange noch?«, fragt er und stellt fest, dass der Salmiakkaugummi während der letzten Viertelstunde, die ihm wie eine Ewigkeit vorkommt, seinen Geschmack verloren hat. Der Dolmetscher sollte unverzüglich eintreffen, hat sich aber offenbar irgendwo festgeredet oder festgestikuliert.

Jami Harjula zuckt die Achseln und wirft einen Blick auf die weiße Wanduhr.

»Er kommt bestimmt bald.«

»Verdammt.« Jusuf dehnt seinen steifen Nacken und tritt vor Harjula, der neben dem Wasserspender steht. Weiter vorn auf dem Flur schieben zwei Pfleger ein Krankenbett zum Aufzug. Irgendwo ist leises Weinen zu hören.

»Hjalmar Ek ist unser Mann. Faust«, sagt Jusuf, die Hände in die Seiten gestützt. »Der Typ bei Hobby Sammy hat gesagt, der Mann hätte das Puzzle bestellt, ohne ein Wort zu sagen … Er hatte seine Wünsche aufgeschrieben. Ich hatte bisher nicht daran gedacht, aber der Grund war natürlich, dass er ganz einfach nicht sprechen kann.«

»Dazu passt auch die Aussage von Sanni Karppinen«, merkt Harjula an.

»Genau.« Jusuf blickt auf die Nummer an der Tür. *319*.

»Sobald der Dolmetscher kommt, müssen wir …«, beginnt er, leckt sich über die trockenen Lippen und fährt fort: »Scheiße, ich weiß nicht, welche Strategie die richtige wäre. Es ist völlig klar, dass Hjalmar Ek das Puzzle bestellt, die Putzfrau an ihr Bett gefesselt, ihre Schlüssel an sich genommen und Zetterborg erstochen hat … Aber wie bringen wir ihn dazu, ein volles Geständnis abzulegen, ohne dass sein Herz versagt?«

»Und Raulo?«, fragt Harjula. »Hjalmar Ek hat die Textnachricht an seine Schwester heute früh um fünf vor zehn abgeschickt. Hatte er Zeit, nach Munkkiniemi zu fahren und Raulo zu erschießen, bevor die Gewissensbisse ihn zu dem Selbstmordversuch getrieben haben?«

»Raulos Todeszeit ist noch nicht genau bekannt«, antwortet Jusuf. »Aber im Moment gehen wir davon aus, dass er irgendwann am frühen Morgen erschossen wurde. Darauf deuten auch die verbrannten Toastscheiben hin. Du hast doch gesagt, dass Raulo nach Auskunft seines Sohnes immer um acht Uhr gefrühstückt hat.«

»Es passt also alles zusammen«, meint Harjula.

Jusuf sieht, dass Alex Kuznetsov wieder am Empfangsschalter aufgetaucht ist und die unruhig am Ende des Flurs herumstehenden Polizisten aufmerksam beobachtet.

»Eine seltsame Art, sich umzubringen«, sagt Harjula. »Meines Wissens werden trizyklische Antidepressiva heute kaum noch verschrieben, weil sie so schlimme Nebenwirkungen haben. Meine Mutter hat sie jahrelang eingenommen, bis zu ihrem Tod, obwohl der Arzt ihr immer wieder empfohlen hat, sie gegen ein moderneres Medikament einzutauschen.«

Jusuf betrachtet den hochgewachsenen Mann, der wieder etwas Neues und Unerwartetes von sich preisgegeben hat. Es ist, als hätte die gesamte Zeit, die sie zu zweit verbringen, den Zweck, Jusuf klarzumachen, warum Harjula so ist, wie er ist, und ihm eine menschliche Erklärung für das mitunter unerträgliche Verhalten des Kollegen zu bieten.

Jusuf überlegt, ob er Harjula nach seiner Mutter fragen sollte, vielleicht nach ihrem tragischen Kampf gegen die Depression, entscheidet sich aber dagegen. Einige Sekunden Stille und ein empathischer Blick müssen jetzt genügen.

»Was lässt sich deiner Meinung nach daraus schließen?«, fragt er nach einer Weile.

»Na ja, ich bin kein Experte, aber wenn Eks Depression erst kürzlich festgestellt worden wäre, hätte man ihm vermutlich nicht dieses Medikament verschrieben.«

»Also …«

»Also nehme ich an, dass er schon seit Jahren depressiv war. Vielleicht seit Jahrzehnten. Das Medikament wurde vielleicht auf seinen Wunsch nicht durch ein moderneres ersetzt.«

Jusuf nickt. Das Argument klingt vernünftig. Harjula leistet gute Arbeit und kompensiert damit seinen früheren Schnitzer.

»Schick den Gedanken als Textnachricht an Rasmus«, bittet Jusuf. »Und schreib dazu, dass Ek taubstumm ist.«

Harjula holt das Handy aus seiner Jackentasche.

»Es ist natürlich auch möglich, dass der Mann gar nicht depressiv ist und sich die Medikamente auf andere Weise beschafft hat«, sagt er, während er die Nachricht schreibt.

»Darüber brauchen wir nicht allzu lange zu spekulieren«, erwidert Jusuf. »Wenn wir den begründeten Verdacht haben, dass Hjalmar Ek Zetterborg ermordet hat, muss die Klinik uns seine Patientendaten aushändigen.«

»Oder er erzählt es uns selbst, wenn wir ihn endlich befragen können«, meint Harjula.

Im selben Moment sehen sie, wie ein junger Mann in weißer Hose und rotem Pullover aus dem Aufzug tritt und zum Empfangsschalter geht. Kuznetsov dreht sich um und zeigt mit dem Finger auf sie.

»Da kommt der Dolmetscher«, sagt Jusuf, klaubt das Kaugummi von seiner Zunge und wickelt es in die Folie.

66

Jessica schlägt die Augen auf. Ihr Mund ist trocken, und ihr Kopf schmerzt heftig.

Der Anblick, der sich allmählich vor ihren Augen auftut, lässt sie glauben, dass es sich um einen Traum handelt, um eine schreckliche Erinnerung, die aus den Tiefen ihres Unterbewusstseins aufsteigt und sie zwingt, das Entsetzliche noch einmal zu durchleben.

»Ich habe dich vermisst, Jessica«, sagt eine knarzende Stimme.

Jessica versucht sich zu bewegen, merkt aber, dass ihre Handgelenke und Knöchel fest an den Holzstuhl gebunden sind, auf den man sie gesetzt hat. Ihre Lippe ist aufgeplatzt, sie spürt den Geschmack von Blut im Mund. Das Surren an der Deckenkante stammt wohl von einem Ventilator oder einem Heizlüfter.

Sie blickt sich um und sieht betonverputzte, raue Wände und eine niedrige Decke. Der Raum riecht feucht und muffig. Ein Erdkeller.

In diesem Moment erscheint eine alte Frau, gestützt von einem großen Mann, in Jessicas Blickfeld. Camilla Adlerkreutz ist seit ihrer letzten Begegnung stark gealtert, ihr Blick ist müde, und die Haut um ihre Augen schimmert bläulich.

»Bereust du es manchmal?«

»Was?«, fragt Jessica. Sie weiß, dass sie in Lebensgefahr

schwebt, aber irgendetwas tief in ihrem Innern befiehlt ihr, ruhig zu bleiben. Sich anzuhören, was die alte Teufelin zu sagen hat.

»Dass du dich uns nicht angeschlossen hast.«

»Ich erinnere mich nicht, dass wir darüber jemals ernsthaft gesprochen hätten.«

Camilla Adlerkreutz lacht auf, tritt dann einen Schritt näher und berührt Jessicas Wange mit ihren dürren Fingern.

»Das war nicht nötig, liebe Jessica. Ich habe sofort gesehen, dass du nicht dazu taugst, meine Geschichte weiterzuführen. Dazu bist du zu schwach, genau wie deine Mutter, die nicht bereit war, sich uns anzuschließen. Du warst damals schwach und bist es auch jetzt. Meine Nachfolgerin muss mental stark sein. Ich habe irgendwann geglaubt, du wärst die Richtige. Ich habe es gehofft, aber …«

Jessica fixiert ihren Blick auf das Holzregal an der Rückwand und auf die roten und gelben Einmachgläser, die dort stehen.

»War dein mordlüsterner Kult etwa geistige Stärke?«

»Man braucht einen starken Willen, um die Welt zu verändern, Jessica«, sagt Camilla Adlerkreutz. Sie wirkt unzufrieden. »Wir hatten alle Voraussetzungen für den großen Durchbruch. Im letzten Winter hat sich unsere Botschaft wie ein Lauffeuer in der ganzen Welt verbreitet. Sie hat hier und da Funken geschlagen, aber nicht den globalen Scheiterhaufen entzündet, auf den ich gehofft hatte: eine Serie von Ritualmorden, die die Welt aus der verfaulten Lethargie weckt, in der sie sich suhlt.«

»Du bist eine verfluchte Irre, Adlerkreutz«, erwidert Jessica. Aus irgendeinem Grund schmerzt es sie, die Worte auszusprechen.

Die alte Frau lacht trocken. Die adrigen Finger, die den Knauf ihres Gehstocks umklammern, zittern. Das Leben dieser Frau nähert sich seinem Ende.

»Du erkennst es«, sagt Adlerkreutz, als hätte sie Jessicas Gedanken gelesen. »Ich sterbe. Vielleicht morgen, vielleicht erst in einem Monat. Aber deshalb sind wir heute hier: Wir rechnen miteinander ab, solange es noch möglich ist.«

»Na dann, leg los …«, erwidert Jessica, kann aber nicht weitersprechen, denn eine Faust donnert mit unvorstellbarer Kraft gegen ihr Zwerchfell. Jessica schnappt nach Luft, Magensaft sprudelt auf ihre Jacke.

67

Eine der Neonröhren im Besprechungsraum protestiert gegen ihre eintönige Beschäftigung mit unruhigem Flackern.

Nina Ruska fährt mit der Fingerspitze über das Display: Graue und grüne Sprechblasen rasen an ihren Augen vorbei wie im Zeitraffer. Aus irgendeinem Grund hat sie das dringende Bedürfnis, unter den Nachrichten, die Tom ihr geschickt hat, die eine zu finden, die ihr Herz höher schlagen ließ. Darin stand ungefähr *du bist eine Frau, die ich schnellstens richtig kennenlernen möchte*. Oder so ähnlich. Seit ihre Beziehung vor drei Wochen mit einem Tinder-Date begonnen hat, haben sie Hunderte von Nachrichten ausgetauscht, es ist also schwierig, eine bestimmte aufzuspüren. Zumal Nina sich nicht an den genauen Wortlaut erinnert und deshalb nicht auf die Suchfunktion zurückgreifen kann. Sie will die Nachricht gerade jetzt noch einmal lesen, die Smileys mit den Herzaugen sehen und den Gefühlsaufruhr spüren, den sie in ihr hervorgerufen hat. Der Satz war so ehrlich und spontan, er war vielleicht das Schönste, was man ihr je gesagt hat – wenn auch in Form einer WhatsApp-Mitteilung.

Sie braucht eine Bestätigung für ihre Gefühle, denn Toms Stippvisite hat einen nagenden Zweifel in ihr geweckt. Vielleicht liegt es an der Art, wie Tom über seine Arbeit gesprochen hat. Hat sein Consulting-Jargon eine Kluft zwischen ihnen aufgerissen? Oder fand sie vielleicht seinen Witz über den Serienmörder geschmacklos? War es überhaupt ein Witz? Und ist es wirklich eine gute Idee, nach drei Wochen Dating mit Toms erwachsenem Sohn Bekanntschaft zu schließen?

Vielleicht sucht Nina gerade deshalb nach der alten Nachricht, weil sie spürt, dass etwas nicht stimmt. Das heißt, vielleicht ist ihre dreiwöchige Beziehung noch nicht an dem Punkt angelangt, wo irgendetwas nicht stimmen könnte. War Tom gestern Abend wirklich eifersüchtig, weil Jusuf angerufen hat, oder hofft Nina insgeheim, dass es so war?

»Nina?«

Rasmus' Stimme reißt sie aus ihren Gedanken. Hastig legt sie das Handy auf den Tisch.

»Was gibt's, Rasse?«

»Sorry, stör ich gerade?«

Nina schüttelt den Kopf. Sie schämt sich ein wenig, weil sie mitten in der intensiven Suche nach Informationen gleich zweimal fünf Minuten für ihr Liebesleben abgezweigt hat. Indem sie zuerst in Toms Auto gesessen und dann auch noch alte Kurzmitteilungen durchsucht hat.

»Du störst nicht«, antwortet sie und wendet den Blick auf ihren Computer.

»Hat der Typ aus dem Bastelladen von sich hören lassen?«

»Nein.« Nina sieht auf ihre Uhr. »Wir müssen wohl hinfahren, wenn er sich nicht bald meldet. Jusuf meint, es wäre sehr wichtig.«

»Okay.« Rasmus massiert mit allen zehn Fingern die kahle Stelle auf seinem Kopf. »Dieser Hjalmar Ek ist schon ein interessanter Fall.«

»Inwiefern?«

»Es ist natürlich furchtbar schwierig, irgendwelche endgültigen Schlüsse zu ziehen, ohne seine Krankengeschichte zu kennen, aber irgendwann ist eindeutig etwas schiefgelaufen.«

»Wie meinst du das?«

»Geboren 1970, Muttersprache Schwedisch, hat als Kind mit seinen Eltern zuerst in Etu-Töölö gewohnt, dann in Ullanlinna und schließlich in Eira, bis zu seiner Volljährigkeit 1991. Danach ist er in eine eigene Eigentumswohnung in unmittelbarer Nachbarschaft seiner Eltern gezogen, 1999 nach Kaivopuisto und vor zwei Jahren dann an den Observatoriumshügel. Alles teure Wohngegenden also. In der ganzen Zeit hat Hjalmar praktisch kein Gehalt bezogen. Er hat zwar Kapitaleinkünfte, aber die reichen nicht annähernd für so einen Lebensstandard.«

»Dann sind seine Eltern also für seinen Lebensunterhalt aufgekommen? Oder hat er geerbt?«

»Hjalmar Ek hat tatsächlich eine Erbschaft – oder einen Teil davon – gemacht, aber erst 2009, als sein Vater Gunnar Ek starb. Soweit ich es überblicke, war das Erbe ziemlich groß.«

»Du hast gerade gesagt, dass etwas schiefgelaufen ist.«

»Genau … Hjalmar Ek hat nämlich das Norsen besucht, ein Elitegymnasium also, aber nie das Abitur gemacht. Das finde ich ziemlich seltsam, wenn man bedenkt, welche Voraussetzungen er mitbrachte. Seine jüngere Schwester dagegen hat am selben Gymnasium das Abitur abgelegt und später offenbar eine beeindruckende Karriere im Geschäftsleben gemacht, während Hjalmar als Nichtstuer ohne Schulabschluss gelebt hat«, berichtet Rasmus. »Harjula hat geschrieben, dass der Typ taubstumm ist und offenbar schon seit längerer Zeit Antidepressiva nimmt. Klingt ganz danach, dass er es nicht leicht hatte.«

»Konnte ein taubstummer Schüler Ende der 80er Jahre im Norsen am Unterricht teilnehmen?«, fragt Nina. Rasmus schüttelt den Kopf.

»Ich weiß es nicht. Das müssen wir klären. Es kann ja sein, dass das Lernen über seine Kraft ging und er deshalb Depressionen bekam«, sagt er und seufzt entmutigt.

»Was ist?«

»Das ist ja alles reine Spekulation, solange wir keinen Zugriff auf Hjalmar Eks Epikrise haben.«

»Und die Eltern? Gibt es da etwas Besonderes?«

Rasmus kaut einen Moment am Daumennagel. Dann legt er den Laptop auf den Tisch und lässt die Finger über die Tasten rasen.

»Gunnar Ek … Gunnar Ek … geboren 1944 …«

Nina betrachtet Rasmus' konzentrierte Miene. Ihre Gedanken wandern wieder zu Tom und dessen erwachsenem Sohn. Zu dem Umstand, dass Toms Consultingfirma für die RealEst eine Überprüfung durchgeführt und die Schließung der Fabrik in Kouvola empfohlen hat. Was für ein seltsamer Zufall.

»Nina!«, ruft Rasmus aufgeregt und reißt sie aus ihren Gedanken. »Jetzt wird es heftig«, sagt er. »Ich habe alte Zeitungsberichte gefunden … Hjalmars verstorbener Vater … Gunnar Ek …«

»Was ist mit ihm, Rasse?«

Nina spürt die Spannung bis in ihre Fingerspitzen steigen, während Rasmus sekundenlang den Mut sammelt weiterzusprechen.

»Gunnar Ek hat lange bei RealEst gearbeitet.«

68

Der Mann in dem roten Rollkragenpullover hat seinen Namen so leise gemurmelt, dass Jusuf ihn nicht mitbekommen hat. Nun klopft der junge, dem Aussehen nach unter dreißigjährige Dolmetscher an die Tür des Krankenzimmers, begreift dann offenbar, dass Klopfen sinnlos ist, und öffnet die Tür vorsichtig einen Spaltbreit.

»Er scheint wach zu sein«, sagt er leise, schiebt die breite Tür ganz auf und lässt Jusuf und Harjula den Vortritt.

Jusuf betritt das Zimmer und bleibt in respektvollem Abstand vor dem Krankenbett stehen, auf dem ein kraftlos wirkender Mann unter einer hellblauen Decke liegt. Aus dem Handrücken, der auf seiner Brust ruht, ragt eine Kanüle, in seinen Nasenlöchern steckt ein Schlauch.

Jusuf wirft einen Blick auf Harjula, der sich mit verschränkten Armen wie ein Türsteher neben ihm aufgebaut hat.

Rasmus hat gerade eben angerufen und ihnen die neueste Information weitergegeben, die Hjalmar Eks Vater mit dem gestern Abend ermordeten Industrieboss in Verbindung bringt. Die Verbindung ist so offensichtlich, dass Jusuf Hellu gebeten hat, einen Polizisten in die Klinik zu schicken, der an der Tür zum Krankenzimmer Wache halten soll.

Hjalmar Ek ist ein leicht übergewichtiger Mann um die fünfzig. Auf der rechten Seite seines stoppelbärtigen Gesichts prangt eine bogenförmige Narbe, die vom Kinn bis hinter das

Ohr reicht. Jusuf denkt unwillkürlich, dass die Narbe zwar auffällig groß ist, sich aber relativ leicht unter einer Mütze und einem Schal verbergen lässt. Nach der Beschreibung des Besitzers von Hobby Sammy trug der Kunde, der das Puzzle bestellt hat, Mütze und Schal, obwohl es draußen nicht besonders kalt war.

Der Dolmetscher geht an ihnen vorbei und stellt sich zwischen Bett und Fenster, an eine Stelle, wo ihn alle Anwesenden gleichzeitig sehen und hören können.

»Sagen Sie ihm, dass wir Polizisten sind …«, beginnt Jusuf und unterbricht sich, als er merkt, dass der Dolmetscher beginnt, die Zeichensprache zu verwenden.

»Sprechen Sie nur weiter«, sagt der Dolmetscher ruhig. »Ich komme schon mit.«

»Natürlich.« Jusuf räuspert sich verlegen. »Wir hätten einige Fragen zu dem, was gestern Abend und heute früh passiert ist.«

Schon eine Sekunde nachdem Jusuf seinen Satz zu Ende gebracht hat, lässt der Dolmetscher die Hände sinken. Jusuf braucht eine Weile, um seine Gedanken zu sammeln. Das Tempo der Kommunikation in der Gebärdensprache hat ihn vollkommen überrascht.

Abwechselnd betrachtet er Hjalmar Ek und den Dolmetscher, doch es geschieht nichts. Der Dolmetscher wendet sich noch einmal mit seinen Zeichen an den Patienten.

»Er antwortet nicht«, sagt er dann.

Hjalmar Ek richtet seinen müden Blick auf Jusuf, macht aber keine Anstalten, in Gebärdensprache mitzuteilen, was er zu sagen hat. Wenn er überhaupt etwas zu sagen hat.

»Sagen Sie dem Patienten«, wendet Jusuf sich an den Dolmetscher und tritt einen Schritt näher an das Bett heran, »sagen Sie ihm, wir haben Grund zu der Annahme, dass er in den Mord an Eliel Zetterborg verwickelt ist.«

Der Dolmetscher tut wie geheißen, doch Hjalmar Ek verzieht keine Miene.

Jusuf spürt Ärger aufsteigen. Anstelle von Mitleid weckt die schlaff im Bett liegende Gestalt seinen Abscheu. Er tritt wieder einen Schritt näher an das Bett, um seinen Worten mehr Gewicht zu verleihen, spricht aber weiterhin ruhig, obwohl er weiß, dass der Mann ihn nicht hören kann. Diesmal richtet er seine Worte nicht an den Dolmetscher, sondern direkt an Hjalmar Ek.

»Bald kommt jemand her, um Ihre Fingerabdrücke abzunehmen und eine DNA-Probe zu machen. Jede Weigerung gilt als Hinweis auf Ihre Schuld«, sagt er.

Hjalmar Ek wendet den Blick nicht zu dem Dolmetscher, der Jusufs Worte in der Gebärdensprache wiederholt.

»Er sieht Sie nicht an«, sagt Jusuf. Die Situation geht ihm inzwischen wirklich auf die Nerven, und das hört man ihm an der Stimme an, ob er will oder nicht.

»Das braucht er nicht. Ich glaube, er liest von den Lippen ab«, antwortet der Dolmetscher und lässt die Hände sinken.

Jusuf zieht einen Stuhl heran und setzt sich einen Meter vom Bett entfernt hin, sodass sein Blick auf derselben Höhe ist wie Eks.

»Hjalmar Ek, wenn Sie mich verstehen, nicken Sie bitte.«

Einen Augenblick hat es den Anschein, dass der Mann nicht vorhat zu reagieren. Jusuf fragt sich, ob Ek vielleicht doch nicht bei Verstand ist. Seine Augen wirken leer und erinnern Jusuf an einen Lachs, den er am Fluss Sipoonjoki geangelt hat. Doch dann schließen sich seine Augenlider, die kleinen Muskeln rund um die Augen spannen sich, und sein Gesicht sieht plötzlich traurig aus.

Hjalmar Ek nickt und schlägt die Augen mühsam wieder auf.

»Gut, danke«, sagt Jusuf.

Der Dolmetscher hat erkannt, dass er überflüssig ist, und legt die Hände in den Rücken. Harjula wiederum hat sich seit einigen Minuten nicht gerührt, er steht da wie eine Bronzestatue.

»Der Dolmetscher ist hier, damit Sie uns alles erzählen können, was Sie über die gestrigen Ereignisse wissen, okay?«

Hjalmar Ek nickt wieder, doch sein Blick irrt durch das Zimmer.

»Ich weiß, dass es Ihnen nicht besonders gut geht, aber je schneller wir alles Nötige erfahren, desto eher können Sie sich wieder ausruhen. Wir wollen Sie nicht länger belästigen als nötig. Wir wollen nur die Wahrheit erfahren. Ich stelle Ihnen jetzt einige Fragen, die Sie beantworten müssen. Durch Nicken oder Kopfschütteln.«

In dem Moment geht die Tür auf, und Alex Kuznetsov kommt herein, sein Tablet unter dem Arm. *Der verdammte Blutegel.* Er schließt die Tür und lehnt sich dagegen. Jusuf beschließt, sich nicht um den Oberarzt zu kümmern, und richtet den Blick wieder auf Hjalmar Ek.

»Waren Sie gestern Abend gegen sechs Uhr mit Ihrem Hund im Ullanpuistikko?«

Hjalmar sieht Jusuf in die Augen und nickt.

Jusuf spürt den Adrenalinstoß in seinen Adern. Es geht vorwärts.

»Haben Sie unter dem Namen Faust bei Hobby Sammy ein Puzzle bestellt?«

Hjalmar schließt einige Sekunden lang die Augen. In dem stillen Zimmer ist nur das Surren der Geräte zu hören, die die Körperfunktionen überprüfen.

Jusuf hält den Atem an. Sein Herzschlag hat sich beschleunigt.

Schließlich nickt Hjalmar Ek. Eine Träne läuft ihm über die Wange.

»Gut. Es läuft sehr gut. Sind Sie in die Wohnung von Eliel Zetterborgs Putzfrau eingedrungen, haben die Frau ans Bett gefesselt und ihr Zetterborgs Schlüssel weggenommen?«

Und jetzt, als Jusuf das schmerzverzerrte Gesicht des Mannes aus der Nähe sieht, verwandelt sich seine Wut in Mitleid. Ek nickt und blinzelt mit den tränenfeuchten Augen.

»Waren *Sie* in Eliel Zetterborgs Wohnung? Haben Sie Zetterborg getötet?«

Das müde Gesicht des Mannes verzieht sich, er beginnt zu weinen.

»Beantworten Sie nur noch diese Frage. Dann ist es vorbei, Hjalmar«, bittet Jusuf.

Das Weinen wird heftiger und steigert sich zu haltlosem Schluchzen.

»Das reicht«, sagt Kuznetsov scharf. »Wir hatten abgemacht, dass der Patient unter keinen Umständen erschüttert werden darf.«

Jusuf hört die Schritte des bärtigen Arztes und seine Worte, mit denen er den Dolmetscher auffordert zu gehen. Harjula, der die ganze Zeit geschwiegen hat, wird aktiv und erklärt in aller Eile, wie wichtig es ist, die Befragung zu Ende zu führen, und erhält vom Oberarzt eine eiskalte Abfuhr.

»Haben Sie gehört, Hjalmar. Ich will die Wahrheit«, flüstert Jusuf, obwohl er Kuznetsovs Finger auf der Schulter spürt wie die Klauen eines hungrigen Geiers. »Haben Sie ihn getötet?«

»Haben Sie mich nicht verstanden?«, faucht Kuznetsov, als Jusuf seine Hand abschüttelt.

Rufen Sie den Wachdienst. Die Idioten bringen den Patienten noch um …

Der Dolmetscher verschwindet erschrocken. Hjalmar Ek weint jetzt bitterlich.

Die Situation droht sich zu einem Zusammenstoß zwischen Polizei und Pflegepersonal auszuwachsen, und im Mittelpunkt des Ganzen steht ein Patient, der sich selbst schweren Schaden zugefügt hat und der, wenn es nach Jusufs Wünschen geht, den Kopf noch einmal bewegen wird, in die eine oder die andere Richtung.

Kuznetzov packt Jusuf wieder an der Schulter, diesmal entschiedener.

»Es geht um das Herz des Patienten, das …«

»Scheiße, Finger weg«, knurrt Jusuf und springt so schnell auf, dass der Oberarzt erschrocken einige Schritte zurückweicht. Die ganze Bedrückung, die sich im Lauf der letzten vierundzwanzig Stunden in Jusuf aufgestaut hat, bricht sich in einem einzigen, langsamen Satz Bahn.

»Rühr – mich – nicht – an«, presst er zwischen den Zähnen hervor. Er muss sich sehr zusammenreißen, um die Impulse zu ersticken, die ihn überfallen. Er hätte Lust, Kuznetsov gegen die Tür zu stoßen und ihn k.o. zu schlagen. Der Oberarzt wirkt verängstigt, eine derartige Aggressivität hat er von einem Polizisten wohl nicht erwartet.

»Bleib da«, befiehlt Jusuf, dann beugt er sich wieder zu Hjalmar Ek hinunter.

»Sag es mir, Hjalmar. Warst du es?« Er riecht Hjalmar Eks Schweiß.

Der Mann schließt die Augen, presst sie fest zu, und als er sie wieder aufschlägt, gibt sein Blick die Antwort.

»Nein«, lallt Ek undeutlich und reißt dabei den Mund übertrieben weit auf, als würde er zum ersten Mal seit vielen Jahren sprechen. Und so ist es ja wohl auch.

Jusuf nickt schnell und fasst Hjalmar sanft an der Hand.

»Gut, Hjalmar. Ich glaube dir. Wer war es?«, sagt er und hält Hjalmar Stift und Notizblock hin. Der Mann macht jedoch keine Anstalten, sie zu ergreifen.

Jusuf wirft einen Blick auf den Monitor neben dem Bett: Die Pulsfrequenz des Patienten ist deutlich gestiegen.

»Wer war es? Schreib den Namen auf, Hjalmar«, flüstert Jusuf, aber im selben Moment fliegt die Tür auf, und zwei große Männer stürmen herein, die Jusuf erheblich unsanfter an der Schulter packen als der Oberarzt.

Doch bevor Jusuf sich vom Wachpersonal aus dem Zimmer führen lässt, sieht er noch einmal den weinenden Patienten an, der die allerwichtigste Frage nicht beantwortet hat.

69

»Habe ich mich etwa nicht deutlich genug ausgedrückt, als ich über das Herz des Patienten gesprochen habe? Welcher Punkt ist Ihnen unklar geblieben?«, zischt Alex Kuznetsov mit zornrotem Gesicht. Jusuf betrachtet die Augen des erbosten Mannes, während Harjula den Wachmännern erklärt, dass sie Polizisten sind und in einem Mordfall ermitteln.

»Tut mir leid, dass ich Sie so angefahren habe«, sagt Jusuf und hebt versöhnlich die Hand. Es tut ihm kein bisschen leid, ganz im Gegenteil, aber ein Konflikt mit dem Arzt, der Hjalmar Ek behandelt, fördert weder die Herausgabe der Krankenakte noch die Erlaubnis zu einer weiteren Befragung. Und deshalb muss Jusuf in den diplomatischen Gang schalten.

»Zu spät, Pepple. Ich werde Sie anzeigen«, erwidert Kuznetsov naserümpfend. »Sie haben meine Anweisungen missachtet und die Gesundheit des Patienten gefährdet. Außerdem haben Sie das Pflegepersonal bedroht. In meiner gesamten Laufbahn in dieser Klinik habe ich so etwas nie erlebt, schon gar nicht seitens der Polizei.«

Jusuf ballt die Hand zur Faust, die Wut hämmert in seinen Schläfen. In seinem Kopf spuken Anna und ihr löwenmähniger Zuchthengst herum, der seinen Arm um Annas gewölbten Bauch legt.

»Es tut mir wirklich leid.«

Kuznetsov aktiviert das Display seines Tablets und beginnt

wie wild zu tippen, wobei er sich murmelnd über die unbegreifliche Gleichgültigkeit der Polizei auslässt.

»Nun kommen Sie schon. Ich hab doch gesagt, es tut mir leid«, wiederholt Jusuf.

»Und ich habe gesagt, dafür ist es zu spät.«

»Hören Sie, Kuznetsov«, sagt Jusuf und legt die Finger an die Stirn. »Machen Sie keinen Kreuzzug daraus. Sie wollen hier Menschen retten, und ich versuche, dasselbe da draußen zu tun. Wir haben Grund zu der Annahme, dass Eliel Zetterborgs Mörder erneut zuschlägt. Und deshalb brauchen wir so schnell wie möglich weitere Informationen. Mindestens ein Menschenleben steht auf dem Spiel!«

Alex Kuznetsov blickt von seinem Tablet auf und mustert Jusuf abschätzend.

Die Türen des Aufzugs in der Mitte des Flurs öffnen sich, und zwei Betten mit Patienten werden herausgeschoben.

»Ich weiß nicht, wie viel Sie vorhin mitbekommen haben …« Nun spricht Jusuf bewusst leise. Diesen Trick hat er in einem Kurs über Verhandlungssicherheit gelernt: Indem man sich vorbeugt und die Stimme senkt, vermittelt man dem Gegenüber die Illusion, dass man ihm in einer heiklen Situation restlos vertraut. Allerdings ist er sich nicht sicher, ob der Kniff bei dem wachsamen Oberarzt wirkt.

»Der Patient hat zugegeben, dass er Eliel Zetterborgs Mörder geholfen hat«, fährt Jusuf fort.

»Meiner Erinnerung nach war die Antwort nicht ganz so eindeutig.«

»Ek hat zugegeben, dass er Vorbereitungen getroffen hat, die das Eindringen in Zetterborgs Wohnung ermöglicht haben. Außerdem hat er etwas gekauft, das später am Tatort gefunden wurde. Das Einzige, was er bestreitet, ist die Beihilfe am Mord selbst«, erklärt Jusuf. Er hat das Gefühl, nur voranzukommen, wenn er Kuznetsov ins Bild setzt.

»Wie auch immer, der Patient ist so erschüttert, dass Sie nicht weitermachen können«, sagt Kuznetsov schließlich.

»Ich verstehe, aber hoffentlich verstehen auch Sie, dass wir den Namen des Täters unbedingt erfahren müssen. Und der Mann da drinnen kennt ihn.« Jusuf zeigt auf die Zimmertür.

Kuznetsov holt tief Luft.

»Sie glauben also wirklich, dass noch jemand in Lebensgefahr schwebt?«

»Daran besteht kein Zweifel.«

»Was ich über das Herz des Patienten gesagt habe, war mein voller Ernst. Eine Gefühlswallung kann es versagen lassen, und dann haben Sie gar nichts.«

»Wir wollen nur den Namen.«

Kuznetsov schließt die Schutzhülle des Tablets.

»Also gut. Sechzig Minuten.«

»Bitte?«, fragt Jusuf überrascht.

»Die Befragung kann in einer Stunde fortgesetzt werden. Und zwar von ihm«, sagt Kuznetsov und nickt zu Harjula hin.

Jusuf will schon protestieren, hebt dann aber die Hand zum Zeichen, dass er die Bedingung akzeptiert.

»Prima. Vielen Dank.«

»Denken Sie daran, dass ich die Sitzung sofort abbreche, wenn die Pulsfrequenz des Patienten zu sehr steigt«, erwidert Kuznetsov trocken und postiert den einen der beiden Wachleute vor Hjalmar Eks Tür. »Und die Anzeige erstatte ich auf jeden Fall. Ein wirklich vulgäres Benehmen.«

Da öffnet sich die Aufzugtür, ein großer Mann in Jeans und Blazer nähert sich und bleibt wortlos neben der Tür zum Zimmer 319 stehen. Das muss der Typ sein, den die Sicherheitspolizei geschickt hat. Der Anblick ist komisch: Ein Wachmann auf beiden Seiten der Tür, als handle es sich um den Grenzübergang in einer geteilten Stadt.

Jusufs Handy klingelt.

»Hallo, Nina!«

»Wir haben uns weiter über Gunnar Ek informiert. Er hat in Zetterborgs Unternehmen jahrzehntelang eine wichtige Rolle gespielt.«

»Aber er ist verstorben?«

»Ja. Schon vor Jahren. Was in gewisser Weise dafür spricht, dass er der dritte Mann auf dem Foto sein könnte. Vielleicht ist das Entscheidende, dass sie alle gestorben sind, und das Wo und Wie ist nebensächlich«, meint Nina.

»Wir müssen Hjalmar das Foto zeigen. Aber wir können ihn erst in einer Stunde befragen, wenn überhaupt«, sagt Jusuf.

Einen Augenblick lang ist es still. Im Hintergrund hört Jusuf schnelles Tippen und Rasmus' undeutliche Stimme.

»Was wenn …«, beginnt Nina dann, »wenn ich mit Hjalmars Schwester Smilla Ek sprechen würde, die ihren Bruder im Whirlpool gefunden hat? Vielleicht kann sie uns etwas Interessantes erzählen.«

Jusuf wünscht viel Glück und legt auf.

Er spürt den Puls in seinen Ohren.

Jessica.

Warum lässt Jessica nichts von sich hören?

70

1990

Hjalmar krümmt die Zehen in den Gummistiefeln, sie sind trotz der Wollsocken fast gefühllos. Er sollte wohl eine Weile zum Aufwärmen nach drinnen gehen, aber der Schuss, der in der Nähe gefallen ist, hat seine Neugier geweckt. Axel steht auf, macht ein paar Schritte zum Wald hin und lauscht, ob von dort noch andere Geräusche zu hören sind.

Dann ertönen aus dem Wald unverständliche Rufe. Bevor Hjalmar wirklich Angst bekommt, dass etwas Schlimmes passiert ist, mischen sich Freudenschreie und Lachen darunter. Es klingt wie auf einem Baseballfeld nach einem *Homerun*: Der Lärm verrät Siegesfreude, Ansporn und Teamgeist. Und dann hebt sich ein Geräusch von den anderen ab: Lauras helles Lachen.

»Sie haben einen Hasen erwischt«, sagt Axel lachend und klatscht in die Hände. »Scheiße, sie haben tatsächlich einen Hasen erwischt!«

»Das ging ja schnell«, meint Hasse und wirft ein Holzscheit in das Lagerfeuer, das nur noch glimmt.

Hjalmar erinnert sich an das, was Axel ihm erzählt hat: Dieser Ausflug findet nicht wegen der Hasen statt – sie spielen nicht die Hauptrolle. Und doch hat die von Eliel Zetterborg angeführte Patrouille – zu der auch Laura gehört – einen Hasen erlegt. Aus irgendeinem Grund ist Hjalmar sich sicher, dass dieser schnelle Erfolg die Feststimmung weiter aufheizen wird.

»Willst du?«

Hjalmar spürt einen Schubs an der Schulter und sieht das Bier in Hasses ausgestreckter Hand.

»Öh, ja. Danke«, sagt er und öffnet die Dose ungeschickt mit dem Zeigefinger, der im dicken Skihandschuh steckt. Hasse wirft eine zweite Dose zu Axel hin, der sie mühelos auffängt.

»Das ist wohl ein Geschwindigkeitsrekord«, meint Axel und stellt einen Fuß auf einen Felsbrocken.

Der Wald trägt das Lachen der vier bis zum Lagerfeuer.

»Versuchen die, noch einen zu kriegen?«, fragt Hasse.

»Nein, sie sind auf dem Weg hierher«, antwortet Axel selbstsicher.

Lauras helles Lachen ertönt wieder, diesmal näher. In Hjalmars Ohren klingt es gleichzeitig schön und unangenehm: Er hat es nie geschafft, Laura so ein Lachen zu entlocken. Es klingt ungezwungen – als würde sie sich erst in Gesellschaft erwachsener Männer trauen, Dampf abzulassen.

»Was habe ich gesagt«, brummt Axel, kommt ans Lagerfeuer und steckt sich die nächste Zigarette an. »Da kommen sie.«

Hasse steht auf, um die Gestalten, die aus dem Wald auftauchen, besser zu sehen. Das Gelächter wird lauter, Eliel Zetterborg redet begeistert über irgendetwas, und Simo bellt fröhlich.

»Ihr könnt euch nicht vorstellen, was gerade passiert ist!«, ruft Eliel Zetterborg, schiebt einen großen Fichtenzweig beiseite und klopft sich auf dem gepflügten Waldweg den Schnee von den Schuhen.

»Das war die schnellste Beute, die ich je …«, beginnt Axel, als Gunnar Ek und Erik Raulo zwischen den Bäumen auftauchen.

Keiner der Männer trägt einen toten Hasen, Vogel oder anderes Wild bei sich.

»Wo ist …«

Und dann kommt Laura aus dem tiefen Schnee auf den Weg, ein weißes Tier um die Schulter gelegt, als wäre es ein luxuriöser Pelzkragen. In der einen Hand hält sie ein Schrotgewehr, um dessen Lauf sich im Schnee eine weiße Glasur gebildet hat.

»Meine Herren«, sagt Eliel Zetterborg, hebt die Hand und zeigt auf Laura. Sie strahlt über das ganze Gesicht, die Augen über den roten Wangen funkeln vor Begeisterung.

»Nee, verdammt«, sagt Axel und lacht ungläubig auf. »Meinst du …«

»Laura kam, sah und schoss«, verkündet Eliel Zetterborg, und die Männer brechen in stürmische Ovationen aus.

71

Hjalmar blickt auf seine Uhr und merkt, dass es erst fünf ist. Es kommt ihm vor, als wäre eine Ewigkeit vergangen, seit die Dämmerung eingesetzt hat.

Es widert ihn an, dass Axels Prophezeiung sich bewahrheitet hat. Das betrunkene Gelächter der Männer, ihre gierigen Blicke, die über Lauras Körper wandern, und ihre zweideutigen Witze widern ihn an. Laura scheint jedoch an alldem ihren Spaß zu haben, sie fühlt sich offensichtlich wohl.

Zu wohl.

Reden wir ein andermal darüber, Erik.

Eliel Zetterborgs ernste Stimme dringt von der Tür an Hjalmars Ohren. Die Erwachsenen haben sich für eine Weile nach drinnen zurückgezogen, um irgendwelche beruflichen Dinge zu besprechen, aber nun wollen sie offenbar ans Lagerfeuer zurückkehren. Hjalmar betrachtet die Männer, die in einem kleinen Kreis vor der Hütte stehen. Gunnar versucht vergeblich, seine Pfeife anzuzünden, die Streichholzschachtel fällt auf die Erde.

»Es fuchst mich einfach, dass du meine Meinung nicht berücksichtigst. Wenn wir übereilt handeln, ist die Fusion keine Chance, sondern eine Gefahr«, sagt Erik Raulo. Er glaubt wohl, so leise zu sprechen, dass die jungen Leute am Lagerfeuer ihn nicht hören. Obwohl er ein wenig nuschelt, klingt seine Stimme resolut.

»Wie gesagt, Erik, hier ist weder der richtige Ort noch die richtige Zeit. Und was deine Aktien betrifft, die Aktionärsvereinbarung enthält einen eindeutigen Paragraphen über die Behandlung der verschiedenen Aktien. Du hast das verdammte Papier doch damals mit entworfen. An der Sache sollte nichts Überraschendes sein«, entgegnet Eliel Zetterborg.

Unter dem Vordach brennt eine helle Lampe. Hjalmar sieht, dass die Männer ernst dreinblicken.

»Na gut, Eliel. Sprechen wir später darüber. Aber manchmal …«

»Aber manchmal was?«

»Manchmal habe ich das Gefühl, meine Meinung ist dir egal.«

»Unsinn, Erik. Hör dir das an, Gunnar. Jetzt beruhige dich, lieber Freund, und dann trinken wir was.«

»Genau«, pflichtet Gunnar Ek ihm bei wie ein Schlappschwanz, der seinem Chef nach dem Mund redet.

In diesem Moment schämt Hjalmar sich für seinen Vater, der überhaupt keinen eigenen Willen zu haben scheint. Er wirft einen Blick auf Laura, Axel und Hasse, die auf der anderen Seite des Lagerfeuers sitzen und das Gespräch offenbar nicht mitbekommen haben.

»Außerdem …«, fährt Gunnar Ek fort. »Ich habe vielleicht eine kleine Überraschung für uns alle.«

»Eine Überraschung? Na sowas!« Zetterborg lacht auf, lässt Raulo aber nicht aus den Augen.

Erik Raulo nickt nur und lächelt gezwungen. Eliel Zetterborg drückt seine Schulter und schüttelt ihn spaßhaft.

»Okay«, sagt Raulo schließlich.

Kurz darauf setzen die drei sich zu den jungen Leuten ans Lagerfeuer, und die Situation entspannt sich. Ganz gleich, worum es gerade ging, die Angelegenheit scheint erledigt zu sein.

Ein Holzscheit, das Axel ins Feuer wirft, lässt Funken aufstieben, die an einen Schwarm Feuerkäfer erinnern. Hjalmars Blick schweift über die auf Rentierfellen sitzenden Männer. Deutlich sieht er ihr Lächeln, die Lachfältchen unter ihren Augen, und es entgeht ihm auch nicht, wohin die Männer schauen. Und wie sie sich kurze Blicke zuwerfen, in denen sich eine als Mikromimik codierte Botschaft verbirgt: *Das junge Kätzchen würde ich gern vögeln.*

Natürlich spricht das niemand aus, in der Luft liegt eine Art gezwungene Jovialität, die nur Hjalmars Anwesenheit geschuldet ist. Selbst sein Vater Gunnar beteiligt sich, nachdem er genügend Schnäpse gekippt hat, an dem Starren und Zotenreißen.

»Na, Schatz?« Lauras feuchte Stimme kitzelt ihn am Ohr. Das Mädchen hat sich verstohlen auf Hjalmars Schoß gesetzt und die Arme um ihn geschlungen. »Bist du stolz auf deine Hasenjägerin?«

»Natürlich«, antwortet Hjalmar und bekommt einen Kuss auf den Mund. Laura schmeckt nach Kräuterschnaps und Zigaretten.

»Kann sein, dass ich beim nächsten Mal auch mitkomme«, sagt Laura und zupft Hjalmar zärtlich am Ohrläppchen. »Ich hätte Lust, heute zu kommen«, flüstert sie. Hjalmars Herz schlägt schneller.

Er hört die Männer über eine Wildschweinjagd reden, für die sie irgendwann in den 70er Jahren nach Ösel gereist sind – wo sie so besoffen waren, dass keiner von ihnen auch nur ein Wildschwein gesehen hat –, weiß aber, dass ihre Aufmerksamkeit mindestens zur Hälfte auf sie beide gerichtet ist: auf ihn, den miserabelsten Jäger der Welt, und auf die schöne Laura, die zur allgemeinen Überraschung beim ersten Versuch einen Hasen erlegt hat.

»Hörst du? Ist heute *the night*?«, flüstert Laura und wirft Hjalmar einen vielsagenden Blick zu.

»Ja«, antwortet Hjalmar heiser. Er weiß, dass er lügt. Weiß

jetzt schon, dass daraus nichts wird, hier im Wald, an einem Ort, wo sie keinerlei Privatsphäre haben. Sie haben zwar ein eigenes Zimmer in der Hütte, aber die papierdünnen Wände würden nichts zurückhalten. Alle würden anstelle von Lauras Stöhnen leises Fluchen und Erklärungen hören, die qualvolle Geschichte darüber, dass heute doch nicht *the night* ist.

»Saufen wir uns einen an, und dann tun wir es«, flüstert Laura.

»Ja«, sagt Hjalmar wieder und versucht zu lächeln. Ihm ist unbequem, Lauras Hintern drückt unangenehm auf seinen schwachen Oberschenkelmuskel.

»Danke, dass du mich eingeladen hast«, sagt Laura und streichelt Hjalmars Wange.

»Ich liebe dich.« Der Satz kommt Hjalmar spontan über die Lippen, er ist wie ein Eimer Wasser, mit dem er versucht, ein unkontrollierbares Feuer zu löschen. Er meint es ehrlich: Er liebt Laura. Es ist ein starkes Gefühl, es ist der Wunsch, Laura bei sich zu haben und zu besitzen, für sie der Einzige auf der Welt zu sein. Und die Tatsache, dass seine Unfähigkeit, sie körperlich zu lieben, alles zerstören wird, bringt ihn dazu, Laura noch heftiger zu lieben.

Laura lächelt so breit, dass ihre schönen weißen Zähne sichtbar werden, und zwickt Hjalmar an der Nase.

»Du bist süß«, sagt sie und steht von seinen Knien auf.

Und da überkommt Hjalmar das entsetzliche Gefühl, dass Laura und er gerade den Mond umrundet und den Rückweg zur Erde angetreten haben und dass von nun an alles nur bergab gehen wird.

Hjalmar schreckt aus seinen Gedanken, als er von den parkenden Autos neben der Jagdhütte die Stimme seines Vaters hört.

»Verehrte Jagdgesellschaft«, ruft Gunnar Ek betrunken lallend. »Darf ich kurz um eure Aufmerksamkeit bitten?«

»Ach ja, die Überraschung. Was hat der Gunnar sich wohl einfallen lassen?«, sagt Eliel neugierig und öffnet eine Flasche Klaren.

Erik Raulo greift danach und gießt den Schnaps in kleine Becher aus Birkenrinde.

Der Kofferraum des Mercedes wird zugeschlagen.

Hjalmar richtet den Blick auf seinen Vater, der eine Holzkiste zur Hütte trägt.

»Was man über Las Vegas sagt, gilt auch hier. Was im Hasenwald geschieht, bleibt im Hasenwald«, sagt Gunnar und stellt die Kiste auf der Terrasse der Hütte ab.

»Was hast du da? Bring's her!«

Gunnar Ek blickt auf das Lagerfeuer, dessen hoch auflodernde Flammen sein euphorisches Gesicht beleuchten.

»Nein. Diese Schätzchen halten sich lieber vom Feuer fern«, sagt er mit tiefem Lachen.

Hjalmar ist perplex, er hat keine Ahnung, was sein Vater im Kofferraum nach Mittelfinnland kutschiert hat. Das anschwellende Gebrüll um ihn herum verrät ihm aber, dass alle begeistert sind.

Wo zum Teufel hast du die her? Du alter Schwerenöter, verdammt.

72

Hjalmar stopft sich die Finger fest in die Ohren, aber der Knall am Waldrand ist trotzdem ohrenbetäubend. In dem Lichtkegel, der auf den Wald gerichtet ist, sieht er die schwankenden Äste und den Schnee, den die Explosion hochgeschleudert hat und der jetzt langsam auf den Weg sinkt.

»Verdammt noch mal!«, ruft Axel begeistert, erhebt sich hinter dem großen Felsen und springt wie ein Wahnsinniger auf und ab.

Alle anderen stehen in sicherem Abstand um das Lagerfeuer.

»Nun erzähl mal, Gunnar«, sagt Eliel Zetterborg und legt Hjalmars Vater eine Hand auf die Schulter. »Wo zum Teufel hast du die gefunden?«

Hjalmar sieht die stolze Miene seines Vaters, der es wieder einmal geschafft hat, seinen Chef zu beeindrucken. Er hat gehört, dass die Leute seinen Vater als *gunman* bezeichnen, als den irren Gunnar, der seine Arbeit tadellos erledigt und obendrein ein unglaublich lustiger, geselliger Zeitgenosse ist.

»Ihr dürft es aber keinem weitersagen, es handelt sich nämlich um einen schweren Verstoß gegen das Waffengesetz«, lacht Gunnar Ek und trinkt einen Schluck aus der Whiskyflasche.

»Nun sag schon«, drängt Eliel.

Etwas weiter weg hüpfen Axel und Hasse begeistert wie kleine Jungs herum, sie sind beide sternhagelvoll.

»Ein Kumpel von mir ist Berufssoldat in Parolannummi. Die Dinger sind beim Schützenlager übrig geblieben … Waren ursprünglich als gebraucht markiert. Mein Kumpel hat sie im Schützenloch gefunden, als alles andere schon abgebaut war, und in seinen Kofferraum geladen. Angeblich hatte er vor, sie zur Garnison zu bringen, hat es dann aber doch nicht getan«, erklärt Gunnar und wirft einen raschen Blick auf seinen Sohn, wie um sich zu vergewissern, dass Hjalmar die Spielregeln begreift. *Über das hier wird nie gesprochen.*

»In der Kiste ist für jeden genau eine«, fährt Gunnar fort. Er schwankt, als er einen unkontrollierten Schritt zur Seite macht. Eliel lacht und klopft ihm auf die Schulter.

»Du bist ein Teufelskerl, Gunnar. Immer für eine Überraschung gut.«

»Hoffentlich ruft keiner der Nachbarn die Bullen. Die Dinger machen ja einen fürchterlichen Krach«, sagt Erik Raulo, aber Eliel Zetterborg schüttelt den Kopf.

»Der nächste Bauernhof ist fast zwanzig Kilometer weit weg. Genießen wir den Spaß, und dann reden wir nicht mehr drüber.«

Für jeden genau eine.

Hjalmar spürt sein Herz klopfen. Er will nicht einmal mit einem Schrotgewehr schießen, geschweige denn eine Handgranate werfen.

Laura leert noch einen Schnapsbecher und läuft dann dem vor Siegesfreude fast platzenden Axel entgegen. Sie umarmen sich ungestüm, als würden sie ein Fußballtor bejubeln.

»Na, wie wäre es mit dir?«, fragt Gunnar. Er hat sich zu seinem Sohn umgedreht, lispelt, seine Augen sehen müde aus. »Willst du als Nächster werfen? Oder ist dir das Herz in die Hose gerutscht?«

»Also …«

»Natürlich. Also also. In die Hose gerutscht«, lallt Gunnar

schadenfroh. Auf seinem Gesicht breitet sich ein boshaftes Lächeln aus.

»Hier wird niemand gezwungen«, sagt Eliel Zetterborg. Im selben Moment geht das jubelnde Trio am Scheinwerfer vorbei und setzt sich lachend ans Lagerfeuer. Laura lehnt sich an Axel und wiehert haltlos. Axel flüstert ihr etwas ins Ohr, und dann sehen sie Hjalmar an.

Hjalmar spürt eine Welle von Übelkeit, die ihn fast zerreißt.

»Na, wer wirft als Nächster?«, fragt Gunnar und krönt seine Worte mit einem tief aus der Kehle aufsteigenden, grunzenden Lachen.

Hjalmar streift seinen Vater mit einem kurzen Blick. Gerade in diesem Moment hasst er das besoffene Schwein, das diese Farce möglich gemacht hat. Laura hätte nicht mitkommen dürfen. Nicht, weil sie nicht zurechtkäme, sondern ganz im Gegenteil: weil sie in dem Trupp munter ist wie ein Fisch im Wasser – sie klebt an Axel wie ein Egel, lacht über seine Witze.

Hjalmar kommt sich lächerlich vor.

»Hjalle?«, fragt sein Vater erneut, als wolle er die Demütigung noch eine Stufe höher treiben.

»Ich weiß nicht recht …«

Der enttäuschte Blick seines Vaters motiviert ihn nicht dazu, sich ein Herz zu fassen.

Drei unfassbar lange Sekunden vergehen.

»He, ich mach's«, sagt Laura plötzlich.

Hjalmar sinkt immer tiefer in die Finsternis, dahin, wo einen keiner sieht und wo man deshalb immer in Sicherheit ist.

Der Trupp klatscht Beifall.

Gunnar reicht Laura eine Granate, erteilt ihr betrunken lallend Anweisungen über den Splint und ermahnt sie, sich hinter den Felsen zu ducken, sobald sie die Granate geworfen hat.

»Laura hat gerade gezeigt, wer die Hosen anhat«, sagt Hasse, und alle brechen in Gelächter aus.

Zu einer anderen Zeit und an einem anderen Ort könnte das Lachen gutmütig klingen, aber an diesem dunklen Winterabend mitten in der Wildnis ist seine Wirkung geradezu lähmend.

73

2020

Jessica spürt kalten Beton an ihrer Wange.

Das Surren an der Deckenkante ist verstummt.

Sie weiß nicht, wie viel Zeit vergangen ist, aber der Schmerz in ihrem Bauch und an den Seiten ist noch heftiger geworden. Der riesige Kerl, der Camilla Adlerkreutz begleitet, hat immer wieder mit der Faust zugeschlagen, nur nicht ins Gesicht.

Plötzlich dreht sich der Raum. Jessica übergibt sich und merkt, dass sie wieder aufrecht auf dem Stuhl sitzt.

»Du selbst warst die Ursache, Jessica«, sagt Adlerkreutz. Sie steht vor Jessica und stützt sich auf ihren Stock. Der Mann ist nirgends zu sehen, aber Jessica weiß, dass sie jederzeit ein neuer Schlag treffen kann. Sie spürt, wie ihre Muskeln sich anspannen, und stöhnt vor Schmerz.

»Du hast den Tod deiner Familie verursacht. Du, nicht deine Mutter«, fährt die alte Frau fort.

»Mutter ist gefahren …«

»Deine Mutter saß am Steuer, ja. Aber was hat sie bewogen, es zu tun, liebe Jessica?«

»Mutter war krank …«, flüstert Jessica. Die feuchte Kellerluft kitzelt in ihrer Nase.

»Da ist es wieder. Krank. Du hältst es für eine Krankheit. Ich habe immer gesagt, dass eine Psyche wie die deiner Mutter – und warum nicht auch deine eigene – ein Geschenk ist.

Keine Krankheit. Aber leider war keine von euch beiden bereit, das zuzugeben.«

»Was zum Teufel willst du?«, fragt Jessica und spuckt Blut auf den Boden.

»Du wirst heute verschwinden, Jessica. Aber das ist eigentlich uninteressant. Interessanter ist, was da draußen nach deinem Verschwinden passiert.«

»Was …«

»Es ist mir unbegreiflich, wie du es geschafft hast, dich aus der Klemme zu reden, Jessica. Du solltest gefeuert und als Verrückte abgestempelt werden. Denn das bist du ja deiner Meinung nach. Verrückt.«

»Fahr zur Hölle.«

»Aber diesmal kannst du dich nicht herauswinden.«

Camilla Adlerkreutz knipst mit den Fingern, und der Mann erscheint in Jessicas Blickfeld.

»Henrik wird dich heute töten, Jessica. Danach sickert die Information über deine Krankheit an die Medien durch. Außerdem wird man eindeutig feststellen, dass du an Heiligabend im Zentralpark einen Menschen ermordet und verbrannt hast.«

Jessica spürt, wie sich ihr der Magen umdreht, als hätten erst die letzten Worte der alten Frau sie wachgerüttelt.

»Henrik war heute in deiner Wohnung und hat dort ein ziemlich belastendes Video über den Brandmord im Zentralpark deponiert. Außerdem bestätigen sowohl die Aufzeichnungen des Reitstalls als auch die Sport-App auf deinem Handy, dass du zur Tatzeit in der Gegend warst. Was für ein Mensch verbrennt einen obdachlosen Säufer? Und filmt das Ganze auch noch?«, sagt Adlerkreutz.

»Das glaubt niemand«, flüstert Jessica. »Das geht nicht durch.«

»Irrtum, liebe Jessica. Du vergisst, dass die Papiere, die deine Vorgesetzte schon einmal ignoriert hat, ohne Weiteres erneut an die Polizei geschickt werden können. Dann wird allen klar, dass deine Wahnvorstellungen dich zu entsetzlichen Taten getrieben haben. Und zum Schluss hast du beschlossen, spurlos zu verschwinden.«

»Nein …«, sagt Jessica, kann aber nicht weitersprechen, denn der Mann reißt so heftig an ihren Haaren, dass sie aufheult.

»Genau, Jessica. Du bist eine wahnsinnige Mörderin. Und so wird man dich in Erinnerung behalten.«

74

Nina Ruska betrachtet die Mädchen, die kunstvoll über das Eis wirbeln, sich an den Händen fassen und eine elegante Figur bilden, sich gleich darauf wieder voneinander lösen und jede für sich nach einer exakten Choreografie tanzen. Die Kufen ihrer Schlittschuhe schneiden ins Eis und erzeugen ein kratzendes Geräusch, das als leises Echo von den hohen Wänden der Halle zurückgeworfen wird. Aus den Lautsprechern schallt der aus dem Film *La La Land* bekannte Song *Another Day of Sun*.

Nina geht über die Gummimatte und sieht eine Frau in mittleren Jahren, die sich bei der Reservebank an die Bande der Eisbahn lehnt.

Die Frau trägt einen schwarzen Trainingsanzug und eine weiß gestreifte Mütze mit Bommel. Im Profil erkennt man die plastische Form ihres schönen Gesichts. Die kastanienbraunen Haare reichen ihr bis auf die Schulter, um den Hals hängt eine schwarze Trillerpfeife.

»Smilla Ek?«, fragt Nina, als sie bei der Frau angekommen ist.

»Ja«, antwortet die Frau, blickt Nina an und streckt den Rücken durch. Sie ist etwas kleiner als Nina, ihre tiefliegenden braunen Augen sind groß und traurig.

»Nina Ruska, Polizei«, stellt Nina sich vor und streckt die Hand aus.

Smilla Ek zieht den Wollhandschuh aus und ergreift Ninas

Hand. Sie versucht wohl, Ninas Lächeln zu erwidern, schafft es aber nicht ganz. Dann blickt sie wieder aufs Eis und pfeift.

»Sorry, Mädchen, ich muss etwas erledigen. Zieht inzwischen das ganze Programm noch einmal durch«, ruft sie laut und drückt auf das Display ihres iPads. Die Musik verstummt, um gleich darauf wieder von vorn zu beginnen.

»Normalerweise bin ich bei den Mädchen auf dem Eis«, erklärt Smilla Ek, als befürchte sie, ein falsches Bild von ihren Unterrichtsmethoden zu vermitteln, weil sie das Training vom Rand aus leitet. »Ich war fast den ganzen Tag bei Hjalle im Krankenhaus … Aber der Arzt hat gesagt, er braucht Ruhe, und ich konnte dort eigentlich nichts für ihn tun. Ich wollte das Training nicht absagen … Ich bin nur so furchtbar wütend auf Hjalle. Besorgt, aber gleichzeitig auch verdammt wütend, weil er so was …«

»Ich verstehe«, sagt Nina und zieht den Reißverschluss ihrer Jacke ein wenig herunter. In der Halle ist es zwar kalt, aber die eng anliegende Daunenjacke schnürt sie ein.

»Über ihn wollen Sie doch mit mir reden? Über Hjalle. So nennen wir ihn im Familienkreis«, fährt Smilla Ek etwas ruhiger fort.

»Ja«, sagt Nina und lässt die Frau Platz nehmen. »Es tut mir leid, dass Sie in alldem Durcheinander die Fragen der Polizei beantworten müssen.«

»Das macht nichts, ich verstehe nur nicht ganz, warum die Polizei sich mit einem Selbstmordversuch befasst …«

Nina kratzt sich unter ihrer Augenbraue.

»Wir haben Grund zu der Annahme, dass der Selbstmordversuch Ihres Bruders mit einem Verbrechen in Verbindung steht, das gestern in derselben Gegend passiert ist.«

»Was für ein Verbrechen soll das sein?«

Nina zögert kurz, sagt sich dann aber, dass Smilla Ek es verdient, die Wahrheit zu erfahren.

»Der Mord an Eliel Zetterborg.«

»Wie … Wie in aller Welt wäre das möglich?«

Smilla Ek wirkt nicht direkt überrascht, aber aus ihrem Blick ist alle Freundlichkeit verschwunden, und sie starrt Nina ausdruckslos wie eine Wachsfigur an.

»Es ist wahrscheinlich, dass er etwas weiß«, erwidert Nina. »Genaueres darf ich leider nicht sagen.«

»Glauben Sie, dass Hjalle …«

»Wie gesagt, es geht eher darum, was er möglicherweise weiß, als darum, dass er etwas getan hätte.«

Smilla Ek senkt den Blick.

»Ich habe die Nachrichten verfolgt«, sagt sie und streicht zerstreut den Ärmel ihrer Trainingsjacke glatt. »Mir ist klar, dass Hjalle einen seltsamen Zeitpunkt gewählt hat, um wieder einen Selbstmord zu versuchen. Irgendwie dachte ich, das kann kein Zufall sein.«

»*Wieder*?«

»Entschuldigung, ich habe mich falsch ausgedrückt. Soweit ich weiß, hatte er es bisher noch nie wirklich versucht, aber sehr oft darüber gesprochen.«

Nina nickt und holt tief Luft.

»Ich verstehe. Aber gerade so etwas interessiert uns sehr: Hjalmars Hintergrund.«

»Der ist nicht so leicht zu verstehen.« Smilla Ek lacht freundlos auf. »Wenn Sie wissen wollen, was Hjalle damals vor langer Zeit passiert ist, bin ich nicht unbedingt die richtige Auskunftsperson. Allerdings ist sonst wohl niemand mehr übrig.«

»Ich weiß, dass es schwierig ist, aber …«

»Es ist nicht so, dass ich nicht darüber reden möchte, aber die Geschichte ist auch für mich ein Rätsel.«

Nina setzt sich in gebührendem Abstand zu Smilla auf die Holzbank, die sich durch den dünnen Stoff ihrer Jeans unangenehm kalt anfühlt.

»Fangen Sie bei der Kindheit an. Erzählen Sie, was Sie wissen«, bittet sie, während ein Dutzend Schlittschuhläuferinnen Arm in Arm an ihnen vorbeizieht. Der Anblick erscheint ihr unglaublich schön.

»Hjalle war ein fröhliches Kind. Aufgeweckt und liebenswert. Er ist zwei Jahre älter als ich, meine Erinnerungen aus dieser Zeit sind also ziemlich verschwommen. Aber so war er in meiner Erinnerung, immer positiv«, sagt Smilla Ek und wischt sich mit dem Handrücken über die Nase. »Aber dann hat sich etwas verändert … als Hjalle etwa vierzehn oder fünfzehn war … Man kann vielleicht sagen, dass gerade die Pubertät aus irgendeinem Grund eine extrem schwierige Zeit für ihn war. Er wurde nachdenklich und düster, als würde das Erwachsensein, auf das er so lange gewartet hatte, seinen Erwartungen nicht entsprechen.« Smilla Ek schüttelt unmerklich den Kopf. »Klingt poetisch, oder? Die Beschreibung stammt nicht von mir«, fährt sie mit gesenktem Kopf fort. »Ich erinnere mich, dass ein Schulpsychologe etwas in der Art gesagt hat, und das ist mir für immer im Gedächtnis geblieben. An sich glaube ich nicht, dass Hjalle in dieser Hinsicht eine Ausnahme war. Dasselbe habe ich auch bei meinen eigenen Kindern und bei anderen jungen Mädchen erlebt, allerdings kenne ich niemanden, der so dramatisch auf diese Lebensphase reagiert hat.«

»Ist damals irgendetwas Besonderes passiert?«, fragt Nina, doch Smilla Ek schüttelt den Kopf.

»Unser Vater war ständig bei der Arbeit, aber das war während unserer ganzen Kindheit so. Insofern hat sich die Familiensituation nicht verändert. Und trotzdem hatten wir alle den Eindruck, dass Hjalle auf einmal deprimiert war und wie im Nebel herumlief. Äußerlich war alles in Ordnung. Wir hatten alles, was wir uns nur wünschen konnten, und obwohl unser Vater nicht oft zu Hause war, war er nie besonders distanziert oder … despotisch oder gewalttätig. Hjalle hat die Aufnahmeprüfung für die Oberstufe von Norsen mühelos geschafft und kam im Unterricht gut mit, wenn auch nicht ganz so gut wie vorher. Ich erinnere mich, dass unsere Mutter ihn gefragt hat, warum er bei den Klassenarbeiten keine Eins mehr bekam, oder wenigstens eine Zwei.«

»Stand Hjalmar in der Schule unter Leistungsdruck?«

»Nein. Oder natürlich ein bisschen, das ist ja ganz normal. Wir wurden dazu angespornt, gute Noten zu bekommen, aber wie ich schon sagte, wir wurden nicht unter Druck gesetzt, unsere Eltern haben nicht verlangt, dass wir hundertprozentig erfolgreich sind, wie ich es in den Familien einiger meiner Freundinnen erlebt habe, oder auch hier in der Eishalle. Es ging bestimmt um irgendetwas ganz anderes«, antwortet Smilla Ek und lächelt plötzlich, als wäre sie auf eine erfreuliche Erinnerung gestoßen. »Er hatte auch eine so schöne Freundin. Ich glaube, viele in seiner Klasse haben ihn deshalb sogar beneidet.«

»In der Oberstufe?«

»Ja.«

»Hjalmar wirkte damals aber schon deprimiert?«

»Bevor er Laura kennenlernte. Ja, ich glaube, sie hieß Laura.«

»Die Beziehung zu dieser Laura hat Hjalmars Probleme nicht gelöst?«

»Nicht wesentlich. Außerdem mochte ich Laura nicht besonders, soweit ich mich erinnere.«

»Warum nicht?«

»Das ist schwer zu erklären, besonders jetzt, nach dreißig Jahren. Und wie gesagt, ich war damals selbst erst fünfzehn. Aber ich erinnere mich, dass Laura mir übertrieben munter und spektakulär vorkam. Sie waren ein ziemlich ungewöhnliches Paar: das schöne, energische Mädchen und mein apathisch gewordener, launischer Bruder. Laura war außerdem zwei Jahre älter als Hjalle. In dem Alter kommt sowas selten vor. Also dass ein Mädchen aus der zwölften Klasse mit einem Jungen aus der zehnten geht. Ich konnte nicht umhin, zu denken …«

»Was zu denken?«, hakt Nina vorsichtig nach, da Smilla Ek eine Weile still bleibt und die Figur auf dem Eis betrachtet.

»Dass Laura nicht mit Hjalle gegangen ist, sondern mit Hjalmar Ivar Ek, einem reichen Jungen aus dem vornehmen Stadtteil Eira, der über ein großes soziales Netzwerk verfügt. Es ist mir unangenehm, das zu sagen, aber damals hat unsere Familie im Norsen einen gewissen sozialen Status verkörpert. Sie hatte eine starke Verbindung zur finnischen Industrie und zu der kleinen finnlandschwedischen Elite, wenn Sie verstehen, was ich meine.«

»Dann kam Laura also aus einer anderen Welt?«

Smilla nickt.

»Irgendwie habe ich damals schon geahnt, dass die Beziehung nicht gut ausgeht. Und da Hjalle schon vorher trübsinnig war, hatte ich Angst, dass ein Verhältnis, das zwangsläufig scheitern muss, seine Lage nur verschlimmern würde.«

»Und so kam es dann auch?«

»Es war noch viel schlimmer, als ich es mir vorgestellt hatte. Aber zuerst ist das Unglück passiert.«

»Ein Unglück?«, fragt Nina und drückt ihre Finger auf die Holzfläche der Reservebank.

»Diese Nacht werde ich nie vergessen«, sagt Smilla. Nina sieht, dass ihre Augen feucht werden.

»Die Nacht, in der er sein Gehör verlor.« Smilla blinzelt gegen die Tränen an und fährt fort: »Hjalle ist an dem Morgen zu einer Hasenjagd mitgefahren, die der Chef unseres Vaters … Eliel Zetterborg organisiert hat, irgendwo zwei Stunden Autofahrt von Helsinki. Unser Vater war auch dabei, außerdem Eliels Sohn und der Jurist der Firma mit seinem Sohn.« Sie hält kurz den Atem an. »Und Laura.«

»Laura war mit im Wald?«

»Ja. Und auf der Reise ist es passiert. Hjalle hat im Wald eine Granate gefunden … Die ist offenbar direkt neben ihm explodiert. Es war natürlich ein Glück im Unglück, dass er nicht gestorben ist.«

»Aber Ihr Bruder hat sein Gehör verloren?«

»Und entsetzliche Narben im Gesicht davongetragen«, sagt Smilla. In dem Moment ist der Song, der aus den Lautsprechern dröhnt, zu Ende. Die Stille, die sich über die Halle legt, wird nur von den kratzenden Geräuschen der Schlittschuhe durchbrochen.

Smilla steht auf, trocknet sich rasch die Augen und lehnt sich an die Bande.

»Danke, Mädels. Für heute machen wir Schluss. Ich komme gleich in die Umkleide.«

Die Mädchen klatschen in die Hände und gleiten dann auf die Tür zur Reservebank zu, die Smilla gerade geöffnet hat.

Nina und Smilla warten geduldig, während die Schlittschuhläuferinnen an ihnen vorbei zu den Umkleideräumen gehen. Nina erwidert lächelnd den Gruß der Mädchen.

Als die Tür zur Garderobe am Ende des Flurs sich schließt, dreht Smilla Ek sich um und verschränkt die Arme vor der Brust.

»Danach ging es in Hjalles Leben bergab. Er war über eine lange Zeit so deprimiert, dass wir befürchtet haben, er würde versuchen, sich das Leben zu nehmen. Er lag praktisch nur noch zu Hause im Bett und starrte an die Decke. Hjalle war taub geworden und hatte daraufhin auch aufgehört zu sprechen. Wahrscheinlich ist es schwierig, wenn man plötzlich seine eigene Stimme nicht mehr hört … Aber es hat lange gedauert, bis er bereit war, zur Therapie oder wenigstens zu einem Lehrer für Gebärdensprache zu gehen. Er hat seine Genesung hinausgezögert, obwohl der ganze Rest der Familie schon angefangen hatte, die Gebärdensprache zu lernen, damit wir wieder mit ihm kommunizieren konnten. Verdammt, wie habe ich Hjalle deshalb gehasst. Ich fand sein Verhalten wirklich egoistisch, auch wenn er selbst am schlimmsten unter der Tragödie gelitten hat. Es war für uns alle eine verflucht schwere Zeit.«

»Deshalb hat er nie Abitur gemacht?«

Smilla Ek nickt.

»Der kleine Rest an positiver Einstellung, der ihm noch geblieben war, verschwand nach dem Unglück. Er war zu keiner Anstrengung mehr fähig.«

»Und Laura?«

»Ich habe gesagt, dass ich Laura nicht mochte, und das stimmt. Aber ich habe ihr nie Vorwürfe gemacht, weil sie mit achtzehn nicht die Kraft hatte, Hjalles Pflegerin zu werden. Ich habe Hjalle oft gesagt … das heißt, ich habe es ihm aufgeschrieben …, dass er anderen helfen muss, ihm zu helfen. Sonst kann man nicht genesen. Aber ein Mensch, der schwer deprimiert und physisch krank ist, verwandelt sich wohl leicht in ein bodenloses schwarzes Loch … in eine Last, die zu tragen niemand genug Kraft hat.«

Nina senkt den Blick auf die schwarze Gummimatte, auf der die Schlittschuhe der Mädchen Eismatsch hinterlassen haben, der inzwischen zu kleinen Pfützen geschmolzen ist.

»Mit diesem Jagdausflug begann die schwere Depression meines Bruders, gegen die er seitdem Medikamente bekommen hat. Ab und zu ging es ihm ganz gut, aber es gab immer wieder Zeiten, in denen ich mir sehr große Sorgen um ihn gemacht habe. Es ist wohl eine Ironie des Schicksals, dass das Geld, das normalerweise Freiheit bedeutet, für ihn zum Gefängnis geworden ist. Wenn Hjalle sich wenigstens ein bisschen hätte anstrengen müssen, um sein Auskommen zu haben, hätte er vielleicht wieder Kontakt zum normalen Leben bekommen. Menschen kennengelernt, vielleicht Liebe gefunden und womöglich Kinder bekommen. Aber was vor dreißig Jahren passiert ist, hat ihn nicht nur physisch geschädigt, sondern auch seine Bereitschaft zerstört, Teil der Gesellschaft zu sein.«

»Es tut mir sehr leid für Sie alle, Smilla«, sagt Nina. Sie ist in ihrem Beruf mit zahlreichen traurigen Schicksalen konfrontiert worden, empfindet Smillas Geschichte aber als besonders berührend.

Sie steht auf und steckt die Hände in die Taschen ihrer Daunenjacke. Es wird Zeit, das Gespräch aus der Komfortzone zu lenken.

»Ich muss trotzdem fragen, ob Ihr Bruder Ihres Wissens einen besonderen Groll gegen Eliel Zetterborg gehegt hat?«

Smilla Ek wird schlagartig reserviert.

»Sie haben gesagt, es ginge darum, was mein Bruder weiß … Steht er nun doch unter Verdacht …«

»Nein, es verhält sich genauso, wie ich anfangs gesagt habe. Trotzdem bitte ich Sie, meine Frage zu beantworten. Könnte Hjalmar einen Grund zur Verbitterung gegenüber Eliel Zetterborg gehabt haben?«

»Haben Sie an die Möglichkeit gedacht, dass Hjalle über den Mord erschüttert war und in seiner Verzweiflung eine Überdosis genommen hat?«, fragt Smilla Ek mit bebender Stimme.

»Natürlich«, sagt Nina. »Aber finden Sie das plausibel? Hatte Hjalmar in all den Jahren mit dem ehemaligen Chef Ihres Vaters zu tun? Standen die beiden sich so nahe, dass Eliel Zetterborgs Tod Ihren Bruder so sehr erschüttert hätte?«

Smilla Ek schließt die Augen, scheint eine Weile über ihre Antwort nachzudenken und schüttelt dann den Kopf.

»Nein«, gibt sie widerstrebend zu. »Soweit ich weiß, sind sie sich nach dem Jagdausflug nie mehr begegnet.«

Aus den Umkleideräumen kommt dröhnende Musik.

»Und Sie? Wie gut kannten Sie Eliel Zetterborg?

Smilla Ek wirkt überrascht.

»Natürlich habe ich ihn gekannt«, antwortet sie. »Mein Vater hat bis 2005 bei der RealEst gearbeitet, dann ist er als Geschäftsführer in Pension gegangen. Ich bin Eliel unzählige Male begegnet, bei verschiedenen Feiern und anderen Veranstaltungen, die mit Vaters Arbeit zu tun hatten.«

»Und Eliels Sohn Axel?«

»Axel hat dieselbe Schule besucht wie wir, er hat im Frühjahr 1990 Abitur gemacht, einige Monate nach Hjalmars Unfall. Danach bin ich ihm gelegentlich begegnet, bei den Feiern, die ich gerade erwähnt habe.«

»Waren Sie befreundet?«

»Nein. Ich war damals erst in der achten Klasse.«

Nina seufzt unmerklich und blickt zur Decke der Eishalle auf, die von großen, massiven Stahlträgern gestützt wird. Zwischen den hellen Lampen hängen Spielertrikots und Meisterschaftsfähnchen.

»Ich weiche Ihrer Frage nicht absichtlich aus«, sagt Smilla Ek. »Soweit ich weiß, waren die Ereignisse im Hasenwald ein bedauerlicher Unfall … Die Summe vieler trauriger Zufälle. Aber mir fällt beim besten Willen kein Grund ein, weshalb Hjalle Eliel Zetterborg die Schuld daran geben sollte, und selbst wenn es so wäre … wenn er Zetterborg aus irgendeinem Grund etwas antun wollte, warum hätte er diese schreckliche Tat erst nach drei Jahrzehnten begangen?«

»Ich verstehe«, erwidert Nina und reicht Smilla Ek die Hand. »Danke.«

Sie hat sich schon abgewandt, als ihr etwas einfällt, was Smilla Ek vor einer Weile erwähnt hat.

»Entschuldigung, doch noch eine kleine Frage«, sagt sie und denkt, dass dieser Satz ein Klischee aus irgendeiner alten Polizeiserie ist, vielleicht aus Columbo. »Sie haben erzählt, dass am Abend des Unfalls auch der Jurist der Firma mit seinem Sohn dabei war?«

»Ja.«

»Erinnern Sie sich an den Namen des Juristen?«

»Natürlich. Erik Raulo. Sein Sohn Hasse hat auch dieselbe Schule besucht wie wir.«

Als Nina aus der Eishalle kommt, riecht sie Zigarettenqualm. Die Mädchen, die an der Raucherecke stehen, sind ungefähr im selben Alter wie die Teenager, die Smilla Ek trainiert.

Nina wirft den Mädchen einen tadelnden Blick zu und greift zu ihrem Handy. Gleich darauf hört sie Jusufs Stimme.

»Hallo, ich komme gerade aus der Eishalle.« Nina wartet am Zebrastreifen, während ein blauer Stadtbus vorbeifährt, ohne anzuhalten.

»Wie ist es gelaufen?«, fragt Jusuf. Seine Stimme klingt gepresst. »Wir warten hier immer noch darauf, Hjalmar Ek weiter zu befragen. Der verdammte Kerl schläft jetzt, und sein übereifriger Arzt hat verboten, ihn zu wecken ...«

»Es war ein interessantes Gespräch. Ich glaube, wir können jetzt mit Sicherheit sagen, dass der dritte Mann auf dem Foto Gunnar Ek ist«, antwortet Nina und öffnet die Verriegelung ihres Wagens. »Ich bin überzeugt, dass die ganze Sache auf einen Unfall zurückgeht, der 1990 bei einer Hasenjagd passiert ist.«

»Aha«, sagt Jusuf interessiert. »Was für ein Unfall?«

»Eine im Wald gefundene Granate ist in Hjalmars Händen explodiert.«

»Eine Granate? Was zum Teufel?«

»Ein ungewöhnlicher Fall, zweifellos. An dem Jagdausflug haben vier Jugendliche teilgenommen und drei Männer in mittleren Jahren, Eliel Zetterborg, Erik Raulo ...«

»Beide ermordet ...«, wirft Jusuf ein, woraufhin Nina kurz innehält.

»Ja. Und der dritte war Gunnar Ek, Hjalmars Vater. Alle bei RealEst beschäftigt.«

»Aber woraus schließt du, dass unser Fall damit zu tun hat?«

»Hjalmar hat bei dem Unfall sein Gehör verloren. Ich bin mir ganz sicher, dass er seitdem einen Groll gegen Eliel Zetterborg gehegt hat, der den Ausflug organisiert hatte. Und jetzt hat er beschlossen, sich endlich zu rächen.«

»Okay«, sagt Jusuf. »Ruf Rasse an und bitte ihn, Informationen über den Fall auszugraben. Ich setze inzwischen dem Oberarzt zu, wir müssen unbedingt Hjalmar Eks Epikrise bekommen.«

»Alles klar.« Nina öffnet die Autotür.

Als sie einsteigt, sieht sie, dass Tom ihr eine Nachricht geschickt hat.

Ich hab dir was in die Jackentasche gesteckt. =)
Du darfst es erst öffnen, wenn ich es sage, okay?

Nina steckt die Hand in die Tasche und zieht ein kleines Päckchen heraus, das mit einem hübschen gelben Band umwickelt ist.

75

Rasmus öffnet die Flasche mit dem Energiegetränk und flucht lautlos, als das süße Gesöff seinen Finger benetzt. Er setzt die Flasche an den Mund und trinkt die gezuckerte Essenz, deren Geschmack das Gehirn nur dank des Etiketts als Erdbeeraroma erkennt.

»Susikoski«, sagt Hellu und schließt die Tür des Raums, der Rasmus zugeteilt wurde.

Rasmus war gerade im Archiv und hat Unterlagen herausgesucht, die das Digitalisierungsprojekt nicht erfasst hat.

Er hat die Dokumente fotografiert, ist in seine Abteilung zurückgekehrt und hat sich mit seinem Getränk an den Tisch gesetzt in der Hoffnung, dass er endlich einmal ungestört arbeiten kann, ohne von Vorgesetzten oder Kollegen nach Fortschritten gefragt zu werden.

»Du bist anscheinend der Einzige im ganzen Team, der nicht draußen unterwegs ist«, stellt Hellu fest, legt die Finger um Rasmus' Flasche und hält sie hoch. Ihre Fingernägel sind dunkelblau lackiert.

»Ja.«

»Du trinkst viel von diesem Dreckszeug«, merkt Hellu an, stellt die Flasche wieder auf den Tisch und reibt sich die klebrigen Hände. »Iii.«

»Ich gehe den Vorfall durch, in dessen Folge Hjalmar Ek vor dreißig Jahren taub wurde.«

»Ja, Jusuf hat ihn am Telefon erwähnt. Er glaubt offenbar, dass Ek unser Mann ist«, sagt Hellu und nimmt gegenüber von Rasmus Platz. Im selben Moment klingelt ihr Handy, doch sie bringt es ungerührt zum Schweigen. »Wir stehen kurz vor dem Durchbruch. Wenn der Mann nur den Mund aufmacht.«

»Oder in diesem Fall seine Hände bewegt«, ergänzt Rasmus. Sein Einwurf klingt pfiffiger als beabsichtigt.

»Von mir aus. Geben die Berichte was her?«

Rasmus schüttelt den Kopf. Das Material ist umfangreich, vorläufig lassen sich keine weitreichenden Schlussfolgerungen ziehen.

»Es handelt sich um einen sehr ungewöhnlichen Unfall. Hjalmar Ek hat nachts im Wald eine Handgranate gefunden, und sie ist in seinen Händen explodiert. Die Detonation hat sein Innenohr beschädigt und Verletzungen im Gesicht verursacht. Der Vorfall wurde sachgemäß untersucht – die im Wald gefundene Waffe war eine Druckhandgranate aus den Beständen der Armee.«

»Ja, die verstreuen ja keine Splitter, sondern ihre Wirkung beruht auf der Druckwelle«, kommentiert Hellu. Rasmus denkt unwillkürlich, dass seine Chefin damit angeben will, was sie im freiwilligen Wehrdienst gelernt hat.

»Genau.«

Rasmus dagegen war nie auch nur in der Nähe einer Kaserne, er hat seinen Zivildienst im Archiv abgeleistet. Seine Waffenkenntnisse beruhen eher auf langjähriger Erfahrung mit der Spielreihe *Call of Duty*, in der er sich unbestreitbar zu einem ziemlich harten Supersoldaten entwickelt hat.

»Ein Krankenwagen wurde gerufen, aber es hat fast zwei Stunden gedauert, bis er die Jagdhütte mitten im Wald erreicht hat. Keiner der Anwesenden war fahrtüchtig genug, um den Verletzten ins nächste Krankenhaus zu bringen.«

»Die Verzögerung hat die Entwicklung des Hörschadens vermutlich gefördert?«, meint Hellu.

»Gut möglich.«

»Könnte das der Grund für jahrzehntelangen Groll sein? Dass die Erwachsenen zu betrunken waren, um Ek ins Krankenhaus zu bringen?«

Rasmus ist davon nicht überzeugt, und auch Hellu scheint keine zustimmende Antwort von ihm zu erwarten.

»Die Polizei hat schon in der Nacht des Unfalls die ganze Schar befragt. Die Aussagen stimmen in allen Punkten überein. Man hat getrunken und gefeiert. Hjalmar ist in der Nacht in den Wald gegangen, vielleicht um seine Notdurft zu verrichten, und hat eine Granate gefunden.«

»Und im Suff den Splint abgerissen?« Hellu lacht auf.

»Tja«, antwortet Rasmus ausdruckslos und blättert in den Papieren, die vor ihm liegen. »So muss es ja gewesen sein. Sonst wäre die Granate wohl nicht explodiert.«

»Und wurde festgestellt, woher sie stammte?«

Rasmus schüttelt den Kopf.

»Keine einzige Garnison hatte verschwundenes Material gemeldet. Nach dem Vorfall erhielten die Truppenabteilungen Befehl, eine gründliche Inventur durchzuführen, aber im ganzen Land war auch nicht eine einzige Granate verschwunden.«

»Wenn man bedenkt, wie ernst die Armee und die Polizei es nehmen, wenn zum Beispiel bei Übungen Kampfmaterial verloren geht, ist es unwahrscheinlich, dass die Granate bei einem Rekrutenlager dort liegen geblieben ist.«

»Ja. Außerdem hat in dem fraglichen Gebiet und in der näheren Umgebung nie eine Gefechtsübung stattgefunden«, erklärt Rasmus.

Hellu wirft einen Blick auf ihr Handy, das erneut klingelt. Wieder drückt sie den Anruf weg und beugt sich über den Tisch zu Rasmus.

»Und die jungen Leute? Wer war außer Hjalmar dort?«

»Axel Zetterborg, Hans Raulo … Das sind die Söhne der Opfer im aktuellen Fall.«

»Weiß ich doch.«

»Und als Vierte Laura Karolainen, Hjalmars damalige Freundin.«

»Mit der Freundin auf Hasenjagd«, lacht Hellu, als wäre der Gedanke völlig absurd. »Hans Raulo wurde heute schon befragt. Aber wäre es sinnvoll, dass ihn noch jemand wegen der Ereignisse bei dem Jagdausflug ausquetscht?«

Rasmus nickt.

»Bestimmt.«

»Kümmerst du dich darum? Ich muss wieder in die obere Etage«, sagt Hellu und fährt sich durch die kurzen Haare.

Rasmus murmelt eine bejahende Antwort und starrt auf die Kopie von Laura Karolainens Pass. Das Mädchen ist unglaublich schön.

76

Der Mann betrachtet das Video, das über den Bildschirm läuft.

Ein Teil des Materials ist freihändig gefilmt. Ein Teil stammt aus Nachrichtenclips im Internet, aus Interviews auf einem roten Teppich oder dem Sofa des Frühstücksfernsehens.

Er hält das Video hier und da an, versucht, Axel Zetterborgs Gesicht im richtigen Winkel zu erwischen. Und da ist es: Ungewöhnlich deutliche und wiedererkennbare Lachfältchen, die das Lächeln so besonders machen. Der Haaransatz, der nach unten sinkt, wenn er die Stirn runzelt. Die lässigen, schläfrigen Augen, die er rollt, als wären sie das wichtigste Kommunikationsmittel, wichtiger als Worte.

Der Mann stoppt das Video, schließt die Augen und kämpft gegen die Tränen an.

Er braucht mehr Material, damit das Video komplett wird. Vielleicht auch einige Aufnahmen von sich selbst: Durch schnelle Überschneidungen lässt sich die Illusion erzeugen, dass sie beide auf demselben Bild sind.

Wenn er nur ein besserer Bildbearbeiter wäre, könnte er vielleicht …

In dem Moment klopft es an der Tür.

Mach auf! Ich will mit dir reden!

Verdammt. Nie hat man seine Ruhe.

Mach die Tür auf und …

Er spürt Wut auflodern. Rollt seinen Stuhl vom Tisch zurück und stürmt zur Tür. Geht an seiner Mutter vorbei, greift sich seine Jacke und öffnet die Wohnungstür.

He, wohin willst du denn?

Er läuft ins Treppenhaus, hört das Knallen der Tür und die fordernde Stimme seiner Mutter. Er starrt auf die von der Polizei versiegelte Tür, an deren Briefschlitz Zetterborg steht.

Dann rennt er die Treppe hinunter, ohne sich von der weinerlichen Stimme, die durch das Treppenhaus hallt, aufhalten zu lassen.

Alles ist Täuschung. Nichts als Lüge.

77

Jusuf nimmt die *Welt der Technik* vom Tisch, stellt fest, dass sie schon einige Jahre alt ist, und wirft sie zurück auf den Zeitschriftenstapel. Inzwischen hat er schon fünfmal bei Jessica angerufen und ihr zwei Textnachrichten geschickt. Sie ist wie vom Erdboden verschluckt.

Er lässt das Handy sinken und schaltet den Lautsprecher ein, aus dem aber auch nur das monotone Freizeichen ertönt.

Sie sitzen nach wie vor bei den Fenstern am Ende des Klinikflurs, wo sie gefühlt schon die Hälfte des heutigen Tages verbracht haben.

»Meldet sie sich immer noch nicht?«, fragt Jami Harjula mit einem Blick auf seine Uhr. Er sitzt neben Jusuf und hat die Wartezeit hauptsächlich damit verbracht, seine Fingerknöchel knacken zu lassen.

»Nein. Das letzte Mal habe ich von ihr gehört, als sie gerade aus Lambergs Haus kam«, antwortet Jusuf.

»Glaubst du, ihr ist etwas passiert?«

»Scheiße. Ich weiß nicht. Aber …«

Jusuf bricht mitten im Satz ab und sieht Harjula an.

»Aber was?«

»Sie hat gesagt, Lamberg hätte ihr einen Brief gegeben, den er in Zetterborgs Auftrag zu Erik Raulo bringen sollte. Und sie würde mir mehr darüber berichten, wenn sie wieder im Präsidium ist.«

»Wenn sie zu dem Zeitpunkt schon unterwegs war, müsste sie längst dort sein«, sagt Harjula.

»Ja. Verdammt. Aber ich glaube nicht, dass …«

»… Lamberg eine Dummheit gemacht hat?«, ergänzt Harjula. Jusuf ist sich nicht sicher, ob die Worte seines Kollegen so alarmierend klingen, weil er selbst kurz zuvor denselben Gedanken hatte.

Aber wenn Jessica die Wohnung schon verlassen hatte … Nein, das ergibt keinen Sinn. Wenn Lamberg Jessica etwas antun wollte, hätte er sie nicht aus seiner Wohnung gelassen. Und welchen Grund hätte er gehabt? Er war ja schon von der Liste der Verdächtigen gestrichen worden.

Jusuf seufzt schwer. Der Stress hat seinen Körper in eine Art Alarmzustand versetzt, und der kalte Schweiß will nicht versiegen.

Er blickt vom einen Ende des Flurs zum anderen, doch die bärtige Klinikautorität ist nirgendwo zu sehen.

»Hör mal, Harjula … Kuznetsov hat gesagt, ich hätte in dem Krankenzimmer nichts mehr zu suchen.«

»Ja, das hab ich auch gehört.«

»Kannst du das erledigen? Aus Hjalmar herausholen, wer … oder für wen er das alles getan hat? Ohne dass sein Herz versagt?«

»Natürlich«, antwortet Jami Harjula, ohne zu zögern.

»Bestimmt?«

»Hältst du mich für unfähig?«

»Nein, aber ich hab jetzt die Verantwortung für den ganzen Scheiß. Ich muss sicherstellen, dass alles klappt.«

Harjula steht von seinem Stuhl auf und tritt vor Jusuf.

»Mir ist klar, dass ich einen Fehler gemacht habe, als ich Hjalmar Eks Selbstmordversuch nicht mit diesem Fall in Verbindung gebracht habe. Einen großen Fehler. Aber jetzt bin ich wach, du kannst dich auf mich verlassen.«

Jusuf versucht, überzeugt zu wirken, was ihm aber offenbar nicht ganz gelingt.

»Außerdem«, fährt Harjula fort, »hast du es ja gerade selbst gesagt: Der Arzt hat angeordnet, dass nur ich die Befragung durchführen darf. Du hast da drinnen nichts mehr zu suchen.«

Jusuf sieht seinem Kollegen in die Augen und lässt das Freizeichen seines Handys verstummen.

Wo zum Teufel ist Jessica?

Plötzlich kommt ihm etwas in den Sinn, was Jessica heute gesagt hat.

Heiligabend. Die Hexenbande. Camilla Adlerkreutz.

Jessica hatte Angst, dass etwas im Gang ist.

Jusuf hatte sich in dem Moment so darauf konzentriert, Jessica zur Mitarbeit bei der Ermittlung zu überreden, dass er einfach nur gesagt hat, was sie seiner Meinung nach hören wollte. *Wir klären das gemeinsam, hab keine Angst.* Jetzt erkennt er, dass er Jessicas Worte vielleicht doch nicht ernst genommen hat, dass ihm ihre Geschichte weit hergeholt erschienen ist.

Aber plötzlich scheint alles möglich zu sein.

Jessica mag sich für verrückt halten, aber das ist sie nicht. Nicht in dem Sinn, dass sie sich so eine Geschichte aus den Fingern saugen würde. Wie konnte er nur so egoistisch sein …

Jusuf muss sich unbedingt vergewissern, dass Jessica gesund und munter ist. Obwohl er zwei Mordfälle zu klären hat.

»Danke, Harjula. Ruf mich sofort an, wenn du etwas erfährst«, sagt er und macht sich auf den Weg zu den Aufzügen, mit immer eiligeren Schritten, bis er schließlich läuft.

78

Rasmus starrt auf die Berichte, die kreuz und quer auf dem Tisch liegen, und reibt sich den steifen Nacken. Nach all den Jahren, in denen er krumm dagehockt hat, ist es erstaunlich, dass der Nacken erst jetzt zu schmerzen beginnt.

Tanja klopft an die offene Tür und kommt herein.

»Das wird allmählich zur Gewohnheit«, sagt sie. »Dass ich dich störe.«

»Macht nichts«, antwortet Rasmus. »Schön, ein bisschen Gesellschaft zu haben.«

»Gibt's was Neues?«, fragt Tanja und setzt sich Rasmus gegenüber.

»Ich überprüfe gerade einen Unfall im Winter 1990, bei dem unser Hauptverdächtiger verletzt wurde.«

»Wer?«

Rasmus blickt von seinen Papieren auf und überlegt, ob er Informationen mit der technischen Ermittlerin teilen darf. Allerdings ist sie ja nicht nur freundlich und hübsch, sondern praktisch auch an den Ermittlungen beteiligt.

»Hjalmar Ek«, sagt er schließlich.

»Wer ist das?«

Die Tatortermittlerin hat also noch nichts von den neuen dramatischen Wendungen gehört. Rasmus bereut, dass er ihr den Namen des Mannes verraten hat, aber jetzt kann er nicht mehr zurück.

»Ein Typ, der heute in Ullanlinna einen Selbstmordversuch gemacht hat. Eine lange Geschichte …«

»Okay. Brauchst du Hilfe?«

Rasmus schüttelt den Kopf.

»Nein … oder vielleicht doch, ich weiß nicht. Es gibt ziemlich viel zu tun.«

Tanja nimmt einen Pappbecher, pumpt Kaffee aus der Thermoskanne hinein und stellt ihn Rasmus hin.

»Ich hab schon zwei Liter Euroshopper getrunken«, sagt er.

»Gut. Es wird eine lange Nacht.«

»Wahrscheinlich. Habt ihr in Erik Raulos Haus etwas Interessantes gefunden?«

Tanja schüttelt den Kopf.

»Wir haben Proben genommen und ins Labor geschickt. Aber es gab keinen direkten Hinweis auf den Täter.«

»Verflixt.«

»Das Einzige, was mir aufgefallen ist, war ein fehlender kleiner Porzellanelefant auf der Fensterbank.«

Rasmus sieht sie verwundert an.

»Da stand eine Reihe von Elefanten, nach der Größe geordnet. Es sah so aus, als würde einer fehlen: der dritte von links«, erklärt Tanja und lacht müde auf. »Hat wahrscheinlich nichts zu bedeuten.«

»Na ja, man weiß nie«, seufzt Rasmus.

»Was suchst du denn in den Papieren?«, fragt Tanja und lässt ihr hübsches Lächeln aufblitzen. Sie gibt nicht auf.

»Eine Frau namens Laura Karolainen«, antwortet Rasmus, und seine Finger kehren auf die Tastatur zurück. »1990 spurlos verschwunden.«

Im selben Moment klopft es. An der Tür steht der junge Mann, der Rasmus an diesem Morgen als Assistent zugeteilt wurde. Der Jüngste im Team heißt Lionel.

»Stör ich, Rasse?«

»Überhaupt nicht.«

»Du hast mich gebeten, die Namen der Eigentümer und Bewohner im Treppenhaus A in der Muukalaiskatu abzuklären. Hier ist die Liste«, sagt Lionel, tritt näher und legt eine ausgedruckte Excel-Tabelle vor Rasmus hin. Er ist jünger als Rasmus und sehr attraktiv. Rasmus merkt, dass er verstohlene Blicke mit Tanja wechselt.

»Danke.«

»Ich habe die Namen der Bewohner mit denen der gestern Befragten verglichen, wie du es wolltest. Nur bei einer Wohnung stimmen die Angaben nicht ganz überein.«

Rasmus rückt seine Brille zurecht und nimmt das Blatt.

»Bei welcher?«

»Der Besitzer der Wohnung 11 ist nicht identisch mit der befragten Person. Die 11 liegt gegenüber von Zetterborgs Wohnung.«

»Ein Mieter?«, schlägt Rasmus vor, doch Lionel schüttelt den Kopf.

»Nein. Die Wohnung gehört Felix Salo. Aber die Polizei hat mit seiner Mutter gesprochen, mit Rea Salo, wohnhaft in Stockholm. Dem Bericht nach hatte sie in der Nachbarwohnung einen Schrei gehört …«

»Moment mal«, unterbricht Rasmus ihn und hebt eine Hand. »Die Mutter war also zum Zeitpunkt von Zetterborgs Tod bei ihrem Sohn zu Besuch?«

»Den Melderegistern nach sieht es so aus, auch wenn es in dem Bericht nicht erwähnt wird.«

Rasmus kratzt sich die kahle Stelle am Kopf und wirft einen raschen Blick auf Tanja, die seine Verblüffung jedoch nicht zu teilen scheint.

»In Zetterborgs Nachbarwohnung hat sich also zur Zeit des Mordes eine Person aufgehalten, die offiziell nicht im Haus wohnt?«

»Genau.«

Rasmus schließt die Augen und denkt nach.

Dass eine Mutter ihren Sohn besucht, ist nicht ungewöhnlich. Aber warum hat Rea Salo verschwiegen, dass sie nicht unter der Adresse gemeldet ist? Die Polizei würde es ja früher oder später ohnehin erfahren.

»Noch etwas ist mir aufgefallen«, sagt Lionel. »Felix Salo ist um die dreißig, untersteht aber der Betreuung. Sachwalterin ist seine Mutter Rea Salo.«

»Warum braucht Felix Salo eine Sachwalterin?«, fragt Rasmus, obwohl er ausgebildeter Jurist ist und sich mit den Vorschriften und Paragraphen des Betreuungsrechts bestens auskennt. Ein Sachwalter kann praktisch jedem zugeteilt werden, der wegen hohen Alters oder einer Krankheit nicht fähig ist, seine Interessen selbst zu wahren und zum Beispiel seinen Besitz zu verwalten.

»Ich weiß es nicht. Bisher habe ich noch nichts Genaueres herausgefunden«, antwortet Lionel.

»Okay. Danke«, sagt Rasmus, und Lionel geht.

Tanja betrachtet Rasmus neugierig.

»Du siehst nachdenklich aus«, sagt sie.

Rasmus antwortet nicht. Er fährt mit dem Finger über das Papier, das Lionel ihm gebracht hat, und ruft dann an seinem Computer das Behördensystem für die Personensuche auf.

Er gibt Rea Salos Personenkennziffer in das Suchfeld ein.

»Was jetzt?«, fragt Tanja.

»Bingo«, flüstert Rasmus und spürt, dass sich der Juckreiz von seiner Kopfhaut bis zum Rücken ausbreitet.

79

Nina betritt das Restaurant, dessen altmodische Einrichtung an die verräucherten 70er Jahre und an ausgedehnte Geschäftsessen denken lässt. Das Lokal ist an sich sauber und ordentlich, doch die weißen Tischtücher und die korrekt gekleideten Kellner können nicht darüber hinwegtäuschen, dass die Hälfte der Gäste nicht gekommen ist, um ein Fünf-Gänge-Menu zu genießen, sondern um Alkohol zu trinken.

Nina geht zur Theke. Der Barmixer, der gerade Biergläser abtrocknet, sieht sie an, als würde er sie als Polizistin erkennen und wüsste bereits, wen sie sucht.

»Kann ich Ihnen helfen?«, fragt er dennoch.

Nina lässt den Blick durch den ganzen Raum wandern, entdeckt aber niemanden, der der Beschreibung entspricht.

»Ich suche …«

»Hasse? Er hat gesagt, dass Sie kommen«, fällt der Barmixer ihr ins Wort, stellt das Glas ab und nickt zur oberen Etage. »Ich bring Sie hin.«

Nina folgt dem Mann zu der schmalen Wendeltreppe. Zu ihrer Überraschung gibt es oben fast so viele Tische wie unten. Die Gäste sind allerdings rar, in der Ecke am Fenster sitzen einige Männer vor Schnapsgläsern.

Salonens Polterabend, verdammt … War übrigens ein gutes Catering. Wie hieß die Firma noch mal?

Der Barmixer zeigt auf den Tisch, und Nina geht resolut auf die Männer zu.

Das betrunkene Geplauder der Männer bricht abrupt ab.

Nina wirft einen schnellen Blick auf alle drei und erkennt den Menschentyp sofort. Gut situierte Säufer: Ihre leeren Augen sind typisch für Alkoholiker, aber die Kleidung und die sorgfältig geschnittenen Haare verraten, dass ihre Bankkonten gut gefüllt sind. Nina kennt die Gleichung nur allzu gut, denn sie hatte vor langer Zeit ein Verhältnis mit einem NHL-Spieler, der seine Karriere gerade beendet hatte und den der Konflikt zwischen Nutzlosigkeit, zu viel Freizeit und für den Rest seines Lebens ausreichendem Wohlstand auffraß.

»Herrgott, die Frau sieht aber stark aus«, sagt einer der drei, ein korrekt gekleideter, bärtiger Mann in mittleren Jahren, und lächelt beeindruckt.

»Hör auf«, entgegnet der zweite Mann, in dem Nina Hans Raulo erkennt. »Ich habe eine Besprechung.«

Nina weiß nicht, wie lange die Männer schon am Tisch sitzen, aber das schmutzige Tischtuch und der Grad ihrer Trunkenheit lassen darauf schließen, dass die Sitzung, die im Spiegelsaal des Kämp begonnen hat, trotz der Trauerbotschaft intensiv fortgesetzt wurde.

»Eine Besprechung, aha«, sagt der Bärtige, wischt sich den Mund am Hemdärmel ab und nimmt sein Jackett von der Stuhllehne. »Komm, Poksa, gehen wir eine rauchen.«

Hans Raulos Saufkumpane stehen auf, verabschieden sich höflich von Nina und wanken zu der Wendeltreppe, deren steil abfallende Stufen Betrunkenen schnell zum Verhängnis werden könnten.

»Nimm Platz«, sagt Hans Raulo und streckt die Hand aus. »Hasse.«

»Nina Ruska.«

»Okay. Verdammt noch mal«, sagt der Mann und legt kurz

die Hände vor die Augen. »Ich bin ziemlich hinüber, verstehst du … Dieser Tag. Na, vielleicht hätten wir sowieso gesoffen, aber die Sache mit meinem Alten …«

»Mein Beileid.«

Hans Raulo fuchtelt mit der Hand.

»Danke, ich hab's noch gar nicht ganz begriffen. Ich weiß nicht, ob es gut ist, auf so eine Nachricht Schnaps zu trinken, aber nüchtern hält man es auch nicht aus«, sagt er ernst und fügt hinzu: »Es sieht vielleicht seltsam aus, dass ich hier mit den beiden Kerlen sitze. Dass wir trinken und lachen. Aber wie gesagt …«

»Ich mache keinem Vorschriften, wie er mit seiner Trauer umgehen soll. Oder mit der Erschütterung, was auch immer«, erwidert Nina und sucht nach einer sauberen Stelle auf dem Tisch, um ihre Lederhandschuhe abzulegen.

Hans Raulo füllt sein Schnapsglas auf und leert es in einem Zug.

Nina betrachtet seinen Adamsapfel, der auf und ab hüpft, und die Bartstoppeln, die überraschend grau sind, wenn man bedenkt, dass der Mann nicht einmal fünfzig ist.

»Erik, mein Vater … der große Jurist«, sagt Hans in einem Tonfall, der wohl den seines Vaters imitieren soll. »Wir hatten schon seit langer Zeit kaum Kontakt miteinander. Und ich habe der Polizei schon früher am Tag alles erzählt, was ich weiß. Nämlich so gut wie nichts.«

»Jetzt geht es um etwas anderes«, erwidert Nina und lehnt sich zurück. »Was weißt du über einen Mann namens Hjalmar Ek?«

Hans Raulos Miene verdüstert sich und wirkt gleichzeitig überrascht.

»Über Hjalle?«

»Ja.«

»Den hab ich seit einer Ewigkeit nicht mehr gesehen, das

heißt, er wohnt ja am Observatoriumshügel. Natürlich haben wir ihn manchmal mit seinem Hund gesehen, wenn wir auf der Terrasse vom Sikala oder vom Central gesessen haben. Aber richtig miteinander geredet haben wir nicht mehr seit … Seit der Schulzeit. Wieso, was hat Hjalle damit zu tun?«

»Liege ich falsch, wenn ich sage, dass die letzte Gelegenheit, bei der ihr beiden euch unterhalten habt – ich meine, auf die Art, wie wir uns gerade unterhalten – am fünften Februar 1990 war? Also vor ziemlich genau dreißig Jahren?«

»Na ja, also …«, stottert Hans und greift nach seinem Wasserglas. Nina hofft jedenfalls, dass es Wasser enthält und nicht einige Deziliter Schnaps. Andernfalls könnten sie das Gespräch frühestens am nächsten Tag fortsetzen.

»Denn meines Wissens hat Hjalle an dem bewussten Abend sein Gehör verloren und ist seither nicht mehr zu verbaler Kommunikation fähig«, fährt Nina fort. »Du warst dabei. Bei der Hasenjagd in Ouninpohja. Als der Unfall passiert ist.«

»Stimmt, aber das habe ich ja nie bestritten, oder?«

»Nein, hast du nicht. Aber wir haben Grund zu dem Verdacht, dass sowohl Eliel Zetterborgs Tod als auch der deines Vaters mit diesem Jagdausflug zu tun haben.«

»Aber … wie könnte das denn sein? Ich meine, glaubt ihr, dass Hjalle es getan hat …«

»Warum diese Frage, Hans? Hatte Hjalmar irgendeinen Grund, verbittert zu sein? Wütend?«

Hans Raulo leert das Wasserglas in einem Zug und blickt dann über Ninas Schulter, vermutlich, um den Kellner auf sich aufmerksam zu machen.

»Hör mal, mein Vater ist verdammt noch mal heute umgebracht worden, und ich muss jetzt wirklich erst ein bisschen zur Ruhe kommen …«

»Das verstehe ich sehr gut. Aber wenn wir annehmen, dass die Ereignisse der letzten vierundzwanzig Stunden irgendwie auf diesen Jagdausflug zurückgehen, müssen wir auch mit dir ausführlich sprechen. Auf dem Revier. Die ältere Generation weilt nicht mehr unter uns: Dein Vater ist heute auf tragische Weise ums Leben gekommen, Eliel Zetterborg gestern. Gunnar Ek ist schon vor Jahren an Krebs gestorben. Wir wissen, dass auch Laura Karolainen dabei war, die später nach Schweden gezogen ist«, sagt Nina und verabscheut sich selbst, weil sie mit dem Mann, der ihr gegenübersitzt, ihr Spiel treibt. In seinem dunkelblauen Pullover mit V-Ausschnitt sieht er ganz ordentlich aus und wirkt auch sonst harmlos. »Und Hjalmar«, fährt sie dennoch fort. »Mit ihm kommen wir jetzt bald ins Gespräch. Wo Laura sich aufhält, wissen wir nicht, und Axel hat erzählt … Na ja, dass es nichts zu erzählen gibt. Dass Hjalmar im Wald eine Granate gefunden hat, die in seiner Hand explodiert ist. Punkt.«

»Warum glaubt ihr dann nicht …«

»Weil an der Sache etwas faul ist«, erwidert Nina, beugt sich über den Tisch und riecht den Schnapsgestank, der aus den halb vollen Gläsern aufsteigt. »Ihr wart fast noch Kinder, Hans. Wie alt warst du, siebzehn? Dort ist vielleicht etwas passiert, was ihr noch nicht verstehen konntet. Etwas, das weitreichende Folgen hatte. Was auch immer es war, als Straftat ist es längst verjährt. Einer von euch wird bald mit uns reden. Oder Laura, wenn wir sie erreichen. Aber ich würde dir raten, als Erster den Mund aufzumachen.«

Hans Raulo dreht das Wasserglas zwischen den Fingern und wirkt plötzlich verängstigt.

Die Lautsprecher in der oberen Etage sind nicht eingeschaltet, die Musik von unten dringt nur leise hinauf.

Nina weiß, dass sie nichts gegen Hans in der Hand hat, wenn er nicht erzählen will, was am Unfallort wirklich passiert ist. Sie wird bald den vom Rauchen zurückkommenden Schluckspechten Platz machen müssen, und Hans wird sich weiter das Gehirn zudröhnen, bis sein Kopf auf das Tischtuch sinkt, das vor einigen Stunden vermutlich noch weiß war.

»Dreißig Jahre«, sagt Hans rätselhaft, und Nina spürt, wie das Adrenalin durch ihre Adern schießt. »Wir haben damals abgemacht … Dass darüber nicht gesprochen wird. Und die Wahrheit unterschied sich letzten Endes gar nicht so sehr von der Geschichte.«

»Worin unterschied sie sich? Was ist Hjalmar passiert?«

Hans Raulo sieht Nina an wie ein begossener Pudel. In seinen Augen liegt Trauer ohne eine Spur von Hoffnung darauf, dass der morgige Tag besser wäre.

»Okay. Ich rede. Aber zuerst brauche ich noch einen Schnaps.«

80

1990

Ich geh schlafen, Laura.

Jetzt schon?

Willst du …

Ich bleib noch ein bisschen. Dann komm ich zu dir, Häschen.

Hjalmar drückt das Gesicht gegen das Kissen und versucht die Tränen zurückzuhalten. Es ist Mitternacht, und er hat sich allein in das Zimmer zurückgezogen, in dem auch Laura schon liegen sollte.

Er hat ein paar Stunden lang das laute Gelächter und das betrunkene Grölen gehört, das von draußen in die Hütte dringt, und ist einmal aufgeschreckt, als irgendwer aus dem Trupp unter dem Beifall der anderen einen Schuss abgefeuert hat.

Hasenwald. Superbowl. Wahrhaftig.

Schon vor dem Jagdausflug kannte Hjalmar seinen Platz in der Hackordnung der Gruppe, ihm war bewusst, dass er das schwächste Glied in dieser Kette ist, Gunnar Eks unsicherer Sohn, der Waffen, Saufen und dreckige Geschichten am Lagerfeuer verabscheut. Aber anders als er gehofft hatte, hat Lauras Anwesenheit den maskulinen Charakter des Ausflugs nicht abgeschwächt und nicht dazu beigetragen, dass Hjalmar sich weniger als Außenseiter fühlt. Es geht nicht so wild zu, wie Axel behauptet hat, sondern noch weitaus wüster. Die Handgranaten, die sein Vater mitgebracht hat, kombiniert mit haltlosem Saufen, haben dafür gesorgt, dass alles total außer Rand und Band ist.

Hjalmars Handgranate liegt immer noch in der Holzkiste auf der Veranda der Hütte.

Vielleicht werden Axel und Laura sie heute Nacht noch gemeinsam in den Wald werfen.

Hjalmar bemüht sich, tief ein- und auszuatmen.

Morgen fahren sie nach Hause, und er kann am Abend einige Zeit allein mit Laura verbringen.

Er müsste sich beruhigen, den Druck der Außenwelt vergessen und Lauras schönem, nacktem Körper begegnen.

Eine normale Reaktion. Sie kommt ohne Nachdenken. Normale Reaktion. Normal.

Hjalmar weiß, dass er weit davon entfernt ist, normal zu sein. Er ist ein Sonderling. Ein Freak, der sich möglichst bald in Behandlung begeben sollte.

Das waren Schwule, Hjalle. Weißt du, Homos sind Leute, die gegen die Weltordnung protestieren wollen. Wer sich dafür entscheidet, homosexuell zu werden, zeigt allen Normen den Stinkefinger.

Hjalmar denkt an die Worte, die sein Vater im quälend heißen Saunadampf geäußert hat, mit einem Bier in der Hand. Natürlich hat Hjalmar auch über die Möglichkeit nachgedacht, dass der Anblick einer nackten Frau ihn nur deshalb nicht erregt, weil er homosexuell ist. Aber nein, in seinem Innern weiß er, dass es sich nicht darum handelt, sondern um etwas ganz anderes. Er ist in einen Zirkel geraten, aus dem es vielleicht keine Rückkehr in die Normalität gibt.

Er denkt an seinen Vater, an seine Mutter und an seine kleine Schwester, die hoffentlich nie die Hölle durchmachen muss, in der er selbst seit Beginn seiner Pubertät schmort.

Allmählich, nach Stunden, merkt Hjalmar, dass es draußen leiser wird, vielleicht deshalb, weil die anderen nach und nach in die Hütte gekommen und auf ihren Luftmatratzen eingeschlafen sind, oder deshalb, weil er selbst in dem dunklen Zimmer unmerklich in eine Art Zwischenzustand zwischen Schlaf und Wachsein gesunken ist.

Morgen würde vielleicht alles wieder besser sein.

81

Hjalmar schreckt in seinem Bett hoch und setzt sich auf. Er atmet schwer und erinnert sich, dass er einen entsetzlichen Albtraum gehabt hat: Er steht nackt, das Gewehr in der Hand, im Schnee, an seinem Bein läuft Urin herunter, und alle lachen ihn aus.

Er verscheucht den Gedanken und blickt auf seine Uhr: Es ist fast halb drei, und Laura ist immer noch nicht zu ihm ins Bett gekrochen.

Dann hört er wieder das Geräusch, das ihn offenbar gerade geweckt hat. Ein leises Stöhnen, es kommt aus der großen Stube hinter der Tür zu seinem Schlafzimmer.

Hjalmar lauscht konzentriert, hört nun aber nur ein Schnarchen.

Er reibt sich die Augen, denkt an seinen schrecklichen Traum und versucht zu analysieren, was in dem Traum passiert ist.

Das Stöhnen ist wieder zu hören, diesmal erkennt Hjalmar auch Lauras zarte Stimme, die kaum durch die geschlossene Tür dringt.

Er steht leise auf, legt sich die Bettdecke über die Schultern, greift nach der Klinke und schiebt die Tür vorsichtig auf.

Die Geräusche sind jetzt deutlicher zu hören und vermischen sich mit dem Prasseln des Feuers im Kanonenofen.

Hjalmar tritt über die Schwelle, seine Schritte sind unsicher.

Im Lauf des Abends hat er ein paar Bier und einen Schnaps getrunken, und jetzt fühlt er sich seltsam.

Er sieht seinen Vater, der tief schlafend auf seiner Luftmatratze liegt, und Erik Raulo. Eliel Zetterborg hat vermutlich das zweite Schlafzimmer für sich in Anspruch genommen.

Hasse Raulo liegt voll bekleidet in einer merkwürdigen Haltung auf einem Elchfell und sieht aus wie tot.

Hjalmar schleicht leise an dem Ofen vorbei.

Da hört er wieder ein Stöhnen, diesmal lauter.

Er hört Axel Zetterborg lallen. Er hört, wie Laura Axel beschwichtigt, ihn bittet, leise zu sein.

Hjalmar bleibt mitten im Raum stehen und betrachtet Lauras schönen, nackten Körper, der im gelben Glanz des Feuers badet. Er sieht die unter Lauras Oberschenkeln hervorschimmernden Bauchmuskeln, die sich jedes Mal anspannen, wenn Laura ihr Becken bewegt.

»Du bist so heiß …«

»Pst, Blödmann …«, flüstert Laura, aber Axel unterbricht sie, indem er seinen Hintern vom Boden hebt und sie zum Stöhnen bringt.

Hjalmar ist sich nicht sicher, wie lange er dort steht und das ungehemmte Liebesspiel der beiden schönen und von Natur reich beschenkten jungen Menschen beobachtet. Wie lange er Lauras und Axels immer heftiger werdenden Atem hört. Obwohl es in ihm gärt, wirft er sich nicht vor, dumm oder blauäugig gewesen zu sein – er hat ja die ganze Zeit gewusst, dass alles genau so ausgehen würde.

Einer der Männer auf dem Boden hört auf zu schnarchen und schmatzt im Schlaf. Und da überfällt sie ihn, mit kurzer Verzögerung: rasende Wut, die nicht nur durch die schreckliche Tat, sondern auch durch das demütigende Vorgehen ausgelöst wird.

Lauras Stöhnen wird lauter, sie wirft den Kopf zurück, sodass ihre blonden Haare über Axels Knien hängen.

Hjalmar spürt, dass sein ganzer Körper vor Hass zittert.

Es drängt ihn, die alte Axt von der Wand zu nehmen und sie Laura über den Schädel zu ziehen. Und sich danach auf Axel zu stürzen.

Aber irgendetwas hält ihn an seinem Platz, gerade so, als würde er seine Unsichtbarkeit genießen.

Er wartet und sieht zu, während die beiden auf einen betrunkenen Höhepunkt zusteuern, der den immer heftigeren Bewegungen nach nicht mehr fern ist.

Und als Laura schließlich ihren bebenden und vor Schweiß glänzenden Körper auf Axel sinken lässt, weiß Hjalmar, dass sie so weit ist. Er weiß es, obwohl er nie gesehen hat, wie Laura kommt.

»Ich bin zu blau, um zu kommen«, flüstert Axel, und Laura lacht leise.

Hjalmars Zittern hat sich in lautloses Weinen verwandelt.

Er steht nur da, mit offenem Mund, und schnieft.

Die Demütigung ist zu groß.

Er kann nicht vor der Situation davonlaufen, denn sie sind mitten im Wald, und draußen ist es eiskalt.

Aber er kann unter keinen Umständen im Haus bleiben.

Lieber stirbt er.

Hjalmar schließt die Augen. Bevor er sich seinen nächsten Zug überlegt hat, hört er Lauras erschrockene Stimme vor dem Ofen.

»Hjalle! Was zum Teufel?«

»Na verdammt … Wir haben bloß …«

Hjalle antwortet nicht. Seine Gedanken sind zu der Kiste mit den Handgranaten auf der Veranda gewandert.

Er hat seine noch nicht geworfen.

82

Hjalmar öffnet die klemmende Tür mit einem Fußtritt und geht auf die Veranda. Seine nackten Fußsohlen prickeln auf dem kalten Beton und der dünnen Schneeschicht, die ihn bedeckt.

In der Hütte ruft Laura seinen Namen.

Er hört Axel etwas sagen und auflachen. Dann fällt die Tür hinter ihm zu, und er steht allein in der eisigen Winternacht.

Der Gedanke ist entsetzlich. Aber trotz seiner aufgewühlten Stimmung begreift Hjalmar, dass er jetzt nicht nachdenken sollte. Gerade das unaufhörliche Drehen und Wenden, das übermäßige Analysieren haben ihn ja an diesen Punkt geführt, ihn in die Ecke getrieben, in eine Schlucht gestoßen, aus der er aus eigener Kraft nicht mehr herauskommt.

Die Handgranate ist eiskalt, ihre Berührung scheint den Durst seiner verschwitzten Haut zu löschen.

Hjalmar geht die Stufen hinunter und wechselt die Granate von einer Hand in die andere.

Sie fühlt sich überraschend leicht an, wie ein gefrorener Apfel.

Die Situation hat etwas Biblisches.

Hinter ihm öffnet sich die Tür.

»Hjalmar!«

Lauras Stimme verrät keine Reue, sondern eher betrunkene Verlegenheit.

Hjalmar dreht sich um und hebt die Hand, seine Finger umklammern den Sprengsatz.

»Oh Scheiße …«, sagt Axel, der neben Laura aufgetaucht ist, erschrocken. Er hat seine Trainingshose angezogen, der gelbe Lichtschein aus der Hütte wirft Schatten auf seinen nackten Oberkörper. »Papa! Hjalle hat eine Granate!«

Der Kloß in Hjalmars Brust ist größer geworden, es ist, als hätte er einen riesigen Klumpen Knetgummi verschluckt. Er hat keinen Plan. Keine Zuflucht. Er ist eine durch die totale Demütigung entzündete Zeitbombe, im wahrsten Sinn des Wortes.

»Aufwachen! Hjalle fummelt an einer Granate rum!«, ruft Axel und zieht Laura in die Hütte.

Und da begreift Hjalmar, dass nicht einmal der lebensgefährliche Sprengkörper in seiner Hand Axel dazu gebracht hat, ihn ernst zu nehmen. Er ist selbst jetzt noch eine Witzfigur, obwohl er das ganze Haus mitsamt der Herde von Arschlöchern in die Luft jagen könnte.

Er entfernt den Splint.

Hjalmar hat noch nie etwas in der Hand gehalten, was auch nur entfernte Ähnlichkeit mit einer Granate hat, erinnert sich aber an die Anleitung, die sein Vater am Abend gegeben hat: Solange man den Griff nach unten drückt, geht die Granate nicht los.

Er könnte warten, bis jemand die Tür aufmacht, die Granate in die Hütte werfen und diese Demütigung beenden.

Er steht im Schlafanzug im Frost, spürt die Kälte aber nicht.

Er ist empfindungslos.

Schließlich, nach langen Sekunden, öffnet Eliel Zetterborg die Tür.

Er wirkt verschlafen.

»Hjalmar, was zum Teufel …«

Hjalmar schluchzt.

»Verdammt noch mal, hast du den Splint entfernt …«, sagt Eliel.

Axel und Laura tauchen hinter Eliels Rücken in der Türöffnung auf.

Hjalmar betrachtet Eliels Mund, ohne seine Worte zu hören.

Er hat erkannt, dass es keine Lösung wäre, die Granate ins Haus zu werfen. Dadurch würde seine Not nur noch größer.

Hjalmar, schmeiß das Ding in den Wald!

Scheiße, was für ein Bekloppter.

Weckt Gunnar!

Wacht auf, verdammt, gleich passiert was.

Komm rein, Hjalle. Es tut mir leid.

Rufen wir die Polizei.

Quatsch! Die kann uns jetzt nicht helfen.

Dann wirft Hjalmar einen letzten Blick auf Laura, den schönsten Menschen auf der Welt. Noch vor kurzer Zeit hat Laura ihm gehört, aber nun ist das Unausweichliche geschehen. Hjalmar hat schon lange gewusst, dass er nach etwas Unmöglichem strebt, hat das Ende erwartet. Er hat versucht, eine Lösung anzusteuern, die nie in Sicht war.

Hjalmar dreht sich um und geht auf den Wald zu.

Seine Zehen sind von der Kälte gefühllos geworden.

Nun beginnt er zu frieren. Das verschwitzte T-Shirt scheint am Rücken festgefroren zu sein.

Was zum Teufel hat er vor?

Geht ihm nach!

Scheiße, auf keinen Fall. Der hat eine Granate in der Hand, verdammt.

Hjalmar hört die Stimmen leiser werden. Niemand ist ihm gefolgt.

Er tritt in den kniehohen Schnee und geht mühsam und verfroren tiefer in den Wald.

Zwischen den hohen Kiefern bleibt er stehen und blickt zurück.

Er wird diese ungerechte Welt nicht vermissen.

Weißt du, Homos sind Leute, die gegen die Weltordnung protestieren wollen.

Hjalmar hebt seine zitternden Finger an und lässt den Griff hochschnellen.

Doch die Sekunde nach der Entscheidung ist voller Reue. Voller Angst.

Die Granate fällt ihm aus der Hand, und er kann noch einige Schritte zur Hütte hin machen.

Er kommt zurück!

Hjalmar hört Lauras Worte.

Später wird er sich erinnern, dass sie das Letzte sind, was er gehört hat.

An die Detonation erinnert er sich überhaupt nicht.

Es gibt nur die Qual, die für eine Weile nachlässt, um dann zurückzukehren, schrecklicher als je zuvor.

83

2020

Nina betrachtet Hans, der den Blick auf seinen Drink geheftet hat.

Von der Treppe her kommt lautes Lachen, und bald darauf sieht Nina die beiden Männer, die von ihrer ausgedehnten Zigarettenpause zurückkehren.

»Noch nicht. Sorry, Jungs«, ruft Hans und hebt die Hand. »Ich komm bald runter. Trinkt inzwischen was, auf meine Rechnung.«

Die Männer verschwinden ohne Widerrede.

»Aber warum …«

»Kapierst du nicht?«, sagt Hans und wirkt nun zum ersten Mal ein wenig aggressiv. Seine Worte zwängen sich zwischen den zusammengepressten Zähnen hervor. »Die größte Fusion aller Zeiten stand an. Für finnische Maßstäbe ein historisches Ereignis. Im Frühjahr hat EZEM Pipes die Aktienmehrheit irgendeiner deutschen Technologiefirma erworben, und das Ergebnis war die RealEst, das zweitgrößte Unternehmen in der Geschichte Finnlands, gleich hinter Nokia Anfang des 21. Jahrhunderts. Glaubst du etwa, Eliel Zetterborg wäre in dieser Situation vor die Kameras getreten und hätte in einem Interview erzählt, dass die oberste Führungsriege des Unternehmens einen schweren Verstoß gegen das Waffengesetz begangen hat, in dessen Folge es zu einer Körperverletzung kam?«

»Aber wieso ist die Sache nicht an die Öffentlichkeit gedrungen? Hjalmar war doch …«

Hans Raulo schlägt mit der Faust auf den Tisch.

»Du verstehst gar nichts. Ich bin mir sicher, dass sie gehofft haben, Hjalmar würde sterben … Alle außer seinem Vater vielleicht. Obwohl das Verhältnis zwischen den beiden auch verdammt unterkühlt war. Die Situation war verflucht brenzlig, und das haben alle begriffen, so blau sie auch waren. Alle wurden aus ihren Schlafsäcken gerissen … An dem Punkt bin auch ich wachgeworden. In der Hütte gab es ein Festnetztelefon, und Eliel hat einen Krankenwagen gerufen. Aber der hat höllisch lange gebraucht, um in den Wald zu kommen. Und niemand war auch nur ansatzweise fahrtüchtig. Außer vielleicht Hjalle selbst, aber der war so schwer verletzt, dass er nichts anderes tun konnte als schreien. Scheiße, das Geschrei werde ich nie vergessen. Dass Hjalle seine eigenen Schreie nicht mehr hören konnte, hat es noch schlimmer gemacht.«

»Und während ihr auf den Krankenwagen gewartet habt, haben die Erwachsenen vereinbart, wie es weitergehen soll?«

Hans nickt.

»Eliel hat mit gewichtiger Stimme diktiert, was wir der Polizei sagen sollen. Dass Hjalmar im Wald eine Granate gefunden und in seiner Unwissenheit daran herumgefummelt hat. Solange wir alle an dieser Geschichte festhielten, hätte die Polizei keinen Grund, daran zu zweifeln. Und er selbst würde seinen ganzen Einfluss einsetzen, damit über den *Unfall* – so hat er das Ganze schon damals beharrlich genannt – nichts in der Presse erscheint.«

»Und alle waren einverstanden?«

Hans lächelt hintergründig.

»Du bist Eliel Zetterborg bestimmt nie von Angesicht zu Angesicht begegnet. Damals, in seinen besten Jahren, war er verdammt furchteinflößend. Nicht unbedingt physisch besonders bedrohlich, aber er besaß eine starke Autorität. Eliel hat unsere Väter schwören lassen, dass auch die Söhne an der Geschichte festhalten. So ähnlich, als würde Don Corleone seinen Kapos einen Befehl erteilen, den sie dann an ihre Krieger weitergeben. Er hat Gunnar versprochen, für seinen Sohn zu sorgen, und außerdem sollten alle einen großzügigen Bonus bekommen, wenn nur die Fusion nicht scheitert. Einen Augenblick lang hatte es den Anschein, dass auch Gunnar Ek sich mehr Sorgen um die Fusion machte als darüber, ob sein Sohn bis zur Ankunft des Krankenwagens überleben würde.«

»Okay«, sagt Nina und schüttelt sich innerlich vor Abscheu. »Was ist dann passiert?«

»Die Schwachstelle war natürlich Laura. Eliel hatte nichts, womit er sie unter Druck setzen konnte. Es hat sich zwar bald herausgestellt, dass Laura mit ihrem skrupellosen Verhalten den Zwischenfall selbst ausgelöst hatte, aber Eliel machte sich trotzdem Sorgen, ob sie bei der Geschichte bleiben würde«, antwortet Hans Raulo, kippt seinen Schnaps herunter und verzieht genüsslich das Gesicht. »Du musst berücksichtigen, dass die Situation wirklich total chaotisch war. Hjalle lag schreiend und mit zerfetztem Gesicht auf dem Fußboden. Überall Blut … Bei allen anderen waren die Adern schwarz vom Jägermeister. Es war geradezu erschreckend, wie scharf Eliel trotz seiner Promille denken konnte.«

»Wie wurde das Problem gelöst?«

»Eliel hat Axel scharf zurechtgewiesen. Er hat gesagt, alles wäre Axels Schuld. Dann hat er Laura angesehen und gefragt, ob sie verstanden hat, was gerade vereinbart wurde. Laura hat genickt, und damit war die Sache erledigt. Ich weiß nicht, wie es den anderen ging, aber ich hatte jedenfalls höllische Angst.«

»Hjalmar wurde ins Krankenhaus gebracht?«

»Ja. Die Polizei kam zur gleichen Zeit wie der Krankenwagen. Alle blieben bei der Geschichte. Die leere Granatenkiste war vorher schon im Lagerfeuer verbrannt worden.«

»Aber was war mit Hjalmar?«, fragt Nina. Sie sieht, dass ihr Handy auf dem Tisch klingelt. Der Anruf kommt von Jusuf, aber sie will Hans Raulos Bericht nicht unterbrechen. Sie hat das Gefühl, dass das Gespräch gerade auf etwas Wichtiges zusteuert.

Also weist sie den Anruf ab.

»Wie sichergestellt wurde, dass Hjalmar den Mund halten würde? Er war ja garantiert wütend auf uns alle. Offenbar hat Eliel Hjalles Vater aufgetragen, sich darum zu kümmern: Irgendwie muss Gunnar es geschafft haben, seinen Sohn zum Stillschweigen zu bewegen«, sagt Hans Raulo, trinkt den Rest des Gin Tonics, den er am Tischrand entdeckt hat, und kaut ein paar Sekunden auf den Eisstückchen herum, die sich in seinen Mund verirrt haben.

»Vielleicht war die Wahrheit auch Hjalle selbst zu peinlich. Wenn man die Sache mal von seiner Warte betrachtet: Wollte er lieber das Opfer eines Unfalls sein oder ein Hahnrei, der versucht hat, mit einer Granate Selbstmord zu begehen?«

»Das war Hjalle also in euren Augen? Ein Hahnrei?«, fragt Nina kühl und wischt damit das traurige Lächeln von Hans Raulos Gesicht.

»Was Laura und Axel in der Nacht getan haben … Während Hjalle im Nebenzimmer schlief. Das war eine Demütigung, die niemand erleben will. Aber das Schlimmste kam erst noch.«

Nina strafft sich.

»Wie meinst du das?«

»Was ich dir jetzt sage, basiert nicht auf Fakten, sondern auf Gerüchten. Aber meiner Meinung nach gibt es keinen Zweifel.«

»Woran?«

»Axel hat Laura ein Kind gemacht. Entweder in der Nacht in der Hütte oder später, das weiß ich nicht. Sicher ist aber, dass Laura plötzlich schwanger war. Also ein neuer potenzieller Skandal im Frühjahr vor der Fusion. Dass der Handel zustande kam, war immer noch alles andere als sicher, daher hat Eliel Zetterborg versucht, Laura zu einer Abtreibung zu überreden. Und als sie dazu nicht bereit war, hat er ihrer Mutter eine beträchtliche Summe bezahlt, damit die Sache von der Tagesordnung verschwand.«

»Auf welche Art?«, fragt Nina. Offenbar ist es ihr nicht gelungen, ihre Erschütterung zu verbergen, denn Hans Raulo wirkt plötzlich empathischer als bisher.

»Das Kind wurde nicht abgetrieben, das nicht«, sagt er. »Aber Laura kam nicht mehr zur Schule. Gerüchten nach ist sie mit ihrer Mutter ins Ausland gezogen.«

»Aber war sie nicht schon volljährig?«

»Doch. Ich glaube, beiden wurde so viel Geld angeboten, dass sie keinen Grund sahen, in Helsinki zu bleiben.«

Nina blickt verärgert auf ihr Handy, das schon wieder blinkt.

»Sorry, ich muss den Anruf annehmen«, sagt sie.

Sie steht auf und geht mit dem Handy am Ohr ans andere Ende des Raums.

»Wo bist du, Nina?«

Jusuf ist außer Atem.

»Ich rede gerade mit dem Sohn von Erik Raulo … Jetzt ist was ganz Irres ans Licht gekommen. Laura Karolainen …«

»Ja!« Jusuf unterbricht sie. »Rasmus hat Laura aufgespürt.«

»Was?«

»Hör zu, Nina. Jessica ist verschwunden. Ich hab das Gefühl, mir platzt gleich der Kopf. Du musst sofort in die Muukalaiskatu. Hellu ist schon mit ein paar Streifen auf dem Weg.«

»In die Muukalaiskatu?«

»Laura Karolainen ist kürzlich unter einem anderen Namen nach Finnland zurückgekommen.«

Nina erkennt den Zusammenhang schon, bevor Jusuf weiterspricht.

Und plötzlich ergibt alles wieder Sinn.

Rea Salo ist Laura Karolainen.

84

Die Aufzugtür öffnet sich, und Jusuf rennt durch die geräumige Eingangshalle der Klinik zum Hauptausgang. Was Nina ihm gerade am Telefon berichtet hat, wirft ein neues Licht auf das Gesamtbild. Der Mörder oder die Mörderin muss von Eliel Zetterborgs Interesse für Literatur gewusst haben, muss den Mann also wenigstens zu einem gewissen Grad gekannt haben. *Faust und Mephistopheles*. Jusuf erinnert sich daran, was Jessica am Morgen gesagt hat: Hat Zetterborg seine Seele verkauft und dafür mit seinem Leben bezahlt? Oder war er Mephistopheles, der Gesandte des Teufels? Vielleicht war der Teufel die RealEst, die Firma, für deren Schutz Zetterborg zu allem bereit war.

Irgendetwas an diesem Muster ist allerdings unklar. Warum hat Laura Karolainen ein Rätsel in der Wohnung hinterlassen, wenn Zetterborg am selben Abend sterben sollte? Warum die ganze Mühe: das Puzzle, die Schatzkarte und das Foto? Waren die Hinweise für die Polizei bestimmt? Und wenn ja: Warum wollte die Frau, dass man ihr auf die Spur kam?

Jusuf tritt nach draußen und reibt sich die Augen: Der Parkplatz, auf dem er vor gut anderthalb Stunden seinen Wagen abgestellt hat, ist leer.

Was zum Teufel?

Jusuf rennt los und überlegt, ob er sich womöglich falsch erinnert … *Nein, hier habe ich geparkt. Direkt vor dem Hauptein-*

gang. Als Jusuf auf die Straße blickt, sieht er die Scheinwerfer seines VW Golf. Der Wagen scheint einen Meter hoch zu stehen und sich rückwärts der Kreuzung zu nähern.

»Ey! Verdammt!«, ruft Jusuf und läuft ihm hinterher.

Er sieht noch, wie der Abschleppwagen nach rechts blinkt und träge vom Klinikgelände fährt.

»Verdammte verfluchte Scheiße«, schimpft er und kapituliert. Er kann den Abschleppwagen nicht einholen, und wenn er noch so schnell läuft.

Als er einen Blick zurück wirft, entdeckt er das Verkehrsschild mit dem Parkverbot.

Er hat vergessen, sein Polizeischild an der Windschutzscheibe anzubringen.

Jusuf sieht auf die Uhr.

Jessica.

Ihm bleibt nicht viel Zeit. Laura Karolainen wird gleich aufs Präsidium geholt. Bis dahin kann er Jessica suchen.

Jusuf hebt die Hand und hält ein vorbeifahrendes Taxi an.

Er wird bei Joonas Lamberg mit der Suche beginnen.

85

Jusuf hält seine Waffe einsatzbereit und schlägt gegen die Tür, als wollte er sie aufbrechen.

Im selben Moment geht die Tür auf, er spürt einen heftigen Zug an seinem Arm und sackt auf das Parkett. Die Waffe fällt ihm aus der Hand, und ein Arm legt sich um seinen Hals.

»He!«, stößt er hervor und schlägt mit der Hand auf den Fußboden.

Der Griff lockert sich, und der Druck an seinem Hals lässt nach.

Einen Moment lang dreht sich der Raum wie ein Karussell, dann wird Jusuf auf die Beine gezogen.

»Sorry, ich hab nicht kapiert …«

Jusuf tastet nach seiner Waffe, entdeckt sie aber in der Hand des kräftigen Mannes, der vor ihm steht.

Joonas Lamberg hat ihn an der Wohnungstür überwältigt und hält jetzt seine persönliche Dienstwaffe in der Pranke. *Toll, Jusuf. Scheiße, was für ein SWAT-Mann.*

»Sorry, durch den Türspion konnte ich dich nicht richtig sehen. Ich hab nur die Waffe gesehen und …«

»Gib sie zurück«, fährt Jusuf ihn wütend an. Lamberg gehorcht sofort.

»Ich hab nicht kapiert, dass du es bist.«

»Na, offenbar nicht. Ich dachte schon, du erwürgst mich,

verdammt!«, sagt Jusuf, steckt die Waffe ins Holster und geht weiter in die Wohnung.

»Gelernt ist gelernt. Krav maga …«

»Für Gequassel hab ich keine Zeit. Wo ist Jessica?« Jusuf kreist durch Lambergs Wohnzimmer wie ein Tier im Käfig. »Wo?«

»Verdammt noch mal, du kannst doch nicht einfach hier reinplatzen und …«

»Mir egal! Weißt du, wo Jessica Niemi ist?«, brüllt Jusuf und baut sich direkt vor Lamberg auf, selbst auf die Gefahr hin, dass er bald wieder zu Boden geht.

Joonas Lamberg zuckt verwundert die Achseln.

»Tja … Sie war vor ein paar Stunden hier.«

»War? Hat sie gesagt, wohin …«

»Warum hätte sie mir das erzählen sollen? Aber …«

»Aber was?«

»Ich hab zufällig aus dem Fenster geguckt, als sie zur Straße ging, und gesehen, wie ein Auto neben ihr angehalten hat.«

Jusuf mustert den Mann aufmerksam. Sein kantiges Kinn mahlt Kaugummi.

»Ein Taxi?«, fragt Jusuf und bemüht sich, gleichmäßig zu atmen.

»Es hatte kein gelbes Schild auf dem Dach, wenn du das meinst. Aber es kann auch ein Taxi gewesen sein. Ein schwarzer Mercedes. Vielleicht von Kovanen …

»Scheiße!«, flucht Jusuf und streicht sich über die kurzgeschorenen Haare.

»Irgendwas war allerdings seltsam.«

»Was? Wo?«

»Deine Kollegin ist da stehen geblieben, hat gestarrt und geredet. Nein, das war doch kein Taxi, denn jemand hat hinten das Fenster aufgemacht …«

»Ist sie dann eingestiegen?«

»Ich weiß nicht … Mein Telefon hat gerade geklingelt, da bin ich vom Fenster weggegangen.«

»Okay. Okay. Okay«, murmelt Jusuf und schließt die Augen. Sein Handy klingelt in der Tasche und verstummt wieder. *Zwei verpasste Anrufe – Nina.* Gerade jetzt konzentriert sich Jusufs Gehirn jedoch allein auf Jessicas Fall. Er wird den Gedanken nicht los, dass ihr etwas Schreckliches passiert ist. »Was für ein verdammtes Auto kann das gewesen sein?«

»Du möchtest bestimmt das Kennzeichen wissen?«, fragt Lamberg, und Jusuf spürt Hoffnung aufkeimen.

»Hä? Hast du es aufgeschrieben?«

»Nein. Fünfundzwanzig Jahre in der Branche. Da lernt man, sich zu erinnern«, sagt Lamberg, tippt sich an die Schläfe und lächelt stolz.

86

Felix Salo reguliert die Helligkeit des Videos. Er hat weniger Material zusammenbekommen als vorgesehen, ist mit dem Ergebnis aber trotzdem zufrieden. Als Hintergrundmusik hat er Songs gewählt, von denen er glaubt, dass sie sie gemeinsam gehört hätten, wenn sie Zeit miteinander hätten verbringen dürfen. Wenn seine Mutter nicht nach Schweden gezogen wäre, als sie ihn erwartete. *Das würde er ihr vielleicht nie verzeihen können.*

Das zwanzig Minuten dauernde Video beginnt mit Will Smiths *Just the Two of Us*. Es ist eine Coverversion des gleichnamigen Songs von Grover Washington. Will Smith rappt über seinen Sohn und darüber, wie sie gemeinsam der Welt gegenübertreten würden. *Just me and you against the world.*

Felix hat sich dafür entschieden, einen kurzen Clip aus dem Treppenhaus an den Anfang des Videos zu setzen. Im Hintergrund hört man zuerst Trey Smiths Worte: *Now dad this is a very sensitive subject.* Dann beginnt die Melodie. Und bald darauf erklingt im Hintergrund leiser Gesang, und das Schlagzeug setzt ein.

In dem Moment stürmt seine Mutter ins Zimmer. Er hat vergessen, die Tür abzuschließen.

»Felix!«

»Was ist?«

Die Mutter packt ihn an der Schulter und dreht seinen Bürostuhl ruckartig herum. Felix nimmt die Kopfhörer ab.

Die Augen seiner Mutter sehen verweint und erschrocken aus.

»Was ist los?«, fragt Felix, aber seine Mutter bringt kein Wort heraus.

Jetzt hört Felix Lärm, ein forderndes Klopfen an der Wohnungstür.

Will Smiths Rap dringt leise aus den Kopfhörern, die ihm um den Hals hängen.

»Was passiert da, Mama?«

»Sie kommen mich holen.«

»Wer?«, fragt Felix.

»Die Polizisten.«

Felix hört, wie die Wohnungstür geöffnet wird.

Then to my knees, and I begged the Lord please

Let me be a good daddy, all he needs

»Alles wird wieder gut«, sagt die Mutter und kniet sich vor Felix hin. Ihre lackierten Nägel krallen sich in seinen Handrücken.

Und dann stürmt ein Trupp bewaffneter Männer in das Zimmer. Scharfe Befehle ertönen. *Polizei, Hände hoch!*

»Wehr dich nicht«, sagt die Mutter und hebt die Hände.

Felix folgt ihrem Beispiel.

Er würde sich gern umdrehen und einen letzten Blick auf die Gestalt auf dem Bildschirm werfen.

Vielleicht wird er ihr nie von Angesicht zu Angesicht begegnen.

Vielleicht ist jetzt alles vorbei.

87

Jami Harjula steht am Krankenbett und betrachtet die heftig weinende, zerbrechliche Gestalt. Hinter sich hört er Kuznetsovs Worte: Es ist wieder Zeit aufzuhören. Aber sie haben keine Bedeutung mehr – Harjula hätte ohnehin aufgehört. Die Geschichte, die Hjalmar Ek mit Hilfe des Dolmetschers erzählt hat, hat ihm die Sprache verschlagen, zu weiteren Fragen wäre er kaum noch fähig. Sie handelt von einer aussichtslosen Liebe, von Unsicherheit, Demütigung und von einer Ausnutzung, die nach all den Jahren wieder fortgesetzt wurde. Die Frau ist nach Finnland zurückgekehrt und hat Hjalmar erneut um den kleinen Finger gewickelt. Sie hat von Rache gesprochen und davon, wie Eliel Zetterborg damals als Abgesandter des Teufels gehandelt und das Schweigen aller Beteiligten erkauft hat. Sie hat gesagt, dass jetzt die Zeit der Rückzahlung gekommen sei, buchstäblich. Dass sie Eliel Zetterborg Angst einjagen würden, damit er mehr zahlt und auf seine alten Tage noch auf der Hut sein muss. Die Frau hatte Hjalmar eingeredet, sie könnten vielleicht wieder zusammen sein, wenn er seinen Part erledigte und ihr half, sich für das schmerzhafte Unrecht zu rächen, das sie beide damals getroffen hatte. Sie könnten ihrer Beziehung eine neue Chance geben, ohne den Leistungsdruck ihrer Jugend.

Jami Harjula findet keine Worte für das, was der schwache und gutgläubige Hjalmar durchgemacht hat. Eine Art aufopferungsvolle Liebe hat den Mann dazu gebracht, nach der Pfeife der Frau zu tanzen. Die Frau hat ihn überredet, ein Verbrechen zu begehen, das er sich unter normalen Umständen nicht einmal hätte vorstellen können: in die Wohnung der Putzfrau einzudringen und sie ans Bett zu fesseln.

Natürlich ist es möglich, dass Hjalmar lügt, doch daran glaubt Harjula nicht. Alles passt zusammen: Der einsame, manipulierte arme Mann hatte nicht gewusst, dass Eliel Zetterborg ermordet werden sollte. Als er am Morgen aus der Zeitung von dem Mord erfuhr, war er so erschüttert, dass er sich das Leben nehmen wollte.

Laura Karolainen hat ihre Karten so ausgespielt, dass die Spuren geradewegs zu Hjalmar führen. Sie hat sich darauf verlassen, dass er nicht reden würde. Oder dass er – bei diesem Gedanken überläuft es Harjula kalt – Selbstmord begehen würde, bevor die Polizei ihn fand.

Harjula öffnet die Tür, macht sich auf den Weg zum Aufzug und hört, wie Hjalmar Eks Schluchzen allmählich leiser wird und dann ganz aufhört.

Irgendetwas scheint jedoch nicht zu stimmen. Harjula zweifelt nicht an Eks Geschichte, aber warum hat Laura Karolainen sich so viel Mühe gemacht, eine Erpressung vorzubereiten, wenn sie beschlossen hatte, Zetterborg zu ermorden? Das Puzzle, die Pfeile, das Foto. War das alles doch nur für die Polizei bestimmt? Waren die Einzelheiten Brotkrümel, die die Ermittler auf Hjalmars Spur führen sollten?

Da klingelt das Telefon. Nina.

Ihre Stimme klingt aufgeregt.

»Hallo, hier ist schwer was los, und ich kann Jusuf nicht erreichen. Keiner kann ihn erreichen!«

»Was gibt's denn?«, fragt Harjula und drückt auf den Knopf des Aufzugs.

»Salo … oder Karolainen … oder wie immer sie heißt, ist aufs Präsidium geholt worden.«

Jami Harjula spürt, wie sich sein Puls beschleunigt. Er betrachtet sich im großen Spiegel des Aufzugs und stellt fest, dass der Dreitagebart ihm gut steht. Vielleicht wird er auch seiner Frau gefallen.

»Das bedeutet ja, dass der Fall bald geklärt ist.«

»Wir haben auch Salos autistischen erwachsenen Sohn mitgenommen.«

»Wer verhört sie?«

»Das weiß ich nicht! Mit dieser Art von Verhören habe ich keine Erfahrung, und Jessica meldet sich auch nicht …«

»Okay, Nina. Ich bin bald dort. Halt bis dahin alles im Griff.«

88

Jusuf sitzt auf dem Sessel in Lambergs Wohnzimmer und starrt auf die Bilder, die von dessen Kampfsport-Hobby zeugen.

Großartig. Vielen Dank.

Er lässt das Handy sinken. Seine Hand zittert vor Aufregung. Es ist ihm gerade gelungen, herauszufinden, dass der Mercedes Benz S 350, Baujahr 2014, dem Helsinki Luxury Car Service gehört, der Prachtautos vermietet.

Jusuf murmelt den Namen des Unternehmens, googelt die Kontaktdaten und klickt auf den Link zur Telefonnummer.

Nach kurzem Tuten meldet sich eine muntere Männerstimme. Im Hintergrund ist Verkehrsrauschen zu hören.

»Jusuf Pepple von der Helsinkier Polizei …«

»Guten Tag.«

»Ich brauche dringend Informationen über ein Auto, das bei Ihnen gemietet wurde.«

»Telefonisch geben wir keine Auskünfte.«

»Es geht um eine polizeiliche Angelegenheit.«

»Dann muss sie auf offiziellem Weg erledigt werden. Ich kann ja nicht wissen, wer anruft und ob es wirklich …«

»Hören Sie zu. Es geht um ein Menschenleben«, sagt Jusuf barsch und sieht, dass Lamberg auf der anderen Seite des Zimmers die Hand gehoben hat.

»Verstehe«, entgegnet der Mann am anderen Ende. »Aber wir haben ganz klare Regeln, was …«

»Ich möchte mit Ihrem Chef sprechen«, fällt Jusuf ihm ins Wort.

Das Telefon droht ihm aus der schweißnassen Hand zu rutschen.

»Der bin ich. Besitzer der Firma, Geschäftsführer und einer der Fahrer. Keine leichte Branche.«

»Verdammt!«

Lamberg fuchtelt mit der Hand. Jusuf legt einen Finger auf das Mikrofon.

»Was ist?«, fährt er Lamberg an.

»Ist das der Helsinki Luxury Car Service?«

»Ja. Wieso?«

»Ich kenne den Besitzer. Die RealEst hat oft Autos bei ihm gemietet.«

Jusuf starrt Lamberg an, als wollte er ihn mit seinem Blick zum Schweigen bringen, begreift aber rasch, dass jetzt jede Karte gezogen werden muss. Er steht auf, eilt zu Lamberg und reicht ihm das Handy.

»Wir müssen wissen, wer das Auto gemietet hat«, sagt er. Seine Stimme klingt fest und entschlossen. Lamberg nickt und geht mit dem Handy in die Küche.

»Hallo, Joonas Lamberg hier, grüß dich …«

Wirklich von der Polizei … Eine vermisste Frau … Die Zeit ist knapp.

Jusuf ist plötzlich todmüde. Es geht über seine Kräfte, alle Fäden in der Hand zu halten. Er weiß, dass Hellu sich fragt, wieso er nicht im Präsidium ist, um Laura Karolainen zu verhören, will sie jetzt aber nicht anrufen. Im schlimmsten Fall würde sie ihm befehlen, sich auf die Mordermittlungen zu konzentrieren, und erklären, sie hätte ja geahnt, dass es falsch war, Jessica einzubeziehen.

»Danke, Late. Vielen Dank«, sagt Lamberg, der ins Wohnzimmer zurückgekehrt ist, und beendet die Verbindung.

»Na?«

»Der Wagen ist an die Klinik Bättre Morgondag vermietet und wurde von einem Mann namens Henrik Borg abgeholt.«

Jusuf spürt einen schneidenden Schmerz, der sich vom Hinterkopf bis in die Fingerspitzen ausbreitet.

»Bättre Morgondag?«, fragt er mit bebender Stimme.

Joonas Lamberg nickt. Jetzt weiß Jusuf, dass er mit seinem Verdacht recht hatte. Oder vielmehr, dass Jessica recht hatte, während er viel zu lange gebraucht hat, um zu begreifen, dass die Gefahr echt ist. *Bättre Morgondag. Camilla Adlerkreutz.* Jusuf sieht sich hilflos auf dem Boden liegen, diesen verfluchten Wahnsinnigen ausgeliefert. Neben ihm die bewusstlose Nina. *Warum zum Teufel hat er Jessica bei ihren Nachforschungen allein gelassen?*

»Danke«, sagt er und tippt mit zitternden Fingern eine Textnachricht an die Telefonauskunft. Einige Sekunden später erhält er Henrik Borgs Telefonnummer und Adresse. Der Mann wohnt in Soukka, einem Vorort der Nachbarstadt Espoo.

»Beschissene bekackte Scheiße …« Jusuf wischt sich den Schweiß von der Stirn.

Wohin sonst würden die Irren Jessica bringen als zu einem von ihnen nach Hause? Damit sie ungestört sind …

Jusuf steckt das Handy ein und taumelt zur Tür.

»Hast du vor, Alarm zu schlagen und den Einsatztrupp hinzuschicken?«

Das geht Lamberg eigentlich nichts an, er ist seit zehn oder mehr Jahren nicht mehr bei der Polizei, und auch damals war sein Ruf eher fragwürdig.

»Ja«, sagt Jusuf dennoch. »Ich brauch jetzt ein Taxi.«

»Ein Taxi?«

»Lange Geschichte.«

Lamberg greift nach seiner Jacke, die über der Sessellehne hängt, und öffnet die Wohnungstür.

»Du hast mich schon mit reingezogen, Pepple. Also kann ich dich auch fahren.«

Jusuf sieht ihn verwundert an.

»Du hast es eilig, und ich hab da unten immer noch den Maybach. Mit dem Sechs-Liter-Brummer bist du noch vor dem Einsatztrupp am Ziel.«

89

Jami Harjula sitzt im Besprechungszimmer und faltet die Hände auf dem Tisch.

Nina hat links von ihm Platz genommen, Rasmus rechts.

Es herrscht eine abwartende Stimmung. Die Serigrafie an der Wand hängt ein wenig schief, dabei hätte Harjula schwören können, dass sie früher am Tag noch gerade hing. Offenbar ist jemand beim Aufstehen dagegen gestoßen.

Die Tür geht auf, und Hellu kommt herein, dicht gefolgt vom Leiter der Helsinkier Polizei, Jukka Ruuskanen, der sich in seine blaue Uniform geworfen hat.

Alle drei stehen auf, doch Ruuskanen beendet das Scharwenzeln mit einer kurzen Handbewegung.

»Setzt euch«, sagt er. Er ist in Hellus Alter, ein pfiffig wirkender Mann, dessen blonde Haare sich über der Stirn schon ein wenig gelichtet haben. In seinem Blick liegt ein Hauch von Humor, was ihn zu einem charismatischen und beliebten Chef macht.

»Wo sind Jessica Niemi und Jusuf Pepple?«, fragt Ruuskanen, während er mit Hellu an der anderen Tischseite Platz nimmt.

Die drei sehen sich an, als würden sie beieinander Schutz suchen. Schließlich räuspert sich Jami Harjula.

»Wir wissen es nicht.«

»Wieso wisst ihr es nicht?«, fragt Hellu.

»Ich hab Jusuf zuletzt in der Klinik gesehen, als er …«

»Als er was?«, hakt Hellu nach, und es besteht kein Zweifel daran, dass sie bald noch lauter sprechen wird, um in den Augen des Polizeichefs als strenge und zielbewusste Vorgesetzte zu erscheinen.

»Jusuf ist weggegangen, um Jessica zu suchen.«

Hellu reißt die Augen auf, und Harjula sieht, dass sich an ihrem Hals rote Flecken bilden.

»Um Jessica zu suchen?«, wiederholt sie und lacht nervös auf.

»Was geht hier vor, Lappi?«, fragt Ruuskanen. Er hat den Blick auf Hellu gerichtet, die als Ermittlungsleiterin für das Treiben ihrer Untergebenen verantwortlich ist.

»Das ist eine Frage, die ich in diesem Moment nicht beantworten kann. Aber ich versichere dir, dass ich die Sache kläre«, antwortet Hellu und strafft den Rücken. »Aus irgendeinem Grund sind sie im Moment nicht zu erreichen, aber …«

»Gut, denn ich bin nicht hier, um Verstecken zu spielen«, fährt Ruuskanen in neutralem Ton fort. »Es gibt Wichtigeres zu tun. Ich habe gehört, dass ihr eine Verdächtige festgenommen habt, und möchte möglichst bald eine Pressekonferenz ansetzen. Dafür brauchen wir weder den unauffindbaren Hauptermittler noch die Superheldin Niemi, aber bevor unsere Öffentlichkeitsreferentin die Medien kontaktiert, möchte ich wissen, ob der Fall als geklärt gelten kann.«

»Nina, setz uns beide ins Bild«, bittet Hellu ruhig und schiebt die Wasserflaschen auf dem Tisch hin und her.

»Gern«, antwortet Nina und scheint ihre Bizepse anzuspannen, die unter den Ärmeln ihres T-Shirts hervorlugen. Jami Harjula hat den Eindruck, dass er in einen wortlosen Kampf der Körpersprachen geraten ist.

»Rea Salo – früher Laura Karolainen – hat zugegeben, dass sie gestern Abend in Eliel Zetterborgs Wohnung eingedrungen ist. Bei der Vorbereitung dieser Tat hat ihr ein Mann namens Hjalmar Ek geholfen, der seine Hilfeleistung ebenfalls zugegeben hat. Rea Salo hat in der Wohnung ein Puzzle und ein Foto hinterlassen … Und natürlich die dazugehörigen UV-Pfeile und so weiter …«

»Hat die Salo Eliel Zetterborg getötet? Und Erik Raulo?«, fragt Ruuskanen und presst die Fingerspitzen fest gegeneinander.

»Rea Salo leugnet den Mord, behauptet aber, den Täter zu kennen.«

Ruuskanen bricht in Gelächter aus, in das Hellu mit kurzer Verzögerung einstimmt.

»Na, wer ist es?« Ruuskanens Gelächter ist schlagartig verstummt.

»Salo will einen Deal machen. Wir sind noch nicht dazu gekommen, sie gründlich …«

»Einen Deal? Wir sind hier nicht bei NYPD Blue«, fällt Ruuskanen Nina ins Wort. »Warum wurde die Frau noch nicht eingehend vernommen?«

Harjula blickt sich nervös um.

»Das hatten wir vor, aber dann hat Hellu diese Besprechung einberufen«, sagt er und begreift, dass er seine Vorgesetzte gerade in die Pfanne gehauen hat.

Jukka Ruuskanen schüttelt den Kopf, doch auf seinem Gesicht ist ein rätselhaftes Lächeln zurückgeblieben.

»Wäre die Vernehmung jetzt nicht doch wichtiger als diese verdammte Besprechung?«, fragt er und sieht Hellu an.

Dann steht er auf, zieht die Ärmel seiner Uniform zurecht und beugt sich, die Hände auf die Stuhllehne gestützt, über den Tisch.

»Wir wissen, dass es niemand anders gewesen sein kann. Und wir wissen auch, dass wir in diesem Fall nicht mal ein Geständnis brauchen. Ich rufe Helena Lappi in einer Stunde an. Bis dahin müssen wir den Medien ein anständiges Abendessen servieren können«, sagt er und marschiert zur Tür.

Als sie hinter ihm ins Schloss fällt, wird es still.

»Wie ihr gemerkt habt, läuft Ruuskanen auf Hochtouren. Mit den Vernehmungen muss so schnell wie möglich begonnen werden«, sagt Hellu schließlich, nachdem sich ihr Atem beruhigt hat. »Gibt es noch etwas Interessantes, was ich wissen sollte?«

Rasmus sieht aus, als würde er ein Geheimnis hüten, er hat seine Brille abgenommen und putzt sie mit einem grauen Tuch.

»Na, Rasmus?«, fragt Hellu und schlägt die Beine übereinander.

»Den Kontodaten nach hat Hjalmar Ek gestern Vormittag 35 000 Euro in bar abgehoben. Das finde ich seltsam, wenn man bedenkt, dass er später einen Selbstmordversuch gemacht hat«, antwortet Rasmus, setzt die Brille auf und hebt den Blick vom Tisch.

»Aber hat er nicht erst beschlossen, sich umzubringen, nachdem er erfahren hatte, dass Zetterborg ermordet wurde?«, wendet Hellu ein. »Das Geld hat er schon gestern Vormittag abgehoben.«

»Stimmt. Aber trotzdem: Wofür hat Hjalmar Ek 35 000 Euro Bargeld gebraucht?«, sagt Rasmus.

»Na, wahrscheinlich hat Rea Salo ihn auch um Geld gebeten. Und Ek hat zugestimmt, wie bei allem anderen, was die Salo von ihm verlangt hat.«

»Danach müssen wir Rea Salo fragen«, mischt Nina sich ein.

»Genau. Es ist doch verdammt seltsam, dass der verflixte Jusuf …« Helenas Ausbruch wird vom Klingeln ihres Handys unterbrochen.

»Wenn man vom Teufel spricht«, sagt sie, meldet sich und formt mit den Lippen lautlos Jusufs Namen.

Jusufs aufgeregte Stimme dringt aus dem Hörer in das Besprechungszimmer.

Jessica … Adlerkreutz … Eile!

90

Jusuf wird in das Lederpolster gedrückt, während der V 12 mit seinen 530 PS vor seinen Beinen schnurrt. Joonas Lamberg lenkt den Wagen auf die Turuntie und tritt das Gaspedal durch. Die Beschleunigung löst ein Kitzeln im Magen aus.

»Was, wenn sie gar nicht nach Soukka gefahren sind?«, fragt Lamberg und wirft Jusuf einen raschen Blick zu.

»Der Wagen ist jetzt in ganz Uusimaa zur Fahndung ausgeschrieben. Eine Streife ist auf dem Weg zur Klinik am Bulevardi und eine zweite zu dem Haus in Kulosaari, in dem Adlerkreutz bis zu ihrem Verschwinden im letzten Winter gewohnt hat.«

»Aber der Einsatztrupp wurde nach Soukka geschickt?«

»Ja«, antwortet Jusuf. »Ein Schuss ins Blaue. Ich bin mir sicher, dass Adlerkreutz diesmal kein unnötiges Risiko eingeht. Andererseits wissen sie ja nicht, dass wir das Kennzeichen des Autos haben.«

Lamberg sieht ihn fragend an, aber Jusuf hat nicht die Absicht, genauer auf die Hintergründe einzugehen. Die Ritualmorde vor einem Jahr wurden in den Medien gründlich ausgeschlachtet, eine der Taten wurde sogar live auf Instagram gezeigt, und die Aufzeichnung hat sich wie ein Lauffeuer verbreitet. Dennoch wissen bis heute nur wenige, wer hinter den Taten steckte. Die meisten Komplizen von Adlerkreutz sind spurlos untergetaucht, und die Polizei hat nur die allernotwendigsten Informationen publik gemacht.

»Tatsächlich ein irrer Zufall«, sagt Jusuf.

»Was?«

»Dass du das Kennzeichen gesehen hast. Sonst hätten wir gar nichts in der Hand«, antwortet Jusuf und verstummt dann, weil ihm ein neuer Gedanke durch den Kopf schießt. *Zufall.* Er glaubt nicht an Zufälle. Die Ereignisse der letzten vierundzwanzig Stunden und der Stress, den sie verursachen, haben sich offensichtlich auf seine Urteilsfähigkeit ausgewirkt. Er ist aus der Klinik gestürmt, hat es Harjula überlassen, die wichtigste Befragung durchzuführen, und ist mit dem Taxi Hals über Kopf zu Lamberg gefahren, die Waffe griffbereit. *Was weiß er eigentlich über Joonas Lamberg? Der Mann war ja die ganze Zeit einer der Verdächtigen … Beweist die Aufnahme der Überwachungskamera der russischen Botschaft wirklich, dass Lamberg nicht der Mörder sein kann?*

»Genau«, sagt Lamberg und prescht zwischen den Wagen, deren Fahrer sich an das Tempolimit halten, auf die rechte Spur. »Unermüdliche Beobachtung der Umgebung ist eine alte, eingefleischte Gewohnheit, die manchmal nützlich sein kann.«

Der Gedanke lässt Jusuf keine Ruhe mehr. Er giert nach einer Zigarette.

Warum hat Lamberg Jessica überhaupt am Fenster beobachtet? Und ist es wirklich möglich, von der Wohnung aus das Kennzeichen eines Wagens auf der Straße zu sehen? Was ist mit der Autovermietung, deren Besitzer Lamberg zufällig kennt?

Eine weitere gnadenlose Beschleunigung presst Jusuf gegen die Rücklehne.

Er ist auf dem Weg zu Henrik Borgs Haus, mit einem Mann, der ihm im passenden Moment den Wagen seines verstorbenen Chefs angeboten hat.

Ist er in eine Falle gerannt? Es wäre nicht das erste Mal. Hat Adlerkreutz immer noch so viel Einfluss, einen derart komplizierten

Plan zu verwirklichen? Haben die Morde an Eliel Zetterborg und Erik Raulo irgendwie mit Jessicas Schicksal zu tun?

Oder vielleicht ist es Lambergs eigener Plan. Vielleicht existiert Henrik Borg gar nicht.

Jusuf wirft einen Blick auf den Mann mit dem kräftigen Kinn.

»Du hast Jessica Niemi einen Brief gegeben«, sagt er.

»Ja.«

»Und du weißt nicht, was er enthält?«

Lamberg schüttelt den Kopf.

»Ich hab ihn nicht aufgemacht.«

Jusuf nickt knapp. Er denkt an das, was Jessica gesagt hat, bevor sie das Gespräch beendete. *Das ist aber seltsam* … Oder so ähnlich.

Da klingelt sein Handy. Der Leiter des Einsatztrupps ruft an.

»Pepple, wir sind in dreizehn Minuten vor Ort.«

Jusuf wirft einen Blick auf seine Uhr. Lamberg und er werden früher eintreffen.

Jetzt muss er sich beruhigen. Da der Einsatztrupp zur selben Adresse kommt, hat er nichts zu befürchten.

91

Nina Ruska läuft über den Flur und stößt die Tür zum Besprechungsraum auf. Rasmus steht mit verschränkten Armen da. Harjula telefoniert nervös.

»Was Neues?«, wendet Nina sich an Rasmus.

»Sie vermuten, dass Jessica in irgendein Haus in Soukka gebracht worden ist. Dorthin ist jetzt ein ziemliches Arsenal unterwegs, aber …«

»Aber was?«

»Es kann sein, dass Jessica ganz woanders ist.«

Bei Rasmus' Worten überläuft Nina eine Gänsehaut. Ihr ganzer Körper scheint plötzlich total verspannt zu sein.

Jessica und sie sind nicht die besten Freundinnen, aber die Entführung der Kollegin setzt auch Nina zu.

»Wo ist Hellu?«

»Ich weiß nicht. Vielleicht in ihrem Zimmer.«

»Das Verhör von Rea Salo kann warten. Sie läuft uns nicht davon«, erklärt Nina und versucht, tief Luft zu holen. Sie denkt an das kleine Päckchen in ihrer Jackentasche, das sie erst öffnen darf, wenn Tom ihr die Erlaubnis gibt.

»Wir müssten da draußen sein. Wir alle«, sagt Rasmus. Er krümmt nervös die Finger, eine Manier, die man bei dem sonst so ruhigen Mann selten sieht.

»Der Meinung bin ich auch«, antwortet Nina. »Ich geh Hellu suchen.«

92

Joonas Lamberg hält an einer T-Kreuzung. Ein Schild am Straßenrand weist darauf hin, dass die Straße in eine Sackgasse mündet.

»Das Haus Nummer fünfzehn steht ganz am Ende der Straße, am Waldrand«, sagt Lamberg nach einem Blick auf das Navi am Armaturenbrett.

Jusuf schaut auf seine Uhr – der Einsatztrupp wird frühestens in neun Minuten eintreffen. Die Angst, dass Jessica jederzeit sterben kann, pocht in Jusufs Schläfen und lässt keinen Raum für andere Gedanken. Sie müssen sofort nachsehen, ob Jessica hierhergebracht wurde. Wenn das Haus leer ist, kann der Einsatztrupp schnell an einen anderen Ort geschickt werden. Aber wohin?

»Fahr ein bisschen näher ran.«

»Würde ich nicht raten«, antwortet Lamberg verdrossen. »Wer weiß, was passiert, wenn sie das Auto entdecken.«

Jusuf will schon widersprechen, sagt sich dann aber, dass Lamberg als ehemaliges Mitglied des Einsatztrupps weiß, wovon er spricht. Es ist besser, sich dem Objekt zu Fuß zu nähern. Falls alles so ist, wie es aussieht.

Wenn er sich nur sicher sein könnte.

»Der Mietwagen ist nicht zu sehen«, stellt er fest und zieht seine Dienstwaffe.

»Vielleicht steht er zwischen dem Haus und dem Wald.«

Jusuf holt tief Luft und blickt wieder auf die Uhr. Die Zeit scheint stillzustehen.

»Ich geh nachsehen«, verkündet er, doch Lamberg packt ihn am Arm.

»Spinnst du? Wir wissen doch gar nicht, wie viele da sind. Sie können bewaffnet sein und ...« Lamberg verstummt, offenbar ist er über seine eigenen Worte überrascht.

Jusuf sieht ihn abschätzend an. Es ist alles andere als klar, ob der Mann Fisch, Fleisch oder irgendetwas dazwischen ist. Womöglich ist Joonas Lamberg ein Rädchen in Adlerkreutz' unaufhörlich ratternder Maschinerie, und hinter dem Ganzen steht die Absicht, Jusuf in dieselbe Falle zu locken, in der Jessica bereits sitzt. Allerdings hat Adlerkreutz vielleicht nicht damit gerechnet, dass der Einsatztrupp bald kommt und zu Ende führt, was Jusuf eventuell beginnen kann. Er würde es sich nie verzeihen, wenn sich herausstellt, dass Jessica genau in den Minuten ums Leben gekommen ist, die er nur hundert Meter entfernt im warmen Auto damit verbracht hat, auf die Ankunft der Kavallerie zu warten.

»Du bist beim Einsatztrupp gefeuert worden, Joonas?«, fragt er und reißt sich los.

»Vielleicht.«

»Na, bald kannst du deinen alten Bekannten guten Tag sagen. Aber du bildest dir wohl nicht ein, dass sie dich mitkämpfen lassen?«

Joonas Lamberg sieht ihn verdattert an, scheint dann aber zu begreifen, wohin Jusufs angeschnittener Ball zielt.

»Verdammt, ich hab ja nicht mal eine Waffe!«

»Wozu braucht so ein großer Mann eine Waffe? Krav maga und so weiter, okay?«, gibt Jusuf trocken zurück und öffnet die Tür. Er lädt seine Pistole und läuft auf das gelbe Holzhaus am Ende der Straße zu. Dabei hört er, wie hinter ihm die Autotür geschlossen wird. *Auf Gedeih und Verderb.*

93

Jusuf läuft gebückt an der Thujahecke entlang, die das Grundstück neben dem gelben Haus umgibt. Ein Blick zurück zeigt ihm, dass Joonas Lamberg sich etwa zehn Meter hinter ihm anschleicht. Wenn der Mann sich als Verräter entpuppt, wird Jusuf ihn höchstpersönlich erschießen.

Er geht hinter den Bäumen in die Hocke und wirft einen Blick auf das nur einen Steinwurf entfernte Holzhaus. Die gelbe Farbe ist hier und da abgeblättert, und der ungepflegte Garten ist von Unkraut überwuchert.

»Ich geh hinten rum«, hört Jusuf hinter sich flüstern.

»Vielleicht ist das doch eine schlechte …«

»Verlass dich auf mich, Bruder«, flüstert Joonas Lamberg und klopft Jusuf auf die Schulter. Dann eilt er gebückt an ihm vorbei, die Hände zu Fäusten geballt wie ein Boxer, der sich auf die erste Runde vorbereitet.

Die schnellen, gleichmäßigen Schritte des großen Mannes sind erstaunlich geräuschlos.

Jusuf hält die Waffe schussbereit und sprintet durch den Garten in den Schutz eines alten Holzschuppens. Er lehnt sich an die Wand, holt tief Luft und wagt nach einigen Sekunden einen Blick um die Ecke des Schuppens. Sein Herz setzt einen Schlag aus. Am Ende eines schmalen Kieswegs hinter dem Eigenheim glänzt ein perfekt gewachster schwarzer Mercedes.

Ich komme, Jessica.

Lamberg hockt an der anderen Seite des Gartens. Als Jusuf seinen Blick auffängt, zeigt er mit dem Finger auf das Auto, obwohl er weiß, dass Lamberg nicht hinter das Haus sehen kann.

Jusuf schwenkt die Faust über dem Kopf und zeigt dann auf das Haus.

Let's go.

Ganz kurz überlegt er, ob sie doch auf die Ankunft des professionellen Stoßtrupps warten sollen. Was, wenn Jessica stirbt, weil der Einsatz alles andere als gut geplant ist?

Er blickt zu Lamberg hinüber, doch der ist bereits außer Sicht.

Scheiß drauf, für einen Rückzug ist es jetzt zu spät.

Jusuf geht mit erhobener Waffe auf die Haustür zu und will gerade die Stufen zur Veranda hochsteigen, als er am Waldrand hinter dem Mercedes etwas sieht.

Ein Erdkeller.

Vielleicht wurde Jessica direkt aus dem Auto in den Keller gebracht.

Jusuf läuft zu dem Wagen und geht bei der hinteren Tür in die Hocke.

Er lauscht eine Weile, hört aber nur das Rauschen des Windes und das Krächzen der Krähen. Das Laub, das im Herbst von den Bäumen gefallen ist, liegt wie ein brauner Teppich auf dem Gras.

Lamberg muss schon im Haus sein.

Jusuf entsichert seine Waffe und geht vorsichtig zur Tür des Erdkellers.

Sein Herz rast.

Er sieht Schuhabdrücke im Reif: ein Paar große Schuhe und vielleicht zwei Paar kleinere.

Jessica wurde in den Keller geführt.

Vielleicht sollte er warten, bis Lamberg zu ihm stößt.

Jessica …

Jusuf bleibt nicht stehen, sondern geht langsam weiter auf die Tür zu.

Zufall. Kennzeichen. Falle. Wenn Jessica in Todesgefahr ist, wenn sie schon tot ist … Dann ist alles egal. Anna, das Kind. Die Familie, von der er nicht wusste, dass er sie sich gewünscht hat. Die Fehler. Die Reue.

Im Keller wird gesprochen.

Er legt die Hand auf die Klinke der wuchtig aussehenden Tür.

Sie ist nicht abgeschlossen.

Will ich so sterben?

Jusuf reißt die Tür mit einem Ruck auf und umfasst seine Waffe dann mit beiden Händen.

Und als seine Augen sich an das Halbdunkel im Erdkeller gewöhnen, sieht er etwas, das gleichzeitig erleichternd und schaurig ist.

94

Die von der Decke hängende Glühbirne wirft ein fahles Licht auf das absurde Schauspiel.

Jessica lebt. Aber das kann sich sehr schnell ändern.

Die alte Frau hält einen großen, scharfen Glassplitter an Jessicas Hals. Die gebrechliche Gestalt sieht aus, als könnte sie jederzeit das Zeitliche segnen. Das bläuliche Gesicht erinnert an ein Möbelstück, über das ein dünnes, zerknittertes Laken gebreitet wurde. Die Augen in den tiefen Höhlen sind gerötet. Hinter den zitternden Lippen wird schwarz verfärbtes Zahnfleisch sichtbar.

»Ich werde sie töten«, sagt die alte Frau mit heiserer Stimme.

Jusuf hebt die Waffe und streckt die Arme nach vorn.

Alles passiert von Neuem. Sie sind tatsächlich zurückgekommen.

Camilla Adlerkreutz ist eine ruhige, zielbewusste Psychopathin, der es im letzten Winter lange gelungen ist, die harmlose Greisin zu spielen.

Aber nun findet sich in ihrem Blick keine Spur mehr von der Selbstbeherrschung, die ihn damals erstarren ließ. Sie hat sichtlich Angst: wie ein in die Ecke getriebener, wütender und unterernährter Bluthund. Jusuf hat es geschafft, dieses verdammte, unmenschliche Biest zu überraschen. Er kann noch gewinnen.

»Leg das Glas weg«, sagt er und tritt einen Schritt weiter in den Keller.

Jessica ist an einen Holzstuhl gefesselt und scheint unter Schock zu stehen: Ihr ganzer Körper zittert haltlos, und sie gibt keinen Ton von sich, ihr Brustkorb hebt und senkt sich heftig, als wäre sie völlig außer Atem.

»Ich habe auch dich verschont«, sagt Adlerkreutz, und Jusuf sieht, wie das Glasstück an Jessicas Hals gedrückt wird und die Haut aufschlitzt. Die Wunde ist nicht tief, aber Jusufs Wut kocht hoch, als er das Blut über Jessicas blasse Haut laufen sieht.

»Ganz ruhig«, mahnt er. Die alte Frau ist zwar schwach, aber zweifellos fähig, Jessicas Leben mit einer einzigen schnellen Handbewegung zu beenden. Jusuf starrt auf den Glassplitter. Er sollte einfach abdrücken. *Tu es, Jusuf. Worauf wartest du noch, verdammt?*

»Ich habe dich verschont. Wir hätten euch damals in dem Keller alle töten können. Aber wir waren barmherzig«, sagt die Frau, als hätte sie Jusufs Gedanken gelesen.

Jusuf spürt den brennenden Wunsch, ihr zu widersprechen. Zu sagen, dass neun Tote kein Beweis für Barmherzigkeit sind, sondern für Sadismus und Wahnsinn. Auch wenn Adlerkreutz tatsächlich drei von ihnen am Leben gelassen hat: Jessica, Jusuf und Nina.

»Ich zähle bis drei«, sagt er. »Noch kann alles gut ausgehen.«

Der Schweiß läuft ihm über den Rücken. Die Waffe in seiner Hand fühlt sich glatt an.

Wo zum Teufel bleibt Lamberg?

Von der Straße dringt ein leises Knirschen herein, das im besten Fall bedeutet, dass die Fahrzeuge des Einsatztrupps bei dem Maybach an der Kreuzung angekommen sind. Aber ihre Ankunft würde die Pattsituation nicht lösen, sondern sie womöglich sogar zu einem Blutbad eskalieren lassen.

Schieß, Jusuf. Verdammt, knall die alte Irre ab.

In dem Moment sieht Jusuf, dass Jessicas Mund lautlos Worte bildet.

Er braucht eine Sekunde zu lange, um sie von ihren Lippen abzulesen: *Hinter dir*.

Da spürt er kaltes Metall an seinem Hinterkopf.

Es ist doch alles vorbei.

95

Die gepanzerten Fahrzeuge halten an der T-Kreuzung, die zum Sturmangriff gerüsteten Männer des Einsatztrupps springen heraus. Auch der Gruppenführer Roni Kerman steigt aus, öffnet die Hecktür und lässt den angeleinten Hund heraus, während einige der Männer das Gelände an der Kreuzung sichern.

»Ein seltener Anblick«, sagt einer der Männer zu Kerman und zeigt auf den Maybach am Straßenrand.

»Scheiße, das kann nicht wahr sein«, flüstert Kerman und zieht die Hundeleine straffer. Die Luxusmarke mit Sonderausstattung sieht man hierzulande äußerst selten. Kerman kennt nur einen Mann, der so ein Fahrzeug steuert.

Gruppe Eins bereit.

Gruppe Zwei bereit.

Die Meldungen knattern im Funkgerät.

Roni Kerman bestätigt sie, während er um den Maybach herumgeht.

Hinter der Windschutzscheibe liegt ein weißer Zettel auf dem Armaturenbrett.

Hallo, Jungs. Wir sind schon reingegangen, hatten keine Lust zu warten. – Joonas.

»Was zum Teufel geht hier vor?«, sagt Kerman leise.

96

Jusuf lässt die Waffe nicht fallen. Er wartet darauf, dass die hinter ihm stehende Gestalt ihren nächsten Zug macht. Ihn auffordert, sich zu ergeben, ihm den Griff seiner Waffe auf den Kopf schlägt, ihn erschießt.

Auf Camilla Adlerkreutz' Gesicht liegt nun wieder das alte, selbstgefällige Lächeln.

Verdammt, er hätte auf seinen Instinkt hören sollen.

»Henrik ist nicht der beste Schütze«, sagt Adlerkreutz leise und fügt hinzu: »Aber ich glaube, selbst er wird auf diese Entfernung nicht vorbeischießen.«

»Henrik?«, wiederholt Jusuf und verspürt eine leise Hoffnung. *Es ist also nicht Lamberg.*

Er betrachtet die gefesselte Jessica, ihr trauriges Gesicht und die schwarzen Streifen, die die Tränen und die Wimperntusche darauf gemalt haben. Hier sind sie wieder, Jessica und er, ausgeliefert. Einer Situation, aus der es keinen einfachen Ausweg gibt. Wenn es überhaupt einen gibt.

Trotzdem möchte Jusuf jetzt nirgendwo anders sein.

Er umklammert seine Waffe. Spürt, wie der Lauf immer fester gegen seinen Kopf gedrückt wird.

Hört die Worte des Mannes: *Lass die Waffe fallen.*

Jusufs Gedanken drehen sich im Kreis. Plötzlich konzentriert sein Verstand sich nicht mehr auf die Waffe, die sich in seinen Hinterkopf bohrt, sondern sucht verzweifelt nach einer Zuflucht.

Anna. Anna bekommt ein Kind von einem anderen Mann. Anna, die Jusuf all die Jahre geliebt hat. Ihre Liebe hat allmählich eine neue Form angenommen, sie hat sich in eine Zuneigung verwandelt, die kein Bedürfnis hat, den anderen zu fesseln. Die Veränderung war beidseitig und hat sie schließlich zur Trennung ermutigt. Daran sollte ja nichts mehr unklar sein.

Jusuf wollte ja gar kein Kind. Noch nicht. Vielleicht nie.

Der eigentliche Zweck der Trennung war ja gerade, zu verhindern, dass Jusuf eines Tages aufschreckt und sich mitten in einem unglücklichen Familienalltag wiederfindet, dass er versäumten Erlebnissen und Erfahrungen nachtrauert, all den Karten, die er nicht ausgespielt hat. Warum sehnt er sich also nach einem Leben, das er nicht wollte, als er es noch hätte bekommen können? Er spürt, dass seine Augen feucht werden, nicht vor Trauer, sondern aus reiner Wut.

Jusuf sieht, wie Adlerkreutz lächelt und wie das Blut über Jessicas Hals läuft.

Er begreift, dass er den Erdkeller nie betreten hätte, wenn es nicht um Jessica gegangen wäre. Niemand darf ihr wehtun.

Jusuf hebt den Lauf seiner Waffe und betrachtet Camilla Adlerkreutz durch das Visier.

Lass die Waffe fallen, oder du stirbst. Und dann stirbt auch das Mädchen.

Jusuf hat nicht vor zu gehorchen. Sie werden wohl auf jeden Fall beide sterben. Aber Adlerkreutz soll Jessica nicht bekommen. Nie.

Es tut mir leid, dass ich nicht früher auf dich gehört habe, Jessi.

Jessicas traurige Augen sagen ihm, dass sie seine Entscheidung versteht und akzeptiert. *Tu es, Jusuf.*

Plötzlich löst sich der Lauf von seinem Hinterkopf, und er hört ein Krachen, als würde jemand auf einen trockenen Ast treten. Dann spürt er einen Stoß gegen die Kniekehlen, als der Mann hinter ihm zu Boden sackt.

Jusuf hört seinen trostlosen Schrei und gleich darauf Lambergs Worte.

»Ich hab doch gesagt, verlass dich auf mich, Bruder.«

Jusuf lässt Adlerkreutz nicht aus den Augen. Die Verzweiflung steht ihr ins Gesicht geschrieben. Sie hebt die Hand mit dem Glassplitter und drückt Jessicas Kopf an ihre Brust.

Jusuf erhascht noch einen letzten Blick auf das faltige Gesicht, bevor er abdrückt. Zweimal. Dreimal. Der Kopf fliegt heftig nach hinten, die magere Gestalt wird gegen die Kellerwand geschleudert und sinkt schließlich in unnatürlicher Haltung auf den Boden.

Jusuf fällt auf die Knie und schnappt nach Luft.

Der Druck löst sich in langen, bebenden Seufzern.

Er hört, wie jemand die Tür des Holzhauses auftritt.

Und dann spürt er Lambergs Hand auf seiner Schulter.

Wir haben es geschafft.

97

Jessica setzt sich auf die breite Rückbank des Luxusautos und streckt die Beine aus. Es kommt ihr absurd vor, in dem Wagen zu sitzen, in dem sich der Industrieboss Eliel Zetterborg vor seinem Tod hat chauffieren lassen. Sie schließt die Augen und atmet tief aus.

Die Tür geht auf, und Jusuf hievt sich auf den Sitz neben ihr. Zwischen den Sitzen befindet sich eine luxuriöse Mittelarmlehne mit Halterungen für Gläser. Das Auto riecht nach neuem Leder und Luftspray mit Zitrusaroma.

»Nach Pasila, bitte«, sagt Jusuf und sieht Lambergs lächelnde Augen im Rückspiegel.

Der Motor springt an, und der Wagen setzt sich wesentlich ruhiger in Bewegung als vor einer Stunde auf dem Hinweg.

»Vorn zu sitzen war auch schön, aber das Juwel in diesem Auto ist der Fond«, sagt Jusuf.

»So ist es. Genießt die Fahrt«, lacht Lamberg und dreht die Countrymusik im Radio ein wenig lauter.

»Was wird jetzt aus dem Auto?«

»Weiß ich nicht. Ich bringe es morgen in die Halle, es gehört ja zum Erbe des Chefs. Wieso, willst du es kaufen?«

»Da muss ich vielleicht noch ein paar Jährchen arbeiten«, gibt Jusuf zurück und sieht Jessica bedeutsam an. Sekundenlang bereut Jessica, dass sie Jusuf von ihrem Reichtum erzählt hat.

»Was ist mit deinen Verletzungen?«, fragt Jusuf und berührt Jessica am Arm.

»Ich werd's überleben. Die Sanitäter meinten, die Rippen wären allem Anschein nach heil geblieben«, antwortet Jessica. Sie blickt zum Fenster hinaus.

Lamberg wendet, und sie sehen, wie die Männer des Einsatztrupps in ihre Fahrzeuge steigen. Im Haus wurden keine weiteren Personen gefunden, und im Moment hat es den Anschein, dass Adlerkreutz auf ihrem letzten Kreuzzug tatsächlich nur einen Gefolgsmann hatte, Henrik Borg, dessen Schienbein Lamberg vorhin mit einem einzigen festen Tritt gebrochen hat.

»Apropos Geld«, sagt Jessica. Sie spürt einen schneidenden Schmerz in der Seite. »Ich hab wohl einen Umschlag bei dir vergessen, Lamberg.«

»So?«

»Ja. Im Regal im Flur. Da sind zwei Tausender drin, die ich zur Wohlfahrt bringen wollte.«

Jusuf wirft ihr einen raschen Blick zu. Er wirkt beeindruckt.

»Na, da liegt er gut. Ich bringe ihn dir so schnell wie möglich«, entgegnet Lamberg.

»Danke«, sagt Jessica und sieht Jusuf an. »Ich danke euch beiden.«

Der Motor heult auf, als Joonas Lamberg an der Kreuzung beschleunigt und den Wagen auf die Zufahrt zur Umgehungsstraße lenkt. Jessica sieht Jusuf an und fasst nach seiner Hand. Ihr lieber Kollege hat gerade abgedrückt und einen Menschen erschossen. Zum ersten Mal in seiner Laufbahn bei der Polizei. Jessica kennt Jusuf gut genug, um zu wissen, dass es ihm Probleme bereiten wird, den Vorfall zu verarbeiten.

»Du hast richtig gehandelt, Jusuf. Du hast mich gerettet.«

Jusuf lächelt beinahe schüchtern und schüttelt den Kopf.

Jessica schiebt die Hand mühsam in die Brusttasche ihrer Jacke und zieht einen zweifach gefalteten Bogen heraus.

»Hier ist er«, sagt sie leise und reicht Jusuf den Brief.

Jusuf nimmt ihn und beginnt ihn zu lesen.

»Herr im Himmel. Da ist ja das Motiv für beide Morde«, flüstert er nach kurzer Zeit, und Jessica nickt.

»Genau. Wir müssen den Burschen sofort aufs Präsidium holen.«

98

Der Blick der Kriminalhauptkommissarin verströmt etwas, von dessen Existenz Jessica bisher nichts geahnt hat. Hellu betrachtet sie mit mütterlichem Stolz. Sie stehen sich im Großraumbüro des Polizeigebäudes gegenüber, näher beieinander als je zuvor.

Jusuf sitzt auf dem Tisch neben ihnen und schlenkert mit den Beinen.

»Bist du sicher, dass du das jetzt tun willst, Jessica?«, fragt Hellu.

»Unbedingt«, antwortet Jessica. »Oder, Jusuf?« Jusuf nickt.

Jessica hat einen Rollkragenpullover angezogen, der die Wundnaht und das große Pflaster am Hals verdeckt. Trotz allem, was passiert ist, hat sie darauf bestanden, sofort an dem Fall weiterarbeiten zu dürfen, und Hellu hat schließlich zugestimmt. Die Zeit vergeht unaufhaltsam, und sie müssen die Vernehmungen zu Ende führen. Der Fall ist praktisch bereits gelöst, auch wenn das Geständnis fehlt.

»Gehen wir?« Jessica verzieht vor Schmerz das Gesicht, als sie den Oberkörper zur Seite dreht. Sie fühlt sich, als wäre sie unter einen Laster geraten.

»Hör mal, Niemi«, sagt Hellu, als Jessica und Jusuf sich auf den Weg zu den Vernehmungsräumen machen.

»Ja?«

»Ich bin so froh, dass … Diese Episode hat mich wirklich

erschüttert. Toll, dass ihr beide es heil überstanden habt«, stammelt Hellu.

Jessica lächelt.

»Danke. Die Ehre gebührt Jusuf«, sagt sie und klopft ihrem Kollegen auf die Schulter.

»Na, wir halten immer zusammen«, erklärt Jusuf. »Jessica hätte dasselbe getan.«

Hellu betrachtet die beiden liebevoll wie eine stolze Mutter oder Lehrerin. Die Situation ist in ihrer Rührseligkeit fast peinlich.

»Und dann noch dieser Brief …«, sagt Hellu und schwenkt den Bogen in der Hand.

»Genau. Auch der wäre nie ans Licht gekommen, wenn … Wenn Jusuf nicht so wachsam gewesen wäre«, gibt Jessica zurück.

»Wo wurde der Wichser gefunden?«, fragt Jusuf.

»Zu Hause. Er hat nicht damit gerechnet, dass die Polizei kommt.«

Jessica nickt zufrieden.

Sie wechselt einen Blick mit Jusuf. Dann macht Jessica sich auf den Weg zu dem Vernehmungsraum, in dem Rea Salo bereits wartet.

99

Jessica füllt zwei Gläser mit Wasser und schiebt das eine über den Tisch zu Rea Salo hin. Sie holt zwei Schmerztabletten aus der Tasche, spült sie mit Wasser herunter und schaltet das Aufnahmegerät ein.

»Okay, Rea«, sagt sie dann. »In Ihren eigenen Worten. Es ist jetzt 17.50 Uhr gestern Abend. Was ist passiert?«

Rea Salo sitzt schlaff da, die Hände auf dem Schoß, und starrt auf das Wasserglas.

»Das habe ich schon erzählt.«

»Noch einmal. Nur zu.«

*

Am Vortag um 17.50 Uhr

Rea zuckt zusammen und dreht sich hastig um. Felix ist wie aus dem Nichts in der Diele aufgetaucht.

Eine Weile betrachtet sie ihren Sohn, der verweint vor ihr steht, die Hände in den Ärmeln seiner Collegejacke verborgen.

»Geh fernsehen, Felix«, sagt sie bestimmt und wirft einen Blick auf ihre Uhr. Es ist fast zehn vor sechs. Sie muss sofort handeln, damit alles fertig ist, bevor Eliel Zetterborg nach Hause kommt. Sie hat mehr als eine halbe Stunde gebraucht, um Felix zu beruhigen, dann ist er endlich in sein Zimmer gegangen, hat Kopfhörer aufgesetzt und sich einen Marvel-Film angesehen. Aber jetzt ist er doch wieder aus dem Bett gesprungen wie ein Stehaufmännchen und seiner Mutter in die Diele gefolgt.

Ihre Finger, in denen sie die Stofftasche hält, sind im Nu schweißnass geworden.

»Mama muss schnell etwas erledigen.«

»Ich komm mit«, sagt Felix und zeichnet mit dem rechten Fuß einen Kreis auf den Boden.

»Nein, Felix«, erwidert sie in freundlicherem Ton, geht zu ihrem einen Kopf größeren Sohn und umarmt ihn. »Warte hier auf mich. Alles ist in Ordnung.«

»Wohin gehst du?«

»Etwas erledigen, Felix. Ich komme bald zurück.«

»I-ich hab so ein mieses Gefühl«, stammelt Felix und reibt sich mit beiden Händen den Nacken.

»Brauchst du nicht. Guck dir jetzt den Film an«, sagt Rea und blickt wieder auf ihre Uhr. Es ist schon zu viel Zeit vergangen. Die Putzfrau liegt seit mehreren Stunden gefesselt in ihrer Wohnung. Rea hat Hjalmar versprochen, anonym bei der Polizei anzurufen, damit die Frau befreit wird, sobald alles fertig ist. Sie soll nicht länger leiden als nötig.

»Okay«, sagt Felix und lässt niedergeschlagen den Kopf hängen.

*

Rea öffnet die Tür zu Eliel Zetterborgs Wohnung und hält die blaue Plastikkarte bereit. Sie hat gesehen, wie die Putzfrau damit die Alarmanlage ausschaltet. Als das Signal der Anlage ertönt, spürt sie zunehmende Panik, denn sie braucht mehrere, quälend lange Sekunden, bevor sie die Karte an die richtige Stelle hält. Die Ziffern laufen über die Flüssigkristallanzeige: *18, 17, 16* … Und dann verstummt der Signalton. Rea wirft einen letzten Blick in das leere Treppenhaus und schließt die Tür hinter sich.

Es hat geklappt.

Sie ist allein in Eliel Zetterborgs Zuhause. *Wie verdammt absurd und toll.*

Sie hat sich auf alles vorbereitet. Ihre Wohnung hat sie auf Strümpfen verlassen, damit keine Schuhabdrücke zurückbleiben und niemand ihre Schritte hört. Außerdem hat sie ihr Handy zu Hause gelassen, im Badezimmerschrank an der Hausseite, die zur Vuorimiehenkatu liegt.

Beeindruckt betrachtet Rea Eliel Zetterborgs vornehm wirkende Wohnung, die schönen Möbel, die im Halbdunkel glitzernden Kronleuchter und die wertvollen Kunstwerke an den Wänden. *Konzentrier dich. Das Wichtigste zuerst: Mach das Fenster auf.*

Hjalmar steht schon seit einer halben Stunde mit seinem Hund draußen in der Kälte. Es wird Zeit, ihm das Zeichen zu geben, dass alles planmäßig läuft, wenn auch mit etwas Verspätung. Felix' Ruhelosigkeit hat ihren Aufbruch um zehn Minuten verzögert.

Rea geht durch das Wohnzimmer zu dem Fenster, das auf die russische Botschaft und den benachbarten kleinen Park geht. Am Rand des Parks, am unteren Ende der Treppe, steht Hjalmar in seinem dicken roten Mantel. Neben ihm sitzt sein großer Hund.

Rea wartet, bis Hjalmar zum Fenster aufblickt und sie sieht. Dann hebt sie die Hand, und er berührt seine Mütze. Wie vereinbart. Das Zeichen ist gegeben.

Hjalmars Aufgabe ist simpel: Wenn Eliel Zetterborgs Wagen am Haus vorfährt, soll er rufen, damit Rea genug Zeit bleibt, ihre Sachen einzusammeln, die Alarmanlage wieder einzuschalten und in ihre Wohnung zurückzukehren, bevor Eliel und sein Leibwächter im sechsten Stock ankommen. Danach wird sie das Schlüsselbund einfach aus dem Fenster ins Gebüsch an der Muukalaisenkatu werfen.

Rea fasst nach dem Messinggriff des Fensters. Wie in ihrer eigenen Wohnung öffnet sich das Fenster auch hier nach innen. Das Foto einer Frau steht davor, Rea stellt es auf das andere Fensterbrett. Als das Fenster aufgeht, wird das Rauschen des Windes sofort lauter, und sie überlegt kurz, ob sie Hjalmars Ruf bei diesem Wetter hören wird. Vielleicht braucht sie ihn auch gar nicht zu hören, wenn sie nur schnell genug ist.

*

Rea betrachtet das Foto, das drei Jäger zeigt. Es wurde vor rund dreißig Jahren mit ihrer eigenen Polaroid-Kamera aufgenommen. Die verdammten scheinheiligen Arschlöcher haben sie gezwungen, nach Schweden zu ziehen und ihr Kind allein aufzuziehen. Wenn Eliel das Foto findet, wird er sofort begreifen, worum es geht. Rea wird ihm das Leben zur Hölle machen, bis sie alles bekommt, was sie will.

Sie zeichnet mit dem UV-Stift ein Kreuz an die oberste Schublade der Schlafzimmerkommode und legt das Foto mit der Bildseite nach oben hinein. Sie hofft, dass Eliel es erst findet, nachdem er das Puzzle zusammengesetzt hat, aber eigentlich spielt das keine Rolle. Rea hätte das Foto durch den Briefschlitz werfen können, aber sie will, dass der Mann sich fürchtet. Und was wäre schauriger als der Gedanke, dass jemand in deiner Wohnung herumgeschlichen ist, in deinen Schubladen gewühlt und Sachen hinterlassen hat. *Ich will dich schwitzen sehen, du alter Scheißer.*

Außerdem würde die Polizei – falls Eliel Zetterborg sie einschaltet – aufgrund der Beschreibung der Putzfrau nach einem Mann in mittleren Jahren suchen. Es schien Rea unumgänglich, den armen Hjalmar in ihre Pläne einzubeziehen, und es war auch nicht schwierig, ihn zu überreden.

Rea hat Hjalmar versichert, dass es sich bei dem Ereignis vor dreißig Jahren um einen einzigen, im Suff begangenen Fehler gehandelt hat und dass die Liebe zwischen ihnen beiden echt war. Sie ist sich sicher, dass Hjalmar, sollte er gefasst werden, nie reden wird. Nicht nur, weil er nicht sprechen kann, sondern weil seine Loyalität Rea gegenüber unerschütterlich ist. *Laura* gegenüber.

Rea schließt die Kommode und blickt auf die Uhr. Acht nach sechs. Es wird Zeit zu verschwinden, die Alarmanlage wieder einzuschalten und in die gegenüberliegende Wohnung zu schlüpfen. Sie war schnell und ist mit allem fertig geworden, bevor Hjalmar gerufen hat, zum Zeichen, dass der Wagen angekommen ist und dass Zetterborg und sein Fahrer in einigen Minuten oben bei der Wohnung sein werden.

Was war das?

Rea hört, wie die Wohnungstür geöffnet wird. Ihr Herz rast, und sie kriecht voller Panik unter das Bett.

Was zum Teufel? Sie hat keinen Schrei gehört. Hjalmar würde sie nie im Stich lassen, nicht in einem so wichtigen Moment. Ist es tatsächlich möglich, dass Hjalmars Ruf von dem heftig heulenden Wind verschluckt worden ist?

100

Jusuf wirft einen verstohlenen Blick auf die Kamera, mit der die Vernehmung aufgezeichnet wird, und zieht sein Hoodie aus.

Der Stress der noch nicht lange zurückliegenden Situation hat seine Armmuskeln schmerzhaft verspannt.

Er hat abgedrückt und zum ersten Mal in seinem Leben einen Menschen getötet.

Eine alte Frau. Er weiß, dass die Realität erst später voll zuschlägt.

Besser so, denn jetzt ist keine Zeit für Gefühle.

»Sie wissen, dass Rea nebenan schon alles erzählt hat«, sagt er und zündet sich eine Zigarette an. Normalerweise fragt er die Person, die er vernimmt, ob er rauchen darf. Nicht, weil er Skrupel hat, sein Gegenüber den Risiken des Passivrauchens auszusetzen, sondern nur, um ein Vertrauensverhältnis zu schaffen. Das interessiert ihn diesmal jedoch nicht im Geringsten. Sie haben mehr als genug Beweismaterial.

»Okay. Krieg ich auch eine?«

Jusuf schiebt die Marlboro-Schachtel und das Feuerzeug über den Tisch.

»Bitte sehr. Aber dann kommen wir zur Sache.«

»Okay«, sagt Axel Zetterborg. Seine Stimme zittert kaum merklich.

*

Am Vortag um 18.07 Uhr
Axel Zetterborg öffnet die Wohnungstür und hebt die Hand, um die Alarmanlage auszuschalten, doch sie piept nicht.

Einen Moment lang steht er still da und horcht.

Seltsam.

Joonas Lamberg hat Axels Vater streng eingeschärft, die Außenhautüberwachung zu aktivieren, wenn er zu Hause ist. Sein Vater, der solche Anweisungen sonst sehr genau nimmt, hat offenbar vergessen, die Anlage einzuschalten, als er zur Arbeit ging.

Ein unangenehmes Gefühl beschleicht Axel: Vielleicht ist er doch nicht in eine leere Wohnung gekommen, vielleicht lauert jemand in der Dunkelheit. Er lehnt den Regenschirm an die Wand und schließt die Augen, um seinen Gehörsinn aufs Äußerste zu schärfen.

Das einzige Geräusch in der dunklen Wohnung ist jedoch das Heulen des Windes. Und bei genauerem Nachdenken stellt Axel fest, dass der Wind viel lauter heult als bei seinen früheren Besuchen.

Axel zieht seine Lederschuhe aus, nimmt sie in die linke Hand und tippt mit der rechten den Code der Alarmanlage ein. *Außenhautüberwachung.* Wenn sein Vater jetzt nach Hause käme, würde Axel es hören und könnte durch die Hintertür hinausschlüpfen, wie er es in jungen Jahren getan hat, wenn er Freunde oder Mädchen zum Feiern in die Wohnung mitgenommen hatte.

Axel geht auf Strümpfen durch die Diele. Das Parkett knarrt unter seinen Füßen.

Er sieht sich um, bleibt erneut stehen und lauscht.

Am liebsten würde er Hallo rufen, aber irgendetwas hindert ihn daran. Natürlich ist niemand in der Wohnung, die Tür wurde nicht aufgebrochen, und das Licht war ausgeschaltet.

Plötzlich begreift Axel, wieso der Wind so laut pfeift: Eines der Fenster im Wohnzimmer steht einen Spaltbreit offen. *Was zum Teufel?*

Sein Vater lässt im Winter nie ein Fenster auf.

Irgendetwas stimmt hier nicht.

Axel schleicht vorsichtig auf das Fenster zu, macht aber mitten im Wohnzimmer Halt, denn er will nicht, dass man ihn von der Straße aus sieht.

Er wirft einen Blick auf seine Uhr. Es ist zehn nach sechs, ihm bleibt nicht viel Zeit. Er müsste längst im Restaurant sitzen. Die anderen sind wohl schon dort.

Draußen rattert eine Straßenbahn vorbei, als Axel durch das Wohnzimmer in die Küche und weiter ins Schlafzimmer geht. Er bleibt vor dem Bett stehen.

Nirgendwo ist etwas Verdächtiges zu sehen.

Axel blickt sich noch einmal um und geht dann ins Arbeitszimmer seines Vaters, das sich zwischen dem Schlafzimmer und der Küche befindet.

Er sieht das Tintenfass und den Federhalter auf dem Schreibtisch, daneben einen kleinen Stapel leere Papierbögen, mit dem Logo und den Kontaktdaten der RealEst am oberen Rand. An der linken Seite des Eichentischs liegen säuberlich aufgereiht ein Kalender, gelbe Post-It-Zettel, ein mit einem Magneten versehener Behälter für Büroklammern und ein Stempel samt Stempelkissen. Axels Vater ist in seinen Gewohnheiten extrem altmodisch, er schreibt seine persönliche Korrespondenz immer noch mit der Hand und stempelt das Familienwappen an den oberen Rand. Den Briefumschlag versiegelt er mit rotem Siegellack, als handle es sich um einen königlichen Briefwechsel, dessen Inhalt Staatsgeheimnis ist.

Axel hält seine Schuhe immer noch in der Hand, als er an den Schreibtisch geht und die Schublade unter der Tischplatte aufzieht.

Aha.

Axel greift nach dem Briefumschlag. Er ist verschlossen und versiegelt, genau wie er es erwartet hat.

*

Rea liegt unter Eliel Zetterborgs Bett und wagt kaum zu atmen. Der Mann ist nach Hause gekommen, ohne dass Hjalmar sie gewarnt hat. *Verdammt und zugenäht, sie hätte sich nicht auf den tauben Stümper verlassen dürfen.*

Sie überlegt, was als Nächstes passieren wird. Der alte Mann wird sicher nicht auf die Idee kommen, unter das Bett zu schauen, selbst wenn er sieht, dass jemand in der Wohnung gewesen ist. Vielleicht bemerkt Eliel Zetterborg das geöffnete Fenster und findet die Puzzleteile auf dem Tisch des Bibliothekszimmers. Aber in dem Fall würde er sofort seinen Leibwächter anrufen und dann die Polizei und …

Verdammt, verdammt … Sie muss aus der Wohnung verschwinden, lautlos und schnellstens.

Vielleicht duscht der Mann oder geht wieder aus dem Haus. Dann könnte sie problemlos ins Treppenhaus gelangen. Wahrscheinlicher ist jedoch, dass die Hölle losbricht, bevor Rea eine Chance hat, sich zu verdrücken.

Sie hört die Dielenbretter unter den Füßen des Ankömmlings knarren.

Und bald darauf sieht sie schwarze Socken auf dem Teppichboden des Schlafzimmers.

Rea hält den Atem an.

Die Füße bewegen sich nicht so steif wie die eines alten Mannes. Sie gehören nicht Eliel Zetterborg, sondern einem Jüngeren.

Der dicke UV-Stift, den sie umklammert, ist in ihrer verschwitzten Hand feucht geworden. Beim leisesten Geräusch würde der Mann unter das Bett spähen. Panik erfasst ihren ganzen Körper.

Gerade als Rea den unwiderstehlichen Drang verspürt, Luft zu holen, drehen sich die Füße in den schwarzen Socken um und verschwinden durch die Tür zum Nachbarzimmer.

Rea seufzt erleichtert auf, obwohl sie weiß, dass der Weg noch nicht frei ist.

Wer zum Teufel schleicht in Eliel Zetterborgs Wohnung herum? Wird er gehen, bevor der Wohnungsbesitzer zurückkehrt?

Und da hört Rea das, worauf sie die ganze Zeit gewartet hat. Hjalmars lautes Krächzen, das aus dem Park heraufschallt, klingt fast komisch; man denkt unwillkürlich an einen Raubvogel, der über einen Gebirgspass fliegt und ein Beutetier erspäht hat.

Unter anderen Umständen würde Hjalmars Ruf Rea zum Lachen bringen. Nicht nur der tierische Klang, sondern auch die Tatsache, dass Hjalmar mit ihrem aberwitzigen Plan einverstanden war. Aber jetzt ist ihr nicht zum Lachen. Ganz im Gegenteil.

*

Axel zuckt zusammen. Durch das offene Fenster zum Park dringt ein tierisches Kreischen herein. Der Wind lässt das Fenster klappern, dann wird es wieder still.

Er blickt sich um. Zu gern würde er ans Fenster gehen und nachsehen, was dort draußen passiert, aber der Brief veranlasst ihn zu bleiben, wo er ist.

Er dreht den Umschlag um und sieht die sorgfältig mit der Hand geschriebene Adresse.

Rechtsanwalt, Dozent Erik Raulo
Munkkiniemenranta 42, 00330 Helsinki

Axel starrt auf den Brief, als wäre er der größte Schatz der Welt und würde uralte Geheimnisse bergen. Dann greift er nach dem Brieföffner und schlitzt den Umschlag auf, ohne weiter darüber nachzudenken.

Das dicke, säuberlich in der Mitte gefaltete Briefpapier raschelt in seiner Hand, und Axel betrachtet eine Weile die Zeilen in tadelloser Schönschrift, die sein Vater mit fester Hand zu Papier gebracht hat. Schließlich heftet er den Blick auf den ersten Satz und beginnt zu lesen.

Bester Erik
Ich habe mich schweren Herzens entschlossen, konkrete Schritte zur Regelung meines Besitzes zu unternehmen.

Wir alle leben in gewisser Weise für unsere Kinder. Das ist wohl unsere vorrangige Aufgabe. Besonders gut ist dies Anne-Marie gelungen, obwohl sie die Wahrheit nicht kannte – ich habe sie bis zuletzt davor geschützt. Nach Anne-Maries Tod habe ich jedoch meine Motive in Frage gestellt, und jetzt habe ich das Gefühl, dass es niemanden mehr gibt, den ich schützen muss.

Ich möchte, dass du unmittelbar nach Empfang dieses Briefes die Maßnahmen ergreifst, die du in aller Stille (und diskret) vorbereitet hast, um mein gesamtes Eigentum (die Aktienmehrheit bei RealEst, meine Immobilien sowie meine Anlagen auf den Aktienkonten bei der Nordea Private Bank) in eine Stiftung umzuwandeln und dem Zugriff meines Sohnes Axel Olav Ruben Zetterborg zu entziehen.

Selbst wenn mein Sohn vielleicht nie für seine Lebensweise und seine Fehler zur Verantwortung gezogen wird, glaube ich, dass ich ihm auf diese Weise eine letzte Lehre erteilen kann. Eine Lehre, die ich ihm schon vor langer Zeit hätte erteilen müssen. Eine Lehre, die ihn vielleicht zu einem besseren Menschen gemacht hätte. Die ich ihm jedoch nicht erteilt habe, weil ich damit Anne-Marie das Herz gebrochen hätte.

Die sogenannte Bedenkzeit, zu der du mich ermahnt hast, ist kriechend langsam vergangen und hat meine Auffassung nicht verändert. Im Gegenteil, sie hat mich in meiner Entscheidung bestärkt.

Hochachtungsvoll, dein alter Freund
Eliel W. Zetterborg
Helsinki, den 28.1.2020

*

»Hier ist er«, sagt Jusuf und schiebt den Brief über den Tisch. »Ihr Vater hatte zwei Kopien von dem Brief gemacht.«

»Nein … Das muss der sein, den ich …«, stammelt Axel und zieht an seiner Zigarette.

»Nein, Axel. Sie haben das Original mitgenommen. Sie dachten, es wäre das einzige Exemplar.«

»Aber …«

»Darauf kommen wir gleich zurück. Erzählen Sie weiter«, sagt Jusuf und drückt seine Kippe in der Porzellanschale aus.

*

Am Vortag um 18.14 Uhr

Axel spürt einen unerträglichen Druck an der Schläfe. Die Schuhe fallen ihm aus der Hand. Er fasst den Brief mit beiden Händen. Seine Finger zittern immer heftiger, am liebsten würde er den Brief in tausend Fetzen reißen.

Das verdammte Arschloch.

Tränen laufen ihm über die Wangen.

In dem Moment hört er den Fußboden im Wohnzimmer knarren.

Was zum Teufel …

Axel wischt sich die Tränen am Ärmel ab und geht, den Brief in der Hand, auf das Wohnzimmer zu.

Er hat ganz bestimmt gerade Geräusche gehört!

Axel will schon aus der Wohnung stürmen, erinnert sich dann aber, dass seine Schuhe im Arbeitszimmer auf den Boden gefallen sind. Er versucht zu lauschen, ob sich die Geräusche wiederholen, doch das Rauschen des Windes übertönt alles andere. Rasch geht er ans Fenster und zieht es zu, ohne auf die Straße zu blicken.

Als er gerade den Gewölbebogen zwischen Wohnzimmer und Küche erreicht hat, hört er die Stimme seines Vaters im Treppenhaus. Und dann wird die Tür geöffnet.

*

Axel schleicht lautlos ins Arbeitszimmer.

Alles in Ordnung?

Ja, danke. Ich komme bald runter.

Die Wohnungstür fällt ins Schloss, und die Alarmanlage wird ausgeschaltet.

Axel steht schwer atmend im Arbeitszimmer seines Vaters.

Der Brief, der ihm in den Händen brennt, ist wie eine Zeitbombe, die noch keineswegs entschärft wurde.

Wie zum Teufel konntest du, Papa …

Einen Augenblick lang hat Axel das Gefühl, wieder ein kleiner Junge zu sein, ein siebenjähriger, schmächtiger und unsicherer Knirps, der möchte, dass sein Vater ihn auf den Schoß nimmt. Ihn umarmt. Sagt, dass er stolz auf Axel ist. Mit verschränkten Armen am Spielfeld steht und ermunternd nickt, wenn Axel den Ball gewinnt, einen Gegenspieler tackelt, ein Tor schießt oder irgendeine andere Leistung vollbringt.

Aber sein Vater umarmt ihn nicht und ist nicht stolz auf ihn. Das war er nie.

Als er damals Laura und das Kind weggeschickt hat, wollte er nicht Axel schützen, sondern die bevorstehende Fusion.

Die RealEst ist das zweite Kind seines Vaters, und dieses Kind liebt er mehr als seinen Sohn.

Arschloch …

Axel hört seinen Vater mit langsamen Schritten ins Wohnzimmer gehen. Dann kommt ein Musikstück aus den Lautsprechern, das Axel sofort erkennt. Es ist das Stück, das sein Vetter vor drei Jahren bei der Beerdigung seiner Mutter gespielt hat. Nach Ansicht seines Vaters das schönste Werk, das je komponiert wurde.

J. S. Bach. Axel bricht lautlos in Tränen aus. Seine Mutter hätte nie zugelassen, dass sein Vater so etwas tut. Natürlich nicht. Und deshalb tut er es jetzt, am Tag des fünfzigjährigen Firmenjubiläums. Jetzt, wo Axels Mutter ihn nicht mehr daran hindern kann.

Der Scheißkerl hört seine Lieblingsmusik, obwohl er weiß, dass er gerade das soziale Todesurteil seines Sohnes unterschrieben hat.

Axel erstickt sein Weinen im Ärmel und stößt ein paar bebende Atemzüge aus.

Der Brief ist vorgestern datiert.

Warum wurde er noch nicht abgeschickt? Vielleicht hat sein Vater es sich doch anders überlegt.

Axel holt tief Luft und geht langsam in die Küche, den Brief in der Hand.

*

Eliel Zetterborgs Herz hat einen Schlag ausgesetzt. Er hat fast automatisch auf das Geräusch reagiert, das wieder ertönt ist. Diesmal hinter der Zwischenwand, in der Küche. Ein schleifendes Geräusch, das mit einem kurzen Schnalzer endet. *Die Küchenschublade.*

Ein kalter Schauer kriecht seinen Rücken hoch bis in den Nacken.

Er greift nach seinem Handy und sucht Joonas' Nummer heraus.

Jetzt sind die Schritte immer deutlicher zu hören.

Und dann sieht Eliel eine dunkle Gestalt, die langsam aus der Finsternis der Küche hervortritt. Das Telefon entgleitet ihm und fällt zwischen seinen Füßen auf den Boden.

»Hallo, Papa«, sagt eine Stimme. Eliel braucht einige Sekunden, um zu begreifen, dass das von Trauer verzerrte Gesicht mit den zitternden Lippen seinem Sohn gehört.

»Axel, was in aller Welt …«

Eliel sieht seinen Sohn an und erkennt sofort, dass irgendetwas ganz und gar schiefläuft. Statt auf seinen erschütterten Sohn zuzugehen und ihn zu umarmen, weicht er instinktiv einen Schritt zurück. Er bekommt eine Gänsehaut von Axels seltsamer Ausstrahlung.

Und dann sieht er den Brief in der Hand seines Sohnes, die dunkelblauen Buchstaben auf weißem Grund und das Familienwappen, das von dem Stempel auf seinem Schreibtisch stammt.

»Axel, bist du in meine Wohnung eingebrochen?«, fragt Eliel und ist von seinem strengen Tonfall selbst überrascht. Er weiß jetzt, dass Axel den Brief gelesen hat, sieht aber keinen Anlass, den Inhalt zu erklären. Seine Hände zittern vor Wut.

»Ich habe einen Schlüssel, Papa. Hast du das vergessen?«

»Und das gibt dir das Recht, dich hier einzuschleichen und

meine Privatbriefe zu lesen?«, erwidert Eliel und merkt, dass sich seine Hände zu Fäusten ballen.

Ein müdes Lächeln zieht über Axels Gesicht.

»Ist er das, Papa? Ein Privatbrief? Auf den ersten Blick scheint er nämlich auch mich zu betreffen«, sagt er. Seine Augen sind gerötet, seine Unterlippe zittert, aber seine Worte klingen erschreckend ruhig.

»Du benimmst dich unmöglich, Axel. Was willst du eigentlich?«

»Eine Erklärung«, antwortet Axel.

Eliel will ihn anbrüllen, ihm befehlen, sofort zu verschwinden. Oder das Handy aufheben und Joonas bitten, den Jungen rauszuwerfen wie einen elenden Landstreicher. Dazu ist Joonas ja da, um Eindringlinge fernzuhalten. Und trotz der Blutsverwandtschaft ist Axel in diesem Moment genau das: ein mieser Eindringling.

Aber die Musik im Hintergrund ruft ihm die Zeit in Erinnerung, als sie drei noch eine Familie waren und Anne-Maries Anwesenheit ihn dazu gebracht hat, die Ausschweifungen des Jungen stillschweigend zu übergehen. Damals hat er sich eingeredet, die Mutter würde ihrem Sohn alles verzeihen, und deshalb müsse auch er großmütiger sein. Anne-Marie war das Bindeglied, das sie zusammengehalten hat.

»Es tut mir leid, Axel«, sagt Eliel schließlich, holt ein Glas aus der Vitrine, gießt ein wenig Macallan hinein und hält es Axel hin, der es jedoch nicht annimmt.

»Es tut dir leid?«

»Ich nehme dir nichts von dem weg, was du schon hast, Axel. Und du hast mehr als genug.«

»Mehr als genug? Ich habe der RealEst mein ganzes Leben gewidmet …«

Eliel lacht unwillkürlich auf. Er stellt das Whiskyglas, das sein Sohn abgelehnt hat, auf den Flügel.

»Du hast der Firma dein ganzes Leben gewidmet? Nein, Axel. Das habe ich getan. Sie ist mein Kind.«

Axel sieht ihm tief in die Augen.

»Dein einziges Kind?«

Eliel spürt einen Stich im Herz. Der Junge hat recht. Die RealEst war immer das Wichtigste, er hätte wahrscheinlich lieber auf seine Vaterschaft verzichtet, als in seine Jugend zurückzukehren und die Geschichte neu zu schreiben, ohne das Unternehmen.

»Bist du betrunken, Axel?«

Der Junge scheint die Frage jedoch nicht zu hören. Er hat den Blick wieder auf den Brief gesenkt und schüttelt den Bogen, als würde er versuchen, die Worte von ihm wegzuzaubern.

»Wer weiß davon?«

Eliel schluckt schwer. Nun ist die Zeit gekommen, sich den Tatsachen zu stellen, und es ist wohl nur fair, Axel gegenüber ehrlich zu sein. Die Wahrheit so zu erzählen, wie sie ist.

»Nur Erik. Wir haben abgemacht, dass er befugt ist, den damaligen Vorfall publik zu machen, falls du das Testament anfechtest. Ich hoffe sehr, dass du dich nicht für diesen Weg entscheidest, Axel«, antwortet er und macht einen Schritt zu seinem Sohn hin.

»Laura Karolainen war eine Streberin und Opportunistin, die Geld und Aufmerksamkeit wollte«, erwidert Axel. »Ich habe das Weibsbild nicht vergewaltigt, Papa. Auch wenn sie das irgendwann mal behauptet hat.«

»Das kann ich nicht wissen«, murmelt Eliel leise.

»Du wolltest lieber dieser Närrin glauben als deinem eigenen Sohn«, sagt Axel und wischt sich mit dem Ärmel über die Augen.

Eliel seufzt tief.

»Was damals wirklich passiert ist, spielt letztlich keine Rolle,

Axel. Du hast auf jeden Fall ein unanständiges und geistloses Leben geführt. All die Drogen und käuflichen …«

Eliel unterbricht sich. Ihm ist plötzlich aufgefallen, dass Axel irgendetwas hinter dem Rücken verborgen hält. Und gleichzeitig überkommt ihn das Gefühl, dass er besser daran getan hätte, Axels Frage nicht zu beantworten. Ihm nicht zu verraten, wie leicht es ist, den zu Papier gebrachten Plan zu durchkreuzen.

»Axel …«

»Weißt du was? Ich wäre froh, wenn du in dieser Minute sterben würdest … Du verdammtes altes Scheißarschloch! Es ging immer nur um die Firma. Die Firma, die Firma, die Firma. Und das wenige, was übrig blieb … Das hast du Mama gegeben! Hörst du mich, du verschrumpelter Schwanz? Wenn du doch endlich tot wärst!«

Und da spürt Eliel einen scharfen, lähmenden Schmerz in der Brust. Er versucht zu schreien, ist sich aber nicht sicher, ob überhaupt ein Ton aus seinem weit aufgerissenen Mund dringt. Plötzlich denkt er an gedrehte Metallzylinder, an Funkenregen, hinter dem Stahlringe sichtbar werden. Er denkt daran, wie stolz Anne-Marie heute Abend auf ihn wäre, weil sein Unternehmen so unglaublich erfolgreich geworden ist. Und vielleicht würde Anne-Marie verstehen, dass Eliels Scheitern als Vater doch nicht ungestraft geblieben ist. Dass alles so gekommen ist, wie es kommen sollte. Anne-Marie würde ihm sagen, wie sehr sie ihn liebt. Vielleicht kann er diese Worte nun von ihr selbst hören. Schon heute Abend.

Dann endet die Sicilienne, nur noch das Kratzen der Nadel auf dem Vinyl ist zu hören.

Siehst du mich schon, Liebste? Bald gibt es nur noch dich und mich, wir leben als Tote. Und alles, was lebt, ist für uns tot.

101

Rea Salo hält ihre Tasse mit beiden Händen, als hätte sie nur um den Kaffee gebeten, um ihre Hände daran zu wärmen. Jessica setzt sich auf ihrem Stuhl zurecht und wirft einen raschen Blick auf die Kamera, unter der ein rotes Licht leuchtet.

»Dann habe ich gehört, wie die Tür ging«, fährt Rea weinend fort. »Ich war unter dem Bett hervorgekrochen und stand hinter der Ecke, ich habe das ganze Gespräch gehört, Axel gesehen … Und als ich endlich gewagt habe, mich zu bewegen, bin ich durch das Wohnzimmer gerannt, an Eliel Zetterborg vorbei, der mit ausgebreiteten Armen neben dem Flügel lag …«

»Sie haben nicht versucht, dem Opfer zu helfen? Oder einen Krankenwagen gerufen?«, fragt Jessica trocken und verschränkt die Arme vor der Brust.

Rea Salo sieht sie an, als wäre die Frage zwar logisch, aber gleichzeitig völlig absurd.

»Er sah tot aus … Neben ihm lag ein Messer …«

»Trotzdem konnten Sie nicht beurteilen, ob er tot war oder nicht. Inzwischen wissen wir, dass er noch lebte. Und es sogar geschafft hat, den Notruf zu wählen, kurz nachdem Sie die Wohnung verlassen hatten.«

»Ja, aber …« Rea Salo blickt mit glasigen Augen zu Jessica auf. »Wie hätte das denn ausgesehen, wenn ich die Polizei gerufen hätte? Ich hätte doch gar nicht dort sein sollen … Niemand hätte mir geglaubt, wenn ich gesagt hätte, dass noch eine dritte Person in der Wohnung war, dass Eliel Zetterborg von seinem eigenen Sohn ermordet wurde.«

Jessica legt die Hände vor sich auf den Tisch.

»Sie haben also das ganze Gespräch mit angehört?«

Rea Salo nickt.

»Ich war gar nicht so weit weg«, sagt sie. »Hinter der Ecke im Kaminzimmer.«

»Aber Sie haben definitiv gesehen, dass der Mann Axel Zetterborg war. Haben Sie ihn selbst nach dreißig Jahren wiedererkannt?«

»Natürlich habe ich in den Medien Fotos von ihm gesehen … Außerdem ging ja auch aus dem Gespräch hervor, wer er war. Eliel hat seinen Sohn ja mehrmals beim Namen genannt …«

»Ich muss es aber noch einmal aufs Band bekommen, Rea. Haben Sie Axel Zetterborgs Gesicht gesehen?«

Rea scheint über ihre Antwort nachzudenken, dann trinkt sie den ersten Schluck von ihrem Kaffee, der inzwischen wohl ausreichend abgekühlt ist.

»Ja«, sagt sie dann. »Ich bin hundertprozentig sicher, dass es Axel Zetterborg war. Er hielt ein großes Messer in der Hand. Daran besteht kein Zweifel.«

Jessica presst die Lippen zusammen und überlegt, dass es vielleicht gut wäre, jetzt eine kleine Pause zu machen. Zeit für einen kurzen Lagebericht. Inzwischen könnte Rea Salo sich einen Augenblick lang ausruhen.

»Warum haben Sie Hjalmar Ek um Geld gebeten?«, fragt Jessica plötzlich. Salo schrickt auf.

»Wovon sprechen Sie?«

»Sie haben Hjalmar gebeten, eine große Summe Bargeld abzuheben. Warum?«

»Ich habe nicht … Davon weiß ich nichts.«

Die Frau wirkt verwundert, aber Jessica ist sich nicht sicher, ob sie lügt. Bisher hat Rea Salo ihre Geschichte bereitwillig erzählt und alle Fragen beantwortet. Das heißt natürlich nicht unbedingt, dass sie in allen Punkten die Wahrheit sagt.

Die Summe, die Hjalmar Ek von seinem Konto abgehoben hat, ist so hoch, dass es naheliegt, sie mit den Mordfällen in Verbindung zu bringen. Andererseits spielt es für die Situation der Befragten keine Rolle, wofür das Geld verwendet werden sollte. Früher oder später wird sich eine Erklärung finden.

»Wenn Sie Axel Zetterborg mit einem Messer in der Hand in der Wohnung gesehen haben, warum haben Sie dann der Polizei keinen Hinweis gegeben?«

»Dann hätte ich ja zugeben müssen, dass ich dort war.«

»Nicht unbedingt. Sie hätten behaupten können, dass Sie ihn durch den Türspion gesehen haben.«

»Wenn ich Kronzeugin bei einem so schweren Verbrechen geworden wäre, hätte man bestimmt meinen Hintergrund untersucht. Sie wären sehr schnell auf meine Verbindung zu dem Fall gestoßen und hätten meine Aussage in Frage gestellt.«

Jessica schließt die Augen. Die Frau hat recht.

»Außerdem …«, fährt Rea Salo fort und putzt sich mit einem weißen Stofftaschentuch die Nase.

»Ja?«

»Ich habe wahnsinnig Angst vor Axel. Ich hätte nicht gewagt …«

»Warum?«

»Er ist ja die Ursache allen Übels. Er hat mich damals vergewaltigt.«

»Warum wurde die Vergewaltigung nicht angezeigt?«

»Das können Sie sich doch denken. Ich wurde für mein

Schweigen bezahlt. Ich musste mein Kind in Schweden zur Welt bringen.«

Jessica sieht Rea Salo lange an. Die Frau ist skrupellos und offensichtlich labil. Es ist durchaus denkbar, dass sie damals die Geschichte von ihrer Vergewaltigung erfunden hat, um ihre Position zu stärken und von den Zetterborgs mehr Geld zu bekommen.

»Okay, Sie haben Angst vor Axel. Aber jetzt wagen Sie doch zu sprechen.«

»Natürlich. Sonst wäre ich ja Ihre einzige Verdächtige.«

»Genau. Also kann es ebenso gut sein, dass Sie sich das alles ausgedacht haben.«

Rea Salo wirkt verwundert, aber keine Spur schuldbewusster als zuvor.

»Ich weiß nicht, Rea. Laura. Rea. Der ganze Plan mit dem Puzzle und dem Foto wirkt total verrückt. Erstaunlich, dass Sie es geschafft haben, Hjalmar nach Ihrer Pfeife tanzen zu lassen.«

»Es geht nicht nur um Geld«, sagt Rea mit bebender Stimme. »Ich wollte, dass der alte Scheißkerl sich fürchtet. Wenn ich ihn nur um Geld gebeten hätte, hätte er gezahlt und anschließend weiter ruhig geschlafen. Ich wollte, dass er nachts wachliegt, weil er weiß, dass ich in seiner Wohnung war. Dass sein mit Erinnerungen vollgestopfter Schutzhafen geschändet wurde. Und dass die Tortur nicht vorbei ist.«

Jessica schüttelt den Kopf.

»Was glauben Sie, Rea: Hätte Hjalmar der Polizei jemals Ihren Namen genannt?«

»Nein«, antwortet Rea. »Das hätte er nicht getan.«

»Und deshalb war er der passende Komplize. Hjalmar liebt Sie immer noch. Und das haben Sie gnadenlos ausgenutzt.«

Rea schweigt, aber die Art, wie sie den Blick senkt, verrät mehr als jede verbale Antwort.

Jessica reibt sich das Gesicht. Die körperlichen Schmerzen vermischen sich mit lähmender Müdigkeit. Der Fall ist trotz der Festnahmen alles andere als geklärt. Außer Reas Aussage und dem Brief gibt es immer noch nichts, was Axel eindeutig mit dem Tatort verbindet. Und Rea hat einen guten Grund zu lügen, denn andernfalls wäre sie allein die Hauptverdächtige. Ein Wort steht gegen das andere.

Jessica will gerade die Kamera ausschalten, als an die Tür zum Vernehmungsraum geklopft wird. Nina tritt ein.

»Kommst du kurz rüber, Jessi?«

Jessica schließt die Tür hinter sich und bleibt an dem Tisch stehen, an dessen anderer Seite ein verwirrt und ängstlich aussehender Mann sitzt. Felix wirkt wie ein Kind, dessen unbefleckte Seele im Körper eines erwachsenen Mannes gefangen ist.

»Was gibt's?«, fragt Jessica, die Hände in die Hüften gestemmt.

»Ich glaube, hier haben wir alles, was wir brauchen«, antwortet Nina und zeigt auf das iPhone auf dem Tisch.

»Felix«, sagt sie dann behutsam, als wolle sie den Mann sanft aus dem Schlaf wecken. Und als Jessica sieht, wie sich sein trüber Blick von seinen Händen auf dem Tisch zu Nina wendet, begreift sie, dass Schlaf nicht unbedingt der falsche Ausdruck für den Zustand ist, in dem Felix zu treiben scheint.

»Ja?«

»Würdest du das Video, das du mir gerade gezeigt hast, noch einmal abspielen?«, bittet Nina.

Jessica weiß, dass das iPhone praktisch als polizeilich beschlagnahmtes Beweismaterial gelten kann, begreift aber, dass Nina Felix nicht zu bedrängen braucht, um zum Ziel zu kommen.

Felix zupft an seinen schwarzen Locken. In diesem Moment, im fahlen Licht des Vernehmungsraums, ein wenig in die Ecke getrieben und mit gebeugtem Rücken, ist er seinem Vater wie aus dem Gesicht geschnitten.

Felix tippt eine Weile an seinem Telefon herum und schiebt es dann über den Tisch zu Nina.

Jessica stöhnt vor Schmerz, als sie sich über Ninas Schulter beugt. Nina drückt auf die Play-Taste.

Anfangs weiß Jessica nicht recht, was sie sieht. Die Ränder der Aufnahme sind verschwommen und die im Halbdunkel erkennbaren Formen merkwürdig gerundet. Dann erkennt sie, dass die plötzliche Bewegung in der Bildmitte die sich öffnende Aufzugtür ist. Sie sieht eine dunkle Gestalt, die vor der Holztür steht. Die Automatik der Kamera fokussiert auf die Gestalt, und die Umrisse werden klarer.

»Moment mal, ist das durch den Türspion aufgenommen?«, fragt Jessica.

»Ja«, antwortet Nina und sieht Jessica an. »Felix hat von seiner Wohnung aus gefilmt.«

»Aber …«

»Warte«, sagt Nina und zeigt auf das Display.

Jessica wirft einen raschen Blick auf Felix, der an seinem Ohrläppchen zupft und unruhig wirkt.

Auf dem Video klirren Schlüssel, dann ertönt Felix' aufgeregte Stimme.

Papi.

Die Gestalt im Treppenhaus scheint zu erstarren. Sie muss Felix' Stimme durch die Tür gehört haben. Oder glaubt zumindest, etwas gehört zu haben.

Der Mann dreht sich zur Kamera hin, und trotz der schwachen Beleuchtung im Treppenhaus ist deutlich zu erkennen, wer an Eliel Zetterborgs Tür steht. Der nervös wirkende Axel Zetterborg lauscht auf die Geräusche aus der gegenüberliegenden Wohnung wie ein wachsamer Hund. Dann wendet er sich ab und schließt die Tür auf.

Jessica richtet sich triumphierend auf.

»Und auf den Videodaten ist die Uhrzeit zu sehen?«

»Ja. 18.07. Sie wird auch durch die Metadaten des Videos bestätigt, es handelt sich also um einen absolut wasserdichten Beweis. Axel Zetterborg war tatsächlich zu der Zeit dort, genau wie Rea Salo behauptet.«

Es gelingt Jessica nicht ganz, ihren Triumph zu verbergen, obwohl ihr klar ist, dass Axel Zetterborgs Schicksal gerade von seinem eigenen Sohn besiegelt wurde, der die Folgen vermutlich gar nicht ganz begreift. Felix kennt seinen Vater nicht wirklich, sondern ist in einer Art Traumwelt aufgewachsen und hat die fixe Idee entwickelt, dass Axel nicht nur sein biologischer Vater ist, sondern auch jemand, von dem er eines Tages die ersehnte Nähe und Wärme bekommen wird.

Sie setzt ein neutrales Gesicht auf und sieht Felix an.

»Danke, Felix. Du hast genau das Richtige getan.«

»Was passiert jetzt mit Papa?«

»Wahrscheinlich hat er einen Mord begangen.«

»Er hat also Opa getötet?«

Jessica drückt das Kinn ein wenig nach unten. An diesen Aspekt hat sie gar nicht gedacht.

»Genau.«

»Muss Papa ins Gefängnis?«

Jessica seufzt und sucht nach einem Grund, Felix zu belügen. Doch es gibt keinen.

»Ja«, antwortet sie. »Aber gleichzeitig wird deine Mutter wahrscheinlich von jedem Verdacht befreit.«

»Wartest du hier noch einen Moment, Felix?«, sagt Nina und bedeutet Jessica, ihr auf den Flur zu folgen.

Sie schließt die Tür zum Vernehmungsraum und verschränkt die Arme vor der Brust.

»Das reicht uns, oder?«

»Rea Salos Version von den Ereignissen des Abends ist glaubhaft. Das Gespräch, das sie gehört haben will, passt zu der Reaktion, die der Brief bei Axel ausgelöst haben könnte. Axel hat also ein Motiv und war nachweislich zur Tatzeit in der Wohnung. Für seine Schuld spricht auch, dass sich das Küchenmesser so mühelos gefunden hat. Wir haben schon mehrmals festgestellt, dass der Mörder das Messer nicht gefunden hätte, wenn er nicht gewusst hätte, wo er suchen muss«, sagt Jessica mit leiser Stimme und blickt über die Schulter zu dem Raum, in dem Rea Salo vor ihrem kalt gewordenen Kaffee sitzt.

»Außerdem«, fährt sie fort, »hätte Salo sich nicht die ganze Mühe gemacht, nur um den Mann mitten im Spiel zu töten. Jetzt bekommt sie ja keinen Cent. Und Eliel Zetterborg verbringt keine einzige schlaflose Nacht in seiner Wohnung.«

Nina und Jessica sehen sich abschätzend an, vielleicht einige Sekunden länger als beabsichtigt. Einen Moment lang hat es den Anschein, dass der alte Groll verschwunden und das Kriegsbeil endgültig begraben ist.

»Na gut«, sagt Nina. Ein vorsichtiges Lächeln legt sich auf ihr Gesicht. »Wir haben ihn.«

»Ja, wir haben ihn.«

In dem Moment kommt ein lauter Knall aus dem Vernehmungsraum.

Jessica greift nach der Klinke und rennt hinein.

Sie sehen, wie die Stuhlbeine immer wieder auf das Display des Smartphones schlagen und kleine, zersplitterte Komponenten durch das Zimmer fliegen.

»Nein! Felix!«, schreit Jessica und stürmt los, um den Mann zu bändigen.

Felix tritt noch einige Male mit der Ferse auf das Gerät, bevor es Jessica gelingt, ihn an die Wand zu drängen.

»Nina! Sag mir, dass wir nicht unseren einzigen wasserdichten Beweis verloren haben!«, stöhnt Jessica und betrachtet die Bruchteile auf dem Boden, die gerade noch ein Telefon waren.

Nina wirkt eher traurig als schockiert.

»Es tut mir leid, Felix«, sagt sie und holt ihr eigenes Handy aus der Tasche. »Ich habe das Video vorsichtshalber per WhatsApp an mich geschickt.«

102

Axel Zetterborg beugt sich nach vorn, bis sein Oberkörper auf dem Tisch liegt. Als er schließlich den Kopf hebt, sind seine Augen gerötet. Seine Hände zittern.

»Das Einzige, was uns noch unklar ist, Axel, ist die Frage, was Sie veranlasst hat, nach dem Brief zu suchen«, sagt Jusuf. Im Aschenbecher liegt eine Zigarette, an der der Verhörte kein einziges Mal gezogen hat.

»Ich war am Morgen auf dem Weg in das Büro meines Vaters, als ich hörte …«, beginnt Axel mit zitternder Stimme, »… dass er am Telefon sprach … Offenbar mit Erik Raulo. Er hat gesagt, er hätte jetzt schweren Herzens den Brief verfasst. Ihn zu schreiben hätte ihn viel Kraft gekostet, und ihn abzuschicken würde ihm noch schwerer fallen. Aber jetzt wäre es zu spät für einen Rückzieher.«

Axel Zetterborg verstummt und greift nach der Zigarette, die er schon vor einer Weile angezündet hat. Er betrachtet sie zerstreut, als wüsste er nicht, welches Ende er in den Mund stecken sollte.

»Aber woher wussten Sie, dass der Brief Sie betraf?«

»Es war nicht nur das Telefonat. Mein Vater hat mich nie gemocht. Ich war immer auf der Hut, für den Fall, dass er so etwas tun würde: mich übergehen. Mich enterben. Mir das zu nehmen, was für mich das Wichtigste auf der Welt ist. Die Firma«, sagt er, klopft die Asche ab und macht ein paar kurze

Züge. »Ich habe angeklopft, bin in Vaters Arbeitszimmer gegangen und habe gefragt, ob irgendwas los ist. Er wirkte erschrocken und hat schnell geantwortet, alles wäre in Ordnung. Aber die Art, wie er mich ansah, hat mehr gesagt als tausend Worte. Sein Blick hat mir verraten, dass ich von dem Moment an etwas anderes für ihn war als sein Sohn. Etwas ganz anderes als sein Nachfolger im Familienunternehmen …«

»Also haben Sie beschlossen, die Wohnung Ihres Vaters zu durchsuchen.«

»Das war ein spontaner Einfall. Ich hatte den Wagen geparkt und wollte gerade ins Restaurant gehen, als mir die Idee kam, bei meinem Vater vorbeizuschauen. Ich wollte ihn mit eigenen Augen sehen, Vaters Verrat. Eine Stippvisite in der Muukalaiskatu. Rein, raus, vielleicht würde ich den Brief finden, der meinen Verdacht bestätigen würde. Und dann hat sich herausgestellt, dass meine Befürchtung begründet war.«

»Und daraufhin haben Sie Ihren Vater getötet«, stellt Jusuf fest.

Axel Zetterborg sieht plötzlich aus, als hätte er sich restlos verirrt.

»Ich habe gar keine Erinnerung an den Moment«, sagt er verzweifelt. »Ich war noch nie so wütend … Mir wurde schwarz vor Augen. Da habe ich das Messer aus der Küchenschublade genommen. Ich begreife immer noch nicht, was in mich gefahren war.« Axel schüttelt den Kopf. »Es war wohl so eine Art Verteidigungsmechanismus …«

»Das Messer? Gegen Ihren unbewaffneten Vater?«

Axels Gesicht verzieht sich, er weint.

»Es klingt verrückt, aber …«

»Axel«, sagt Jusuf. »Wir sind das schon mehrmals durchgegangen, Sie müssen uns jetzt die ganze Wahrheit sagen. Ich will keine Geschichten über Blackout und Panik mehr hören. Ein kurzes Wortgefecht, dann haben Sie Ihrem Vater das Messer ins Herz gestoßen. Sie sind weggelaufen und haben ein paar Mal bei Ihrem Vater angerufen, um den Anschein zu erwecken, dass Sie nicht wussten, weshalb er so lange braucht, um sich auf die Jubiläumsfeier der Firma vorzubereiten. Dann haben Sie Lamberg angerufen. Alle Informationen und Uhrzeiten stimmen überein. Wir haben einen Augenzeugenbericht und ein Video, die lückenlos beweisen, dass Sie in der Wohnung waren. Die Ortungsdaten Ihres Handys zeigen, dass Sie sich im fraglichen Zeitraum in der Nähe aufgehalten haben. Es gibt kein Szenario, in dem Sie nicht für diesen Mord verurteilt würden!«

Jusufs Stimme wird immer lauter, und er merkt, dass er die letzten Worte heftiger hervorstößt als beabsichtigt.

»Ich weiß nicht, wie es …« Axel laufen Tränen über die Wangen.

»Sie haben es selbst gesagt. Sie haben das Telefongespräch Ihres Vaters mit Erik Raulo gehört und angenommen, dass außer den beiden niemand von dem Brief und seinem Inhalt wusste. Deshalb sind Sie heute früh zu dem Juristen gegangen und haben auch ihn getötet, damit niemand von dem Willen Ihres Vaters erfährt und alles so weitergehen kann wie bisher.«

»Nein …«

»Sie hatten den Brief gefunden, sich dann aber erinnert, dass Erik Raulo den Plan bereits kannte. Deshalb mussten Sie auch ihn töten, vorsichtshalber. Sie wussten allerdings nicht, dass Ihr Vater seinem Leibwächter eine Kopie des Briefes zur Weiterleitung gegeben hatte. Also ist Raulo umsonst gestorben«, erklärt Jusuf und betrachtet die schluchzende Gestalt, die völlig hilflos wirkt.

»Ich hätte meinen Vater nie umbringen können … Ich

dachte, es wäre ein Herzinfarkt«, schnieft Axel und reibt sich die linke Seite des Brustkorbs, als wollte er einen Schmerz im Herzen veranschaulichen.

Jusuf wirft einen Blick auf seine Uhr und steht auf.

»Ich würde das Ganze mit einem Wort beschreiben. Traurig. Verdammt traurig«, sagt er, bevor er den Raum verlässt.

103

»Nimm Platz, Jusuf«, sagt Hellu und lässt die Jalousie herunter, damit die Sonnenstrahlen nicht ins Zimmer dringen.

Es ist in mancherlei Hinsicht dramaturgisch passend, dass die Sonne am Tag nach der Verhaftung am wolkenlosen Himmel steht und das Wetter an diesem Vormittag so schön ist wie seit Wochen nicht mehr.

Hellu hüstelt ein paarmal in die hohle Hand und setzt sich dann auf ihren ergonomischen Superstuhl. Eine Weile mustert sie Jusuf prüfend, wie der Boss in der Fernsehshow The Apprentice, wenn er Kandidaten feuert, die ihre Aufgabe mangelhaft erledigt haben. Dann zieht sie eine Schublade auf und stellt zwei langstielige Gläser auf den Tisch. Jusuf blickt verwundert auf die Sektflasche, die sie hinter dem Monitor hervorzaubert.

Auf dem Gesicht der Hauptkommissarin breitet sich ein Lächeln aus, das sie in den letzten Minuten bewusst unterdrückt hat.

»Bravo, Jusuf«, sagt sie, legt die Finger um den Korken und lässt ihn mit einer routinierten Bewegung knallen.

»Danke … Es ist ja …«

»Ich muss zugeben, dass es mich ein bisschen nervös gemacht hat, dich zum Hauptermittler zu ernennen. Nicht etwa, dass ich dir nichts zutrauen würde, ganz im Gegenteil. Aber Fakt ist, dass es eine völlig neue Situation für dich war.«

»Danke für das Vertrauen«, antwortet Jusuf. Das Lob seiner Chefin tut ihm unglaublich gut. Er ist müde, und der Stress, der zwei volle Tage in seinem Körper getobt hat, wird sich spätestens dann lösen, wenn er ein Glas Sekt in der Hand hält.

»Der Fall wurde praktisch innerhalb von vierundzwanzig Stunden gelöst«, fährt Hellu fort. »Eine beachtliche Leistung, wenn man bedenkt, dass Rea Salo ihr Puzzle-Manöver monatelang vorbereitet hat.«

»Ich nehme das Lob gern an«, erwidert Jusuf, während Hellu ihm ein randvoll gefülltes Glas reicht. »Aber es war auch eine gute Portion Glück im Spiel.«

»Glück gehört zum Erfolgsrezept. Es ist wie mit dem Salz. Ohne kann man nicht vernünftig kochen, aber ich habe noch nie jemanden gesehen, der nur Salz isst.«

»Eine schöne Metapher«, sagt Jusuf belustigt und trinkt sein Glas halb leer. Der kalte Sekt schmeckt nach Sommer, Sonne und Sieg. »Hast du sie dir gerade ausgedacht?«

»Mensch, Jusuf«, erwidert Hellu scherzhaft. »Tatsächlich gerade ausgedacht. Vielleicht habe ich den falschen Beruf, ich sollte Dichterin werden, Philosophin oder …«

»Denkerin?«

»Genau. Denkerin wäre ein toller Beruf«, lacht Hellu und kostet von ihrem Getränk.

Sie sitzen entspannt auf ihren Stühlen und genießen diesen Moment, den Sekt und die Tatsache, dass der Erfolg ihre künftige Zusammenarbeit zweifellos erleichtern wird.

Doch dann werden ihre Gesichter wieder ernst, denn sie wissen beide, dass der Fall noch nicht abgeschlossen ist.

»Axel hat die Tat nicht gestanden«, sagt Jusuf.

Hellu zuckt die Schultern.

»Ein Geständnis ist nur ein Beweis von vielen.«

»Und natürlich gibt es das Aussageverweigerungsrecht«, sagt Jusuf und schwenkt sein Glas.

Hellu lächelt belustigt.

»Na ja. Einerseits darf man einen Menschen nicht dafür bestrafen, dass er nicht zur Feststellung seiner Schuld beiträgt, aber andererseits kann ein Geständnis zu einem milderen Urteil führen. Es handelt sich also um eine Peitsche, die als Zuckerbrot getarnt ist. Das ganze Aussageverweigerungsrecht ist reiner Schwindel – unter uns gesagt.«

»Ein interessanter Aspekt«, meint Jusuf mit einem Blick auf seine Uhr.

»Im Fall Muukalaiskatu haben wir ein sehr einleuchtendes Motiv und einen wasserdichten Beweis dafür, dass Axel Zetterborg zur Tatzeit in der Wohnung war. Für den Mord an Erik Raulo gibt es ebenfalls ein klares Motiv und den Ballistikbericht über die Tatwaffe. Eliel Zetterborg besaß eine Pistole der Marke Smith & Wesson, an die Axel mit Leichtigkeit herankam. Wahrscheinlich hat er sie am Abend des Mordes aus der Wohnung seines Vaters mitgenommen. Ein Geständnis hat in dieser Phase nur kosmetischen Charakter«, erklärt Hellu.

»Mag sein«, stimmt Jusuf zu und leert sein Glas.

Hellu hebt fragend die Flasche, und Jusuf lässt sich nachschenken, obwohl er so müde ist und so viel Schlaf nachzuholen hat, dass ihm schon das erste Glas zu Kopf gestiegen ist. Er könnte eine ganze Flasche leeren. Dann würde er nach Hause fahren und schlafen. Bei der Arbeit würde er erst morgen wieder gebraucht.

»Ich überlege nur, dass …«

»Was?«

»Irgendwie stört es mich, dass Axel gerade durch die Aussage von Rea Salo als Mörder seines Vaters identifiziert wird. Die Frau ist eine labile Narzisstin, die Hjalmar Ek für ihre Zwecke ausgenutzt hat. Wir haben zwar Beweise dafür, dass beide in der Wohnung waren, aber im Prinzip könnte es sein, dass Axel zuerst weggegangen ist und Rea anschließend das Opfer getötet hat.«

Hellu wirkt plötzlich ernst.

»Jusuf, mach die Sache nicht zu kompliziert. Axel hat in der Küche ein Messer geholt und es seinem Vater ins Herz gestoßen. Rea hatte die Absicht, von Eliel Zetterborg Geld zu erpressen. Warum hätte sie die Kuh, die sie melken wollte, töten sollen?«

»Um ihn zum Schweigen zu bringen? Vielleicht hat Eliel Rea gesehen, und da musste sie …«

»Zetterborg sollte wissen, wer ihn erpresst. Das war doch wohl der Zweck der Schatzkarte.«

»Aber Rea wollte sicher nicht, dass Zetterborg sie erkennt? Dann hätte er gewusst, dass sie mit ihrem Sohn in der Nachbarwohnung haust und …«

»Jusuf«, fällt Hellu ihm nachdrücklich ins Wort. »Rea Salo hat Erik Raulo nicht erschossen. Sie hat ein lückenloses Alibi für die Tatzeit: Sie war am Morgen zu Hause und nachweislich über Teams mit Schweden verbunden.«

Jusuf seufzt und betrachtet die Bläschen, die vom Boden des Glases an die Oberfläche steigen. Dann leert er das Glas mit einem Zug und steht auf.

»Danke, Hellu. Ich weiß dein Vertrauen zu schätzen. Wirklich.«

104

Jusuf hat die Hände in den Taschen vergraben, als er durch das Großraumbüro seiner Abteilung geht. Er ist müde, aber glücklich.

Im Grunde ist er ein wenig stolz darauf, dass er mit dem Ergebnis der Ermittlungen nicht hundertprozentig zufrieden ist. Die Neigung, hin und her zu überlegen, ist vielleicht doch eine gute Eigenschaft für einen Hauptermittler. Aus dem Witze reißenden Watson hat sich ein nach Perfektion strebender Holmes entwickelt. Viel bleibt allerdings nicht mehr zu tun: Der Stab wird bald an die Staatsanwaltschaft weitergereicht, und das Schicksal von Axel Zetterborg und Rea Salo liegt in den Händen anderer.

Er betrachtet Harjula, der telefonierend an seinem Schreibtisch sitzt und dessen Kopf höher über die Trennwand ragt als alle anderen. Seine Meinung über Harjula hat sich in der kurzen Zeit der Ermittlung radikal geändert. Jusuf hat die andere Seite gesehen, hat verstanden, dass sich hinter der selbstgefälligen Arroganz Unsicherheit und Beklemmung verbergen. Harjula ist kein Arschloch, sondern hat einfach die Orientierung verloren: ein unterbezahlter Polizist, der mit der Midlife-Crisis kämpft, wegen der Kinder in einer schal gewordenen Ehe ausharrt und obendrein am Arbeitsplatz im Schatten derjenigen steht, die über bessere soziale Fähigkeiten verfügen. Er steckt in einem Teufelskreis, aus dem ihn nur totales Innehalten und vielleicht professionelle Hilfe herausholen können. Oder die Scheidung.

Jusufs Blick fällt auf Nina, die am Wasserspender steht. Sie hält ihr Handy in ihren kräftigen Händen, ihre Finger sausen über das Display, und sie strahlt über das ganze Gesicht. Nina sieht verliebt aus, und sie hat es wahrlich verdient, glücklich zu sein. Jusuf hofft von ganzem Herzen, dass der Mann sich nicht als Widerling entpuppt, wie die beiden vorigen. Einen liebenswerteren Menschen als Nina findet man nicht so leicht.

»Herzlichen Glückwunsch.«

Tanjas Worte reißen Jusuf aus seinen Gedanken. Sie ist lautlos hinter ihm aufgetaucht, eine geöffnete Flasche Cola in der Hand.

»Danke gleichfalls«, antwortet Jusuf. Die Dopaminwelle, die er dem Schampus in Hellus Dienstzimmer verdankt, treibt ihm das Lächeln schneller auf die Lippen, als es vielleicht angebracht wäre. Aber was soll's? *Es ist Zeit, mit dem ständigen Analysieren aufzuhören.* »Ich dachte, du wärst nach Hause gegangen.«

»Ich auch.«

»Hä?«

Tanja blinzelt ihm geheimnisvoll zu.

»Sag mal, Jusuf, weißt du, ob Rasmus Single ist?«

»Rasmus?«, wiederholt er langsam, bereut seinen Tonfall aber sofort. Warum sollte er einen Mann schlechtmachen, den sie alle wirklich mögen?

»Also, ich bin mir nicht sicher. Ja, ist er.«

»Du bist dir nicht sicher, aber er ist Single?«

»Er wohnt … Ähm, ja, im Moment hat er wohl keine Freundin.«

»*Im Moment*?«

Tanja lässt ihr entzückendes Lächeln aufblitzen und trinkt einen Schluck Cola.

»Warum fragst du?«

Tanja antwortet nicht sofort. Sie schraubt die Flasche übertrieben langsam zu, bevor sie Jusuf wieder ansieht.

»Ich habe eine Bekannte, die wahrscheinlich total verrückt nach ihm wäre. Sie hat so einen Mutterinstinkt, wenn du verstehst, was ich meine.«

»Ich weiß nicht genau, ob ich verstehe, aber …«

»Wie wäre es, wenn wir morgen Abend zusammen ausgehen? Wir vier. Sozusagen ein Doppeltreff.«

Jusuf blickt zu den Schreibtischen und sieht hinter einem der Trennwände die Halbglatze. Er weiß nicht, wie es mit ihm und Tanja weitergehen wird, aber Rasmus soll diese Chance auf keinen Fall verpassen.

Jusuf denkt an Anna und an das Kind, das sie mit ihrem Bradley Cooper bekommen wird.

Und plötzlich erscheint ihm das alles weit weg und gleichgültig. Er hört geradezu, wie sich die Fesseln lösen.

»Also … Ja. Natürlich. Fein«, antwortet er und bricht vor lauter Überraschung in fröhliches Lachen aus.

105

Die unausweichliche nachmittägliche Dunkelheit hat sich wieder um die Wohnung in Töölö gelegt. Die Wanduhr in der Küche schlägt zur vollen Stunde.

Jessica sitzt am Ende des langen Esstischs und starrt zum Fenster hinaus. Eigentlich wollte sie ein heißes Bad nehmen. Dann hätte sie in der Wanne die Augen geschlossen und versucht, in eine andere Wirklichkeit zu spähen. Zu sehen, ob all das wirklich vorbei ist, ob sie vielleicht endlich frei ist, jetzt, nach dem Tod von Camilla Adlerkreutz. Nicht mehr nachts aufwachen, nicht mehr die Hand ihrer Mutter auf der Schulter spüren. Aber will sie, dass es aufhört? Sie ist so lange zwischen zwei Welten gewandert, dass sie nicht weiß, ob sie wirklich leben kann, ohne beides zu haben, Schatten und Licht.

Aber Jessica hat doch kein Wasser in die Wanne eingelassen, denn die Aufnahmen von der Vernehmung lassen sie nicht los.

Irgendetwas an der Sache stinkt. Das hat Jusuf gesagt. Und Jessica ist genau derselben Meinung.

Sie startet die Datei erneut.

Axel Zetterborgs markantes Gesicht erscheint auf dem Bildschirm. Auf dem zarten Hals zwischen den angespannten Schultern sitzt sein Kopf mit den schwarzen Haaren. Der Mann ist auf seine Art gut aussehend und charismatisch, ein wenig wie der fünfzigjährige Prinz Charles, dem er seinen Spitznamen verdankt. Seine Augen sind aufmerksam und lebendig. Er spricht deutlich, seine Stimme klingt ein wenig feminin. Die Aufnahme erinnert mit ihrem reduzierten Blickwinkel und den blassen Farben an die Making-of-Dokumentation zu irgendeinem Kinofilm, die Material von den Probeaufnahmen der Schauspieler enthält.

Auf der Basis dieses Videos würde Axel Zetterborg allerdings wohl nie eine Rolle in irgendeinem Film bekommen, es sei denn, die Produzenten wollten gerade totale Verzweiflung und Verwirrung sehen. Der Mann, den diese Aufnahme zeigt, ist alles andere als selbstsicher und filmreif. Er scheint sich zu fürchten, vor allem und jedem: vor dem Vernehmer, vor den grauen Wänden um ihn herum und vor der Nacht, die er in der Gefängniszelle verbringen wird. Am meisten fürchtet er sich wohl vor seiner Zukunft, die er ruiniert hat, indem er seinen Vater ermordete. *Vermutlich.*

Jessica strafft den Rücken und stöhnt vor Schmerz. Ihre Seite tut entsetzlich weh, und selbst kleine Bewegungen bereiten ihr Qualen.

Sie spult die Aufnahme zum Anfang zurück.

Ich war noch nie so wütend …

Mir wurde schwarz vor Augen. Da habe ich das Messer aus der Küchenschublade genommen.

Ich begreife immer noch nicht, was in mich gefahren war …

Axel Zetterborg beantwortet Jusufs Fragen stammelnd. Man gewinnt den Eindruck, dass er sich wirklich nicht erinnert, was in der Wohnung geschehen ist. Natürlich kann es auch sein, dass er tatsächlich ein hervorragender Schauspieler ist.

Jessica versteht sehr gut, weshalb Jusuf mit dem Material, das sein Ermittlungsteam zusammengetragen hat, unzufrieden ist. Zetterborg will kein Geständnis ablegen, was an sich keine Katastrophe wäre – er wird vermutlich trotzdem verurteilt. Aber je öfter Jessica sich die Aufnahme ansieht, desto stärker wird das Gefühl, dass irgendetwas einfach nicht stimmt.

Sie öffnet eine Datei mit über hundert Fotos aus der Wohnung des Opfers.

Wohnzimmer: Der Safe ist geschlossen. Niemand kennt die Kombination.

Diele: Bücher auf dem Fußboden neben der Tür.

Kaminzimmer: Poster an der Wand. Silber jenseits der Grenze. Unter der Haut. Die Braut aus Lapua. Regie: Mikko Niskanen.

Verdammt. Jessica fühlt sich, als würde sie ein Streichholz anreißen, ohne es zum Brennen zu bringen.

Sie gibt den Namen Mikko Niskanen bei Google ein und klickt den Wikipedia-Beitrag über den Regisseur an.

Filme …

Acht tödliche Kugeln (1972), Bajazzo (1973), Kleinbauern (1973)

Und dann …

Der Cursor verharrt bei einem 1974 gedrehten Fernsehfilm.

Moment mal …

Jessica starrt mit offenem Mund auf den Bildschirm.

Kianto.

Sie spürt, wie ihr Puls sich beschleunigt.

Noch einmal spult sie die Aufzeichnung zurück und sieht sie sich an.

Ich hätte meinen Vater nie umbringen können … Ich dachte, es wäre ein Herzinfarkt.

Jessica stoppt das Band und betrachtet Axel Zetterborgs Hand, die er gegen seine Brust drückt. Seine Finger liegen auf dem linken Brustmuskel.

Und plötzlich trifft sie die Erkenntnis wie ein Peitschenhieb.

Verdammt noch mal.

Jessica lässt das Video vom Treppenhaus laufen, das Felix

Salo durch den Türspion gefilmt hat. Auf der grobkörnigen Aufnahme bleibt der Mann stehen, blickt kurz in die Kamera und öffnet dann die Tür. Bevor sie sich wieder schließt, fängt die Kamera ein paar Sekunden lang die halbdunkle Diele ein. Auf dem Fußboden ist ein leuchtend gelbes Bündel zu sehen.

106

Nina legt ein wenig Lipgloss auf und wirft einen raschen Blick in den ovalen Spiegel. Toms Badezimmer ist erstaunlich luxuriös und geräumig. Vor zwei Tagen hatte sie keine Gelegenheit, das Bad zu betreten, denn sie waren geradewegs ins Bett gegangen und hatten sich geliebt, bis Nina die Nachricht von Zetterborgs Ermordung bekam. Es erscheint ihr absurd, dass der Mord geschah, kurz bevor …

»Wo bleibst du denn?«, fragt Tom hinter der Badezimmertür.

Nina lächelt.

»Ich komm gleich.«

»Ich geh mal schnell nach unten ins Restaurant und hol Eiswürfel.«

»Okay«, lacht Nina. Sie hört, wie die Tür geht.

Sie schiebt den Riegel zurück und tritt barfuß auf das glänzende Parkett.

Die modern eingerichtete, hundert Quadratmeter große Luxuswohnung befindet sich in bester Lage, ihre Fenster gehen über den Diana-Park auf die Johannes-Kirche und den großen Park Kaivopuisto.

Tom lebt in einer ganz anderen Welt als sie.

Würde die Kluft zwischen den beiden Welten womöglich ein Hindernis für ihre Beziehung bilden?

Nina greift nach dem langstieligen Glas und schüttelt ihren

Zweifel ab. Sie bleibt vor der Wand stehen, an der ein halbes Dutzend Schwarzweißfotos hängt. Eines davon zeigt Tom mit einem Jungen, der einen großen Hund unter dem Arm hält. Nina berührt den Rahmen mit der Fingerspitze. Der Junge sieht seinem Vater sehr ähnlich.

Nina schreckt auf, als ihr Handy auf dem Glastisch im Wohnzimmer piept. Nach einem schnellen Blick zur Tür nimmt sie es vom Tisch.

Eine Nachricht von Tom.

Jetzt kannst du das Geschenk auspacken.

Nina runzelt die Stirn.

Sie hat sich an Toms Anweisung gehalten und das Päckchen, das er ihr gestern in die Tasche gesteckt hat, noch nicht geöffnet.

Als sie in die Diele geht, wo ihre Jacke hängt, merkt sie, dass die Wohnungstür nur angelehnt ist.

Im Treppenhaus sind Schritte zu hören.

Nina steckt die Hand in die Jackentasche und holt das schöne kleine Päckchen heraus. In dem Moment überkommt sie das merkwürdige Gefühl, genau zu wissen, was es enthält.

107

Jessica setzt sich auf die Bank. Der Mann mit dem markanten Kinn lächelt sie freundlich an.

»Ein warmer Abend«, sagt Joonas Lamberg sarkastisch und schlägt die Beine übereinander.

»Ja«, antwortet Jessica. »Wenn man die Realitäten des Februars nicht kennen würde, könnte man sogar sagen, dass der heutige Tag frühlingshaft war.«

Joonas Lamberg lacht gut gelaunt.

»Reden wir in zwei Monaten noch mal drüber«, sagt er. Trotz der kalten Witterung trägt er keine Handschuhe. Jessica betrachtet seine rauen Fingerspitzen. Hände zu betrachten war immer schon typisch für Jessica. Sie sagen mehr über einen Mann als tausend Worte: Haben sie jahrzehntelang auf Tastaturen gelegen, oder haben ihre Finger Werkzeug oder Waffen umklammert? Jessica hat im Lauf ihres Lebens zahllose Hände und Finger gemustert. Einigen hat sie erlaubt, sich um ihre Taille zu legen, ihr durch die Haare zu fahren, ihre Wangen zu streicheln, sie zu penetrieren. Sich um ihren Hals zu winden.

Die Berührungen dieser Hände haben sie in den höchsten Höhen schweben, aber auch abstürzen lassen.

Joonas Lambergs Hände sind unkompliziert und sicher.

Sie haben zweifellos viel erlebt.

»Danke noch mal für vorgestern. Ihr habt mir das Leben gerettet, Jusuf und du«, sagt Jessica.

Lamberg räuspert sich und blickt zu den kahlen Bäumen auf.

»Nichts zu danken. Allerdings war ich wohl am falschen Ort, meine ehemaligen Kollegen waren nicht besonders erfreut, dass ich da herumgegeistert bin. Mal sehen, ob das zu einer Anklage führt …«

Jessica schüttelt den Kopf.

»Du hast der Polizei geholfen. Eine Polizistin gerettet.«

Eine Weile sprechen sie kein Wort. Irgendwo läutet eine Kirchenglocke.

»Ich hab viel über das nachgedacht, was du neulich gesagt hast. Dass man etwas Gutes zustande bringt, indem man einem Bösen etwas Böses zufügt. Zumindest nach irgendeiner Rechenart«, meint Lamberg dann.

»Sprichst du immer noch vom Känguru?«, fragt Jessica. »Hatten wir nicht abgemacht, dass unser Gespräch in deinen vier Wänden bleibt?«

Lamberg lacht auf und tut so, als würde er einen imaginären Reißverschluss vor seinem Mund zuziehen.

»Soweit ich mich erinnere, hast du gesagt, das Thema wäre auch dir nicht ganz fremd. Darf ich fragen, wie du das gemeint hast?«, erkundigt sich Lamberg vorsichtig, wobei es ihm allerdings nicht gelingt, nicht aufdringlich zu wirken.

»Nicht jetzt«, erwidert Jessica.

»Nicht jetzt? Aber später?«

»Mal sehen.«

Joonas Lamberg verschränkt seine Finger und lehnt sich entspannt zurück. Die Aussicht vom Observatoriumshügel zum hell erleuchteten Marktplatz ist an diesem wolkenlosen Abend geradezu atemberaubend.

»Der Umschlag …«, sagt Jessica.

»Ach ja.« Lamberg lacht auf und greift in seine Brusttasche. »Sind die Waisenkinder jetzt leer ausgegangen?«

Er reicht Jessica den Umschlag.

»Nein. Ich bringe das Geld heute noch zu der Hilfsorganisation.«

Lamberg zieht die Mundwinkel übertrieben nach unten.

»Du willst also nicht noch eine Weile hier sitzen bleiben?«

»Diesmal nicht.«

»Vielleicht ein andermal?«

Jessica lächelt geheimnisvoll und nimmt das Geld aus dem Umschlag. Sie wirft einen kurzen Blick auf das Bündel, zerknüllt den leeren Umschlag und steckt die Scheine in ihre Brieftasche.

»Nachgezählt?« Lamberg lacht auf.

Jessica schließt die Augen und atmet tief ein. Sie betrachtet die Lichter des Stadtteils Katajanokka, die unter dem sternenklaren Himmel funkeln.

»Was hast du jetzt vor, nachdem du arbeitslos geworden bist? Wirst du eine längere Ruhepause einlegen?«, fragt sie schließlich und steckt die Brieftasche ein.

»Das kann ich mir vorläufig nicht leisten. Leider.«

»Nicht? Ich dachte …« Jessica verstummt mitten in ihrem Satz.

»Was dachtest du?«, fragt Lamberg stirnrunzelnd.

»Weil du nur einen Hinflug gebucht hast. Klingt nicht nach einem Kurzurlaub.«

Lambergs Miene verdüstert sich schlagartig.

»Nach Málaga, stimmt's?«, fährt Jessica fort.

»Was soll das …«

»Wenn ich raten müsste, würde ich darauf wetten, dass Joonas Lamberg nicht mehr in Finnland anzutreffen sein wird. Das heißt, *wenn* du das Flugzeug besteigen würdest.«

Joonas Lamberg rückt einige Zentimeter zur Seite und dreht sich zu Jessica hin. Der Mund über dem kräftigen Kinn sucht nach Worten, doch seine Lippen sind wie zugeklebt.

»Aber ich glaube nicht, dass es dazu kommt«, sagt Jessica. »Du wirst für den Mord nämlich lange einsitzen. Vielleicht lebenslänglich.«

»Mord? Was redest du denn da …« Lamberg lacht ungläubig auf. »Du weißt genau, dass der Känguru-Fall abgeschlossen und erledigt ist …«

Jessica wirft einen Blick auf ihre Uhr und sieht den Mann dann scharf an.

»Es geht nicht mehr um das Känguru, Lamberg. Es geht darum, dass du Eliel Zetterborg ermordet hast.«

108

Die Stimmung ist blitzartig angespannt. Hinter Lambergs Augen passiert etwas, das sein Gesicht ausdruckslos versteinern lässt.

»Wir bei der Polizei haben uns die ganze Zeit gefragt, wie es möglich ist, dass bei diesem Fall eine exakte Planung und eine gewisse Spontaneität so eng ineinandergreifen«, sagt Jessica. »Und bis vor Kurzem hatte es den Anschein, dass es sich um einen unglaublichen Zufall handelt: dass zwei Menschen gleichzeitig in Zetterborgs Wohnung eingedrungen sind, aus völlig unterschiedlichen Gründen und ohne voneinander zu wissen. Das hätte das Mysterium ja erklärt. Es handelte sich sowohl um eine sorgfältig geplante Intrige als auch um einen spontanen, im Gefühlsaufruhr begangenen Totschlag. Und du als Zetterborgs Leibwächter hattest von beidem keine Ahnung.«

»Allerdings nicht, verdammt! Wie kannst du dir erlauben …«

»Aber keine der beiden Personen hat Eliel Zetterborg getötet.«

»Woraus du schließt, dass …«

»Hör mir zu. Axel Zetterborg kommt zu früh bei dem Restaurant an und beschließt, in die Wohnung seines Vaters zu gehen, die nur einen Block entfernt ist. Axel sucht einen Brief und findet ihn. Nachdem er ihn gelesen hat, ist er völlig aufgewühlt. Er empfindet den Brief als den schlimmsten Verrat, den ein Vater an seinem Sohn begehen kann. Und dann kommt wie durch Zauberei sein Vater in die Wohnung. Axel holt ein langes Messer aus der Küche, obwohl er selbst nicht weiß, warum. Er ist ganz einfach außer sich vor Wut – und Axel neigt bekanntlich zu impulsivem und unbedachtem Verhalten.

Also: Zwischen Axel und Eliel kommt es zu einem heftigen Wortgefecht, und das Herz des alten Mannes versagt. Vielleicht sieht er das Messer in Axels Hand. Eliel leidet jedenfalls schon seit langer Zeit unter Herzproblemen, die er mit Aspirin behandelt, und jetzt sackt er scheinbar leblos zu Boden. Axel gerät in Panik, lässt das Messer und den Brief fallen und flieht durch die Hintertür aus der Wohnung. Draußen will er einen Krankenwagen rufen, kommt aber schnell zu dem Schluss, dass er das nicht tun kann. Er hätte ja gar nicht in der Wohnung seines Vaters sein sollen. Und dann ist da noch das Messer, das auf dem Boden liegt. Und der Brief! Nein, Axel denkt, dass sein Vater wahrscheinlich an dem Infarkt gestorben ist, vielleicht hofft er es in diesem chaotischen Moment sogar. Statt beim Notruf ruft er zweimal bei seinem Vater an, um sich ein halbwegs brauchbares Alibi zu verschaffen und einen Grund für seinen besorgten Anruf bei dir zu haben. Die Aufregung, die du in Axels Stimme hörst, ist also ganz echt, und du eilst sofort in die Wohnung deines Chefs. In der Zwischenzeit hat Eliel sich so weit erholt, dass er selbst den Notruf wählen kann. Er ist aber zu schwach, um seine Lage erklären zu können, und verliert kurz darauf erneut das Bewusstsein. Auf der Aufnahme der Notrufzentrale ist deutlich zu hören, wie du klingelst, klopfst und schließlich in die Wohnung kommst. Du siehst Zetterborg auf dem Boden liegen, neben ihm das Küchenmesser. Vielleicht auch das Telefon in seiner Hand. Dagegen merkst du nicht sofort, dass die Notrufzentrale schon am Apparat ist. Du hast keine Ahnung, was zum Teufel in der

Wohnung passiert ist, aber die Situation wirkt chaotisch. Natürlich gehst du davon aus, dass Zetterborg einen Messerstich abbekommen hat und tot ist.

Was dir nicht entgeht, ist der geöffnete Safe in der Wohnzimmerwand. Der Safe, in dem dein steinreicher Boss alles aufbewahrt, was er nicht auf den Dividendenkonten der Banken deponieren will oder kann. Eine Reserve für schlechte Zeiten, wie man sie bei überraschend vielen Wohlhabenden findet. Du überlegst dir, dass du den Notruf alarmieren kannst, nachdem du dir ein Souvenir eingesteckt hast, und nimmst ein dickes Bündel Bargeld aus dem Safe. Als du dich umdrehst, ist Eliel zu deiner Überraschung wieder bei Bewusstsein und starrt dich an. *Kianto*, sagt er.«

Joonas Lamberg schüttelt den Kopf. Er wirkt beleidigt und gleichzeitig amüsiert.

»*Kianto* … Das ist auf der Aufzeichnung der Notrufzentrale zu hören«, fährt Jessica fort. »Wir haben lange gerätselt, was das bedeutet, aber es hat sich erst geklärt, als ich begriff, dass Eliel die Filme von Mikko Niskanen geliebt hat. *Kianto – Die eigenen Hunde beißen* aus dem Jahr 1974. Es war das einzige Wort, das der im Sterben liegende alte Mann herausbrachte. Mir war sofort klar, dass du gemeint warst, Eliels eigener Hund. Der Spitzname ist auch dir zu Ohren gekommen, was sicher einer der Gründe war, weshalb du keine besondere Sympathie für den Mann gehegt hast.«

»Quatsch«, brummt Joonas Lamberg und steht auf.

»Warte«, sagt Jessica. »Ich bin noch nicht fertig. Kehren wir zu dem Moment zurück. Du gehst, deine Beute in den Händen, zu Eliel, der um sein Leben kämpft. Dir ist klar, dass dein opportunistischer Diebstahl ans Licht kommt, wenn Eliel überlebt. Du betrachtest das Messer und überlegst, was wohl passiert ist. Wie wäre es, wenn du auch zustichst, diesmal so, dass er bestimmt stirbt? Nein – dann würde man dich womöglich als Täter verdächtigen. Verdammt. Aber: Du bemerkst das Telefon in Eliels Hand. Du siehst, dass die Notrufzentrale in der Leitung ist. Zuerst erschrickst du, aber nachdem du eine Sekunde lang nachgedacht hast, erkennst du die Chance, die sich dir bietet. Das Display zeigt, dass der Anruf schon sechs Minuten gedauert hat. Eliel ist in seiner Wohnung einem Angreifer mit einem Messer begegnet und hat den Notruf gewählt. Axel wiederum hat dich vor fünf Minuten angerufen und dich gebeten, in der Wohnung nach dem Rechten zu sehen. Auf dem Band der Notrufzentrale ist zu hören, wie du klingelst und klopfst. Du kommst herein und rufst. Und eine Minute, nachdem du deinen Boss endlich erstochen auf dem Fußboden *gefunden* hast, greifst du zum Handy und dirigierst den Krankenwagen an die richtige Adresse. Du weißt, dass irgendeine der Überwachungskameras in der Nachbarschaft der Polizei nicht nur verraten wird, dass jemand vom Tatort weggelaufen ist, sondern auch, dass du noch im Maybach gesessen hast, als der Notruf ausgelöst wurde. Mit anderen Worten, du hast ein wasserdichtes Alibi. Du kannst schlicht und einfach nicht der Messerstecher sein.«

»Verdammt noch mal, du spinnst ja«, sagt Lamberg.

»Du meldest dem Notruf eiskalt: *Man hat ihm eine Stichwaffe in die Brust gejagt.* Obwohl das Messer Zetterborg zu dem Zeitpunkt noch gar nicht berührt hat. Das wiederum erklärt, wieso Zetterborg so lange überleben konnte, nachdem das Messer angeblich sein Herz durchbohrt hatte. Er hat es nämlich nicht überlebt. Tatsächlich ist er praktisch sofort an den Verletzungen gestorben. Nur wurden ihm diese Verletzungen erst sechs Minuten später zugefügt, als wir ursprünglich angenommen haben. Ich kann mir vorstellen, wie entsetzt Zetterborg gewesen sein muss, als er deine Worte hörte und begriff, was du vorhast. Auf der Aufnahme des Notrufs könnte man theoretisch hören, wie die Klinge sich ins Herz bohrt, während du dem Opfer deine große Pranke vor den Mund hältst, um das Todesröcheln zu dämpfen. Natürlich wird ein Teil der Geräusche durch die Klaviermusik im Hintergrund übertönt.«

»Haltlose Vermutungen«, sagt Lamberg.

»Da kehrt Axel in die Wohnung zurück. Auf den Aufnahmen der Überwachungskameras der Botschaft sieht man, wie er zum Eingang A läuft und die Haustür aufschließt. Axel ist erschüttert, aber du erlaubst ihm nicht, in der Wohnung irgendetwas durcheinanderzubringen. In Wahrheit ist Axel zurückgekommen, um den Brief zu suchen, den er in seiner Panik neben seinem Vater zurückgelassen hat.«

Joonas Lamberg schließt die Augen und atmet tief durch die Nase ein.

»Auf dem Fußboden liegt jedoch kein Brief, denn du hast ihn eingesteckt. Ich bin mir nicht sicher, wann du ihn gelesen hast, aber nach der Lektüre ist dir klar, dass er den Verdacht auf Axel lenkt.«

»Hör mal, wenn das wahr wäre und ich den Brief tatsächlich gefunden hätte, warum hätte ich ihn nicht sofort der Polizei übergeben und dafür gesorgt, dass Axel im Knast landet?«

»Die Frage kann man nur beantworten, wenn man weiß, wie du tickst. Der Brief war wieder eine neue Chance. Du hast ihn für spätere Verwendung eingesteckt. Er war dein Rettungsring für den Fall, dass man dich trotz allem verdächtigten würde. Andererseits wusste Axel vielleicht, dass du den Brief hast. Womöglich könntest du auch Axel noch Geld abknöpfen, bevor du dich nach Málaga absetzt. Aber zuerst musstest du Erik Raulo erledigen, denn wieso hätte Axel Zetterborg den einzigen Menschen, der von dem Brief wusste, am Leben gelassen?«

»Ich hätte einfach sagen können, ich hätte Axel weglaufen sehen, als ich im Auto saß …«

»Du weißt genau, dass das nicht stimmt. Die Kameras, von denen du glaubtest, sie würden deine Unschuld beweisen, haben dasselbe gesehen wie du von deinem Wagen aus. Wer auch immer der Mörder war, er muss durch die Hintertür und durch die Toreinfahrt auf die Straße gelaufen sein. Du hättest Axel auf keinen Fall sehen können.«

»Ist das alles?«, fragt Lamberg höhnisch lächelnd. »Hast du nichts Besseres zu bieten?«

»Opportunistische Kleptomanie«, sagt Jessica. »Das ist eine ziemlich seltene Störung der Impulskontrolle, aber bei dir liegt sie eindeutig vor. Mein Verdacht wurde geweckt, als du erzählt hast, dass das Lösegeld, das Känguru bekommen hatte, nie gefunden wurde. Und der Einzige, der wusste, wo es sich befand, bekam zufällig eine Kugel in den Kopf. Känguru war nicht pädophil, ich habe bei der Sittenpolizei nachgefragt, es gibt keinerlei Hinweise. Für meine Annahme spricht auch, dass Erik Raulos Mörder sich einfach gezwungen sah, unmittelbar nach der Tat etwas aus dem Haus des Opfers mitzunehmen. Buchstäblich egal was. Die Beute war ein kleiner Porzellanelefant, aus dessen Fehlen die Polizei keine Schlüsse ziehen konnte, wenn sie es überhaupt bemerkte. Als schlauer Mann hast du das Ding vielleicht versteckt oder schon weggeworfen, aber es würde mich nicht wundern, wenn man es bei der Durchsuchung in deiner Wohnung findet.«

»Du spinnst.«

»Ich wollte allerdings eine Bestätigung für diese Hypothese, deshalb habe ich in deiner Wohnung einen Umschlag mit elf Zweihundert-Euro-Scheinen hinterlassen. Und wie ich vermutet hatte, hast du mir nur zehn zurückgegeben. Wieso hast du das gewagt? Weil ich im Auto erwähnt hatte, dass der Umschlag zweitausend Euro enthält. Und wenn du bereit bist, für einen niedrigen Betrag so ein Risiko einzugehen, lässt sich leicht erraten, dass ein Menschenleben nicht allzu viel wiegt, wenn es um große Summen geht.«

Joonas Lamberg blickt sich wieder um. Der Park ist keineswegs menschenleer: Hier und da führen Leute ihren Hund aus oder gehen mit ihren Kindern spazieren. Gerade deshalb hat Jessica einen öffentlichen Ort für das Treffen gewählt.

»Soll ich weitermachen?«, fragt sie.

»Aber gern«, sagt Lamberg und bemüht sich, belustigt zu wirken.

»Eliel Zetterborg hat seine Briefe immer mit rotem Lack versiegelt. Aber der Brief, den du mir gegeben hast, steckte in einem weißen Umschlag. Du hast behauptet, Eliel hätte die Umschläge nie adressiert, was natürlich nicht stimmt. Und als du keinen ungefährlichen Weg gefunden hast, Axel zu erpressen, hast du beschlossen, dich mit dem Geld zu begnügen, das du Eliel gestohlen hattest, und mir den Umschlag zu geben.«

»Hör mal, Jessica Niemi«, sagt Lamberg und beugt sich näher zu Jessica hin.

Der Puls hämmert in ihren Ohren, doch sie bemüht sich, ruhig und gelassen zu wirken.

»Wenn ich Zetas Geld aus dem Safe geklaut hätte, wie zum Teufel hätte ich es denn aus der Wohnung bringen sollen? Etwa in der Hosentasche?«

»Dazu kommen wir jetzt. Mein Kollege hat die ganze Zeit überlegt, warum in der Diele ein Stapel Bücher auf dem Boden lag. Die Putzfrau hat sich doch nicht falsch erinnert, die Bücher lagen tatsächlich in einer gelben Plastiktüte, um in die Bibliothek zurückgebracht zu werden. Also: Als du deinem Boss das Messer aus der Brust gezogen hast und siehst, dass er stirbt, denkst du sofort darüber nach, wie du das Geld an der Polizei vorbeischmuggeln kannst. Du erinnerst dich an die Tüte in der Diele, holst sie und stopfst das Geld hinein. Aus einer plötzlichen Eingebung heraus schnappst du dir noch die Waffe aus dem Safe, bevor du ihn schließt. Aber was dann? Du kannst nicht mit der Tüte ins Treppenhaus gehen. Irgendein Nachbar könnte dich sehen, und dann ist da noch die Kamera der Botschaft. Und die Polizei würde eventuell den Maybach durchsuchen, vielleicht würde er sofort beschlagnahmt. Wenn du die Tüte aus dem Fenster auf die Vuorimiehenkatu wirfst, könnte irgendwer – ein Polizist oder ein Außenstehender – sie finden, bevor du Gelegenheit hast zurückzukommen und sie zu suchen. Na, du bist natürlich zig Mal in Zetterborgs Wohnung gewesen, hast in der Küche Kaffee gekocht und Zeitung gelesen. Bestimmt ist dein Blick irgendwann auf die Klappe über der Spüle gefallen: der Müllschacht, der nicht mehr benutzt wird. Er hat dir die Möglichkeit geboten, auf die Ankunft der Polizei zu warten und mit den Beamten zum Auto zu gehen, ohne dass irgendwer dich auch nur theoretisch des Diebstahls verdächtigen konnte. Du bist aufs Präsidium gekommen, um deine Aussage zu machen, und durftest anschließend gehen. Am nächsten Morgen bist du nach Ullanlinna gejoggt, wo Jusuf und ich dich zufällig getroffen haben. Kurz davor warst du im Keller, in den man von der anderen Hausseite aus kommt. Du hast den gestressten Mann gespielt, den es bedrückt, dass er seine Aufgabe nicht gut genug erledigt hat. In Wahrheit war dein Rucksack mit etwas gefüllt, das zu dem Zeitpunkt niemand vermisst hat und vielleicht auch später nicht vermissen würde, weil Eliel Zetterborg der Einzige war, der den Code für den Safe kannte. Und selbst wenn es jemand vermisst hätte, wäre man nie auf die Idee gekommen, es am Ende des Müllschachts im Keller zu suchen.«

Joonas Lamberg schließt kurz die Augen.

»Ich habe bisher nur Arschlöcher umgelegt. Känguru war ein Arschloch – okay, vielleicht nicht pädophil, aber ein Kidnapper auf jeden Fall. Zetterborg, ein verdammtes Arschloch. Raulo ebenfalls. Dich mag ich, aber ich könnte vielleicht eine Ausnahme machen. Dir das Leben nehmen – auch wenn ich gerade erst geholfen habe, es zu retten.«

»Hier? Vor allen Leuten?«

»Du weißt, dass ich dir das Genick brechen könnte, ohne dass jemand es merkt«, sagt Lamberg gelassen. »Ich brauche keine Waffe, um zu töten.«

»Richtig. Krav maga. Ein Beweis für deine berufliche Qualifikation, so hast du dich doch ausgedrückt, oder?«, antwortet Jessica ruhig, obwohl der Instinkt ihr befiehlt, die Beine in die Hand zu nehmen. Sie hat sich aus freien Stücken wieder einmal in Lebensgefahr begeben – allerdings trägt sie am Gürtel unter ihrer Jacke eine schussbereite Pistole, und die Kollegen in Zivilkleidung sind in Sekundenschnelle bei ihr, wenn es sich als nötig erweist.

»Oder ich kann dich laufen lassen, und wir vergessen dieses Gespräch. Ein Wort gegen das andere, nicht?«, sagt Lamberg und lacht auf. »Wir wissen ja beide, dass deine Aluhut-Theorie vor Gericht nicht durchgeht. Vergiss nicht, dass ich an der Polizeischule die gleichen Kurse absolviert habe wie du.«

Jessica sieht Lamberg eine Weile an. Sein Blick ist überhaupt nicht mehr traurig. Im Gegenteil, aus ihm lodert blanke Wut.

»Okay, vielleicht geht sie nicht durch. Aber es gibt etwas, was du noch nicht weißt. Deine Wohnung wird im Moment von einem halben Dutzend Polizisten durchkämmt, und ich wette, dass sie etwas finden – vielleicht nicht den Porzellanelefanten, aber mindestens den Inhalt der gelben Plastiktüte«, erwidert Jessica.

Joonas Lamberg ballt die Fäuste.

Dann steht er auf und geht zügig den vereisten Sandweg hinunter. Jessica zieht ihre Waffe und zielt auf seinen Rücken. Die rechte Hand, in der sie die Waffe hält, fühlt sich unbeholfen an. Der Finger am Abzug ist steif.

»Joonas Lamberg, ich verhafte dich wegen zweifachen Mordes.«

Lamberg dreht sich um, sein Gesicht ist rot vor Wut.

»Verdammte Hure«, zischt er. Statt sich zu ergeben, geht er auf Jessica zu.

»Ich schieße«, sagt sie kalt. Als sie den Finger krümmt, zieht sich der Schmerz bis zum Handgelenk. Ihr ganzer Körper brennt.

»Schieß doch, verdammt. Scheiße, ich dreh dir …«

Jessicas Herz setzt einen Schlag aus, der Mann kommt bis auf zwei Meter heran, bevor der Schuss fällt. Dann ein zweiter.

Die Leute im Park kreischen auf und laufen davon.

Zwei Polizisten in Zivil nähern sich mit gezückten Waffen.

Jessica schnappt nach Luft.

Lamberg fällt vor ihr auf die Knie.

Es ist vorbei.

109

Nina setzt sich auf und lauscht auf das Schnarchen des Mannes neben ihr. Sie hat schon vor langer Zeit die Theorie entwickelt, dass es kein perfektes Leben gibt. Es gibt nur an Vollkommenheit grenzende Momente, zwischen denen bisweilen ausgedehnte Flauten liegen. Dieser Abend war wirklich perfekt, es wäre schön, wenn er nie enden würde. Nina und Tom leben tatsächlich in zwei ganz verschiedenen Welten. Doch das erscheint ihr plötzlich nicht als Bedrohung, sondern als Chance. An ihrem Finger hängt ein Halsschmuck. Auch er ist perfekt.

110

Das Sprudeln im Wasserkocher wird immer lauter, bis es nach einem leisen Klicken verstummt.

»Wie bist du darauf gekommen?«, fragt Jusuf und setzt sich an den Tisch.

Jessica hat das Licht in ihrer riesigen Küche gerade gedimmt.

»Ich hab da am Tisch gesessen, im Halbdunkel. Da sind die Gedanken immer am klarsten«, antwortet sie. Sie gießt das heiße Wasser in zwei Tassen, reicht Jusuf die eine und setzt sich neben ihn.

Im Wandfernseher laufen stumm die Nachrichten über die neueste Wende in dem Mordfall. Auf dem Bildschirm erscheint ein Foto von Joonas Lamberg.

»Eigentlich fing es an, als mir klar wurde, dass Axel es nicht getan haben kann.«

»Woran hast du das gemerkt?«

»Anfangs war es eher so ein Gefühl als sicheres Wissen. Ich hab mir die Videoaufnahmen von seinem Verhör angesehen. Er hat von einem Herzinfarkt gesprochen und seine Hand hierhin gelegt.« Jessica legt die Hand auf ihre linke Brust. »Nach links. Zu weit nach links. Und ein bisschen zu hoch. In Wahrheit sitzt das Herz in der Mitte der Brust, eine Spur nach links geneigt. Daher kommt der Mythos, das Herz säße unter der linken Brust, und die meisten Menschen scheinen daran zu glauben.«

Jusuf pfeift beeindruckt.

»Zetterborg war mitten ins Herz gestochen worden. Und Erik Raulo hat der Schuss mitten ins Herz getroffen. Wie beim Känguru 2009. Der Täter wusste, wo sich das Herz des Menschen befindet und wie man jemanden möglichst effektiv tötet. Axel Zetterborg ist ein Arschloch, aber kein Killer.«

»Du bist echt stark.«

Jessica fährt sich durch die Haare und bindet sie mit einem Haarband zusammen.

»Jusuf, du hast mich vor dem sicheren Tod gerettet. *Du* bist echt stark!«

»Lamberg hat mir geholfen.«

»Hätte ich ihm dafür dankbar sein müssen?«, fragt Jessica. Jusuf schüttelt den Kopf.

Jessica weiß, dass diese Frage ihr nie Ruhe lassen wird. Joonas Lamberg wird in ihre Träume zurückkehren, genau wie alle anderen, mit denen sie dem Tod ins Auge gesehen hat.

»Und die Sache mit dem Geldschein? Wie bist du auf die Idee gekommen?«

»Meiner Meinung nach war irgendetwas an dem Känguru-Fall seltsam. Dass man das Geld nie gefunden hat. Und dass Lamberg nicht beim Einsatztrupp bleiben durfte. In so einer Clique fällt man nur in Ungnade, wenn man unehrlich ist und Alleingänge macht. Deshalb habe ich es mit dem guten alten Poirot-Trick probiert, der Opportunismus und Unehrlichkeit enthüllt. Dass Lamberg den Schein geklaut hat, nur weil er die Gelegenheit dazu hatte, hat meinen Verdacht bestätigt.«

»Der gute alte Poirot-Trick? Hast du den bei mir auch angewendet?«

»Vielleicht würdest du dich daran erinnern, wenn ich es getan hätte. Vielleicht auch nicht.«

Jusuf lächelt und dehnt seine Arme.

»Hör mal, Jusuf. Ich muss dich noch um einen Gefallen bitten«, sagt Jessica und beugt sich zu Jusuf vor.

»Schieß los.«

»Und du tust es oder nicht. Aber ich bin wirklich beleidigt, wenn du dich weigerst.«

»Nun sag schon, worum es geht.«

»Wenn du zur Arbeit gehst und Hellu fragt, wieso der Verdacht schließlich auf Joonas Lamberg gefallen ist, dann möchte ich, dass du dir diese Feder an den Hut steckst. Du hast als Hauptermittler so wahnsinnig gute Arbeit geleistet, dass es falsch wäre, wenn du nicht …«

»Aber Jessica … Ich kann doch um Himmels willen nicht …«

»Wie gesagt, du entscheidest. Aber ich bitte dich darum.«

»Verdammt noch mal. Natürlich gebührt dir die Ehre dafür, dass du den Fall gelöst hast. Wir hatten ja bis heute keine Ahnung, wer …«

»Jusuf«, sagt Jessica leise und legt einen Finger auf seinen Mund. »*Shut the fuck up*.«

Jusuf sieht ihr direkt in die Augen, und Jessica spürt seine Lippen an ihrem Finger, seinen warmen Atem, der bis zu ihrer Handfläche dringt.

Langsam lässt sie den Finger sinken, doch Jusuf löst den Blick nicht von ihren Augen. Sie haben sich zueinander gebeugt und sitzen so nah beieinander, dass Jessica die Poren um seine Nase und die dünnen Adern in seinen Augen sieht.

»Okay«, sagt Jusuf schließlich. »Wenn du es so willst.«

Jessica bricht den Zauber dieses Moments, indem sie hüstelt und aufsteht. Sie geht an die Spüle und schrubbt ihre Tasse mit der Bürste, als müsste sie unbedingt etwas tun, um sich abzulenken.

Sie trocknet die Tasse ab, stellt sie in den Schrank und dreht sich dann zu Jusuf um, der gerade aufgestanden ist.

»Wir könnten ja irgendwie feiern … Uns einen albernen Film angucken oder so«, schlägt sie vor, doch Jusuf sieht sie bedauernd an.

»Ich hab heute Abend schon was vor.«

»Ach so? Okay.«

»Ja.«

»Eine Verabredung?«

»Sowas Ähnliches.«

»Mit der Kriminaltechnikerin?«, fragt Jessica. Es fällt ihr schwer, ein verschmitztes Lächeln aufzusetzen.

»Ja, und … Eine lange Geschichte. Ich erzähle es dir irgendwann.«

Bald darauf fällt die Tür zu, und Jessica steht allein in dem großen Flur.

Sie lauscht auf die Geräusche im Treppenhaus: das metallische Klirren des Aufzuggitters und das Surren der Drahtseile. Bald wird Jusuf die Haustür öffnen und in seinem Golf losfahren, zu seinem Date mit der niedlichen Tanja.

Schön für Jusuf.

Aber irgendetwas fühlt sich falsch an.

Noch könnte Jessica die Tür aufmachen und nach Jusuf rufen. Oder das Handy nehmen und …

Um was zu sagen?

Sie weiß ja nicht einmal, was sie sagen soll. Oder was sie möchte. Oder ob es überhaupt etwas zu sagen gibt.

Jusuf ist der Einzige, der die Wahrheit über sie kennt: über die Wohnung, das Geld.

Jusuf kennt Jessica, und sie glaubt ihn zu kennen.

Und jetzt ist er unterwegs, um sich mit Tanja zu treffen, die er wohl noch gar nicht kennt.

So muss es wohl sein: Ein Neuanfang hat etwas Schönes. Er bringt eine Spannung und eine Illusion des Perfekten mit sich, die Jusuf nie erleben würde, wenn sie beide irgendwann …

Nein.

Denk nicht mal daran.

Die riesige Wohnung dröhnt vor Leere, wie immer. Aber aus irgendeinem Grund hat Jusufs Aufbruch heute etwas Endgültiges an sich. Jessica weiß in ihrem Innern, dass die vergangenen Tage mit all ihren Schrecken etwas Unwiderrufliches in Bewegung gesetzt haben.

Sie kneift die Augen zu.

Alles geschieht von selbst.

Sie braucht nur zu warten, dann kommt ihre Mutter zurück. Legt ihr die Hand auf die Schulter. Tröstet sie.

Jessica möchte wieder ein kleines Mädchen sein. Bei ihrer Mutter auf dem Schoß sitzen. Von ihrem Vater zugedeckt werden. Das Mädchen, zu dem Toffe bewundernd aufblickt.

Mama?

Jessica wartet, hofft, spürt aber keine Hand auf der Schulter.

Bitte, Mama.

Nichts geschieht. Nirgendwo raschelt ein Rocksaum.

Eine Träne kullert über Jessicas Wange und findet auf der Haut noch eine unberührte Strecke, auf der sie über das Kinn bis zum Hals läuft.

Es braucht Dunkelheit.

Jessica löscht das Licht, geht ans Fenster und zieht den Vorhang zu. Dann ans zweite und ans dritte Fenster, bis das große Wohnzimmer fast stockfinster ist.

Alles geschieht von selbst. So war es immer.

Mama!, stammelt Jessica jetzt unter Tränen.

Sie würde alles dafür geben, das unförmig zerquetschte Gesicht ihrer Mutter zu sehen, die zersplitterten Wangenknochen und die unnatürlich verdrehten Gliedmaßen.

Die eckigen Bewegungen ihrer Mutter, die etwas Entsetzliches ausstrahlen.

Mama!

Mama! Mama!

Jessica merkt, dass sie aus vollem Hals schreit, doch statt ihrer Mutter stellt sich der Schmerz ein. Der vom Nacken bis in die Finger und Zehen ausstrahlende Nervenschmerz wirft sie zu Boden.

Sie ist an den Schmerz gewöhnt, er hat sie seit ihrer Kindheit begleitet.

Aber sie hat noch nie von der absoluten Einsamkeit gekostet, die ihr Bewusstsein an diesem Februarnachmittag überfallen hat.

Die Toten haben sie verlassen.

Und warum soll sie leben, wenn selbst die Toten sich in ihrer Gesellschaft nicht mehr wohlfühlen.

111

Rasmus Susikoski reibt sich wie verrückt Feuchtigkeitscreme auf die Handflächen und verteilt sie dann auf seiner Kopfhaut. Die nach Teer riechende Creme hat einiges gekostet, doch die Apothekerin hat gesagt, sie würde die Entzündung lindern und die Schuppen vertreiben. Rasmus hat schon mehrere Schichten aufgetragen, aber seine Kopfhaut sieht immer noch so schrecklich aus wie zuvor.

Aller guten Dinge sind vier.

Rasmus stößt einen bebenden Seufzer aus und betrachtet sein Bild auf dem Monitor seines Computers. In seinem Zimmer gibt es keinen Spiegel, daher muss die in den Monitor integrierte Webcam diese Rolle übernehmen.

Du siehst gut aus.

So unerfahren Rasmus auch ist, er hat immer die Ohren offen gehalten und weiß, dass Unsicherheit nicht sexy ist. Aber genau das ist er. Nicht sexy, sondern verdammt unsicher. Warum in aller Welt will sich irgendwer mit ihm verabreden? Handelt es sich um einen boshaften Scherz? Damit hat er reichlich Erfahrung, auch wenn es ihm in den letzten Jahren gelungen ist, den schlimmsten Demütigungen aus dem Weg zu gehen.

Jusuf hat ihm allerdings versichert, dass Tanjas Freundin sich für ihn interessiert. Rasmus hat drei Mal nachgefragt, ob diese Freundin wirklich sein Foto gesehen hat, und Jusuf hat jedes Mal mit Ja geantwortet. Rasmus vertraut Jusuf, er weiß, dass sein Kollege ihn nicht in eine peinliche Lage bringen würde, jedenfalls nicht absichtlich.

Rasmus wischt die überschüssige Creme mit einem schmutzigen T-Shirt ab und merkt, dass seine Hände zittern.

Er hat dreimal das Hemd gewechselt und ist schließlich zu seiner ursprünglichen Wahl zurückgekehrt: ein akkurat gebügeltes weißes Oberhemd und ein hellblauer Pullover, auf dem die Schuppen nicht zu sehen sind. Oder doch, sie sind zu sehen, aber nicht so deutlich.

Hauptsache, du fühlst dich gut. Das hat Jusuf zu ihm gesagt.

Wir machen uns einen netten Abend. Kein Stress.

Für Jusuf mit seinem perfekten Lächeln, seinen Sixpacks und seinem Engelsgesicht ist es leicht, sich nicht zu stressen.

Rasmus wirft einen Blick auf seine Armbanduhr. Noch eine halbe Stunde.

Bis zur Haltestelle hat er drei Minuten zu gehen, dort muss er vielleicht zwei Minuten warten, und dann bringt ihn der Bus in dreizehn Minuten nach Kaisaniemi. Von dort sind es fünf Minuten zu Fuß bis zum Restaurant.

Ihm bleibt noch Zeit, das Hemd zu wechseln.

Sollte er Jusuf noch nach seiner Meinung fragen?

»Rasse.«

Rasse schreckt auf, als er seinen Vater in der Tür stehen sieht. Normalerweise hätte er das Klopfen gehört, aber jetzt ist er offenbar zu aufgeregt. Oder sein Vater hat gar nicht geklopft.

»Wir fahren in einer Viertelstunde los«, sagt der Vater, und Rasmus' Herz setzt einen Schlag aus.

»In einer Viertelstunde ... Wohin?«

Sein Vater seufzt, als wäre allein die Frage schon ein ungeheuerlicher Verrat.

»Zu Omas Geburtstag.«

»Ist der nicht morgen?«

»Nein, heute. Du hast dich ja schon umgezogen.«

»Nicht deshalb. Sondern weil … Weil ich was anderes vorhabe.«

»Du?«, fragt der Vater, und die Art, wie er das Wort ausspricht, tut weh. »Was denn wohl?«

Rasmus weiß, dass er behaupten könnte, er müsse zur Arbeit. Heute hat er ja zum ersten Mal seit mehreren Tagen den Abend frei. Aber er ist einfach nicht darauf programmiert, die eigenen Eltern zu belügen.

»Ich treffe mich mit Freunden.«

»Hör mal«, sagt sein Vater, schließt die Tür hinter sich und geht auf Rasmus zu. »Oma wird 90 und freut sich darauf, dich zu sehen. Welcher *Freund* ist auf einmal so wichtig? Es ist vielleicht Omas letzter Geburtstag. Der letzte runde auf jeden Fall.«

»Aber …«

»Also wirst du dein Treffen verschieben. Außerdem musst du fahren, weil deine Mutter und ich ein bisschen Rotwein getrunken haben.«

Rasmus platzt fast vor Wut.

Sein Vater legt ihm eine Hand auf die Schulter, wie er es in den letzten 34 Jahren immer getan hat.

Rasmus spürt das brennende Verlangen, sich aus dem liebevollen Griff seines Vaters zu lösen. Ihn zum Teufel zu wünschen.

Zu sticheln, dass die alte Mumie, die als junges Mädchen russische Bomber am Himmel beleuchtet hat, nicht einmal begreift, wer sie im Pflegeheim besucht und in der Hoffnung auf ein kleines Erbe um sie herumscharwenzelt. Er brennt darauf, seine liebsten Spiele und Sammlerschätze einzupacken, sich endlich eine eigene Wohnung zu suchen und sein eigenes Leben zu führen. Wie jeder normale 34-Jährige …

»Wir sehen uns also gleich unten. Und zieh bitte den

schwarzen Pullover an, der da sieht ein bisschen schäbig aus«, sagt sein Vater und verlässt das Zimmer.

Rasmus starrt sein Bild auf dem Monitor an. Das Gesicht über dem hellblauen schäbigen Pullover. Die dicke Brille. Die Mönchsfrisur und die kahle Stelle, deren Rötung die teure Creme noch verschlimmert hat.

Vielleicht ist es besser so.

Vielleicht haben Vater und Mutter ihn gerade vor einer sicheren Demütigung gerettet.

Er schluckt, um den Kloß in seinem Hals loszuwerden.

Nicht weinen, Rasse. Diese Genugtuung darfst du der Welt nicht geben.

112

Helena Lappi lockert die Finger ihrer linken Hand, die sich in dem engen Handschuh steif anfühlen. *Der Handschuh muss fest sitzen*, hat der verdammte Pro behauptet. Hellu korrigiert die Position ihrer Finger am Griff des Schlägers, ihre Füße machen winzige Schritte, während ihr Körper nach der perfekten Haltung sucht.

Der Driverkopf hebt sich langsam nach hinten und verharrt einen Moment, bevor Hellu den Schläger gegen den Ball und weiter nach oben schwingt. Man hört ein leises Dröhnen, als der Ball von dem Wall aus Netz und Plane gestoppt wird, und Hellu wirft einen Blick auf den Monitor. *101,2 Meter mit Eisen Sieben. Mehr Kraft auf den Schaft des Schlägers. Zum Teufel.* Sie wird verflucht viel üben müssen, bevor sie es wagen kann, mit Hanna nach Portugal zu reisen und die tollsten Golfplätze der Welt zu besuchen. Sie will nicht, dass ihre Frau sich für sie schämen muss.

Hellu sieht den Schatten eines Menschen auf den Abschlag fallen.

»Mach eine breitere Grätsche«, sagt Jusuf.

Hellu hat offenbar während des ganzen Schlags den Atem angehalten, denn jetzt dringt die Luft in einem einzigen langen Stoß aus ihrer Lunge.

»Kann ich es wagen, auf deine Ratschläge zu hören?«, fragt sie, während sie den Driver in ihr Bag steckt.

»Ich hab meine Kindheit auf dem Golfplatz in Nevas verbracht«, antwortet Jusuf ernst und öffnet den Reißverschluss seiner Jacke.

»Ach so. Ich wusste gar nicht, dass du Golf spielst.«

»Meine Kindheit liegt schon eine Weile zurück.«

»Bist du auch hier, um ein paar Schläge zu machen?« Hellu trinkt einen Schluck aus ihrer Wasserflasche.

Jusuf schüttelt den Kopf.

An seiner Körpersprache erkennt Hellu, dass er gekommen ist, um etwas zu beichten.

»Es war Jessica«, sagt er und setzt sich auf die Bank hinter dem Abschlag. »Jessica hat erkannt, dass Lamberg der Täter ist.«

Hellu lässt das Mineralwasser im Mund kreisen, bevor sie es herunterschluckt. Dann lächelt sie geheimnisvoll.

»Das habe ich mir gedacht«, sagt sie und setzt sich neben Jusuf. »Damit meine ich nicht, dass du die Lösung nicht auch hättest finden können, aber … Na, irgendwie war Jessicas Handschrift zu spüren. Und ich weiß es zu schätzen, dass du mir die Wahrheit gesagt hast. Du wirst keinen Schaden davon haben, das verspreche ich dir.«

»Ich kann doch nicht die Ehre für etwas beanspruchen, das …«

Hellu unterbricht Jusuf mit einer Handbewegung.

»Jusuf, jetzt kenne ich die Wahrheit. Aber behalten wir die Sache für uns. Jessica braucht nicht zu wissen, dass ich es weiß.«

»Okay«, sagt Jusuf. Hellu sieht ihm an, dass er sich mies fühlt. Ganz offensichtlich möchte er nicht hinter Jessicas Rücken handeln – obwohl er ihr durch sein Geständnis Extrapunkte bei ihrer Chefin verschafft hat. Wahrscheinlich hat er Jessica versprochen, nicht darüber zu sprechen, hat also gerade ihr Vertrauen missbraucht. Dass Jessica von ihrem Kollegen verlangt hat, sich den Erfolg auf sein Konto zu schreiben, sagt auch unglaublich viel über sie aus. Hellu hat das Gefühl, die kühle Kriminalhauptmeisterin von Tag zu Tag mehr zu schätzen.

»Die Salo und Zetterborg junior wurden bis zum Prozess auf freien Fuß gesetzt«, sagt sie, um das Gesprächsthema zu wechseln.

»Das hatte ich mir gedacht. Die Anklagepunkte sind letzten Endes nicht besonders schwerwiegend.«

»Genau. Irgendwie wünsche ich mir, dass man die beiden noch für etwas anderes belangen könnte.«

»Du sagst es.« Jusuf wirft einen Blick auf seine Uhr. »Die Welt ist ungerecht.«

Hellu steckt die leere Flasche ein und mustert Jusuf. Irgendetwas an seinem Verhalten deutet darauf hin, dass er noch weitere Überraschungen für sie hat.

»Was hast du?«

»Apropos Ungerechtigkeit. Es gibt noch eine zweite Sache«, antwortet Jusuf kaum hörbar.

»Nämlich?«

»Die Klinik hat vor einer Viertelstunde mitgeteilt, dass Hjalmar Ek tot ist.«

Hellus Herz setzt einen Schlag aus.

»Was? Wie …«

»Er hat sich auf dem Klo die Pulsadern aufgeschnitten. Womit, weiß ich nicht. Er hat eine handschriftliche Nachricht hinterlassen, in der steht: *Schlimmer, als ewigen Groll mit sich zu tragen, ist es, mit einem Mord auf dem Gewissen zu leben.*«

Hellu schließt die Augen und hört eine Weile nur das Rauschen der Lüftungsanlage und die Golfschläge eines älteren Mannes in einiger Entfernung.

»In der Klinik sollten sie doch auf ihn aufpassen …«

»Ja, aber wenn jemand fest entschlossen ist, seinem Leben ein Ende zu setzen, schafft er es irgendwann.«

»Aber was ist mit der Nachricht? Hjalmar hat ja niemanden umgebracht …«, sagt Hellu und verstummt kurz. »Oder doch?«

Jusuf zuckt die Achseln.

»Ich verstehe es auch nicht. Wenn Hjalmar tatsächlich irgendwann jemanden getötet hat, wird die Identität des Opfers wohl ein ewiges Rätsel bleiben. Jedenfalls hat es bei den Befragungen keinerlei Hinweise gegeben.«

Hellu öffnet ihre Faust. Der alte Gummigriff des Drivers hat das weiße Leder des Golfhandschuhs unten am Daumen schwarz gefärbt.

Jusuf blickt wieder auf die Uhr.

»Hast du heute Abend was vor?«, fragt Hellu.

»Ja«, lächelt Jusuf. »Wir gehen … das heißt, ich gehe essen … *Whatever*. Wir sehen uns morgen früh bei der Pressekonferenz.«

»Danke, Jusuf.«

Jusuf steht auf und verschwindet ohne ein weiteres Wort durch die Tür der Golfhalle.

Hellu richtet den Blick auf die Plane: Sie ist mit einem schönen Spielfeld bemalt, dessen Wasserhindernisse leuchtend blau schimmern und dessen Sand goldfarben ist wie der Strand einer Paradiesinsel. Von dem verschiedene Blautöne spiegelnden Himmel scheint ein weißer Feuerball, der die Landschaft zu einer einzigen, die Seele streichelnden Gesamtheit verbindet. Hellu legt ihre Finger an die Stirn, um die hässlichen weißen Betonwände und die aufdringlichen Halogenlampen aus ihrem Blickfeld auszugrenzen. Einen Augenblick lang stellt sie sich vor, auf einem der zahllosen Golfplätze der Algarve zu sitzen, auf denen Hanna und sie im Sommer spielen werden. Sonne, Verwöhnung, Golf und stresslose Liebe.

Die Reise hat viel Geld gekostet. Hellu wird sich in den Flieger setzen, selbst wenn sie den Kopf unter dem Arm trägt.

Hellu schließt die Augen und gibt sich der Hoffnung hin, dass sie ihren Beruf und die Düsterkeit, die er mit sich bringt, wenigstens für die Dauer des zweiwöchigen Urlaubs vergessen kann. Das ist alles, was sie sich vom Leben erhofft.

Aber gerade jetzt, als sie die Augen schließt, sieht sie den Mann vor sich, der in der Kliniktoilette leblos auf dem Boden liegt und dem trotz seiner privilegierten Herkunft Erfolg und Liebe versagt geblieben sind.

Schlimmer, als ewigen Groll mit sich zu tragen, ist es, mit einem Mord auf dem Gewissen zu leben.

Die Reise. Viel Geld.

Alles Schöne hat seinen Preis, und natürlich hätte man gern mehr Geld. Aber für Geld zu töten ist etwas, was Hellu nie verstehen wird.

Sie denkt an das Geld, das Lamberg aus der Wohnung seines Chefs mitgenommen hat. Zweihunderttausend Euro in Fünfhundertern. Vierhundert Banknoten in einer gelben Einkaufstüte.

Das Motiv für schreckliche Taten scheint oft Geld zu sein.

Geld. Heißes Geld. Bargeld.

Aber warum hatte Hjalmar Ek so viel Bargeld abgehoben?

Die Welt ist ungerecht.

Nein, zum Teufel!

Die Erkenntnis trifft sie wie ein Schlag.

Es ist ein Gedanke, der zu keiner Zeit irgendwem in ihrem Team auch nur ansatzweise durch den Kopf gegangen ist.

Hellu stürmt zu ihrem Golfbag und tastet in der Seitentasche nach ihrem Handy.

Schnell jetzt!

Jusuf hat bestimmt Axel Zetterborgs Nummer gespeichert. Hoffentlich ist es nicht zu spät.

113

Axel Zetterborg steigt aus seinem Wagen und zieht den Reißverschluss seiner Jacke hoch. Er sieht die Frau, die rauchend auf der Sandbank steht und aufs Meer blickt. Ihre blonden Haare wehen im heftigen Wind. Sie ist immer noch verdammt schön.

»Hallo«, sagt er und schlägt die Autotür zu.

»Hallo.«

Axel geht zehn Meter auf die Frau zu und bleibt, die Hände in den Taschen, in sicherem Abstand stehen. Eine Weile mustern sie sich nur intensiv und abschätzend. Für einen außenstehenden Beobachter wäre es wohl unmöglich, irgendwelche Schlüsse über die Art ihres Verhältnisses zu ziehen. In ihren scharfen Blicken liegt keine Sehnsucht, höchstens eine Art absurde Befriedigung, sich wiederzusehen.

»Rea Salo?«, fragt Axel mit rätselhaftem Lächeln.

»Irgendwas musste ich mir ja ausdenken«, antwortet die Frau kopfschüttelnd. »Dein Vater hätte sich an meinen Namen erinnert.«

»Du bist erwachsen geworden.«

»Ich weiß nicht, ob man von dir dasselbe sagen kann«, erwidert Rea. »Hier bist du also, immer noch bereit, anderen das Leben kaputt zu ficken.«

»Ficken, vielleicht. Aber warum hast du damals behauptet, ich hätte dich vergewaltigt?«

Rea lacht trocken.

»Der Versuch hat sich gelohnt.«

»Du bist krank«, sagt Axel kopfschüttelnd. »Wann haben wir uns zuletzt gesehen?«

»Hast du ein schlechtes Gedächtnis? Vor ein paar Tagen in der Muukalaiskatu. Allerdings hast du mich wohl nicht gesehen.«

Axel lacht freudlos auf und blickt aufs Meer. Weit draußen auf offener See ist ein großes Passagierschiff zu sehen.

»Wir waren offenbar zur falschen Zeit am falschen Ort, Laura. Ein Glück, dass die Ermittler gute Arbeit geleistet haben, sonst hätten wir vielleicht beide lebenslänglich bekommen.«

»Es kann sein, dass wir trotzdem ins Gefängnis müssen, Axel. Hausfriedensbruch, Anstiftung zur Körperverletzung, unterlassene Hilfeleistung …«, entgegnet Rea und wirft ihre Kippe ins Meer.

Axel nickt knapp und schaukelt auf den Hacken.

Das ironische Vorspiel ist vorbei. Die Aufwärmphase, der Smalltalk. Zeit, zur Sache zu kommen.

»Was zum Teufel willst du noch, Laura? Du hast schon alles bekommen, was du brauchst«, sagt Axel. »Ich verstehe nicht, warum du zurückgekommen bist.«

»Nein?«

»Du hättest doch einfach um mehr Geld bitten können, wenn …«

»Das habe ich ja. Ich habe deinem Vater viele Mails geschickt. Er hat keine einzige beantwortet. Und da ist mir klar geworden, wie verdammt respektlos ich damals behandelt wurde. Wie irgendeine billige Nutte, die man schwängert und dann weit wegschickt.«

Axel lacht auf.

»So war es rein technisch gesehen ja auch, wenn man es genauer betrachtet.«

Rea sieht ihn jetzt anders an, in ihren Augen lodert Hass.

Axel macht ein paar Schritte zu ihr hin.

»Lassen wir den Blödsinn. Mein Vater hat mich ziemlich gemein übergangen. Ich werde nicht König. Und ich besitze nicht mehr viel, was ich dir oder anderen Glücksrittern geben könnte. Also pack deine Koffer und verpiss dich.«

Rea kneift die Augen zu, um die Tränen zurückzuhalten.

»Felix möchte dich treffen.«

»Felix? Der Schleicher, der mich heimlich gefilmt hat ...«

»Felix ist dein Sohn!«

Axel bricht in schallendes, ungläubiges Lachen aus.

»Felix oder wie immer der autistische Knallkopf heißt ... Er ist nicht mein Sohn. Das war er nie, und das wird er auch nie sein. Wenn du das einsiehst, machst du dir selbst und dem Volltrottel das Leben leichter.«

Eine Träne rollt Rea auf die Wange, doch der eisige Wind lässt sie erstaunlich schnell verschwinden.

»Du bist ein verwöhntes, verzogenes Monster.«

»Nein, Laura. Wir sind beide Monster. Das dürfte inzwischen ja klar geworden sein.«

»Wenn du so denkst ... Warum zum Teufel hast du mich dann hergebeten?«, fragt Rea aufgebracht.

In der Sekunde scheint die Zeit stillzustehen.

Ihre Blicke bohren sich ineinander.

Axel spürt ein Ziehen im Unterleib.

Der Wind wird heftiger.

Axel will etwas sagen, will widersprechen, doch die überraschende Erkenntnis, die Lauras Frage ihm verschafft hat, lähmt ihn.

Laura hat ihn hierhergebeten, nicht umgekehrt.

»Warum?«, wiederholt Rea, verstummt aber, als sie Axels verwunderten Blick bemerkt.

»Hast du eine Textnachricht bekommen?«, fragt Axel.

»Ja! Du hast sie mir doch … Axel?«

Eine Böe lässt die vor der Lagerhalle aufgespannten Planen knallen.

»Axel?«, fragt Rea erneut, während Axel vorsichtig einen Schritt zurückweicht und sich umsieht. Und im selben Moment begreift sie auch.

Axel dreht sich hastig um und geht zu seinem Wagen.

Sein Blick durchkämmt die Umgebung.

Zehn Meter.

Er sieht die Leiter, die auf das Dach der Lagerhalle führt. Und eine Bewegung über ihr.

Und dann hört er es, ein langes, zartes Pfeifen, wie von einem Windstoß.

Die dunkle, nasse Umgebung, in der die gelben Straßenlampen ihr Licht ungleichmäßig verstreuen, wird plötzlich vollkommen schwarz. Axel sieht nichts mehr, er spürt einen leichten Druck an der Stirn, einen leisen Schmerz und im Mund den Geschmack von Eisen. Dann gar nichts mehr.

L'Étranger beobachtet durch das Visier seines Gewehrs, wie der lockenköpfige Mann auf den Asphalt sinkt: wie eine Leiche, die am Galgen hing, bis seine Kugel das Seil durchtrennt hat. Die Frau schreit vor Entsetzen. L'Étranger lädt nach, verschiebt das Visier schnell, ein wenig zu schnell, sein Schuss verletzt die Frau nur. *Sie wird aus nächster Nähe erledigt.*

Flink wie ein Feuerwehrmann bei Alarm klettert er die Leiter hinunter.

Er landet lautlos wie ein Gespenst auf dem Asphalt und nähert sich der hysterisch weinenden Frau.

Aus der Schläfe des auf dem Boden liegenden Mannes strömt Blut. *Ein schöner Treffer, ein für alle Mal.*

Die Frau versucht wegzukriechen, aber L'Étranger packt sie an den blutverschmierten Haaren und dreht ihr Gesicht zu sich hin. Die Haare wickeln sich um seine vom Handschuh verhüllten Finger.

Die Frau bettelt um Gnade. Finnisch klingt auch dann seltsam, wenn der Mensch, der es spricht, nicht in Lebensgefahr schwebt, und erst recht jetzt, wo blankes Entsetzen in den Worten liegt. L'Étranger drückt den Lauf gegen die Stirn der Frau. Nicht sanft, sondern möglichst schmerzhaft.

Niemand hört deinen Schrei, am wenigsten der, der mich gesandt hat.

Er sieht an der Miene der Frau, dass sie kein Französisch versteht. Sonst hätte sie wohl die Bedeutung seiner Worte begriffen, bevor die Kugel einen Teil ihrer Hirnmasse auf das zum Meer abfallende Kieselgeröll schleudert.

Und dann wird es still. L'Étranger blickt sich um. Das Hafengelände ist menschenleer. Die gedämpften Schüsse sind im Tosen des Meeres untergegangen. Der mit fünfunddreißigtausend Euro dotierte Auftrag ist erledigt, das Schiff wird in zwei Stunden ablegen. In Gedanken ist er zu seiner Doktorarbeit zurückgekehrt, für die er in den Tagen, die er in Helsinki verbracht hat, einen neuen Blickwinkel und neue Inspiration gefunden hat. Er weiß nicht, warum er den Auftrag erhalten hat, und braucht es auch nicht zu wissen. Er weiß nichts von dem seit Jahrzehnten bestehenden Groll, der nicht verfliegt, selbst wenn sich alle Meere und Regentropfen der Welt mit ihm vermischen würden. Aber vielleicht hätte L'Étranger von einem kurzen Gespräch mit seinem Auftraggeber profitiert: Vielleicht hätte das Motiv seine Auffassung von der Bedeutungslosigkeit der Existenz vertieft.

Danksagungen

Familie & Freunde – danke für eure Geduld!

Verlegerin Petra Maisonen & Outi, Jaakko, Timo T., Johanna, Miguel, Reetta, Markko, V-P und Timo J. vom Verlag Tammi.

Elina, Linda, Toomas und Ebba von der Elina Ahlbäck Literary Agency

Professor Antti Sajantila

Harri Gustafsberg

Mika Niemi

Teemu Kaarniemi